W0473410

Für Erika und Helmut,
die Milo schon kennengelernt haben.
Ohne euch würde es dieses Buch vielleicht nicht geben,
ich hätte es jedoch lieber jemand anderem gewidmet.

Nicolas Mueller

Bernhardstraße 97

50968 Köln

Website: www.nicolas-mueller.com

E-Mail: kontakt@nicolas-mueller.com

Covergestaltung: Marie Graßhoff, www.marie-grasshoff.de

Bildmaterial: ©Shutterstock

Lektorat, Satz: Claudia Pietschmann, www.ebooks-perfekt.de

Korrektorat: Berit Jarms

Illustrationen: Louisa Molitor

Druck und Bindung: PRINT GROUP Sp. z o.o., Stettin

ISBN: 978-3-96966-866-5

Ebenfalls von Nicolas Mueller erschienen:

Milo und das Geheimnis von Polyrica

KAPITEL EINS

Milo traute sich heute etwas, das er die letzten Wochen, wenn nicht gar Monate vor sich hergeschoben hatte.

Er stellte seinen Schulranzen auf den Boden und lehnte sich im Flur an die Wand, während die anderen nach draußen in die Sonne flüchteten. Es war ein ungewöhnlich heißer Frühlingstag. Milo aber blieb drinnen. Trotz seiner Freistunde. Denn gleich musste sie kommen. Das tat sie immer dienstags nach Französisch. Seine Hände waren schweißnass und das Herz schlug ihm bis zur Kehle.

Dann bog sie um die Ecke. Emma. Sie guckte auf ihr Handy. Das dunkelblonde Haar fiel ihr lockig auf die Schultern, das schwarze Top war in die knappen Jeans-Shorts gesteckt, die auf der Mitte ihrer Oberschenkel endeten. Sie trug hellblaue Sandalen mit Goldstich, ihre rot lackierten Zehennägel sahen aus wie Edelsteine. Vor einem Jahr noch hatte sie bei solch einem Wetter meist einen langen weißen Faltenrock sowie Sneaker angehabt und die Haare zu einem Dutt geformt.

Sie kam immer näher. Milo drückte sich von der Mauer weg und überkreuzte die Beine. Ein letztes Mal ging er seinen vorbereiteten Text durch. Er wischte sich die Finger an seiner Hose trocken und verschränkte die Arme vor der Brust.

Als Emma aufblickte, zog sie ihre Mundwinkel hoch, winkte kurz und senkte den Kopf wieder, noch ehe er die Hand heben konnte. Milos Herz sprang vor Freude, ein Feuerwerk leuchtete in seinem Inneren und ihm wurde warm. Schweißtropfen bildeten sich auf seiner Stirn. In den letzten Wochen hatte sie ihn nie so gegrüßt. Meist trafen sich ihre Blicke nur und manchmal legte sie für einen winzigen Moment ein Lächeln auf, ohne den Mund zu öffnen, als ob sie sich unwohl fühlte oder sich für irgendetwas entschuldigen wollte. Aber darüber dachte er jetzt nicht weiter nach.

Nur wenige Meter trennten sie noch, doch Emma guckte nach wie vor auf ihr Handy. Er nahm all seinen Mut zusammen, holte tief Luft und trat ihr in den Weg. Sie stoppte und schaute ihn mit großen Augen an.

»Milo! Was erschreckst du mich denn so?«

Er stutzte. »Aber, du hast doch gerade …«

»Ich muss weiter.« Sie zeigte in Richtung Ausgang.

Milo drehte sich um und sah dort Emmas Freundinnen. Lena, Claire und Scarlett. Sie lehnten an der Wand, beugten sich über ein Handy und kicherten. Dabei ließen sie Kaugummiblasen zerplatzen. *Plopp. Plopp. Plopp.*

Als sie Milo bemerkten, flüsterte Lena den anderen etwas zu und die Mädchen brachen in gackerndes Gelächter aus, das von den Wänden widerhallte. Milo war ihre abschätzigen Blicke schon gewohnt.

Seit Emma zu den CARMA Girls gehörte, hatte er keinen Kontakt mehr zu ihr. Nicht einmal mehr per E-Mail. Er vermisste die alte Emma. Wahrscheinlich war er nicht cool genug.

Er drehte sich wieder zu ihr. »Der Leseabend heute. Kommst du … Ich meine, du hast dich doch auch angemeldet, nicht wahr?«

»Jaja, habe ich.« Sie blickte demonstrativ auf die Uhr ihres Handys und seufzte. »Ich muss jetzt wirklich.«

Dann ließ sie ihn stehen und eilte zu ihren Freundinnen, ohne sich noch einmal umzudrehen. Er konnte sehen, wie Claire Emma entsetzt anguckte, sie etwas fragte und dabei in seine Richtung zeigte. Emma schüttelte daraufhin nur den Kopf und machte eine abwiegelnde Handbewegung. Kurz darauf waren die Vier verschwunden und Milo blieb allein zurück. Immerhin würde Emma zum Leseabend kommen. Ohne die anderen.

Jetzt war es totenstill im Gang und er hörte seinen eigenen Herzschlag. Sein Kopf fühlte sich leer an. Er spürte, wie sich seine Stirn zusammenzog und eine Falte zwischen den Augenbrauen bildete. Was sollte er jetzt tun? Er spreizte abwechselnd seine Finger und ballte die Fäuste. Mehrere Minuten verharrte er auf der Stelle, ehe er einen Entschluss fasste.

Er ging in Richtung Bibliothek. Nicht, weil sich Ben und seine Freunde in Freistunden einen noch größeren Spaß als sonst daraus machten, ihn zu ärgern, sondern weil er etwas finden wollte, durch das Emma wieder normal mit ihm redete. Allem voran über ihre gemeinsame Leidenschaft: Bücher.

Am Empfang schob ihm die gelangweilte Bibliothekarin ein Klemmbrett hin, auf dem er seinen Namen eintragen musste. Sie war schon hier gewesen, als Milo auf die Schule gekommen war. Manchmal hatte er das Gefühl, dass es sie bereits länger gab als die meisten Bücher in den Regalen.

»Was willst du ausleihen?«, fragte sie mit monotoner Stimme.

»Nichts, ich –«

»Etwas zurückgeben? Zu spät dran, oder wie? Das kostet Strafgebühren. Wie lange denn schon überzogen?«

»Nein, ich –«

»Was dann?« Sie starrte ihn verständnislos an, als könnte man in der Bibliothek nichts anderes machen.

»Ich möchte einen PC nutzen.«

»Habt ihr Kids nicht eure PCs in den Hosentaschen?« Er antwortete nicht, sondern schaute sie nur weiter an. »Sind alle frei. Kannst dir einen aussuchen.« Daraufhin rollte sie auf ihrem Stuhl zurück und widmete sich wieder ihrer Tastatur, die wie eine Schreibmaschine klackerte und gar nicht in eine Bibliothek passte.

Milo suchte sich einen Platz in der Ecke, damit niemand auf den Bildschirm sehen konnte. Dann startete er den Rechner und gab sein Kürzel und Passwort ein. Er wollte nicht wissen, wie viele Schüler zu faul waren, den voreingestellten Zugangscode zu ändern, der aus den Initialen und dem Geburtsdatum bestand. Wie er seine Mitschüler einschätzte, waren das einige. Manche nutzten ihn auch für ihre privaten E-Mail-Programme – das hatte er einmal herausgefunden, als er es ausprobiert hatte.

Der Startbildschirm lud ewig langsam. Für die Renovierung der Turnhalle hatte die Schule genug Geld, für ordentliche Computer offenbar nicht. Milo blickte aus dem Fenster und sah ein paar Oberstufenschülerinnen auf einer Bank sitzen. Genau vier, so wie die CARMA Girls. Jeder Buchstabe aus »CARMA« hatte angeblich eine Bedeutung. Es war eine Art ungeschriebenes Gesetz bei der Clique, diese nicht zu verraten. Ein paar Theorien gab es auf dem Schulhof. Zum Beispiel, dass das »C« für »Cool« stand und das »A« für »Attraktiv«. Milo hatte sich da seine eigene Interpretation gebastelt: charakterlos, aufmerksamkeitsbedürftig, respektlos, mies und angeberisch. Das passte in seinen Augen besser als alles, was sich die Mädchen selbst hätten ausdenken können. Dass es »CARMA« und nicht »KARMA« hieß, lag wohl daran, dass sie »K« wie »klug« nicht nehmen konnten und ihnen kein anderes passendes Wort für »K« eingefallen war.

Als endlich alle Symbole auf dem Monitor erschienen waren, klickte er auf den Browser. In einer Suchmaschine gab er »Wie cooler werden« ein. Er öffnete den obersten Eintrag, bei dem es sich um eine Art Schritt-für-Schritt-Erklärung handelte. »Sei du selbst« oder »Sei freundlich« stand dort. Er scrollte weiter, ehe er an einem Punkt hängen blieb: »Tritt einem Verein bei – in deiner Umgebung oder in der Schule«.

Der wohl einfachste Weg war, dies über eine Arbeitsgemeinschaft seiner Schule zu machen. Er navigierte in der Taskleiste zur Schul-Homepage und wählte im Menü den Unterpunkt »AGs – Arbeitsgemeinschaften« aus. Eine Liste mit allen Angeboten baute sich Zeile für Zeile auf. Sortiert nach Kategorien wie »Kultur«, »Technik« oder »Sport«. Unter »Kultur« stand der Bücherklub, den Milo bisher immer genommen hatte. Im letzten Jahr war auch Emma dabei gewesen, doch er war nur für Schüler der Klassen 5 bis 7. Deswegen hatte er sich dieses Schuljahr für »Imkerei – Spaß mit Bienen« entschieden. Dort war die Gefahr ebenfalls gering, auf Mobber wie Ben zu treffen, und er bekam kostenlos Honig.

Milo ging die Zeilen weiter durch. »Rockband Phantom Noise«. Die hätte ihn mit Sicherheit cooler werden lassen, er spielte jedoch kein Instrument. Und er wusste, dass er nicht von jetzt auf gleich eines lernen konnte, sondern Jahre brauchen würde.

Fremdsprachen, Theater und Roboter-Bau sagten ihm ebenso wenig zu. Somit blieb ihm nur eine Sportart. Jungen in seinem Alter spielten normalerweise Fußball. Milo konnte sich noch nie mit diesem Sport anfreunden. Zumal Ben und seine Kumpels in der Fußball-AG waren, sodass diese ohnehin als Option wegfiel.

Er ging die weiteren Angebote durch. Kampfsportarten wie Karate oder Kung-Fu reizten ihn und würden ihm auch etwas für den Alltag mitgeben, wenn er mal wieder hin und her geschubst wurde, doch leider konnte man diese erst ab der zehnten Jahrgangsstufe wählen.

Blieben Badminton und Basketball. Beides für die Klassen 8 bis 11. Er würde einer der Jüngsten sein. Bei Badminton hätte er zwar ein Netz zwischen sich und dem Gegner, aber über Basketball hatte er schon oft gehört, dass es ein kontaktloser Sport sei. Außerdem konnte er dort seine Schnelligkeit einsetzen und brauchte keine Angst haben, wie beim Badminton abgeschossen zu werden. Ideal also. Er sah auch ständig irgendwelche Basketballspieler aus Amerika in der Werbung – mit coolen Trikots und angsteinflößenden Logos.

Ja, eine bessere Option als Basketball gab es nicht. In Gedanken malte er sich aus, wie er dort nach einiger Zeit ein paar Freunde finden würde. Und da diese höchstwahrscheinlich aus den Jahrgängen über ihm stammen würden, hätte er, ähnlich wie Emma und die CARMA Girls, ältere Freunde. Die Begegnung vorhin mit ihr hatte ihm ein weiteres Mal verdeutlicht, dass sich etwas ändern musste. Dass er sich ändern musste.

Geleitet wurde die Arbeitsgemeinschaft von Herrn Jacker. Ihn hatten sie vor zwei Jahren in Sport gehabt. Im schulinternen Mail-Programm öffnete Milo eine leere E-Mail und begann zu tippen. Ob die Möglichkeit bestehe, auch noch mitten im Schuljahr mitzumachen und dass er Basketball schon immer einmal hatte ausprobieren wollen. Die passenden Formulierungen suchte er sich von einer »Benimm«-Webseite, um auf keinen Fall plump zu wirken.

Zufrieden lehnte er sich in seinem Stuhl zurück und klickte auf »Speichern«. Den heutigen Leseabend würde er noch abwarten, bevor er die E-Mail abschickte. Vielleicht geschah ja ein Wunder und er konnte sich mit Emma wie in alten Zeiten unterhalten. Dann brauchte er die Basketball-AG gar nicht. Wenn doch, musste er eben in den sauren Apfel beißen.

KAPITEL ZWEI

»Keine Ahnung, was er wollte«, sagte Emma knapp und versuchte damit das Gesprächsthema zu wechseln. Sie schlichen sich durch die Büsche neben der Sporthalle zu ihrem Geheimversteck, das sie immer in den Freistunden aufsuchten. Doch Claire trat weiter nach.

»Der ist echt so ein Loser. Braucht sich nicht wundern, dass niemand etwas mit ihm zu tun haben will. Außerdem ist der mir total unheimlich. Wie der manchmal guckt. So ein richtiger Spanner.« Emma schluckte. Das hatte Milo nicht verdient. »Sei froh, dass du nicht mehr neben dem sitzen musst. Jetzt hat ihn Mia an der Backe. Die Arme!«

Kurz darauf waren sie da und setzten sich auf einen der zwei großen Baumstämme, zwischen denen sich eine Feuerstelle aus Steinen vom Parkplatz mit lauter grauen Ascheresten befand. Sie waren nicht die Einzigen, die diesen Ort kannten, während der Unterrichtszeit waren sie aber noch nie auf jemanden getroffen. Die leeren Wodkaflaschen auf dem Boden ließen darauf schließen, dass auch die älteren Jahrgänge das Versteck nutzten. Es war herrlich abgeschirmt durch die hohen Magnolien, von denen ein süßlicher Duft ausging, und die ab und zu Vögel anlockten, die keck zwitscherten. Genau wie heute.

Scarlett holte ihr Handy hervor und spielte die neuesten Videos im Internet ab. Dabei ging es meist um Mode, Make-up und Jungs. Themen, mit denen Emma bis zuletzt wenig am Hut gehabt hatte. Aber seitdem sie Teil der Clique war, gehörte das nun einmal dazu wie der Ketchup zu den Hot Dogs, die sie sich freitags nach der letzten Stunde vom Imbiss gegenüber dem Schulgelände holten.

»Ey, wie mich die Schulte nervt«, meinte Lena, während sie eine Zigarettenpackung aus ihrer Handtasche zog. »Die ist immer so ... voll aktiv. Will ständig was machen, damit wir als Klasse ›zusammenwachsen‹. Hoffentlich geht das nachher nicht lange. Ich habe keinen Bock, den ganzen Nachmittag in der Schule zu verbringen. Da hat man mal richtig sonnige Tage im April und die zwingt uns, drinnen zu hocken.«

Scarlett nahm auch eine Zigarette und zündete sie mit ihrem Feuerzeug an. »Wer hat sich denn bitte den ›Welttag des Buches‹ ausgedacht? Sorry, aber ich lese eh nur meine Magazine. Oder halt diese blöden Lektüren in Deutsch. Da brauche ich keinen Leseabend.«

Emmas Kehle fühlte sich auf einmal trocken an. Letzten Monat noch hatte sie sich auf den Leseabend gefreut.

Lena breitete die Arme aus. »Da gehen doch eh nur die Loser und Opfer hin. So wie diese Brillenschlangen. Wie heißen die noch? Mara und Nina?«

In Gedanken korrigierte Emma sie. Maja und Nele. Seit sie zu den CARMA Girls gestoßen war, hatte sie sich automatisch gegen die beiden entschieden und nichts mehr mit ihren ehemals besten Freundinnen gemacht.

»Ist ja auch egal«, meinte Scarlett. »Auf jeden Fall nur solche Leute, mit denen wir nichts zu tun haben wollen. Die spielen wahrscheinlich auch noch mit Puppen.«

Emma bemerkte, wie sie die Lippen aufeinanderpresste. Zum Glück hatten es die anderen nicht mitgekriegt.

Lena nahm einen tiefen Zug und hielt Emma die Zigarette hin. Doch Emma schüttelte den Kopf und hob abwehrend die Hände.

»Na los, komm schon.«

»Ne. Mein Vater bringt mich um, wenn ich rauche.«

»Der braucht es doch nicht zu erfahren.« Sie hatte ihren Arm noch immer ausgestreckt.

Claire ging dazwischen. »Lass sie doch. Nur weil ihr beiden raucht, müssen wir zwei nicht auch noch unsere Lungen kaputt machen.«

»Ist ja gut, ey«, sagte Lena und machte Handbewegungen, als ob sie ein wildes Tier beruhigen wollte. »Dafür ext du beim nächsten Mal aber ein Bier, Emma. Schließlich musst du dir das hier auch verdienen.« Sie zwinkerte und hob ihr Handgelenk, an dem ein Armband aus Baumwolle verknotet war. In der Mitte stand »CARMA Girls«, zu beiden Seiten führten Pfeile in verschiedenen Rottönen davon weg. Ein bisschen wie die Straßenschilder in engen Kurven.

Emma blickte auf ihr eigenes und nickte Lena zu. Ihres war grün. Als Zeichen für ihre Probezeit. Die Hälfte der vier Wochen hatte sie schon hinter sich.

Mittlerweile starrten die drei anderen auf ihre Handys. Emma betrachtete sie heimlich. Ihre Röcke waren so knapp, dass Emmas Eltern sie niemals in solchen Klamotten rausgehen lassen würden.

Schon bei den Shorts, die sie gerade trug und die vergleichsweise normal wirkte, hatte sie mit ihrer Mutter diskutieren müssen. Nur unter der Bedingung, dass sie »obenrum« nicht zu tiefe Einblicke zuließ, durfte sie so vor die Tür. Emma hatte sich noch nicht ganz daran gewöhnt, so viel von ihren Beinen zu zeigen. Sie schämte sich zwar nicht dafür, aber es kostete sie jeden Morgen Überwindung.

Als sie einen Tag später mit dem Parfum nach Hause gekommen

war, das Claire ihr empfohlen hatte, war es wieder zum Streit gekommen. Erstens sei sie laut ihrer Mutter zu jung für so etwas und zweitens würde es nach einer Überdosis Zuckerwatte riechen. Trotzdem hatte Emma sich durchgesetzt – allerdings mit der Einschränkung, dass sie es nicht mehr als einmal pro Tag auftrug.

Wenn sie mit den CARMA Girls über den Schulhof lief, drehten sich die Jungs reihenweise nach ihnen um. Die Aufmerksamkeit, die sie zuvor nicht gehabt hatte, machte sie noch immer nervös. Alles Gewöhnungssache, wie Claire meinte.

Emma holte ihr Handy hervor, damit sie etwas zu tun hatte. Doch sie schaltete es nicht ein, sondern blickte nur auf das schwarze Display. Es fühlte sich nach wie vor unwirklich an. Vom einen auf den anderen Tag war sie Teil der CARMA Girls geworden. Direkt nach dem Wegzug von Jenny waren sie auf sie zugekommen und hatten sie in ihrer Clique haben wollen. Emma hatte nicht widerstehen können. Endlich zu den coolsten Mädchen der Klasse gehören und genauso beliebt wie ihre große Schwester in ihrem Jahrgang sein.

Ihren Hobbys konnte Emma kaum noch nachgehen. Nach der Schule unternahmen sie jeden Tag etwas, sodass sie immer spät nach Hause kam und keine Zeit zum Lesen hatte, weil sie Hausaufgaben machen musste.

»Jonas hat mir gestern wieder eine Nachricht geschickt«, sagte Scarlett in die Stille. »So ein albernes Gedicht. *Ich denk so oft an dich, doch du siehst mich nich', komm schon du süße Maus, wann gehst du mit mir aus?*« Dann lachte sie laut.

Es war eine der Lieblingsbeschäftigungen der CARMA Girls, sich über die Textnachrichten ihrer Verehrer lustig zu machen. Sie schienen jeden Tag eine von einem anderen zu bekommen. Emma hingegen erhielt nur welche von Ben. Und das war ihr bereits genug. Sie glaubte kaum, dass sie sich besser fühlen würde, wenn ihr fünf weitere Jungs schrieben.

Als sie noch mit Milo E-Mail-Kontakt gehabt hatte, war das

anders gewesen. Sie hatten damit begonnen, nachdem er sich letztes Jahr völlig überraschend von der Kopfrechnen-WM abgemeldet hatte. In dem Zettelchen, das er ihr zugesteckt hatte, hatte er alles erklärt. Poker machte ihm eben mehr Spaß als Kopfrechenaufgaben. Schnell hatten sie gemerkt, dass sie beide ein Faible für Bücher hatten. Vor allem für Fantasy-Bücher.

Sie öffnete das Postfach auf ihrem Handy und scrollte durch ihren gemeinsamen Mail-Verlauf. Über unzählige Klassiker der Fantasy-Literatur hatten sie sich ausgetauscht. Beim Anblick all der Titel, die sie immer in die Betreffzeile geschrieben hatten, musste sie lächeln.

»Ey, die Jungs in unserer Klasse sind echt noch Kinder«, meinte Lena. »Finn hat mir geschrieben. Will Eis essen gehen. Hallo? Ich bin doch keine zehn mehr! Das soll der mit diesen Brillenschlangen machen. Da warten die doch die ganze Zeit drauf, dass sie endlich mal jemand anspricht.« Sie blickte besorgt zu Emma. »Sei froh, dass die dir nicht mehr hinterherlaufen. Die haben wie eine Klette an dir gehangen, ne? Kann ich verstehen, dass dich das genervt hat.« Emma antwortete nicht. Eine kurze Pause entstand, ehe Lena wieder ansetzte. »Sag mal, was ist denn eigentlich mit dir?«

»Wie meinst du das?«

Auf einmal hoben auch die anderen beiden die Köpfe. Auf Scarletts Lippen breitete sich ein schiefes Lächeln aus und Claire beugte sich mit offenem Mund nach vorn.

»Wer schreibt dir denn so?« Lena griff nach Emmas Handy. Im letzten Moment konnte Emma es wegziehen. Schnell wechselte sie auf den Startbildschirm und sperrte es. Sie wollte sich gar nicht vorstellen, was passiert wäre, wenn die drei Milos Namen und ihren gemeinsamen Nachrichtenverlauf gesehen hätten.

»Mir? Niemand.«

Lena rutschte näher an Emma heran. Sie blies den Rauch über die Schulter. »Ach was. Das glaub ich dir nicht. Komm, sei doch nicht so geheimnisvoll. Wenn du schon so reagierst, schreibt dir doch wer.«

Emma wischte das Display an ihren Shorts ab und blickte zu Boden. »Vielleicht.«

»Aha!«, rief Lena aus und klatschte in die Hände, als hätte sie soeben einen Goldklumpen im Fluss gefunden. »Wer ist es?«

»Nur jemand aus unserer Klasse. Also nichts Interessantes.« Ihr war nicht wohl dabei, die Nachrichten von Ben vorzulesen. Auch wenn sie ihr nichts bedeuteten.

»Müssen wir dir wirklich das Handy wegnehmen?« Sie legte zwar ein schelmisches Grinsen auf, aber Emma wusste, dass es kein Scherz war.

Zögerlich entsperrte sie ihr Handy und wischte gerade zur Seite mit den Apps, da hatte Lena schon einen Satz zu ihr gemacht und es ihr aus der Hand gefischt.

»Hey!«

Doch Lena war bereits aufgesprungen und außer Reichweite gelaufen. Mit einem belustigten Ausdruck blickte sie auf den Bildschirm.

Emma stand auf, machte einen Schritt auf sie zu und betete, dass sie nicht ihr E-Mail-Postfach öffnete.

»Was ist denn los mit dir, Emma?«, fragte Claire von der Seite. »Komm mal runter. Du weißt schon, dass die CARMA Girls keine Geheimnisse voreinander haben? Also, raus mit der Sprache. Warum machst du so ein Theater?«

»Es ist … Ich …« Ihr fiel nichts Passendes als Ausrede ein.

Lena räusperte sich. »Hey Emma«, sagte sie mit tiefer Stimme.

Emma atmete innerlich auf. Milo hatte sie immer mit »Hallo Emma« gegrüßt.

»Du bist echt total hübsch. Die Hübscheste in der Klasse. Du kannst bestimmt Model werden. Und du bist echt cool. Da haben wir was gemeinsam. Hast du mal Lust, nach der Schule ein Eis mit mir essen zu gehen? Dann können wir ein bisschen durch die Stadt spazieren oder uns in einen Park legen, oder so. Ich kann auch eine Decke mitbringen.« Sie machte eine Pause und blickte mit großen Augen in die Runde. »Und, was glaubt ihr, wer ist dieser Casanova?«

»So viele Sätze? Sicher, dass der aus unserer Klasse kommt?«, fragte Scarlett.

Lena nickte und nahm einen tiefen Zug ihrer Zigarette.

»Doch nicht etwa dieser kleine Loser Milo? Das würde ich ihm zutrauen.«

»Quatsch. Der traut sich so etwas doch nicht. Ob er überhaupt die App hat?«

»Stimmt. Der lernt eh den ganzen Tag nur, dieser Streber.«

Emma hatte Angst, dass sie noch weiter in ihrem Handy herumspionierte, und trat auf Lena zu. Sie streckte die Hand aus, doch Lena lief um den Baumstamm, sodass sie die anderen beiden als Schutzschild vor sich hatte. Emma stemmte die Fäuste in die Hüften.

»Jetzt zeig doch endlich. Ich will sehen, wer so *poetisch* sein kann.« Scarlett lehnte sich zurück, um auf das Display blicken zu können. Sie lachte laut auf. »Ben. Das hätte ich mir ja denken können. Der steht schon länger auf dich.«

Lena und Claire stimmten in das Gelächter ein. Dass sie sich über Ben lustig machten, störte Emma nicht, weil er es nicht anders verdient hatte. Er war ein Blödmann und ärgerte die ganze Zeit Schwächere wie zum Beispiel Milo. Da war es nur gerecht, dass auch einmal über ihn hergezogen wurde.

Lena kam auf Emma zu, gab ihr das Handy und setzte sich wieder auf den Baumstamm. Mit einem Schlag löste sich Emmas Anspannung. Sie hatte es überstanden. Zu Hause würde sie Milos E-Mails auf ihrem PC speichern und dann in der App löschen.

»Ben ist genauso ein Kind wie die anderen aus unserer Klasse«, meinte Scarlett und kickte einen Ast in die Feuerstelle. »Die glauben ernsthaft, sie könnten bei uns landen. Sorry, aber wir geben uns doch nicht mit Gleichaltrigen ab.«

Wieder trat Stille ein und alle widmeten sich ihren Handys. Emma dachte über Scarletts Worte nach. Jedes Mal, wenn sie sich nach der Schule trafen, war dies ein Thema. Die Jungs aus der Stufe drüber wären viel interessanter, größer, stärker und vor allem erwachsener. Außerdem konnten sie bereits legal Alkohol kaufen. Lena hatte sich auch schon einige Male mit einem aus dem Jahrgang über ihnen getroffen. Marcel. Er wohnte in derselben Straße wie sie, und eines Tages hatte sie ihn auf dem Heimweg nach Feuer gefragt. Laut ihrer Aussage hätte es da sofort Klick gemacht.

Auf einmal kicherte Lena los. »Ey, schaut mal hier.« Sie hielt ihr Handy hoch.

Emma rückte zu ihr und die anderen beiden lehnten sich von hinten auf ihre Schultern. Sie las die Zeilen und traute ihren Augen nicht. Was für eine dreiste Anmache von einem Jungen aus der Parallelklasse.

Lena bewegte ihre Hand wie ein Scheibenwischer vor dem Gesicht. »Als ob ich dem Bilder von mir schicken würde.« Sie scrollte weiter zurück, sodass mittlerweile Nachrichten aus dem letzten Jahr angezeigt wurden.

Emma stutzte. Sie hatte eine von Claire mit dem Betreff »Die kleine Tante« gesehen. »Was war das da oben?«, fragte sie und wischte auf dem Handy hoch.

Bevor sie auf die Nachricht klicken konnte, machte Lena es aus. »Ach, nichts. Claires Tante … sie …«

Wieso hatte sie das Handy ausgeschaltet? Nicht, dass etwas Schlimmes passiert war und sie jetzt alte Wunden aufriss. »Was ist mit ihr geschehen?«

»Sie … Willst du es ihr sagen, Claire?«

Claire räusperte sich. »Also, meiner Tante ging es nicht so gut und ich hatte Lena nach Hilfe gefragt.«

»Oh, was hatte sie denn?«, fragte Emma.

»Ach, sie hatte tagelang Kopfschmerzen und so. Am Ende war es nur Migräne. Kein Grund zur Aufregung.«

»Hmm.« Emma dachte nach. »Ist sie besonders klein?«

»Was?«

»Du hast doch ›Die kleine Tante‹ geschrieben.«

»Stimmt. Ja. Sie ist ... ähm ... relativ klein. Nie wirklich gewachsen. Aber jetzt auch nicht so eine Kleinwüchsige, Zwergin oder wie man das nennt.« Sie schaute auf ihre goldene Uhr. »Huch. Wie die Zeit vergeht. Wir sollten los, Geschi fängt gleich an. Die Schulte ist ja immer so pingelig. Wobei ich echt keine Lust habe, mir wieder was über das deutsche Königreich oder Kaiserreich oder was auch immer anzuhören. Dieser Bismarck, oder wie der heißt, kann mir gestohlen bleiben. Ist doch eh schon tot.«

Emma konnte sich ein Schmunzeln nicht verkneifen. Im Gegensatz zu Claire faszinierte sie Geschichte. Vor allem die Epochen seit dem Mittelalter zogen sie magisch an. Wahrscheinlich mochte sie deshalb auch so gern Fantasy-Bücher. Immerhin spielten diese zumeist in der Vergangenheit, wo sich die Leute noch mit ganz anderen Problemen im Vergleich zu heute herumschlagen mussten. Alles erschien langsamer und weniger hektisch. Und es gab keine Handys, auf denen man geheime Nachrichten entdecken konnte.

KAPITEL DREI

Ungeduldig rutschte Milo auf seinem Stuhl herum. Er saß mit vier Mitschülerinnen in einem Stuhlkreis in der Bibliothek. Die Lehne war hart und das Polster durchgesessen. Viel lieber hätte er auf den alten Sesseln in der Ecke Platz genommen, in die man immer so tief einsank. Aber sie waren zu schwer, als dass sie sie zu einem Kreis drehen konnten. Immerhin gaben die vielen Bücher Milo ein beruhigendes Gefühl. Sie strahlten Gelassenheit aus.

Er schaute in die Runde. Maja und Nele unterhielten sich angeregt über den neuesten Liebesroman an der Spitze der Bestsellerlisten. Dieses Genre war nichts für Milo. In solchen Büchern fehlte ihm immer das Besondere. Zumindest basierend auf den dreieinhalb Romanen, die er daraus gelesen hatte. Oder besser gesagt – durch die er sich gequält hatte.

Die beiden hatten viel Zeit mit Emma verbracht, bevor diese quasi vom einen auf den anderen Tag zu den CARMA Girls gehört hatte. Milo wusste nicht, was zwischen den dreien vorgefallen war, aber seitdem waren Maja und Nele nur noch im Doppelpack anzutreffen. Mit Emma schienen sie nichts mehr zu tun haben zu wollen. Seinem Eindruck nach beruhte das auf Gegenseitigkeit.

Lilly, von der Milo wusste, dass sie ausnahmslos Horrorgeschichten las, war ebenfalls da. Etwas, womit er noch weniger anfangen konnte. Sie hingegen schien sich einwandfrei damit identifizieren zu können: Sie kleidete sich stets dunkel und nähte seltsame Logos und Symbole auf ihren Rucksack, die Milo nicht kannte.

Im letzten Winter war ein Horrorfilm ab achtzehn das Gesprächsthema Nummer eins in der Klasse gewesen. Milo hatte sich den Trailer angeschaut, in dem ein Kettensägenmörder sein Unwesen getrieben hatte, und mindestens drei Tage lang jede Nacht Albträume gehabt. Seitdem vermied er es, so gut er konnte, auch nur in die Nähe von Horror oder Gruselfilmen zu kommen. Egal ob Geister, Zombies, Mumien oder Dämonen – alle waren gleich schlimm.

Und zu guter Letzt saß Elisa-Marie ihm gegenüber, die mit Abstand Klassenbeste war in allen Fächern, die mit Sprachen zu tun hatten. Sie erzählte stets mit erhobenem Kopf, dass sie jede Woche drei Bücher las: eines auf Deutsch, das zweite auf Englisch und das dritte auf Französisch. Milo stellte sich das ziemlich anstrengend vor.

Keine von den vier konnte etwas mit Fantasy anfangen. Im Gegensatz zu Emma, für die noch ein Platz neben Milo frei war.

Er blickte auf die große weiße Wanduhr mit den schwarzen Zeigern, die fast gleich lang waren, sodass man jedes Mal nachdenken musste, welcher von beiden der Stundenzeiger war. Es war so still, dass man das Ticken der Uhr hörte. Kurz vor sechs. Noch zwei Minuten, bis es losging.

»Hat jemand Emma gesehen?«, fragte Frau Schulte im nächsten Augenblick. Sie erntete einheitliches Kopfschütteln und Schulterzucken aus der Runde. Maja und Nele flüsterten einander etwas hinter vorgehaltener Hand zu.

Milo bückte sich zu seinem Schulranzen und schaute hinein. Zwischen den Lehrbüchern entdeckte er das Buch, das er sich dafür ausgesucht hatte, wenn sie später vorlesen durften. Es war nicht nur eines seiner Lieblingsbücher, sondern auch von Emma. Wie oft sie sich zuletzt noch über die Abenteuer der vier Geschwister Edmund, Susan, Peter und Lucy unterhalten hatten. Emma kannte die Bücher viel besser als er. Jedes noch so kleine Detail hatte sie parat.

Er hoffte, dass - genau wie der Titel sagte - ein Wunder geschah, und er sie mit dem Buch an ihre gemeinsame Zeit erinnern konnte, in der sie sich fast jede Woche E-Mails geschrieben hatten.

Sofern Emma noch kam. Aber eigentlich hatte sie ihm vorhin gesagt, dass sie dies tun würde. Er drehte sich um und guckte durch die Scheibe auf den Korridor. Doch da war sie nicht. Nervös trommelte er mit den Fingern auf seinen Knien.

Der Minutenzeiger schob sich mit einem dumpfen Klacken auf die volle Stunde. Frau Schulte ging daraufhin zur Tür und blickte in den Gang. »Scheint so … dass sie wohl doch nicht kommt.«

In diesem Moment entdeckte Milo Emma auf dem Flur draußen. Offenbar kam sie aus den Mädchentoiletten. Er freute sich. Aber sie ging zum Ausgang. Sofort sprang er auf und eilte zur Tür.

»Ich habe sie gesehen«, rief er ein wenig zu aufgeregt und verschwand aus der Bibliothek.

Seine durchgelaufenen Schuhe erzeugten keine Geräusche auf dem glatten Boden. Er stemmte eine schwere Tür auf und wollte gerade um die Ecke biegen, da hörte er Stimmen und hielt abrupt inne. Vertraute Stimmen. Sehr vertraut sogar. Er stand wie eingefroren da und bewahrte die Tür mit angehaltenem Atem davor, krachend ins Schloss zu fallen. Er wusste, dass man andere nicht belauschen sollte, aber er konnte nichts dagegen machen.

»Nein, das stimmt so nicht.« Das war Emma.

»Aber die Schulte hat doch eben ›Bis gleich‹ gesagt, als sie hier vorbeigekommen ist.« Das hörte sich nach Claire an. »Also hattest du dich angemeldet?«

»Ja, aber das war letzten Monat.«

»Warum überhaupt?«

»Ähm … keine Ahnung. Das habe ich gemacht, weil ich damals noch mit Maja und Nele unterwegs war, neben Milo saß und ich ihnen einen Gefallen tun wollte.« Eine Pause entstand. »Aus Mitleid eben«, fügte sie hinzu.

Der letzte Satz fühlte sich wie ein Schlag in den Magen an.

»Ach«, sagte Claire, als ob ihr etwas eingefallen war. »Deshalb ist Milo vorhin auf dich zugekommen?«

Milo spürte, wie sein Herz schneller schlug. Emma antwortete nicht. Vielleicht hatte sie genickt.

»Was hast du ihm gesagt?«

»Dass ich nicht komme«, sagte Emma kleinlaut.

»Sag nicht, dass du ihn magst.« Claire lachte. »Diesen Loser?«

»Was? Natürlich mag ich Milo nicht.«

Auf einmal hatte er ein Piepsen im Ohr. Sein Puls schien sich schlagartig auf ein Minimum verlangsamt zu haben und seine Augenbrauen zuckten unkontrolliert. Viel mehr, als den Kopf zu schütteln, konnte Milo nicht. Gefühlt weit weg vernahm er noch die Stimmen der Mädchen, aber er verstand sie nicht. Er wollte sie nicht verstehen. Er hatte genug gehört.

Als sein Sichtfeld zu verschwimmen begann, spürte er die Schwere der Tür in seinem Arm. Langsam ging er rückwärts und ließ sie los. Mit ihrem üblichen Krachen fiel sie zu und erschütterte den Gang. Milo konnte sie nicht mehr erschüttern. Sein Kopf fühlte sich leer an. So, als ob man einem Buch alle Seiten entrissen hatte und nur noch die Hülle vorhanden war. Er drehte sich um und setzte mechanisch einen Fuß vor den anderen. Den Blick auf den Boden gesenkt, steuerte er wie ein Roboter auf die Bibliothek zu.

KAPITEL VIER

»Na los, komm endlich, Emma. Die anderen beiden warten bestimmt schon. Ist doch egal, wer das war. Vielleicht der Wind.« Claire zuckte mit den Schultern und ging zum Ausgang, aber Emma verharrte noch immer auf der Stelle. Ein ungutes Gefühl beschlich sie. Irgendetwas in ihr zog sie zum Ende des Gangs und wollte nachsehen, wer die Tür hatte zufallen lassen.

»Emma!«, rief Claire.

»Ist ja gut.«

Als sie draußen auf Lena und Scarlett trafen, hoffte Emma, dass Claire nichts von dem Vorfall erzählen würde. Doch »Ihr werdet nicht glauben, was eben passiert ist« war das Erste, das sie sagte, gefolgt vom Rest ihrer Unterhaltung. Die beiden setzten denselben entsetzten Gesichtsausdruck wie Claire vorhin auf und wieder fühlte sich Emma an den Pranger gestellt.

»Du magst den?«, fragte Lena.

»Nein. Natürlich mag ich Milo nicht«, log Emma erneut. Auch wenn es ihr innerlich wehtat, so etwas zu sagen. Als Lena nicht reagierte, wiederholte sie den Satz und hob ihre Augenbrauen zur

Verdeutlichung. Sie versuchte, nicht zu blinzeln oder auf den Boden zu schauen, denn sie hatte einmal gelesen, dass man dadurch Lügner entlarven konnte.

»Ansonsten hätten wir nämlich ein Problem, verstehst du?«, sagte Lena mit ernster Stimme und verschränkte die Arme vor der Brust. Emma hatte sie nur ein oder zwei Mal in diesem Tonfall reden gehört. »Wenn die Leute uns mit Losern sehen, ist unser Ruf dahin. Was sollen die denken? Das ist ein Ruf, den wir uns jahrelang aufgebaut haben. Die CARMA Girls geben sich nicht mit Opfern ab.«

Claire räusperte sich. »Wir sind hier oben.« Sie hob die Hand über ihren Kopf, »und Milo ist hier unten – wenn nicht sogar irgendwo unter dem Boden. Also bitte in Zukunft keine weiteren Aktionen, nur weil du Mitleid hast. Die spielen in einer ganz anderen Liga. In der Loser-Liga.«

»Verstanden.« Emma nickte und zwang sich dazu, ein Lächeln aufzusetzen.

Wie jeden Dienstagabend gingen sie zu Claire. Ihre Eltern waren da immer bei einem Tanzkurs und somit hatten sie sturmfrei. Sie breiteten sich auf der cremefarbenen ledernen Sofalandschaft aus und schalteten den überdimensionalen Fernseher ein, der fast so groß wie die gesamte Wand war.

»Ah, fängt erst in ein paar Minuten an. Noch Zeit für eine Zigarette«, sagte Scarlett und schob die Balkontür auf.

Emma wusste zwar, dass die meisten TV-Serien nicht realistisch waren, trotzdem konnte sie sich amüsieren. Ohne die Sprüche und teils seltsamen Ansichten der anderen wäre es aber nur halb so unterhaltsam gewesen.

Heute freute sie sich darauf, den Kopf abschalten und ihre

Sorgen ausblenden zu können. Sie würde sich gar nicht einmischen, sondern nur berieseln lassen. Ein ganz entspannter Abend, und wenn die Sendungen gegen zehn vorbei waren, würde sie gemütlich nach Hause gehen.

Claire kam mit einem Tablett aus der Küche, auf dem vier Weingläser randvoll mit einem Longdrink, eine Schüssel Chips und eine Schale Schokoladenkekse standen. Emma nippte am Getränk und verzog angewidert das Gesicht. Das war mindestens zur Hälfte Alkohol. Schnell schnappte sie sich einen Keks, um den Geschmack aus dem Mund zu bekommen.

»Dem seine Nase ist ja mal total krumm«, sagte Claire, als gerade ein Mann Anfang zwanzig in der Serie sein T-Shirt auszog. »Aber der Rest ist ganz hübsch.«

»Du hast schon deinen Jannik. Schau also gefälligst nicht so genau hin«, sagte Lena und schleuderte ein Kissen nach ihr.

»Ich darf mir doch wohl andere Typen angucken, oder? Ich fasse sie ja nicht an.«

Genau in dem Moment machte Claires Handy *Ping.*

Lena lehnte sich zur Seite und warf einen Blick auf das Display. »Ach, wenn man vom Teufel spricht. Was will er denn?« Claire drehte sich mit dem Handy weg. Sie lächelte und biss sich auf die Lippe, während sie die Nachricht las.

Emma hatte als Neujahrsvorsatz all ihre Benachrichtigungen ausgestellt und danach bemerkt, dass sie viel weniger Zeit mit ihrem Handy verbrachte. Die anderen schien das ständige Gebimmel nicht zu stören. Als Emma am Tag nach ihrer Aufnahme zu den CARMA Girls nicht direkt auf die Gruppennachrichten geantwortet hatte, war sie von den drei mit Anrufen bombardiert worden, was denn los sei. Seitdem hatte sie alle Benachrichtigungen wieder aktiviert und sich noch nicht daran gewöhnt.

Claire räusperte sich. »Mädels, nach der Serie ist Schluss.«

»Du willst uns einfach für deinen Typen rausschmeißen?«,

fragte Scarlett empört vom Balkon und drückte ihre Zigarette auf dem Geländer aus.

»Nein. Jannik will wissen, ob wir Lust haben, uns mit ihm und seinen Jungs zu treffen. Beim Elisengarten. Sie haben auch schon Wodka, Rum und Jägermeister.«

»Geil, geil, geil.« Lena rieb sich die Hände. »Das nenne ich mal eine Überraschung.«

Während die beiden beinahe vor Freude auf den Polstern tanzten, kratzte sich Emma am Unterarm und schaute auf ihre ausgestreckten Beine. Eigentlich hatte sie keine Lust darauf. Ein einziges Mal war sie bisher mitgegangen, als sie sich mit den Jungs aus dem Jahrgang über ihnen getroffen hatten. Sie wollte viel lieber hier bei Claire bleiben und weiter gemütlich fernsehen.

Im Elisengarten müsste sie noch mehr Alkohol trinken und sie konnte sich gut daran erinnern, wie schwindlig ihr das letzte Mal am darauffolgenden Tag gewesen war. Ihren Eltern hatte sie es als Magenverstimmung verkauft, ihre zwei Jahre ältere Schwester hatte sie aber nicht täuschen können. Zum Glück hatte sie dichtgehalten.

»Was ist mit dir?« Lena robbte zu Emma und stupste sie an. »Freust du dich gar nicht?«

»Schon. Aber … ich habe meinen Eltern versprochen, dass ich heute Abend pünktlich zu Hause bin.«

»Dennis wird auch da sein.« Sie schnalzte mit der Zunge.

»Und?«

Lena warf den Kopf in den Nacken und stieß einen langen Seufzer aus. »Dennis ist einer der Coolsten.«

Claire war mittlerweile zu ihnen herangerückt und legte die Hände auf Emmas Knie. »Und Jannik hat behauptet, dass Dennis ein Auge auf dich geworfen hätte.«

»Pff.« Mehr brachte Emma nicht hervor. Die geballte Aufmerksamkeit war ihr unangenehm. Sie fand, dass Dennis ein schmieriger Typ war, der immer eine halbe Tube Gel in den Haaren hatte und blöde Witze machte. Sie hatte noch nie einen Freund gehabt und er würde es mit Sicherheit nicht werden.

Lena hob den Kopf und grinste. »Du bist ja total rot, Emma!«

»Gar nicht wahr.«

»Oh doch. Ganz sicher. Also, was hältst du von ihm?«

»Wenig. Außerdem – hat er nicht eine Freundin? Diese Jacky?«

»Nicht mehr. Die ist fremdgegangen.«

Emma fragte sich, wer wirklich untreu gewesen war.

»Jedenfalls ist sie weg. Er ist also Single. Stell dir vor, wie er dich auf seinem Roller mitnimmt und ihr zusammen in den Sonnenuntergang fahrt und –«

»Ach, hör doch auf«, unterbrach Claire sie. »Mach dich nicht lustig.« Sie rückte noch näher an Emma heran. »Er steht aber echt auf dich. Vielleicht könnt ihr euch heute Abend ein bisschen … näherkommen.«

Bei den letzten Worten schnürte es Emma die Kehle zu. Sie wollte gar nicht daran denken. Dennis sollte ihr schön fernbleiben. »Ne, es geht wirklich nicht. Meine Eltern würden mich umbringen.«

»Ach, diese Spießer. Was sollen sie machen?«

Emma dachte nach. Was konnte es für einen Grund geben, um nicht mit in den Elisengarten zu müssen? »Sonst bekomme ich kein Taschengeld. Und ich wollte mir doch diese Designer-Handtasche kaufen. So eine ähnliche, wie du sie hast.«

»Kein Ding. Wir können dir was leihen.«

»Ich weiß nicht. Ich will euch keine Umstände bereiten.«

Claire zuckte mit den Schultern. »Machst du nicht. Meine Eltern merken nie, wenn ich mir ein paar Scheine aus ihren Geldbeuteln nehme. Ich hab mich eh schon gefragt, wann du dir endlich eine richtige Handtasche holst.«

»Ich glaube …« Emma brauchte eine Ausrede. Sie erinnerte sich an etwas, das Nele einmal über ihren Bruder erzählt hatte. Emma rückte ein Stück vor, legte sich flach auf den Rücken, schloss die Augen und hielt sich den Magen. »Ich glaube, ich muss …«

»Was ist denn jetzt los? Das ist doch dein erstes Glas, oder? Und noch mehr als halb voll. Warte, ich hole einen Eimer. Nicht, dass du hier alles versaust.«

»Das ist es nicht. Gleichgewicht. Schwindlig. Das habe ich manchmal.«

Sie hörte, wie eine der drei aufsprang. »Müssen wir einen Krankenwagen rufen, oder so?«, fragte Lena.

Emma schüttelte langsam den Kopf. »Nicht nötig. Ich brauche nur etwas Süßes wie Cola und muss mich kurz ausruhen.«

»Bist du sicher?«

»Ja. Sorry, dass ich euch Angst gemacht habe.«

Jemand entfernte sich und kam kurz darauf wieder.

»Hier«, sagte Claire.

Emma öffnete ein Auge. Claire kniete neben ihr und hielt ihr ein Glas Cola hin. Emma setzte sich vorsichtig auf und nahm einen Schluck. Wie gut das tat. Ein Getränk ohne Alkohol.

Claire verschränkte die Arme und strich sich über den Ellenbogen. »Wie nervig. Hast du das öfter?«

»Nur ab und zu«, meinte Emma und schloss erneut die Augen. »Wahrscheinlich habe ich heute zu wenig gegessen.« Sie sah, wie Claire und Lena Blicke wechselten. »Vielleicht bin ich beim nächsten Mal dabei.«

»Lass das ›vielleicht‹ weg. Sieh zu, dass du dein Gleichgewicht schnell wiederfindest. Die Probezeit ist bald vorbei und wir wissen noch immer nicht, wie viele Klopfer du schaffst.«

Sie lachten, während sich Emmas Magen bei dieser Vorstellung tatsächlich umdrehte.

Als Emma zu Hause ankam, konnte sie ihrer Mutter nicht ausweichen.

»Und, Schatz, wie war der Leseabend?« Sie stand im Türrahmen zum Wohnzimmer und schwenkte ein Glas Rotwein. Wie jeden Abend gönnten sich ihre Eltern einen »erlesenen Tropfen«, wie sie immer zu sagen pflegten, damit sie länger lebten.

Emma zog ihre Sandalen aus. »Gut.«

»Maja und Nele waren auch da, oder? Du hast so lange nichts mehr mit ihnen gemacht.« Sie nippte am Glas. »Ich habe Neles Mutter heute beim Einkaufen getroffen.«

»Ja, genau. Mal gucken.« Sie schnappte sich ihre Tasche und wollte in ihr Zimmer gehen.

Ihre Mutter trat einen Schritt in den Flur. »Ist wirklich alles in Ordnung, Schatz?«

»Ja, keine Sorge.«

»Schön. Wenn du Hunger hast: Im Kühlschrank sind die Reste vom Mittagessen.«

Emma wärmte sich die Lasagne in der Mikrowelle auf und setzte sich auf einen der Barhocker an der Küchenzeile. Das Essen war noch zu heiß, weshalb sie darin herumstocherte und ihr der Dampf in die Nase stieg. Ihr Handy bimmelte. Sie holte es hervor und sah ein verwackeltes Video von Claire. Lena und Scarlett grölten vergnügt in die Kamera. Sie liefen am Theater entlang und alle drei hatten sich aufreizend angezogen und geschminkt, als würden sie in einen Club gehen. Dabei waren sie noch zu jung dafür. Emma verspürte keinerlei Verlangen, jetzt auch draußen unterwegs zu sein.

Im nächsten Augenblick bemerkte sie, wie jemand hinter ihr vorbeiging. Schnell schaltete sie das Handy aus und blickte auf.

»Zu spät, Emma. Ich habe deine Freundinnen schon gesehen«, sagte Hannah, ohne sich umzudrehen. Sie machte den Wasserkocher an und warf einen Teebeutel von »Sweet Dreams« in ihre Tasse, auf der »Beste große Schwester« geschrieben stand. Dann öffnete sie den Küchenschrank, schnappte sich aus dem Fach ihres Vaters ein paar Gummibärchen und legte zu Emma gewandt den Zeigefinger auf die Lippen. Hannah konnte so viele Süßigkeiten essen, ohne auch nur ein bisschen zuzulegen. Sie hatte eindeutig die besseren Gene abbekommen. Schlank wie Papa und das gleiche Model-Gesicht wie Mama früher.

Ungeschminkt und in Jogginghose und Hoodie lehnte sie an der Küchenzeile und würde wohl auch in diesem Outfit zur Ballkönigin gewählt werden. So beliebt war sie in ihrer Stufe.

Emma hob ihre Gabel und pustete. Hannah grinste, als ob sie etwas wüsste, das sie nicht verraten wollte. Die Lasagne war noch immer zu heiß.

»Was ist?«

»Warum bist du nicht bei ihnen?«

Emma zuckte mit den Schultern. »Weiß nicht. Keine Lust.«

»Das haben die einfach so akzeptiert?«

»Wieso nicht?«

Es machte *Klick* und Hannah goss das sprudelnd heiße Wasser in die Tasse. »Ach, egal. Sind ja deine Freundinnen.«

»Genau.« Emma wandte sich ab und widmete sich ihrem Essen. Ohne aufzublicken, schaufelte sie Gabel für Gabel in sich hinein. Dass ihre Schwester noch immer dastand und sie beobachtete, machte sie nervös.

»Ist dein Tee nicht fertig?«

Hannah guckte auf die Uhr. »Noch eine Minute.«

Emma schaltete das Handy ein und scrollte durch die neuesten Beiträge. Sie konnte sich auf nichts konzentrieren, sondern wischte wahllos nach oben und unten. Aus dem Augenwinkel sah sie, wie Hannah den Teebeutel übertrieben lange ausdrückte und dann endlich ging. Emma brauchte jetzt nicht auch noch eine Diskussion mit ihrer Schwester.

»Irgendwie …«, begann Hannah und blieb im Türrahmen stehen, »fand ich deine alten Freundinnen netter. Aber – sie müssen ja dir gefallen. Und wenn du jetzt glücklich bist, freue ich mich natürlich für meine kleine Schwester.« Sie zwinkerte ihr zu und verschwand um die Ecke.

Emma hatte keinen Appetit mehr. Die letzten Bissen in ihrem Mund schluckte sie noch herunter, den Rest schmiss sie weg. Nach einem Glas Wasser ging sie ins Bad, putzte sich die Zähne und war dann froh, endlich allein in ihrem Zimmer zu sein.

Sie warf sich auf ihr weiches Bett mit der schweren Decke und griff nach den Stoffbären, die sie sich vor Jahren einmal zusammen mit Maja und Nele gekauft hatte. Jede von ihnen besaß jeweils zwei. Einen hellbraunen und einen dunkelbraunen, ungefähr so groß wie ihre Hand. Mister und Misses Floki lachten sie mit ihren großen schwarzen Augen an und breiteten wie immer die Arme weit aus. Sie drückte sie auf ihre Brust und starrte die Decke an. Wie gerne hätte sie jetzt Maja und Nele umarmt.

Die Sprüche von Claire, Lena und Scarlett hallten in ihrem Kopf wider und auch Milos verdutzter Gesichtsausdruck tauchte auf, als sie ihn hatte stehen lassen. Er musste unheimlich enttäuscht sein, dass sie nicht zum Leseabend gegangen war.

Emma bemerkte, dass sie schnell und schwer atmete, fast schon schnaufte, und setzte sich an die Bettkante. Mister und Misses Floki durften zurück zu den Kissen, während sie ihren Blick über die Reihen ihrer Bücherregale schweifen ließ. Sie wollte nicht weiter über das nachdenken, was sie heute getan und gesagt hatte, und sich Vorwürfe machen. Sondern all das ausblenden.

Es war Zeit, in Gedanken irgendwohin zu reisen. Was bot sich da besser an als die Welten in ihren Büchern? Für einen Moment musste sie grinsen. Sie erinnerte sich an das, was Milo ihr letztes Jahr in einer E-Mail geschrieben hatte: Dass er das Gefühl hatte, man könnte im Traum in Bücher reisen. Einmal hatte es sich angeblich besonders echt angefühlt. Als hätte er mit den Charakteren gesprochen und Dinge über sie erfahren, die nicht im Buch standen.

Sie schnappte sich eines, das sie bereits zweimal gelesen hatte. Eine Welt, über die sie viele Bücher besaß, und die sie am liebsten besuchen würde. Es war die gleiche, von der Milo behauptet hatte, dass er dort gewesen sei. Er hatte schon immer eine blühende Fantasie gehabt. Vielleicht mochte sie ihn deshalb.

KAPITEL FÜNF

Ein Summen lag in der Luft, als Emma wach wurde. Es konnte unmöglich Morgen sein, dafür fühlte sie sich viel zu müde. Aber es war so hell, dass sie die Augen nicht öffnen wollte.

Sie zog die Decke bis zum Kinn, doch auf einmal waren ihre Füße unbedeckt. Warum war die Decke kürzer als sonst? Emma tastete nach ihrem Handy, das auf dem Nachttisch lag, konnte es aber nicht finden. Da stand auch kein Nachttisch. War das einer dieser Träume, wo man nur denkt, man wäre schon wach?

Außerdem roch es gar nicht nach den Vanille-Duftkerzen und Lavendel-Zweigen, die normalerweise hinter ihrem Bett am Fenster lagen. Jetzt war da nichts. Kein Duft bahnte sich den Weg in ihre Nase. Fast so, als hätte man alles aus ihrem Zimmer geräumt.

Vorsichtig öffnete sie ein Auge. Eine grelle Lampe wie beim Zahnarzt blendete sie und sie schloss es direkt wieder. Sie hielt sich die Hand vors Gesicht und spähte durch die Finger. Plötzlich bemerkte sie etwas in ihrem Sichtfeld, das auf sie fallen würde, und drehte sich blitzschnell zur Seite, die Arme schützend über sich.

Doch es passierte nichts. Etwas schien in der Luft zu hängen. Es hatte wie ein Mensch ausgesehen. Was war das für ein absurder Traum?

»Hey.«

Emma erschrak und zog die Bettdecke über den Kopf. Sie spürte, wie ihr die Angst wie ein Kribbeln durch den ganzen Körper fuhr.

»Hey … du«, sagte der Mensch erneut. Der Stimme nach zu urteilen, handelte es sich um einen Jungen in ihrem Alter.

Vorsichtig wagte sie einen Blick. Da schwebte tatsächlich ein Junge waagerecht in der Luft, umgeben von seltsamen weißen Schlieren, die sich unregelmäßig hin und her bewegten. Sie erinnerten Emma an durchsichtige Schlangen, die ihre Beute beschützten.

»Bitte«, presste der Junge hervor. »Hilfe.«

Emma konnte die Verzweiflung in seinen braunen Augen sehen. Eine Hand hielt er sich schützend vor die Stirn, die andere hatte er auf Höhe der Hüfte zur Faust geballt. Es schien, als könnte er sie nicht bewegen. Lediglich seine Pupillen huschten panisch von links nach rechts und richteten sich dazwischen immer wieder auf Emma. Seine Klamotten wirkten aus der Zeit gefallen. Sie erinnerten sie an die Leute auf Mittelaltermärkten. Und seine Haare waren so lang, dass er bald zum Friseur gehen sollte.

»Hör nicht auf ihn«, donnerte im nächsten Moment die Stimme eines alten Mannes hinter Emma durch den Raum.

Erneut zuckte sie zusammen und zog die Beine ganz nah an ihren Oberkörper. Wie ein Igel, der sich einrollte. Wo war sie hier nur gelandet? Der Traum fühlte sich mehr als echt an. Sie lehnte sich an das Kopfteil des Bettes und vergrub das Gesicht in den Händen.

Der Mann sprach weiter: »Er erzählt Lügen! Bleib einfach liegen.«

Sie blickte hoch zu dem Jungen und glaubte zu erkennen, dass er versuchte, den Kopf zu schütteln. Inzwischen hatte er es geschafft, die Faust leicht zu öffnen.

Emma spähte über das Kopfteil. Da war ein altes Männchen mit weißem Haar und langem Bart, das auf einem Sessel saß und die Arme in Richtung des Jungen ausstreckte. Offenbar hielt es so die Schlieren aktiv, die den Jungen fesselten.

Sie drehte sich wieder um. Zwischen Bett und Sessel hatte sie so etwas wie einen Klotz gesehen. Langsam wandte sie sich zur Seite. Bücherregale reichten endlos in die Höhe. Fast alles hier war unheimlich weiß. Der Boden. Die Regale. Selbst ihr Pyjama. Nur die Wand hinter dem Männchen war Emma wie ein grauer, sich bewegender Nebel vorgekommen, und die Wand vor ihr zeigte eine Stadt von oben. Welche das war, wusste sie nicht. Noch nie war sie in einem sechseckigen Raum gewesen.

Sie legte den Kopf in den Nacken und schaute zum Jungen. Er blickte mit der Verzweiflung einer Maus, die im Käfig einer Schlange gefangen war, auf Emma herab.

»Hilfe. Wenn er … mit mir …« Ein Ruck durchzog ihn und sein Gesicht zeugte von tiefem Schmerz. Emma schnappte nach Luft. »… fertig ist … dann … dann bist du … dran«.

»Womit?«, flüsterte sie, sodass nur er es mitbekommen konnte.

»Egal, was er sagt, Emma, glaub ihm kein Wort«, rief der Mann von hinten.

Emma war verwirrt und wusste nicht, was sie tun sollte. Woher kannte der Mann ihren Namen? Am liebsten wäre sie aus dem Traum erwacht und hätte mit ihrer Familie in Ruhe gefrühstückt. Aber aus irgendeinem Grund befand sie sich gerade in diesem fremden Raum. Wem von den beiden sollte sie bloß trauen?

»Er … er … foltert …«

»Halte still, Emma. Gleich haben wir es geschafft.«

»… foltert … Kinder …«

»Bleib ruhig. Beweg dich nicht. Höre nicht auf ihn.«

»… bitte … gib mir …«

»Das machst du gut. Weiter so, Emma.«

»... gib ... mir ... deine ... Hand ... bitte!«

Die Panik in den Augen des Jungen verursachte eine Gänsehaut auf Emmas gesamtem Körper. Sie musste etwas tun. Sie musste ihm helfen.

Im nächsten Moment richtete sie sich ruckartig auf und ergriff die Hand des Jungen. Dann wurde sie bewusstlos.

Emma kam zu sich. Sie lag auf dem Boden, der hart und dreckig war, und hatte eine Schranktür vor der Nase. Schnell stand sie auf, klopfte den Schmutz bis aufs kleinste Staubkorn von den Fingern und wischte sich das Gesicht sauber. Sie hatte keinen Pyjama mehr an. Stattdessen steckte sie in einem beigefarbenen Kleid, das bis zum Hals zugeknöpft war, über die Knie reichte und dessen Ärmel knapp unter den Ellenbogen endeten.

Sie war barfuß, entdeckte aber ein Paar dünne Strümpfe und dunkelbraune Lederstiefel neben sich. Sie tastete mit den Fingern über ihren Kopf und spürte ein schmales Band, mit dem ihre Haare zu einem Zopf gebunden waren. Es fühlte sich wie Leder an und war nicht so elastisch wie ihre Haargummis zu Hause.

Emma ließ den Blick durch den Raum wandern. Rechts von ihr trat Licht durch ein Fenster. Das Zimmer war in etwa halb so groß wie ihres in Aachen und wurde zum Großteil von einem Bett ausgefüllt, das leer war. Rotbestickte Decken lagen sorgfältig zusammengefaltet am Fußende und zahlreiche beigefarbene Kissen stapelten sich am Kopfteil. Die Bettpfosten sahen nach massivem Holz aus und ragten fast zwei Meter in die Höhe, trugen aber keinerlei Vorhang, Moskitonetz oder Sichtschutz, wie sie es von dieser Art Bett kannte. Auf beiden Seiten standen Holzschränkchen in den Ecken, mit zur Hälfte abgebrannten Kerzen darauf.

Der Raum wirkte wie aus einer anderen Zeit. Viel zu alt und

langweilig. Kein Fernseher und keine Steckdosen. Als ob jemand die Augen davor verschließen wollte, dass es moderne Technik gab.

Emma drehte sich auf der Stelle und bekam plötzlich das Gefühl, schon einmal hier gewesen zu sein. Nicht wie jetzt, sondern in Gedanken. Aber – wieso fühlte sich dieser Traum so echt an? Erst der weiße Raum, nun das hier. Hatte sie etwa Halluzinationen? Vielleicht hatte Claire, als sie bei ihr gewesen war, etwas in die Schokoladenkekse oder in ihr Getränk gemischt. Obwohl sie sich das beim besten Willen nicht vorstellen konnte. Außerdem hätte sie die Wirkung doch spätestens zu Hause merken müssen.

Sie zwickte sich leicht in den Arm und spürte den Schmerz. War das hier vielleicht doch kein Traum? Aber was dann? Ihr Kopf musste ihr einen Streich spielen. Oder hatte man sie verschleppt, an irgendwelche Geräte angeschlossen und führte Experimente mit ihr durch, sodass sie sich in einer virtuellen Welt befand? Das kannte sie sonst nur aus Science-Fiction-Filmen. Aber warum sollte ausgerechnet sie ausgewählt worden sein? Sie war doch niemand Besonderes. Was auch immer hier los war – sie musste es so schnell wie möglich herausfinden.

Auf einmal vernahm sie ein Geräusch, das aus der anderen Ecke des Zimmers kam. Sie griff instinktiv nach den Stiefeln, um sie im Notfall zu werfen. Doch als der Kopf des Jungen, der im weißen Raum über ihr gehangen hatte, hinter der Bettkante erschien, atmete sie erleichtert aus.

»Du bist es.«

Der Junge lächelte sie an, sah aber verwirrt aus. »Wohnst du hier?«

Emma musste kurz lachen. Hoffentlich hatte er das nicht ernst gemeint. »Nein.«

»Aber wo …?«

»Ich weiß auch nicht, wo wir hier gelandet sind.«

Er stand auf und kam in ihre Richtung. Instinktiv wich sie

zurück, doch er ging geradewegs zum Fenster. Er klebte beinahe mit der Stirn an der Scheibe und drehte den Kopf zu beiden Seiten.

»Hast du etwas entdeckt?« Emma machte einen Schritt auf ihn zu.

»Nein, nichts. Was ist das für ein Raum?« Er widmete sich dem Nachttisch.

»Irgendein Schlafzimmer.« Sie sah sich auch weiter um. Die Kleiderschränke reichten fast bis zur Decke, wirkten genauso alt und robust wie das Bett, und füllten die gesamte Wand aus, die in den Ecken mit Spinnweben übersät war. Nirgendwo entdeckte sie einen Spiegel. Ohne Spiegel wäre sie morgens verloren.

Plötzlich hörte sie ein regelmäßiges Quietschen hinter der Zimmertür, als würde jemand eine Treppe benutzen.

»Schnell, unters Bett«, zischte der Junge und war im nächsten Moment verschwunden. Auch Emma legte sich flach auf den Boden, wollte sich gerade zu ihm schieben, da fielen ihr die Strümpfe ein. Sie robbte vor, schnappte sie sich und war rechtzeitig in Sicherheit, bevor die Tür aufging. Emma hielt die Luft an und schielte auf die Beine, die in den Raum traten. Sie steckten in Pantoffeln. Die Person trottete zum Fenster und blieb dort stehen. Emma betete innerlich, dass sie nicht entdeckt wurden.

Die Pantoffeln kehrten um, verließen den Raum und im Schloss drehte sich ein Schlüssel. Erleichtert stieß Emma die Luft aus ihrer Nase und wartete, bis die Treppenstufen keine Geräusche mehr verursachten. Dann krabbelte sie hervor und zog Strümpfe und Stiefel an.

»Was machen wir jetzt?«, fragte sie den Jungen. Ihr fiel auf, dass sie seinen Namen gar nicht kannte. »Wie heißt du eigentlich?«

»Mats.«

»Freut mich. Emma.«

»Ein schöner Name. Wir sollten hier verschwinden, bevor das Männchen kommt.«

»Das alte Männchen aus dem weißen Raum?«

»Genau.«

»Warum hatte es dich gefangen gehalten?«

»Erkläre ich dir später. Hast du was in deinen Taschen?«

Emma konnte nichts finden. »Du?«

»Nur einen Stein. Kein Gold. Lass uns nachschauen, ob es hier welches gibt.« Mats öffnete die Schranktüren vorsichtig und wühlte sich hastig durch die Fächer. »Guck du mal in den Nachtkästchen«, meinte er, während er zum zweiten Schrank ging.

»Wozu überhaupt?«

»Wie willst du denn an was zu essen oder ein Dach über dem Kopf kommen?«

Sie hatte noch nie etwas gestohlen. Aber, wo auch immer sie sich hier befanden, ohne Geld würden sie nicht lange überleben. Da musste sie ihm recht geben. Sie zog die untere der beiden Schubladen auf. Ein Topf stand dort und sie machte sie schnell wieder zu. Der wurde sicher nicht zum Kochen verwendet. In der oberen fand sie eine in ein Seidentuch gewickelte Schatulle. Darin lagen zwei silberne Ringe und drei goldene Ketten. Sie zögerte.

Mats tauchte hinter ihr auf. »Steck die ein.«

Sie biss sich auf die Lippe und stopfte alles in eine der beiden Taschen, die auf Bauchhöhe auf ihr Kleid genäht waren. Sie fühlte sich wie Claire, die ihre Eltern beklaute. Mats schnappte sich aus dem zweiten Nachttisch ebenfalls ein paar blank polierte Ringe.

»Komm.«

Er untersuchte das Fenster und öffnete es mit einem Ruck. Gut drei Meter unter ihnen verlief ein Schotterweg, auf der gegenüberliegenden Straßenseite befand sich eine alte braune Scheune, deren hohe Holztore mit einem Querbalken verschlossen waren. Von Menschen fehlte jede Spur.

Sie konnten unmöglich springen. Dafür waren sie zu weit oben. Emma wurde heiß. Doch Mats schien anderer Meinung zu sein. Er kletterte mit einem Bein hinaus, als könnte er es gar nicht erwarten, und hielt sich am Fensterrahmen fest.

»Das ist viel zu hoch«, sagte sie und wischte sich über ihre inzwischen feuchte Stirn.

»Ich fange dich auf.«

Mehr sagte er nicht und ehe Emma protestieren konnte, sprang er. Sie presste sich vor Schreck die Hand vor den Mund. Doch Mats landete erstaunlich sanft auf dem Boden, rollte sich ab und klopfte sich Hemd und Hose sauber. Einen Moment lang drehte er sich im Kreis, den Kopf im Nacken, als hätte er ewig keine frische Luft mehr eingeatmet. Dann schaute er mit einem Lächeln auf den Lippen zu ihr.

»Los, spring.« Er breitete die Arme aus.

Zum Glück hatte Emma keine Höhenangst. Im Schwimmbad auf dem Dreier wäre das jetzt kein Problem, da wusste sie, dass sie ins Wasser eintauchen würde. Aber hier war es etwas anderes. Sie kletterte hinaus, bis sie auf dem Rahmen saß, ihre Beine in der Luft baumelten, und hielt sich mit den Händen am Fensterrahmen fest.

Neue Geräusche auf dem Flur zwangen sie dazu, schnell zu handeln. Es gab nur eine Richtung. Sie ließ los, in der Erwartung, gleich tief in die Knie zu gehen. So tief, dass es danach eigentlich weh tun musste. Aber zu ihrer Überraschung packte Mats sie genau im richtigen Moment und setzte sie sanft auf dem Boden ab.

»Schnell, ich habe wieder wen gehört«, sagte sie und zog ihn mit sich.

Sie eilten davon und nahmen die nächste Abzweigung. Die Gasse vor ihnen war leer und sie verlangsamten ihre Schritte.

»Einbrecher! Einbrecher!«, rief auf einmal eine Männerstimme aus Richtung des Hauses, das sie eben verlassen hatten.

Mats beugte sich an Emmas Ohr. »Wir müssen uns normal verhalten. Bloß nicht auffallen.«

Emma nickte. Ihr Herz schlug bis zum Hals und sie versuchte, sich nicht anmerken zu lassen, wie nervös sie war. Um sich abzulenken, konzentrierte sie sich auf die Gebäude um sie herum. Überall ragten Fachwerkhäuser in die Höhe, dicht an dicht gedrängt, als wären sie über die Zeit hinweg zusammengewachsen, und nur ab und zu quetschten sich schattige Gassen dazwischen. Sie war definitiv in einer anderen Epoche gelandet. Wie war das möglich? Zeitreisen gab es doch nicht wirklich. Aber der Ort fühlte sich nicht fremd, sondern irgendwie vertraut an. So wie eben schon das Schlafzimmer. Sie kam jedoch nicht auf den Grund.

Als sie auf eine breitere Straße bogen, rannten drei Männer mit grauen Uniformen auf sie zu, eine weiße Schärpe quer über der Brust, jeweils in der rechten Hand einen langen Speer. Emma hielt die Luft an und wurde langsamer.

Mats ließ sich zurückfallen, legte den Arm um sie und zog sie mit sich. »Lass dir nichts anmerken.«

Die Wachen beachteten Emma und Mats gar nicht, sondern blickten nur grimmig geradeaus. Emma atmete erleichtert auf.

Gut fünf Minuten lang liefen sie durch die Straßen, ohne ein Wort zu wechseln, ehe sie auf eine große Hecke zusteuerten, die wild in alle Richtungen wucherte. Ihre Zweige hingen teilweise halb auf den Weg, der zu beiden Seiten abführte. Sie bogen nach links ab.

»Wie heißt der Ort?«, fragte Mats und beendete damit endlich die Stille.

»Woher soll ich das wissen?«

»Was meinst du damit?« Die Spur eines Vorwurfs lag in seiner Stimme.

»Ich war hier auch noch nie.« Sie war doch kein Lexikon, das alles wusste, sondern genauso fremd hier wie Mats. In der Ferne entdeckte sie eine ältere Dame, die im Erdgeschoss auf einem Fenstersims lehnte. »Vielleicht kann sie uns helfen.«

Mats schaute sie verwirrt an, und erst als er ihrem Fingerzeig folgte, entspannten sich seine Gesichtszüge. Die alte Frau blickte ihnen den ganzen Weg über durch ihre zusammengekniffenen Augen entgegen.

Emma räusperte sich und überlegte, wie sie die Dame ansprechen sollte. Hatte man früher gesiezt oder eher »Ihr« und »Euch« verwendet? Sie verließ sich auf ihr Gefühl. »Entschuldigt bitte.«

»Was denn, mein Kind?« Sie klang liebevoll wie eine Großmutter, die mit ihrer Enkelin sprach.

»Wo sind wir hier?«

Die Frau zog eine Augenbraue nach oben und begutachtete Emma und Mats skeptisch von Kopf bis Fuß. »Was soll das heißen?«

»Ich meine: Wie lautet der Name dieses Ortes?« Erst jetzt bemerkte Emma, wie absurd die Situation war. Sie stellte sich vor, wie jemand in Aachen auf sie zukam und so etwas fragte. »Wir sind nicht von hier und erst heute angekommen.«

»So, so.« Die Frau machte eine Pause und musterte sie erneut.

»Kennt Ihr denn Aachen?« Doch die Alte legte nur die Stirn in Falten. »Oder Köln?«

Die Frau richtete sich auf und seufzte. »Kind, ich weiß nicht, wovon du da redest, aber du bist hier in Caduco. Sagt dir das etwas?«

Emma brachte keinen Ton hervor. Die Wörter steckten auf halbem Weg in ihrer Kehle und trauten sich nicht hinaus. Mats warf ihr einen fragenden Blick zu. Sie ließ ein paar Augenblicke vergehen, ehe sie sich zu einem Lächeln zwang und nickte.

»Natürlich kenne ich Caduco. Schließlich kommen wir aus … Cubato. Danke!«

Damit machten sie kehrt. Die Frau guckte ihnen mit Sicherheit nach, aber Emma wollte sich nicht noch einmal umdrehen. Caduco! Das war der Ort, der in dem Buch erwähnt wurde, das sie im Bett gelesen hatte. Aber … Das war doch nicht möglich! Wie sollte sie hierher gelangt sein? Als ob man in die Welt von Büchern eintauchen konnte.

Mats kratzte sich am Hinterkopf. »Und?«

Emma sagte nichts. Ihre Gedanken waren viel zu beschäftigt, als dass sie ihm antworten konnte.

»Was ist dieses Aachen, Köln und Cubato? Emma?«

Emma lief voraus, weiter am Grün der Hecke entlang, ehe sich eine Lücke auftat und sie einen mächtigen Kastanienbaum entdeckte. Seine Wurzeln schoben sich bereits bis unter einen hölzernen Zaun, der eine weitläufige Wiese umrahmte.

»Emma!« Mats hatte sie am Arm gepackt, doch sie riss sich los.

Sie setzte sich auf eine Wurzel, die sich hart und kalt wie eine Eisenstange anfühlte, und lehnte sich gegen den Baumstamm. Langsam schüttelte sie den Kopf. Wo war sie hier nur hineingeraten? Sie schaute hoch zu Mats.

Er trat neben sie und verschränkte die Arme vor der Brust. »Wie weit ist es?«

»Wohin?«

»Zu dir nach Hause.«

Emma musste kurz lachen. Ihr Zuhause war weit weg und sie hatte selbst keine Ahnung, wie sie zurückkam.

»Verdammt! Was ist daran so witzig?« Er stemmte die Hände in die Hüften.

»Nichts«, antwortete sie kleinlaut.

»Wie ›nichts‹?«

Warum war er so aggressiv? Sie konnte doch auch nichts dafür. Auf Streit hatte sie jetzt keine Lust. »Ich meine nur, die Situation ist komisch. Weißt du, das Zimmer, in dem wir aufgewacht sind. Ich dachte vorhin schon, dass es so aussehen würde, als ob jemand hier das Mittelalter nachgebaut hätte. Niemand lebt doch heutzutage noch so.«

Er guckte sie ungläubig an. »Willst du damit sagen, dass das nicht deine Welt ist?«

»Wir sind hier in Caduco, Mats. Das ist eine Stadt in dem Buch, das ich gelesen habe. Wir sind in einem Buch!«

Er stapfte auf den Zaun zu, zog sich an den Haaren und schlug mehrmals so fest mit der flachen Hand gegen die Bretter, dass sie hin und her wackelten. Emma zuckte zusammen. Was war los mit ihm?

Sie wollte ihm etwas Zeit geben, um sich zu beruhigen, ehe sie wieder mit ihm sprach. Caduco. Auf irgendeine Weise war sie in das Buch gelangt. So wie Milo damals, als er ihr von seinem Traum erzählt hatte, in dem er in eine Buchwelt eingetaucht war. War ihr das nun auch passiert, als sie Meister Kildars Briefe gelesen hatte? Aber was sollte sie hier? Musste sie zu ihm und er würde ihr eine Mission geben? Sie befand sich doch in keinem Videospiel. So etwas geschah nur in Filmen … oder eben Büchern.

Ihr fiel ein, dass Mats vorhin einen Stein erwähnt hatte. Das konnte ein erster Hinweis sein. Sie stand auf und stellte sich neben ihn an den Zaun. »Geht's wieder?«

Er wandte sich zu ihr. Seine Augen brannten nicht mehr so fokussiert wie zuvor, sondern wirkten niedergeschlagen. Er hatte seine Unterlippe nach vorn geschoben, atmete hörbar tief durch die Nase aus und blickte gedankenverloren auf die Wiese. Emma hatte den Eindruck, als ob er irgendetwas aufgegeben hätte.

»Ich … ich hatte nur gehofft, dass ich dich vor diesem Männchen retten und zurück nach Hause bringen könnte.«

Emma kamen die Bilder aus dem weißen Raum vor Augen. Wie Mats in der Luft festgehalten wurde und sie ihn befreit hatte. »Was hat es eigentlich mit dem alten Männchen auf sich und was ist passiert, nachdem ich bewusstlos geworden bin?«, fragte sie. Er reagierte zunächst nicht. »Hat dieser Stein damit zu tun, den du erwähnt hast?«

Mats kramte in seiner Tasche und holte einen klaren grünen Stein hervor. Er ließ ihn in ihre Hände gleiten. Der Stein passte gerade so in ihre Faust und sah wie das Viertel einer Kugel aus, war überall grün und hatte abgerundete Ränder.

»Wie ich da hingekommen bin, weiß ich nicht mehr. Ich habe gegen den alten Mann gekämpft und ihm diesen Stein da abgeluchst.« Er zeigte auf Emmas Hand. »Dann habe ich dich gerettet und wir sind durch die eine Wand mit der Stadt verschwunden. Ich dachte, damit käme ich endlich in deine Welt.«

»Endlich?«

»*Eigentlich,* meine ich. Eigentlich in deine Welt.«

Emma drehte und wendete den Stein. Er zeigte keine Kratzer oder Luftbläschen. Leider auch nichts wie einen Knopf, womit sie ihn hätte aktivieren können. Sie stutzte. Hatte sie das gerade richtig verstanden? »Wieso sprichst du von ›meiner‹ Welt? Kommst du nicht auch von der Erde?« Er sah zumindest ganz normal aus.

Mats hielt kurz inne. Er schien nachzudenken, oder die passenden Worte zu suchen. »Ehrlich gesagt … Ich weiß es gar nicht genau.«

»Was? Du weißt nicht, wo du herkommst?« Sie konnte sich nicht vorstellen, dass Außerirdische wie Mats aussahen. Allerdings … Wie wollte sie das beurteilen? Oder war er ein Charakter aus dem Briefroman? Aber ihr fiel niemand ein, den Meister Kildar so wie Mats beschrieben hatte.

Er zuckte mit den Schultern und schaute sie wieder an. »Ich glaube, dass wir beide aus der gleichen Welt kommen. Von der Erde. Ich bin genau wie du ein Mensch, benötige Luft, Essen und Schlaf. All das. Aber irgendwas hat dieser alte Mann mit meinem Gedächtnis gemacht.«

Er legte den Kopf in den Nacken und blickte gen Himmel. Eine Spur von Sehnsucht trat in seine Augen.

»Woran kannst du dich denn noch erinnern? An deine Eltern? Deine Geschwister? Deine Freunde?«

»Ich fürchte, ich kenne gerade nur meinen Namen.«

Emma führte die Hand vor den Mund. Es musste schrecklich sein, wenn man nicht wusste, woher man stammte oder wo man hingehörte. »Hoffentlich kommt der Rest bald zurück.« Sie klopfte ihm leicht auf die Schulter.

Er nahm den Stein wieder an sich und balancierte ihn zwischen Daumen und Zeigefinger vor seinen Augen. »Der hier ist das

Einzige, das uns mit diesem weißen Raum verbindet. Wir sollten jemanden suchen, der sich mit solchen Steinen auskennt. Momentan fällt mir nichts anderes als der grüne Stein und der weiße Raum ein, über die wir zurück in die echte Welt gelangen können. Wir müssen also so schnell wie möglich mehr über den Stein in Erfahrung bringen.«

Meister Kildars Name lag Emma auf der Zunge. Aber etwas ließ sie zögern. Sie kannte Mats erst seit Kurzem und war sich nicht sicher, ob sie ihm trauen konnte. Erst verhielt er sich wie ein Grobian und jetzt wirkte er wie ein kleines Kind, das seine Eltern verloren hatte.

Sie wollte lieber erst noch eine Nacht abwarten. Vielleicht würde sie am nächsten Tag in ihrem Bett in Aachen aufwachen und der ganze Spuk wäre vorbei. Sie dachte an das alte Männchen aus dem weißen Raum und wie es sie gewarnt hatte.

»Meinst du, das alte Männchen kommt uns hinterher?«

»Ich weiß es nicht. Wenn ja, wäre es vermutlich direkt nach uns in dem Schlafzimmer aufgetaucht. Trotzdem sollten wir die Augen aufhalten.« Er stieß sich vom Zaun ab und zeigte zu den Häusern. »Gibt es in deinem Buch einen sicheren Platz zum Schlafen?« Er klang wieder wie der Grobian. »Und was zu essen? Hast du nicht auch Hunger?«

»Geht so«, antwortete Emma, obwohl ihr Magen schon rumorte. Seitdem sie mit den CARMA Girls unterwegs war, versuchte sie weniger zu essen.

Sie ließen den Zaun und den Baum hinter sich und suchten nach einem Gasthaus. Anfangs kamen sie nur an Wohnhäusern vorbei, sodass sie niemanden fragen konnten. An einer Kreuzung trafen sie endlich auf einen älteren Herrn.

»Entschuldigt«, sagte Mats mit einer warmen Stimme, die Emma noch gar nicht von ihm kannte. »Wir sind auf der Suche nach einer Unterkunft für die Nacht. Könnt Ihr uns sagen, wo wir eine finden?«

»Immer da lang.« Er zeigte nach rechts. »Da kommt ihr geradewegs zur Hauptstraße. Am Hafen wimmelt es von Gasthäusern.«

Emma erinnerte sich, dass Caduco am Meer lag. Und auch daran, dass sich das Leben auf der Hauptstraße parallel zur Hafenpromenade abspielte. Davon hatte Meister Kildar in seinen Briefen berichtet. Sie war froh, dass sie bergab laufen konnten. Obwohl sie noch gar nicht lange in Caduco waren, fühlte sie sich müde, was vielleicht auch daran lag, dass es langsam Abend wurde. Die Schatten zogen sich in die Länge und vereinzelte Brisen, die nach Meer rochen, wehten aus den schattigen Gässchen. Kinder liefen lachend an ihnen vorbei und spielten Verstecken.

Je näher sie der Hauptstraße kamen, desto einfacher waren die Häuser gebaut. Sie bezweifelte, dass hier noch jemand solch ein Schlafzimmer besaß wie das, in dem sie gelandet waren. Auf den Straßen sammelten sich zunehmend alte Kisten und Überreste von Fässern, für die sich offenbar niemand verantwortlich fühlte.

Kurz darauf gelangten sie an eine breite Straße, bei der es sich um die Hauptstraße handeln musste. Sie schien endlos in beide Richtungen zu verlaufen. Männer und Frauen in dreckigen Klamotten schoben geschäftig vollgepackte Karren durch die Gegend und auch ein Esel zog einen turmhoch beladenen Anhänger über den holprigen Weg. Der Boden bestand zum Großteil aus Erde und Kies, hier und da waren Löcher zu sehen. Der Temperatur nach zu urteilen, war es Frühling oder Sommer.

»Da vorn.« Mats zeigte auf ein mehrstöckiges Gebäude, vor dem ein großes schwarzes Schild mit dem weißen Schriftzug »Gasthaus zur schwarzen Erle« baumelte.

Drinnen trafen sie auf einen alten Mann mit lichtem Haar und ordentlichem Bauchumfang. Er stand hinter einem Tresen und winkte sie hinein.

»Ah, Kundschaft. Oder –« Er stockte und musterte sie mit zusammengekniffenen Augen. »Sucht ihr eure Eltern?«

»Wir sind älter, als wir aussehen«, antwortete Mats kühl. »Wir suchen einen Schlafplatz für die Nacht. Und auch etwas zu essen.«

»Dann seid ihr hier richtig. Ich bin Pondo. Leider ist kein Einzelzimmer mehr frei. Zwei Betten in einem Schlafsaal habe ich noch.«

Mats drehte sich zu Emma um. »Geht?«

»Ich weiß nicht«, flüsterte sie und zuckte mit den Schultern.

Pondo war ihr Zögern nicht entgangen. »Es tut mir leid, dies zu sagen, aber ihr werdet kaum noch freie Zimmer finden.«

Mats wandte sich zu ihm. »Wieso?«

»Ihr seid spät dran. Die meisten Gasthäuser sind bereits voll. Ihr müsst wissen: All die Händler und Reisenden sind froh, wenn sie mal eine Nacht nicht auf ihren schaukelnden Schiffen verbringen müssen. Außerdem kann ich euch einen guten Preis machen. Ihr würdet euch das Zimmer mit einer jungen Familie mit drei kleinen Kindern teilen. Kein Grund zur Sorge also.«

Mats trat an Emma heran und senkte die Stimme. »Eine Nacht. Morgen suchen wir uns was anderes.«

Sie nickte. Trotzdem fühlte sie sich unwohl. Wenigstens hatten sie außer des Schmucks und des Steins keine Habseligkeiten, um die sie in der Nacht Angst haben mussten.

»Wir nehmen die zwei Betten.«

»Sehr schön. Und ein Abendessen und Frühstück dazu?«

»Ja.«

»Das macht dann zehn Kreisel für die Unterkunft, sechs für das Abendessen und noch mal vier für das Frühstück. Also zwanzig Kreisel. Oder eben einen Kreuzer und acht Kreisel.« Er zwinkerte ihnen zu. »Weil ihr es seid. Sonst kostet es fast drei Kreuzer. Und das ist noch günstig. In den meisten anderen Gasthäusern zahlt ihr mindestens vier Kreuzer.«

Mats kramte in seiner Tasche nach den Ringen. »Reicht einer hiervon?«

Pondo streckte die Hände vor sich aus und schüttelte den Kopf.

»Nur Münzen. Ihr könnt den Ring bei Pignos eintauschen. Er ist Pfandleiher. Geht rechts in den Weg zwischen der Konditorei von Pistor und dem Wirtshaus ›Zur kleinen Linde‹ und anschließend in die zweite Gasse links. Dann solltet ihr seinen Laden auf der rechten Seite sehen. Aber beeilt euch. Er schließt bald.«

Auf dem Weg kamen sie an einem weiteren Gasthaus vorbei, das jedoch voll war und in dem ihnen das Gleiche gesagt wurde wie schon von Pondo. Sie erreichten das Pfandleihhaus und traten ein.

Es erinnerte Emma an eine Apotheke. Der Eingangsbereich war so schmal, dass sich nicht mehr als fünf Personen dort aufhalten konnten. Dafür hatte Pignos hinter seinem Tresen, der quer im Raum stand, umso mehr Platz. Unzählige Regale bedeckten die Wände von oben bis unten und wiesen kaum noch eine freie Stelle auf. Allerlei Kram war dort gestapelt, von Büchern über Kleidern hin zu Truhen und Kisten. Vor den zwei kleinen Fenstern waren Gitter eingelassen, was dem Ganzen einen Hauch von Gefängnis gab. Zudem der muffige Geruch, der von Staub geschwängert war. Emma wollte sich nicht länger als nötig hier aufhalten.

Ein Mann mit grauen Haaren, die in alle Richtungen abstanden und Emma an einen verrückten Erfinder denken ließen, trat aus dem Hinterzimmer und stellte sich an den Tresen. Er trug ein langärmeliges Hemd, das früher vermutlich einmal weiß gewesen war, und eine rote Weste, deren goldene Knöpfe glänzten, als ob er sie täglich polieren würde.

»Seid Ihr Pignos?«, fragte Mats.

»Der bin ich.«

»Pondo schickt uns. Wir wollen Schmuck eintauschen.«

»Ist das so?« Pignos beäugte sie kritisch. Er knirschte mit den Zähnen und schob seinen Kiefer von links nach rechts, sodass es unangenehm knackte.

Mats winkte Emma zu sich und sie holte den Schmuck aus ihrer Tasche. Pignos beugte sich vor.

»Das ist alles?« Er hob den Kopf und legte dabei die Stirn in Falten.

»Nein.« Mats kramte in seiner Tasche. Er hatte den grünen Stein und die beiden Ringe in der Hand, ließ aber nur die Ringe auf den Tisch gleiten.

Emma fiel auf, dass Pignos' Augen nicht mehr auf dem Schmuck lagen, sondern Mats' Hand mit dem grünen Stein folgten.

»Also?«, fragte Mats.

Pignos holte eine der Kerzen näher zu sich und betrachtete jedes Stück genauer im Licht. Mats zog sich zurück und lehnte sich gegen die Tür, während Emma jede Handbewegung von Pignos verfolgte. Erst murmelte er etwas, nahm dann eine Feder aus einem Tintenfass und notierte sich Zahlen auf der Rückseite eines Stückes Pergament. Er machte einen unordentlichen Eindruck auf Emma. Allein schon die zahlreichen Krüge und Becher, die hinter Pignos auf den Ablagen standen oder die Brösel auf einem Stapel voller Schriftstücke zeugten nicht davon, dass er häufig aufräumte.

Er schob alle Ringe und Ketten zusammen, blies die Wangen auf und ließ die Luft stoßweise heraus. »Für alles dreißig Kreuzer.«

»Nur?«, stieß Mats hervor.

Emma rechnete nach. Mit dreißig Kreuzern konnten sie knapp zwei Wochen im Gasthaus verweilen. So lange wollte sie eigentlich nicht bleiben.

Pignos setzte ein schiefes Lächeln auf. »Ich könnte euch auch einhundert geben.«

»Aber?«

»Das wäre für alles, was ihr in den Taschen habt.« Pignos zeigte dabei auf die Stelle, wo Mats den grünen Stein verwahrte.

Mats zögerte nicht lange. »Wir nehmen die dreißig.«

»Sicher?«

»Sicher.«

Pignos seufzte, stellte die Kerze wieder beiseite und verschwand im Hinterzimmer.

Emma trat an Mats heran. »Wir könnten ihn fragen, wer sich mit solchen Steinen auskennt.«

»Ich traue ihm nicht. Lass uns morgen erst jemand anderen suchen.«

Ein Klacken ertönte, ehe Pignos mit einem Sack voll Münzen zurückkam. Fein säuberlich häufte er sie nebeneinander auf. Beim Geld scheint er Ordnung zu halten, dachte Emma. Wenigstens etwas. Er bildete Stapel aus zwei verschiedenen Münztypen. Auf den einen war ein Kreuz zu sehen, die kleineren hatten eine kreisförmige Prägung. Kreuzer und Kreisel.

Er schob ihnen die Münzen zu. »Habt ihr kein Säckchen?«

»Nicht nötig«, sagte Mats.

»Hier. Nehmt eines von mir. Ihr seid jederzeit willkommen, wenn ihr mehr eintauschen wollt.«

Emma wusste, worauf er sich bezog. Aber den grünen Stein – das Einzige, das sie aus dem weißen Raum hatten – würden sie nicht hergeben.

Pondo nahm das Geld für Unterkunft und Verpflegung dankend entgegen und führte sie zu ihrem Zimmer. Vier Betten standen wie in einer Jugendherberge an der Wand. Zwei von ihnen waren zusammengeschoben und durch Wandersäcke belegt. Die Familie war jedoch nicht da. Die Wände waren kahl, immerhin gab es zwei schmale Fenster unterhalb der Decke, die noch etwas Licht der Dämmerung hereinließen und weit aufgerissen waren. In der Ecke befand sich zudem auf einem niedrigen Hocker eine Laterne, die ebenfalls gegen die Dunkelheit ankämpfte.

»Die Fenster da oben bleiben normalerweise die ganze Nacht über offen. Sonst wird es schnell stickig«, sagte Pondo. »Die Kerze in der Laterne sollte auch bis morgen reichen. Gebt einfach Bescheid, wenn ihr eine neue braucht.«

Emma trat näher an die beiden freien Betten. Sie wirkten sauber. Zumindest konnte sie keine Tierchen oder dunkle Flecken auf dem Bettlaken und der Decke erkennen.

»Wenn ihr wollt, könnt ihr zu Abend speisen.« Pondo führte sie in die Schankstube im Erdgeschoss.

Dort bracht man ihnen Teller voll Fisch und Gemüse, dazu Brot und Milch. Emma hatte schon Schlechteres gegessen. Es fühlte sich seltsam an, den Abend ohne Fernseher oder Handy zu verbringen. Ihr fehlten die Videos im Internet. Aber noch mehr sehnte sie sich nach einem Buch, das sie vor dem Einschlafen lesen konnte.

»Wie ist es bei dir zu Hause?«, fragte Mats auf einmal.

»Wie bitte?« Sie war durch die Frage überrumpelt und verschluckte sich fast am harten Brot.

»Wie lebst du? Wer gehört zu deiner Familie und deinen Freunden?«

Sie spülte ihren Rachen mit etwas Milch, die noch nach echtem Vieh schmeckte. Nicht so wie die aus den Milchtüten aus dem Supermarkt.

Sie dachte über seine Fragen nach und hatte eine Idee: Wenn sie ihm möglichst viel erzählte, kamen vielleicht seine Erinnerungen zurück. Sie versuchte, sich die Angaben ins Gedächtnis zu rufen, die man in die Freundebücher aus Grundschulzeiten schreiben musste.

»Ich wohne in Deutschland. In Aachen. Eine mittelgroße Stadt an der Grenze zu Belgien und Holland. Meine Eltern heißen Christian und Julia und ich habe eine Schwester, Hannah, die zwei Jahre älter ist als ich.« Sie machte eine Pause. »Kannst du dich vielleicht an die Gesichter deiner Familie erinnern?«

»Nein.«

»Hmm … Was ist mit Freunden? Ich habe … zwei … oder drei beste Freundinnen.«

Mats lachte. Es war das erste Mal, dass er dies tat. So gefiel er ihr viel besser als der undurchsichtige Zweifler oder Grobian. »Was denn jetzt? Zwei oder drei?«

»Ich bin einer Clique, die sich ›CARMA Girls‹ nennt. Lena, Claire, Scarlett und ich.«

»Also drei.«

»Ja. Wir sind alle vierzehn oder fünfzehn Jahre alt. Meistens treffen wir uns nach der Schule und machen eben solche Sachen, die Mädchen machen.«

Er führte ein Stück Fisch auf der Gabel zu seinem Mund, hielt inne und hob die Augenbrauen. »›Solche‹ Sachen?«

»Ach, Serien gucken, Magazine lesen und so weiter. Ist ja auch egal. Du bist ein Junge. Das verstehst du eh nicht.« Allmählich fühlte sie sich in seiner Gegenwart wohl. So wie er dasaß und sie mit großen Augen ansah, konnte sie sich kaum vorstellen, dass er dieselbe Person war, die vorhin fast den Zaun kaputtgeschlagen hatte.

»Wenn du meinst.« Er lächelte dabei und schluckte dann seinen Fisch herunter. »Warum habt ihr einen speziellen Namen für eure Clique?«

»Jeder Buchstabe steht für etwas.«

»Lass mich raten. ›K‹ wie klug?«

»Nein. Es ist ein ›C‹. ›C‹ wie cool.«

»›A‹ wie … anders?«

»Auch nicht. Eigentlich soll es ein Geheimnis bleiben, damit man sich fragt, wofür es steht. Aber …«

»Aber?«

Sie verengte die Augen zu Schlitzen und zögerte. »Du erzählst es doch nicht weiter, oder?«

»Ich verspreche es.« Er hob die Hände und legte ein seltsames Grinsen auf. »Das bleibt unser Geheimnis.«

»Na gut. Cool, attraktiv, rebellisch, modisch und Aachen. Dafür steht es.« Als Antwort pfiff er leise durch die Lippen. »Hey, mach dich nicht lustig«, sagte sie und versuchte, ihm unter dem Tisch einen leichten Tritt zu verpassen.

»Tue ich gar nicht.« Er hob beschwichtigend die Hände und widmete sich wieder seinem Essen. Das Grinsen verharrte weiter auf seinem Gesicht.

Emma blickte auf ihren Teller, damit sie nicht loslachen musste, und atmete tief durch. »Kannst du dich an deine Freunde erinnern?«

Er schüttelte den Kopf. »Ich glaube nicht.«

»Oder an etwas, das du gerne gemacht hast? Ich lese zum Beispiel viele Bücher.«

Er antwortete nicht.

»Und die Schule? Ich finde es nicht schlimm, zur Schule zu gehen. Klar, manche Fächer machen wir weniger Spaß als andere. In Mathe bin ich ganz gut. Vor allem im Kopfrechnen. Aber mit Chemie oder Physik kann ich nicht viel anfangen.«

Er schwieg, was sie als »Nein« deutete. Dennoch wollte sie nicht aufgeben. Irgendetwas musste es geben, an das er sich erinnerte. Dieses eine entscheidende Detail, das den Rest zum Vorschein brachte. Wie ein Schlüssel aus Tausenden, der als einziger in ein Schloss passte und die Kiste seiner Erinnerungen zu öffnen vermochte.

»Oder dein Lieblingsessen?«

»Auch nicht. Zumindest nicht das hier.« Er zeigte auf seinen Teller und zog einen Mundwinkel nach oben.

»Vielleicht hattest du ja Haustiere. Wir haben keine, weil meine Schwester eine Tierhaarallergie hat.«

Er zuckte mit den Schultern. »Es tut mir leid, dass ich dir nichts erzählen kann. Aber danke, dass du versuchst, mir zu helfen.«

»Das ist doch klar.« Trotzdem war ihre Euphorie gebremst und sie löcherte ihn nicht weiter.

Als sie mit dem Essen fertig waren, gingen sie hoch auf ihr Zimmer. Die Familie war inzwischen da und schien zu schlafen.

Die Eltern außen, die Kinder in der Mitte. Sie mussten ihr Abendessen woanders zu sich genommen haben.

Emma suchte sich das Bett ganz außen aus, damit sie nur Mats neben sich hatte, und stellte ihre Stiefel und Strümpfe vors Bett. Dann kletterte sie in ihrem Kleid auf die Matratze. Wie Pondo gesagt hatte, waren die Fenster noch weit geöffnet und ließen die Dunkelheit herein. Die Laterne in der Ecke schaffte es, das Zimmer in ein schwaches Licht zu tauchen.

Emma blickte über die Schulter. Mats lag auf dem Rücken und starrte an die Decke. »Gute Nacht«, flüsterte sie, woraufhin er ihr ein Lächeln schenkte.

Ein Geräusch ließ Emma aufwachen. Sie öffnete die Augen einen Spalt und sah einen Lichtschein vor ihr auf der Wand flackern. Das konnte nicht von der schwach leuchtenden Laterne kommen. Da – wieder hörte sie etwas. Ein unverständliches Flüstern. Kam das von der Familie?

Emma rollte sich auf den Rücken und stützte sich auf die Unterarme, da entfuhr ihr ein spitzer Schrei. Mehrere Personen in weiten Umhängen und mit dunklen Masken auf den Gesichtern standen mit grell scheinenden Laternen und Kerzen im Raum und hatten Pistolen in den Händen. Emma schaute sich hektisch im ganzen Zimmer um. Sie zählte vier Einbrecher.

»Mats, wach auf!« Sie rüttelte an seiner Schulter. Die Familie hatte sich schon auf einem Bett zusammengekauert und die Eltern hielten die Arme schützend über ihre wimmernden Kinder.

In der nächsten Sekunde traten zwei der Eindringlinge vor, die sich wie Männer bewegten, und zogen Mats an den Füßen aus dem Bett. Er versuchte sie abzuschütteln, doch sie ließen ihn nicht los. Emma konnte nichts tun. Sie war wie versteinert und drückte sich so weit in die Ecke wie nur möglich. Die dünne Decke bis zum Kinn gezogen und die Hand vor den Mund gepresst.

Die Männer traten mehrere Sekunden lang auf Mats ein, bis er sich nicht mehr wehrte, und tasteten seine Kleidung ab. Mats ächzte vor Schmerzen. Einer der Männer rief »Hab ihn« und ließ etwas in einem Beutel verschwinden.

Drei der vier Eindringlinge verschwanden. Der letzte hielt in der einen Hand eine Kerze, mit der anderen zielte er mit einer Pistole auf Mats. Bitte nicht, ging es Emma durch den Kopf. Er durfte ihn nicht erschießen. Mats rappelte sich unter Stöhnen auf und kniete nun vor dem Angreifer.

»Verfolgst du uns, bist du tot.« Er versetzte Mats einen heftigen Tritt gegen die Brust, woraufhin dieser hintenüberfiel, und war fort.

»Nein!« Emma schossen Tränen in die Augen. Sie vergrub das Gesicht in den Händen.

Sie waren allein. Einzig der schwere Atem von Mats und das Weinen der Kinder durchzogen die Stille.

Mats' Schnaufen kam näher und sie spürte seine Hand auf ihrer Schulter. Sie zuckte zusammen, obwohl sie wusste, dass er es war. Er legte für einen Moment die Arme um sie und sie schmiegte sich an seine Brust.

»Bist du verletzt?«, fragte sie.

»Ich habe nichts.«

»Nichts? Die Männer haben dich gerade halb totgeprügelt.«

Er strich ihr sanft über den Rücken. »Vielleicht erwische ich sie noch.« Er wollte aufstehen, doch sie krallte sich in sein Hemd.

»Spinnst du? Das ist viel zu gefährlich.« Sie drückte ihn ein Stück von sich, um sein Gesicht sehen zu können. Blut lief ihm aus der Nase. Sonst schien er nichts abbekommen zu haben. »Du bist unbewaffnet. Und sie sind viel zu viele für dich.«

Doch er wich ihrem Blick aus, löste sich von ihr und krabbelte zur Bettkante. »Aber sie haben den Stein!«

»Tot bringt dir der Stein auch nichts.« Sie umklammerte sein Handgelenk.

Er hielt inne. Einen Augenblick lang hoffte sie, dass sie ihn überzeugt hatte, dann drehte er sich jedoch zur Tür und riss sich los.

Emma konnte ihn nicht gehen lassen. Die Räuber hatten es ernst gemeint. Mats musste hierbleiben. »Warte!« Sie warf die Decke zur Seite und rannte ihm hinterher.

Obwohl sie kurz nach ihm aus der Tür gestürmt war, hatte er schon einige Meter Vorsprung. »Mats. Mats!« Es war mehr ein Zischen als ein Schrei. Sie wollte die anderen Gäste nicht aufwecken.

Als sie die oberste Stufe der Treppe erreichte, war er fast unten. »Mats!«

Er blickte kurz zu ihr hoch, wandte sich dann aber zum Ausgang. Da stellte sich Pondo ihm in den Weg. Mit einem Gewehr in der Hand.

»Was ist hier los?«, schimpfte er.

Mats wollte sich an ihm vorbeischieben, aber er ließ es nicht zu. »Wir wurden bestohlen. Die Diebe können noch nicht weit sein.«

»Du wartest hier. Ich sehe nach.« Pondo eilte zum Eingang. Mats folgte ihm trotzdem.

Emma sprang die Stufen hinab, bis sie in den Empfangsbereich blicken konnte. Pondo stand in der Eingangstür und schaute sich zu beiden Seiten um. Er hielt das Gewehr auf Brusthöhe, ließ es dann jedoch sinken.

»Niemand zu sehen.«

Emma atmete erleichtert aus. Der grüne Stein war zwar weg, aber immerhin konnte Mats jetzt keine Dummheiten mehr machen.

Plötzlich hörte sie Schritte hinter sich auf der Treppe. Erschrocken fuhr sie herum und hätte beinahe den Halt verloren, da erkannte sie das sorgenvolle Gesicht des Familienvaters aus ihrem Zimmer.

»Sie sind weg«, wiederholte sie Pondos Worte.

Mats kam mit dem Gasthausbesitzer zurück ins Treppenhaus und sie diskutierten wild. Pondo zuckte mit den Schultern. »Was weiß ich. Normalerweise ist die Tür um diese Uhrzeit abgeschlossen. Wir können nicht die ganze Nacht jemandem am Empfang sitzen haben.«

Der Familienvater trat an Emma vorbei. »Ich verlange ein neues Zimmer für meine Frau und meine Kinder.«

»Ist ja gut. Ist ja gut.« Pondo stellte das Gewehr zur Seite. »Wir finden eine Lösung.«

Die Lösung sah so aus, dass die junge Familie eines von Pondos privaten Zimmern bekam, Emma und Mats aber im Sammelzimmer bleiben mussten. Pondo versprach, noch ein wenig vor ihrer Tür Wache zu halten.

Emma lag im Bett und starrte an die Decke. Sie blickte zu Mats und sah, dass er auch nicht einschlafen konnte. Mindestens eine halbe Stunde verging, bis sie sich beruhigt hatte. Dann drehte sie sich zur Wand und schloss die Augen. Lautlos bewegte sie ihre Lippen und betete. Bitte lass mich irgendwie wieder zu Hause aufwachen, dachte sie. Bitte.

KAPITEL SECHS

Milo schaltete den Fernseher aus, räumte den Teller in die Spülmaschine und legte sich auf sein Bett. Er starrte an die Decke und versuchte, die Ereignisse des Tages zu vergessen. Aber so leicht ging das nicht. Er wünschte sich, er könnte alles ungeschehen machen. Einfach wie in einem Videospiel den letzten Speicherpunkt auswählen und neu laden.

Als er die Augen schloss, fühlte er sich wieder in den Schulflur zurückversetzt. Er hatte sich die Augen trockengewischt, nachdem ihn Emmas Worte aus der Bahn geworfen hatten, und kurz innegehalten, um sich zu sammeln. Eigentlich hatte er keine Lust mehr auf den Leseabend gehabt, doch zu Hause hätte er sich vermutlich noch einsamer gefühlt. Also war er zurück in die Bibliothek gegangen.

»Sie … Sie kann doch nicht«, hatte er nur knapp gesagt und sich dann von den Geschichten der anderen berieseln lassen.

Gegenüber Frau Schulte hatte er behauptet, sein Buch vergessen zu haben, damit er nichts hatte vorlesen müssen. Immer und immer wieder war dieser Satz »*Natürlich mag ich Milo nicht*« in seinen Ohren erklungen und mit jedem Mal war etwas in ihm verloren gegangen. Als ob all die E-Mails, die er sich mit Emma geschrieben hatte, weg gewesen wären. Als ob sie eine Lüge gewesen wären. Aus purem Mitleid entstanden. Den kleinen Milo kann man ja sowieso nicht mögen.

Er öffnete die Augen. Es brachte nichts, weiter darüber nachzudenken. Emma hatte die Worte ausgesprochen, und er wusste jetzt, was sie wirklich über ihn dachte. Es war die Wahrheit, wenn auch eine bittere.

Er sprang auf, machte sich bettfertig und nahm eines seiner Lieblingsbücher aus dem Regal. Er wollte wieder dieses Gefühl haben, in eine Geschichte einzutauchen. Manchmal schaffte er das und träumte von den verrücktesten Abenteuern, in denen es ihm so vorkam, als würden die Figuren in den Büchern zum Leben erwachen.

Milo wurde geblendet. Im ersten Moment glaubte er, seine Mutter hätte das Licht eingeschaltet, doch als er merkte, wie unheimlich weich das Kopfkissen war und wie tief er in der Matratze versank, breitete sich ein Lächeln auf seinen Lippen aus. Dafür konnte es nur eine Erklärung geben: Er war wieder dort. In Polyrica.

All die Sorgen und negativen Gedanken, die seinen Kopf seit dem Leseabend blockiert hatten, waren wie weggewischt. Als er sich umschaute, entdeckte er den Zylinder in der Mitte des Raumes und die riesigen Bücherregale neben sich. Er richtete sich ein Stück auf und betrachtete die Filmwand vor sich. Getreidefelder waren dort am Rande eines weiten Waldes zu sehen. In der Ferne erhoben sich unzählige kleine grüne Hügel. Es war so idyllisch, wie er es sich vorgestellt hatte.

Obwohl er bereits einige Male hier in Polyrica gewesen war, machte ihn der Blick auf die Filmwand, welche die letzte Szene aus dem Buch zeigte, bei der er eingenickt war, noch immer sprachlos.

Er robbte zur Bettkante und berührte den glatten Boden mit seinen nackten Füßen. Er war angenehm warm. Als er aufstehen wollte, erschien Saloquim vor ihm und erschreckte Milo fast zu Tode.

»Hast du mir vielleicht Angst gemacht«, sagte Milo und lächelte das kleine Männchen wie einen alten Freund an.

»Das war nicht meine Absicht. Gut, dass du da bist.«

»Ja, ich finde es auch schön, wieder hier zu sein.« Er wunderte sich, warum Saloquim nicht wie sonst auf seinem Sessel sitzengeblieben war. Saloquim wirkte auf irgendeine Weise unentschlossen. Milo wartete ein paar Sekunden, ob sein Gegenüber etwas sagte, aber da er es nicht tat, stand Milo auf.

Er ging zum Zylinder, hinter dem der leere Sessel von Saloquim vor der Nebelwand mit den sich bewegenden Schlieren stand, und sah sich die aufgeschlagenen Seiten des Buches an. Gerade war der Held dabei, mit seinem besten Freund ein Abenteuer zu starten, das sie an die Grenzen ihrer Fähigkeiten bringen würde. Schließlich kannte Milo ihre Geschichte. So wie fast jedes Kind auf der Welt. Er konnte es kaum erwarten, sich ihnen anzuschließen und die Stadt der Elben selbst zu erleben. Davon hatte er schon immer geträumt. Endlich hatte er die Möglichkeit dazu. Er brauchte nur noch die vier Stufen vor der Filmwand zu nehmen, bis er in die Szene eintauchen würde.

»Ich wäre bereit.« Er wandte den Blick nicht von dem Buch ab.

»Was meinst du?«

»Na, was wohl?« Saloquim sollte es doch am besten wissen. »In die Geschichte zu gelangen.« Er wollte auf der anderen Seite des Bettes auf die Filmwand zugehen, um nicht an Saloquim vorbeizumüssen. Doch bereits nach wenigen Schritten hatte das kleine Männchen einen mühelos wirkenden Sprung über das Bett gemacht und sich ihm in den Weg gestellt.

Milo stolperte leicht irritiert zurück. Saloquim benahm sich seltsam. Noch merkwürdiger als sonst. Irgendetwas schien hier nicht zu stimmen. »Was ist los?«

»Du … Du kannst nicht in die Geschichte.«

»Ist das ein Scherz?«, fragte er und machte Anstalten weiterzugehen. »Ich sehe doch die Szene.« Dabei zeigte er mit ausgestrecktem Arm auf die Filmwand.

Doch Saloquim versperrte ihm den Weg und schüttelte bestimmt den Kopf. »Kein Scherz.«

»Und wieso nicht?« Er verlagerte sein Gewicht ungeduldig vom einen zum anderen Bein.

»Es ist etwas vorgefallen.« Als Milo nichts erwiderte, fuhr er fort. »Bei einem anderen Kind.«

»Ein anderes Kind?«

»Ja. Gerade eben.«

Milo hatte noch nie darüber nachgedacht, ob er der Einzige war, der nach Polyrica gelangte. Bisher war er immer nur in einem weißen Raum aufgewacht und dann in die Geschichten eingetaucht. Er hatte sich nie gefragt, ob sich das auch bei anderen Kindern so abspielte.

»Es sind also mehrere Kinder gleichzeitig in Polyrica?«

Saloquim nickte. »Jedes wacht in seinem eigenen Raum auf.«

»Und wie viele Räume gibt es?« Bei all den Kindern auf der Welt mussten es doch Hunderte oder Tausende, wenn nicht sogar Millionen sein. Plötzlich fühlte er sich wie ein kleiner Fisch in einem riesigen Ozean.

»Genug.«

Es wunderte Milo, wie Saloquim dies bewältigte, wenn es so viele Räume gab. »Wie schaffst du es, überall zur selben Zeit zu sein?«

»Das dauert jetzt zu lange, um es zu erklären. Sei versichert, dass unser Kopf dafür sorgt, dass alles funktioniert.«

»*Euer* Kopf? Es gibt mehrere von euch?«

»Stell es dir einfach so vor, dass in jedem Raum ein Saloquim sitzt. Und dann gibt es noch denjenigen, der den Überblick behält.«

Eine Armee an Saloquims? Einer reichte Milo völlig aus. »Was ist denn überhaupt mit dem anderen Kind geschehen?«

»Wir hatten ein Problem mit einem Dämon.«

Milo glaubte, er hätte sich verhört. »Ein Dämon?« Es wurde immer abstruser. Er zwickte sich den Arm, um zu prüfen, ob er nicht doch nur träumte. Aber der Schmerz sagte ihm, dass es das echte Polyrica war.

»Ein Dämon ist nach Polyrica gelangt und –«

»Stopp!«, sagte Milo und hielt die Hände hoch. »Wo ist er jetzt? Kann er auch hierherkommen?« Instinktiv griff er nach dem Kopfteil des Bettes, klammerte sich daran fest und blickte sich unruhig im Raum um. Doch es war nichts Außergewöhnliches zu sehen.

»Er ist nicht mehr da, sondern in eine Buchwelt geflüchtet. Aber er hat etwas gestohlen.«

»Wo kam er überhaupt her?«

»Aus einem weiteren Buch.«

Milo war unfähig etwas zu sagen, so stark schnürte ihm die Angst die Kehle zu.

»Wie du weißt, kannst du in allerlei Bücher und Geschichten eintauchen. Und wenn du zurückkehrst, kommt es vor, dass du etwas aus der Welt dabeihast. Das verwahren wir, damit es nicht in deine echte Welt gelangt. Manchmal passiert es allerdings, dass ein Kind nicht einen Gegenstand mitbringt, sondern ein Lebewesen. Nämlich genau dann, wenn dieses Lebewesen das Kind in dem Moment berührt, wenn sich das Kind zurück nach Polyrica schickt – oder wenn wir es zurückholen.«

Milo blickte zu Boden und fuhr sich über die Stirn. Es ergab Sinn, was das alte Männchen sagte. Er hatte schon mehrmals etwas aus den Buchwelten nach Polyrica befördert, nichts davon aber je wiedergesehen. »Und jetzt hat ein Kind einen Dämon mitgebracht?«

»Genau. Normalerweise werden wir mit solch Bösewichten leicht fertig. Dieses Mal aber … nicht.«

»Wieso nicht?«

»Ach … Es hat einen Fehler gegeben, den wir gerade beheben. Leider hat der Dämon im Kampf mit unserem Kopf etwas entwendet.«

»Moment mal. Ein *Fehler*?« Milo stieß ein besorgtes Lachen hervor. »Wenn es doch so viele Saloquims gibt und sogar einer über alles wacht – wie kann es da zu einem *Fehler* kommen?«

»Wir hatten den Dämon falsch eingeschätzt.«

»Aber wenn er jetzt wieder auftauchen sollte, würdet ihr ihn besiegen?«

»Ja. Dieses Mal sind wir vorbereitet.«

Durch Saloquims buschigen Bart glaubte Milo zu erkennen, wie dieser die Lippen fest aufeinandergepresst hatte. Er wusste nicht, ob er ihm glauben sollte.

»Und wieso darf ich dann nicht in meine Buchwelt?« Er verstand das Problem nicht.

»Weil der Dämon etwas Bestimmtes gestohlen hat.«

»Und was?« So langsam war Milo es leid, Saloquim alle Antworten aus der Nase ziehen zu müssen.

»Den Aventurin. Den grünen Stein aus dem Stab des Kopfes.«

Milo stellte sich ein Zepter vor, wie er es von den Königen und Kaisern aus den Geschichtsbüchern kannte. *Aventurin.* Das hörte sich nach Abenteuer an. »Wofür war dieser Stein gut?«

»Ohne den Aventurin können wir keine Kinder durch die Wände dort in Buchwelten schicken …«, er zeigte auf die Filmwand und machte eine Pause, »… und – viel schlimmer: nicht zurückholen.«

»Aber die Filmwand sieht doch genauso aus wie sonst.«

»Das mag sein. Aber durch das Fehlen des Aventurins würdest du nicht in der Buchwelt, sondern in einem schwarzen Nichts landen. Stell ihn dir wie eine Art Brücke von hier in die Buchwelt vor. Ohne sie würdest du hinabstürzen.«

Milo wollte sich nicht ausmalen, wie es war, endlos in die Tiefe zu fallen. »Wenn ihr die Kinder nicht zurückholen könnt – sind sie dann in ihren Buchwelten gefangen?«

»Ja und nein. Sie können nur wieder nach Polyrica gelangen, wenn sie die drei Worte ›Bring mich zurück‹ sagen und –«

»– und sich dabei an die Nasenwurzel fassen«, beendete Milo den Satz und machte die Geste mit Daumen und Zeigefinger nach. Er kannte sie bereits aus seinen bisherigen Reisen.

»Richtig. Die Zeit drängt. Du musst uns helfen, Milo.«

Milo verschluckte sich und hustete. »Ich? Wie denn das?« Er war doch nicht lebensmüde! Als ob er sich in die Nähe des Dämons wagen würde.

»Der Aventurin muss zurück in den Stab gesteckt werden. Der Kopf und wir Projektionen können aber Polyrica nicht verlassen, da wir die ankommenden Kinder davor bewahren müssen, durch die Filmwand in das schwarze Nichts zu laufen.«

Projektionen war also die richtige Bezeichnung für die vielen Saloquims. »Und wie soll ich das machen? Gerade eben hast du doch gesagt, dass man durch die Filmwand nicht in der Buchwelt landet.«

»Es gibt noch einen anderen Weg, wie du dem Dämon folgen kannst.«

Auf einmal machte es *Plopp* hinter Milo und er fuhr herum. Er rechnete schon damit, einem dämonenartigen Wesen mit Teufelshörnen und brennendem Schwanz entgegenzublicken, doch da stand ein weiterer Saloquim. Mit einem Stab in der Hand.

»Meine Projektion hat dir unsere missliche Lage erklärt. Komm näher«, sagte dieser und winkte Milo zu sich zum Zylinder.

»Bist du der *Kopf?*«, fragte Milo ehrfürchtig, bewegte sich jedoch keinen Millimeter. Er hatte ihn sich anders vorgestellt.

Irgendwie größer. Im Grunde unterschied er sich nicht vom anderen Saloquim – der Projektion.

»Der bin ich. Wir dürfen keine Zeit verlieren.« Er lief zur Nebelwand mit den Schlieren, doch Milo rührte sich noch immer nicht. »Worauf wartest du, Milo?«

»Wie soll ich denn den Dämon besiegen, wenn ihr es schon nicht fertigbringt?« Ihm wurde heiß und er wischte sich den Schweiß mit dem Ärmel seines Pyjamas weg. Er fühlte sich wie ein Gefangener, den man zu den Gladiatoren in die Arena werfen wollte. Der mit einem Holzschwert gegen Krieger mit Ketten, Schilden und Fangnetzen kämpfen sollte.

»Ganz ohne Waffe schicken wir dich nicht los«, sagte der Kopf und tippte dabei auf seinen Stab.

»Sollen wir nicht besser warten, bis ein Kind nach Polyrica gelangt, das älter und stärker ist als ich? Es kommt doch bestimmt bald eins.«

»Nein. Das dauert zu lange. Jede Sekunde zählt.«

»Ich kann das nicht«, flüsterte Milo und starrte zu Boden.

Der Kopf stapfte auf ihn zu. »Wenn du uns nicht hilfst, ist Polyrica verloren. Mit dem Aventurin stellen wir sicher, dass Kinder nicht zu lange in Buchwelten sind, und holen sie rechtzeitig zurück, ehe ihr Verschwinden in der echten Welt auffällt. All deine bisherigen Abenteuer in den Buchwelten, als du gefühlt Tage oder Wochen unterwegs gewesen bist, haben in deiner Heimat nur so lange wie ein Fingerschnipsen gedauert.« Er machte die Geste vor Milos Gesicht. »Und die Zeit hier in Polyrica vergeht zwar langsamer als in deiner Welt, aber eine Stunde hier entspricht in etwa einem halben bis ganzen Tag in einer Buchwelt. Wenn wir also nicht dafür sorgen, dass es bei einem Fingerschnipsen in deiner Welt bleibt, gibt es nur noch eine Möglichkeit, alle Kinder auf einen Schlag nach Hause zu schicken: Wir müssten Polyrica abschalten.«

Beim letzten Wort blickte Milo auf. »Aber ihr könntet Polyrica doch wieder anschalten, oder?«

Der Kopf brauchte gar nicht zu antworten. Schon aus seinem Gesichtsausdruck las Milo, dass dem nicht so war. Bei dieser Vorstellung zog sich sein Magen zusammen. Auch wenn er es nicht beeinflussen konnte, nach Polyrica zu kommen, war er nun bereits zum siebten Mal hier. Glaubte er zumindest. Vielleicht war er auch einmal bei einem Abenteuer gestorben, sodass er direkt in Aachen aufgewacht war und er sich nicht daran erinnern konnte. Alle Bücher, in die er bisher eingetaucht war, hatten aber etwas gemein: Er hatte sie nicht zum ersten Mal gelesen. Und bei jedem Lesen hatte er sich unheimlich doll gewünscht, die Welt des Buches näher kennenzulernen.

Seine allererste Reise hatte er noch genau vor Augen. Er war in Coholmia gewesen, mit Kara, Tidor und all den anderen. In Aachen hatte es sich nur wie ein unglaublich realer Traum angefühlt.

Wenn es Polyrica nicht mehr gäbe, würde ihm tatsächlich etwas fehlen. Ein Zufluchtsort.

Er atmete tief ein und aus, stemmte die Hände in die Hüften und schaute dann hoch zur weißen Decke. »Na gut.«

»Komm mit«, sagte der Kopf und zog ihn am Arm mit zur Nebelwand. Die Schlieren traten aus der Wand hervor und zurück und machten nicht den Eindruck, dass sie vorgegebenen Bahnen folgten. Als wären auch sie in Alarmbereitschaft.

Im nächsten Moment schob der Kopf Milo hinein. Als er die Schlieren berührte, fühlte es sich so an, wie wenn man nasse Haut trocken pustete. Eine seltsame Frische legte sich auf seine Arme.

Dann wurde es schwarz vor seinen Augen und für den Bruchteil einer Sekunde sah Milo eine riesige, dunkle Halle vor sich, ehe er wieder in einem weißen sechseckigen Raum landete. Er sah genau wie der aus, den er gerade verlassen hatte, doch als er um den Sessel ging, bemerkte er, dass sich hier keine Projektion von Saloquim befand. Auch das aufgeschlagene Buch auf dem Zylinder in der Mitte war viel dünner als jenes, in das er eben noch hatte eintauchen wollen. Das mit den Elben. Die Filmwand zeigte eine

Ansammlung von Häusern, die vor grünen Wiesen endeten und eine lange Mauer verlief bis zu einem Ufer. Es erinnerte ihn an Coholmia. Nur dass es dort einen Zaun statt einer Mauer gab.

»Wie soll ich jetzt also in die Buchwelt gelangen, in der sich der Dämon aufhält, wenn ich nicht durch die Filmwand gehen kann?«

Der Kopf hob ein kleines Säckchen hoch. »Mit dem, was hier drin ist. Und …« Er widmete sich dem Stab, bis ein leises Klicken ertönte und er einen roten Stein in der Hand hielt. »… hiermit. Das ist der Granat. Er bietet einen besonderen Schutz und verleiht einem die Kraft, Zauber abzufeuern, um Gegner zu fesseln. Hier, nimm ihn. Mit dem Granat kannst du rote Zauber schießen. Witzigerweise in etwa so rot wie die Lichtblitze des Dämons, die er auf mich geworfen hat, als ich mit ihm gekämpft habe.«

Milo fragte sich, was daran so witzig sein sollte. Saloquim drückte ihm den roten Stein in die Hand.

Von der Form entsprach der Granat dem Viertel einer Kugel. In etwa so groß, dass er gerade in Milos Faust passte. Das dunkle Rot erinnerte ihn an Blut oder Feuer. Die Oberfläche war ganz glatt, trotzdem rutschte er nicht umher, sondern lag schwer zwischen seinen Fingern.

»Ziele auf mich«, befahl Saloquim und stellte sich vor den Sessel.

Milo glaubte, sich verhört zu haben. Wieso sollte er auf Saloquim schießen?

»Los. Die Uhr tickt.«

»Ich kann doch nicht –«

»Doch, kannst du. Spätestens in der Buchwelt *musst* du. Mach eine Faust, lege den Daumen von oben auf den Zeigefinger, ziele mit der Spitze des Daumens auf mich und stelle dir in Gedanken vor, wie du etwas aus deiner Hand auf mich schießt.«

Milo dachte unweigerlich an eine Comic-Figur, die sich mit Netzen durch den modernen Dschungel an Hochhäusern hangelte. Das war doch völlig verrückt! Er seufzte. Einen Moment lang starrte er auf den Boden und versuchte sich zu sortieren. Er wollte es nicht wahrhaben. Aber jetzt führte kein Weg mehr zurück. Er musste Polyrica retten.

Milo holte tief Luft, ehe er den Arm ausstreckte. Den Granat fest umklammert, richtete er den Daumen auf Saloquim. Dann schloss er die Augen und ließ die Hand einmal kurz nach unten kippen. Nichts passierte.

»Wieso verschließt du denn deine Augen? Du musst gucken, wohin du schießt. Los.«

Milo visierte Saloquim an und probierte es erneut. Wieder nichts.

»Hast du es dir in Gedanken vorgestellt?«

»So halb.«

»Dann noch mal richtig!«, rief Saloquim mit einer Spur Ungeduld in der Stimme.

Beim dritten Versuch spürte Milo ein Kribbeln in den Fingern und tatsächlich schoss er einen dünnen roten Blitz auf den Boden zwischen ihm und Saloquim, wo er einen kleinen Brandfleck hinterließ. Abgefahren!

»Du darfst deine Hand nicht abknicken. Deine Gedanken reichen aus. Ziele auf meinen Stab, mit dem wehre ich deinen Zauber ab. Du kannst das.«

Milo sammelte sich und konzentrierte sich auf den Ablauf. Er starrte auf den Stab, umklammerte den Granat und zielte. Als er sich vorstellte, wie der Blitz herausschoss, gab es einen Ruck und Saloquim hob überrascht den Stab.

»Sehr gut!«, rief er ihm aufmunternd zu. »Genau so. Gleich noch mal.«

Sie wiederholten die Übung und mit jedem Versuch fühlte sich Milo sicherer. Ihm war aber klar, dass er hier nur Saloquim in Polyrica gegenüberstand. Der Dämon würde nicht geduldig auf ihn warten, bis er bereit war.

»Und jetzt bewege ich mich dabei.« Saloquim kreiste um Milo.

Die ersten Schüsse verfehlten ihn alle. Saloquim bewahrte sie mit simplen Handbewegungen davor, die Wände zu treffen, und ließ sie in der Luft verpuffen. Doch irgendwann schaffte Milo es, mit einzuberechnen, wo sich Saloquim als Nächstes befinden würde. Wie bei einem Fisch im Wasser, nach dem man einen Speer warf.

Er wischte sich den Schweiß von den Schläfen. Obwohl er eigentlich nur dastand und den Arm ausstreckte, fühlte er die Anstrengung in seinem ganzen Körper. Saloquim achtete aber nicht darauf und Milo war selbst klar, dass sie das Training so schnell wie möglich hinter sich bringen mussten. Für Pausen war keine Zeit.

Nach knapp zehn weiteren Runden klatschte Saloquim in die Hände. »Das reicht.«

»Kann der nie leer werden?« Milo hielt den Granat hoch. »Ich meine, habe ich unendlich viele Schüsse?«

»Solange er unversehrt ist, braucht er sich nicht aufladen oder dergleichen.«

»Und wie lange bleiben Gegner gefesselt?«

»Auf jeden Fall ein paar Minuten. Wenn du sie mit dem Granat in der Hand antippst, löst sich die Starre wieder. Aber das würde ich dir nicht empfehlen. Ich zeige dir noch, wie dich der Granat beschützt. Fertig?«

»Womit soll ich –«

Aber er konnte seinen Satz nicht beenden. Ein weißer Lichtblitz jagte auf Milo zu und als er ihn traf, spürte er einen Ruck durch seinen Körper jagen. Es kribbelte überall und er wollte sich am liebsten kratzen, da erstarb das Gefühl mit einem Mal.

»Vorsicht, Milo«, sagte Saloquim im nächsten Augenblick und schoss zwei kleine Zauber. Dieses Mal stolperte Milo zurück und verlor fast das Gleichgewicht. Der zweite Blitz hatte ihn am Arm getroffen und tat so weh, wie wenn jemand leicht dagegen geboxt hätte. Er rieb sich die Stelle verwundert. »Ich dachte, ich bin geschützt?«

»Einen Angriff kann der Granat meist vollständig absorbieren. Bei mehreren gleichzeitig musst du aufpassen. Ich denke, du bist bereit. Schau dir die aufgeschlagene Seite im Buch an, ich bin gleich wieder da.«

Während Saloquim durch die Nebelwand verschwand, ging Milo zum Zylinder. Es fühlte sich noch immer so unwirklich an. Eben noch hatte er einfach nur in eine schöne Geschichte eintauchen wollen, jetzt besaß er auf einmal einen blitzeschießenden Stein und sollte einen Dämon finden. Würden Polyrica und die Rückkehr aller Kinder nicht auf dem Spiel stehen, hätte er sich schon längst wieder schlafen gelegt.

Als er die ersten Sätze der aufgeschlagenen Seiten las, wurde ihm auf einmal ganz warm. Aber nicht vor Angst, sondern vor Aufregung. Sein Herz schlug schneller und Sehnsucht breitete sich in seinem Inneren aus. Er kannte das Buch. Es war die Briefsammlung von Meister Kildar. Auf den Seiten berichtete dieser gerade von Caduco. Eine Stadt zwischen Coholmia und Cubato. Was für ein Zufall! Dass er die Welt kannte, gab ihm Hoffnung.

Saloquim erschien wieder und lud mehrere Dinge auf dem Sessel ab. Zuerst hielt er Milo einen Dolch hin, der in einer Lederscheide steckte.

»Einen Dolch kann man immer gebrauchen.« Dann reichte er ihm einen Beutel mit zwei Säckchen darin. Bereits von außen konnte Milo Münzen erfühlen. Zu guter Letzt gab er ihm eine Art Anhänger. »Nimm noch dieses Lederband. Siehst du, in diesem kleinen Beutel hier kannst du den Granat verwahren. Mit dem schwarzen Band lässt er sich zuzurren.«

Saloquim führte die Hände zu den Schläfen und schloss für einen Moment die Augen.

»Das ist der Dämon«, sagte er und zeigte auf die Filmwand.

Milo fuhr herum. Statt der Landschaft zeigte diese nun etwas, das ihn an ein Standbild von einem Überwachungsvideo erinnerte.

In einem sechseckigen weißen Raum stand ein Junge zwischen Zylinder und Bett, neben sich eine scheußliche Kreatur. Milo drehte sich zum Sessel um und guckte, ob hier auch solch eine Kamera verbaut war. Aber er konnte nichts erkennen.

»Woher stammt das Bild?«

»Jedes Mal, wenn ein Kind etwas oder jemanden aus einer Buchwelt mitbringt, hält meine Projektion es fest.«

Milo wandte sich wieder zur Filmwand. Der Dämon wirkte wie eine Mischung aus Mensch und Tier. Der gebräunte Rumpf und die Beine erinnerten an einen Mann, vom Bauch aufwärts bis zum Kopf reichte eine wilde dunkle Mähne wie die eines Löwen und vom Gesicht konnte Milo nichts außer die leuchtend gelben Augen erkennen. Er musste schlucken. Den Dämon zu sehen, war etwas völlig anderes, als nur von ihm erzählt zu bekommen. Die Angst kroch in alle Knochen und ein Schauer lief ihm den Rücken hinunter.

Schnell blickte er zu dem Jungen, der ebenfalls auf dem Bild zu erkennen war. Dieser sah etwas älter als Milo aus, hatte braunes wuscheliges Haar und dunkle Augen. Neben dem Dämon wirkte er wie ein Engel.

»Das ist … das ist der Dämon?« Seine Stimme zitterte so stark, dass er sich nicht einmal selbst richtig verstanden hatte.

»Jawohl.«

Wie sollte er so ein Monster besiegen, wenn ihm schon allein das Bild den Schweiß auf die Stirn brachte und seinen Herzschlag beschleunigte? Vielleicht hatte er eben etwas zu vorschnell zugesagt. Aber ob er jetzt noch einen Rückzieher machen konnte?

Saloquim trat zu Milo. »Er ist ein Gestaltwandler. Wir gehen davon aus, dass er die Gestalt der Menschen annehmen kann, die er in Form des Dämons berührt hat. Du weißt also, nach wem du Ausschau halten musst, und hast den Vorteil, dass er dich nicht kennt. Er ist nun mit dem Mädchen unterwegs, das hier in diesem Raum aufgewacht ist.«

Ein Gestaltwandler? Das machte es noch schlimmer. Saloquim erzählte es so nüchtern, als wäre es das Normalste auf der Welt. Mehr und mehr bekam Milo das Gefühl, dass das alles hier eine Nummer zu groß für ihn war. Als ob er in einem Computerspiel direkt zu Beginn gegen den Endgegner kämpfen wollte. Beim Gedanken an Videospiele kam ihm eine Frage in den Sinn.

»Und kann sich der Dämon als Gestaltwandler auch vervielfältigen?«

»Ich weiß es nicht. Zumindest hat er das bei dem Kampf mit mir nicht gemacht. Der Junge heißt übrigens Mats. Gut möglich also, dass der Dämon sich auch so in der Buchwelt nennt. Der echte Mats erholt sich gerade oben.«

»Oben?«

»Der große Raum, den du eben kurz gesehen hast, als wir durch die Nebelwand gegangen sind. Hoffentlich ist er bald wieder ansprechbar und kann mir etwas über den Dämon erzählen.«

»Warum hat sich das Mädchen eigentlich noch nicht zurückgeschickt? Oder weiß sie nicht, dass es ein Dämon ist?«

»Nein, sie hat keine Ahnung. Und sie kennt auch weder die Geste noch die drei Worte. Sie ist zum ersten Mal nach Polyrica gekommen. Deswegen ist auch höchste Eile geboten. Sie hat den Dämon in Jungengestalt berührt und ist daraufhin ohnmächtig geworden, ehe der Dämon sie in ihre Buchwelt entführt hat.«

»Kannst du mir sonst etwas über das Mädchen sagen? Etwas, das mir vielleicht helfen könnte, sie zu finden?«

Saloquim schüttelte den Kopf. »Ich kenne nur ihren Namen: Emma.«

»Emma?«, wiederholte Milo überrascht.

Saloquim nickte. Milo hielt ein paar Augenblicke lang die Luft an. Konnte das sein? War es *seine* Emma? Oder nur ein Zufall? Aber es würde passen. Letztes Jahr hatte er ihr den Briefroman empfohlen. Und sie hatte ihn geliebt. Was, wenn sie genau wie er nach Polyrica gekommen und leider auf den Dämon getroffen war?

Eine Stimme in seinem Kopf erinnerte ihn an die Worte, die sie über ihn gesagt hatte. Wieso sollte er sie retten? Doch wenn sie es wirklich war … dann konnte er das nicht ignorieren. Schließlich waren sie einmal so etwas wie Freunde gewesen. Hatten sich den Heimweg geteilt, Bücher ausgetauscht und über deren Inhalte diskutiert. Emma, der Briefroman, und dass ausgerechnet er als Nächstes nach Polyrica gekommen war. Das konnte kein Zufall sein. Er musste sie retten. Er war der Einzige, der ihr helfen konnte. Egal, was er im Flur vor dem Leseabend gehört hatte.

Saloquim ging zum Sessel und nahm das Säckchen, das er zuvor schon hochgehalten hatte. Er blickte hinein und wiegte es in der Hand. »Der Inhalt sollte dafür reichen, dich noch dreimal in eine Buchwelt schicken zu können. Ich gebe dir ein paar Körner und wenn ich ›Los‹ sage, gehst du durch die Filmwand. Verstanden?«

»Und durch die Körner lande ich nicht im schwarzen Nichts?«

»Genau. Sie ersetzen quasi den Aventurin.«

Milo nickte, obwohl er keine Ahnung hatte, was diese Körner mit dem Aventurin zu tun hatten. Mit den Händen formte er eine Schale, in die Saloquim ein gutes Dutzend schüttete. Sie wirkten wie grün gefärbte Stückchen Kandiszucker. Dann ging Saloquim zum Zylinder, tippte das Buch mit seinem Stab an und streute ein paar Körner auf die Seiten.

»Gut. Noch Fragen?«

»Ich … ähm …« Milo stockte. »Keine Fragen.«

Doch er hatte noch unzählige, die ihm jetzt gerade nicht einfallen wollten. Und er verspürte Angst. Unglaubliche Angst. Der Granat, der Dolch und die Münzen konnten daran nicht viel ändern. Er schloss die Augen und atmete tief durch die Nase ein und aus. In seinem Kopf flogen die Gedanken durcheinander und hämmerten gegen seine Schädeldecke. Er war nicht bereit dafür. Er war nicht der Retter, den Saloquim suchte. Am liebsten wäre er zurück in seinen Raum geflüchtet, hätte sich in sein Bett gelegt und die Decke über den Kopf gezogen, damit er nichts mehr um sich herum mitbekam. Aber er musste Emma retten. Falls es *seine* Emma war und sie seinetwegen … für immer fort war … Das würde er sich niemals verzeihen.

Ich schaffe das nicht, dachte er. Ich schaffe das nicht. Er hatte zwar schon ein Abenteuer in La'Dentrya hinter sich, aber das hier war eine andere Hausnummer.

»Also dann: Los.«

KAPITEL SIEBEN

Am nächsten Morgen wachte Emma nach einer Nacht voller Albträume auf, in denen ihr dunkle Gestalten einen goldenen Schlüssel für eine Truhe stehlen wollten, von der sie gar nicht wusste, wo sie sich befand. Als sie die Augen öffnete, musste sie feststellen, dass sie nicht zurück in Aachen, sondern nach wie vor im Gasthaus in Caduco war. Ihr war leicht schwindelig vor Müdigkeit.

Sie drehte sich zu Mats, doch sein Bett war leer. Wo war er hin? Sie blickte zu den offenstehenden Fenstern. Es war noch dunkel draußen und ein kühler Luftzug wehte durch das Zimmer. Frühstück würde es kaum jetzt schon geben.

Ihr kam ein schrecklicher Gedanke. Wenn er sich irgendwie an Pondo vorbeigeschlichen und die Einbrecher gesucht hatte? Und ihnen in die Arme gelaufen war? Dann wäre sie ganz allein und hätte niemanden mehr bei sich. Wie sollte sie dann den Weg nach Hause finden? Mit Mats fühlte sie sich sicherer.

Sie krabbelte zur Bettkante und zog sich die Stiefel an. Für einen Moment stützte sie die Ellenbogen auf die Oberschenkel, vergrub das Gesicht in den Händen und schluckte schwer. Sie wusste nicht, wie sie aus dieser Buchwelt fliehen konnte. Ob der grüne Stein damit zu tun hatte? Oder musste sie Meister Kildar aufsuchen? Schließlich war es seine Geschichte, in der sie sich befand.

Emma stand auf und öffnete vorsichtig die Tür. Im Flur wiesen ihr schwach brennende Laternen den Weg zur Treppe. Der Stuhl, auf dem Pondo Wache gehalten hatte, lehnte verlassen an der Wand.

Zuerst schaute sie in den Waschräumen nach Mats, doch dort war er nicht. Sie spritzte sich etwas Wasser aus einem Eimer ins Gesicht. Es vertrieb die Müdigkeit aus ihren Augen. Sie musste furchtbar aussehen. Eine warme Dusche und ein Spiegel wären himmlisch gewesen.

Auf der Treppe achtete sie darauf, keine Geräusche zu verursachen. Unten angelangt, blickte sie nach links zum Empfang, der unbesetzt war, und bog dann nach rechts um die Ecke zum Speisesaal. Sie blieb in der Tür stehen und spähte hinein. Er wirkte wie ausgestorben und roch noch nach dem Fisch von gestern Abend.

Vielleicht machte Mats auch nur einen Spaziergang, sagte sie sich. Um nachzudenken. Das Dümmste, das sie nun tun konnte, war es, ihn draußen zu suchen. Wenn er zurückkam und sie weg war, würde er sich ebenfalls Sorgen machen. Trotzdem hätte er sie wecken können.

Das mechanische Geräusch eines Schlüssels erklang aus Richtung des Eingangs und ließ sie aufhorchen. Sie wollte schnell die Treppe hinauf huschen, doch noch bevor sie die erste Stufe nehmen konnte, kam plötzlich jemand um die Ecke und rannte in sie hinein. Emma stolperte zurück.

Zu ihrer Erleichterung stand Mats vor ihr, in der Hand einen prall gefüllten Sack. Er schien genauso überrascht zu sein wie sie. Bevor sie etwas sagen konnte, flog Pondos Zimmertür neben ihnen auf und er zielte mit seinem Gewehr auf sie. Als er Emma und Mats erkannte, ließ er es sinken.

»Ihr schon wieder. Was treibt ihr hier? Es ist noch dunkel!« Der Vorwurf in seiner Stimme war nicht zu überhören. »Oder sind die Diebe zurückgekommen?« Er hob die Waffe und blickte sich um.

»Entschuldigt die Störung«, sagte Mats knapp. »Keine Diebe.« Er schnappte sich Emmas Hand und zog sie die Treppe hoch.

Pondo grummelte von unten etwas wie »wenigstens abgeschlossen«.

Erst im Zimmer ließ Mats sie los und schloss die Tür.

»Was soll das?«, fragte sie. »Wo warst du überhaupt?«

»Lass mich erst sichergehen, dass wir keine ungebetenen Zuhörer haben.« Er drückte das Ohr gegen die Zimmertür und signalisierte ihr, leise zu sein. Eine gute Minute verharrten sie in dieser Position. Dann öffnete Mats die Tür einen Spalt und blickte zu beiden Seiten, ehe er sie wieder schloss. »Gut. Wo ich war? Ich hatte da so ein Gefühl.«

»Ein Gefühl?« Sie war zwar froh, dass er wieder da war, aber auch sauer, dass er sie wegen eines »Gefühls« allein gelassen hatte.

»Kannst du dich erinnern, wie gierig Pignos gestern auf den grünen Stein geschielt hatte?«

Emma nickte. Plötzlich wurde ihr klar, warum er fragte. »Sag nicht, dass du –«

»Ich wollte nur bei ihm vorbeischauen.«

»Wieso das denn? Zu so früher Stunde hat er doch gar nicht geöffnet.«

»In gewisser Weise schon.«

Emma verstand nicht. »Wieso?«

»Er wurde auch beraubt. Seine Tür stand offen und ich bin hineingeschlüpft. Da lag er tot auf dem Boden.«

Sie schlug die Hände vor den Mund. Das durfte doch nicht wahr sein. »Wer? Wie? Ich meine –«

»Mit einem Dolch.« Er machte eine kurze Pause und zeigte dann auf die Stelle seines Herzens. »Der steckte in seiner Brust.«

»O nein! Wer war das?«

Mats hob die Augenbrauen. »Ich weiß es nicht. Ich habe niemanden gesehen.«

»Und warum wurde er … Also … War es ein Raubmord?«

»Ich fürchte nicht. Danach sah es zumindest nicht aus.« Er seufzte. »Auf dem Tresen lag ein Stapel Pergamente. Eine Auflistung. Darin war als letzter Eintrag von einem ›Grünen Stein‹ die Rede.«

»Du meinst, er wurde wegen unseres grünen Steins ermordet?«

»Gut möglich. Daneben stand ein Betrag von dreihundert Kreuzern. Und ein Name. ›Hildar‹ oder ›Kildas‹.«

»Kildar! Meister Kildar!« Das konnte kein Zufall sein.

»Du kennst ihn?«

»Ich habe von ihm gelesen. Weißt du, das Buch, in dem wir hier sind. Es handelt sich um Erzählungen in Briefen von ihm!«

»Dann hat er Pignos den grünen Stein wohl für diese Summe abgekauft.«

Emma atmete tief aus. War das Glück im Unglück? Oder ein Zeichen? Zu Meister Kildar hätte sie sowieso gehen wollen. »Aber ich verstehe noch immer nicht, wieso Pignos ermordet wurde. Er wird doch wahrscheinlich seinen üblichen Abnehmern vom grünen Stein erzählt, uns die Diebe auf den Hals gehetzt und ihn dann an den Höchstbietenden verkauft haben. An Meister Kildar.«

Mats zuckte mit den Schultern. »Kann sein.«

»Was bringt es denen, die nicht genug geboten haben, Pignos umzubringen?«

»Vielleicht waren es die Diebe. Sie könnten mitbekommen haben, dass ihnen Pignos viel weniger gegeben hat, als der Stein eigentlich wert war. Und das wollten sie nicht hinnehmen.«

Emma starrte auf ihre Fingernägel, die alles andere als sauber waren, und schüttelte den Kopf. »Warum sollten sie ihren Händler für Diebesgut ausschalten? Das ist doch unlogisch.« Ihr Blick fiel auf den Sack auf dem Boden. »Was ist das da eigentlich?«

Mats zögerte. Er kniete sich nieder und wühlte darin. »Wie

gesagt. Der Mörder oder die Mörder hatten es wohl nicht auf Pignos' Münzen abgesehen.«

»Du hast doch nicht etwa –?«

»Pignos braucht es nicht mehr. Und wir schon. Sieh es doch einmal so.« Er ließ die Münzen klimpern. »Jetzt können wir uns ein besseres und sicheres Gasthaus suchen. Ohne mit Fremden in einem Zimmer schlafen zu müssen.«

»Wie viel ist das?«

»Genug.«

Sie trat vor und wollte den Sack hochheben, schaffte aber kaum mehr als ein paar Zentimeter. »Wie kannst du den tragen?«

Er grinste. »Wie hast du das gestern Abend gesagt? *Du bist ein Junge. Das verstehst du eh nicht.* Nun ja, du bist ein Mädchen.«

Auch wenn Emma unwohl dabei war, musste sie sich eingestehen, dass er recht hatte. Mit dem Geld hatten sie eine Sorge weniger und konnten sich auf die Suche nach dem Weg nach Hause konzentrieren.

Als sie schnell etwas gefrühstückt hatten, erkundigten sie sich bei Pondo am Empfang nach Meister Kildar. Er beäugte ihren neuen Sack missmutig, Mats hielt ihn jedoch verschlossen. Wenn Emma sich nicht irrte, besaß Meister Kildar ein Anwesen oberhalb der Stadt, an der Mauer, die vor Vari schützte. Sie wollte aber sichergehen, dass sie es richtig in Erinnerung hatte.

»Warum fragt ihr?«

»Wir haben gehört, dass er ein eindrucksvolles Anwesen besitzt«, sagte Emma.

»So, so. Es liegt oben am Rande der Stadt. Wollt ihr ihm etwas verkaufen?« Er nickte zum Sack.

»Danke für die Auskunft«, sagte Mats, ohne auf Pondos Frage einzugehen, und sie verließen das Gasthaus.

Draußen war es inzwischen hell und sie hielten die Augen nach einem solide aussehenden Gasthaus offen. Sie fragten Passanten nach Empfehlungen und gaben sich stets als die Kinder eines wohlhabenden Ehepaars aus, damit niemand misstrauisch wurde. Nachdem sie mehrmals die Namen »Am Haselnussbaum« und »Zum Roten Fuchs« gehört hatten, versuchten sie ihr Glück beim Haselnussbaum. Und tatsächlich. Sie konnten zwei Zimmer im obersten Stockwerk ergattern, mit Blick gen Westen, wo das Meer lag.

Mit dem Besitzer vereinbarten sie, die erste Nacht zu bezahlen und danach von Tag zu Tag zu entscheiden. Als er ihnen ihre Schlüssel überreichte, hielt er inne.

»Verzeiht mir meine Neugier, aber wie kommt es, dass ihr ohne eure Eltern unterwegs seid?«

Emma hatte sich schon eine Geschichte ausgedacht. »Wir wollten eine Reise unternehmen, wurden aber auf hoher See von einem Piratenschiff angegriffen.«

»Das ist ja schrecklich. Sind eure … eure Eltern …«

»Nein. Ich glaube nicht. Wir wurden zwar von den Piraten verschleppt, dann aber von einem ehrlichen Seefahrer gerettet. Er hat uns sofort nach Caduco in Sicherheit bringen lassen und eines seiner Schiffe zum Transportschiff geschickt, auf dem sich unsere Eltern befinden. Sie müssten also bald hier eintreffen.«

»Welch Glück! Da bin ich beruhigt. Ich kann dem Hafenvorsteher ausrichten, dass ihr euch bei uns im Haus befindet. Welche Namen darf ich ihm nennen?«

Daran hatte Emma nicht gedacht. Sie nahm die erstbesten, die ihr in den Sinn kamen. »Wir heißen Susan und Edmund Diggory.«

Der Mann schien nichts zu bemerken. Wie auch? Er selbst war Teil eines Buches. Wie sollte er da wissen, dass Emma geschwindelt und sich an den Namen aus einem anderen Buch bedient hatte?

»Benötigt ihr sonst noch etwas?«

Mats blickte an sich herunter. »Könnt Ihr uns sagen, wo ich ein zweites Hemd herbekomme oder meine Schwester ein Kleid?«

»Für nur jeweils drei Kreuzer lasse ich euch im Laufe des Tages etwas besorgen, das ihr am Empfang abholen könnt.«

»Abgemacht.«

Emma freute sich bereits auf die Aussicht, eine zweite Garnitur Klamotten zu haben. Dann konnte sie das Kleid wechseln, sollte ihr aktuelles arg dreckig werden oder zu sehr riechen. Wobei sie insgeheim hoffte, dass sie gar nicht mehr so lange hier sein würden, dass dieser Fall eintrat.

In Aachen hatte sie letzte Woche an zwei aufeinanderfolgenden Tagen das Gleiche angehabt und damit Entsetzen bei den CARMA Girls ausgelöst. Seitdem achtete sie darauf, jeden Tag etwas anderes anzuziehen.

Emma trat in Mats' Zimmer, der gerade dabei war, den Beutel zu befüllen, den sie freundlicherweise kostenlos vom Gasthausbesitzer bekommen hatten. Diesen konnte man sich besser über die Schulter werfen als den Sack.

»Wie viel willst du denn noch einpacken?«, fragte sie Mats, als er weiter und weiter Münzen in den Beutel steckte.

»Dreihundert. So viel, wie dieser Kildar auch gezahlt hat.«

»Ist das nicht zu gefährlich? Wenn wir ausgeraubt werden –«

»Es ist hell draußen, Emma. Außerdem – wir sind uns doch sicher, dass er den Stein hat. Wieso sollten wir dann nicht direkt alles mitnehmen?« Er wartete ihre Antwort nicht ab, sondern zählte weiter Münzen.

Das restliche Geld verstauten sie in einer massiven Truhe, die in seinem Schrank stand. An die fünfhundert Kreuzer hatten sie laut Mats insgesamt. Sie sperrten ihre Zimmertüren ab und verließen das Gasthaus Richtung Meister Kildars Anwesen.

Als sie auf den ansteigenden Weg in die reichere Wohngegend bogen, rannten einige Stadtwachen an ihnen vorbei. Sie liefen in die Gasse, wo sich das Pfandleihhaus von Pignos befand. Offenbar hatte man den toten Pfandleiher entdeckt.

»Schnell weiter.« Mats presste den Beutel enger an sich. »Bevor sie auf die Idee kommen, uns aufzuhalten und zu fragen, ob wir etwas gesehen haben. Oder in unseren Beutel schauen wollen.«

Emma wurde warm, obwohl sie erst ein paar Minuten unterwegs waren. Zurück in Aachen würde sie mehr Sport machen. Die Straße führte an kleinen Plätzen vorbei. Auf manchen bauten Händler ihre Stände auf, andere erinnerten mit Büschen und tiefhängenden Bäumen an Oasen und luden zum Verweilen ein. So gern Emma dort entlang geschlendert wäre, jetzt mussten sie sich den grünen Stein holen, ehe Meister Kildar auf die Idee kam, ihn anderweitig zu verkaufen.

Sie erreichten die letzte Häuserreihe, von der aus die Spitze des dunklen Ziegeldaches von Meister Kildars Anwesen am Hang zu sehen war. Wenn sich Emma nicht täuschte, war dies einer der wenigen festen Wohnsitze von Meister Kildar. Er war eigentlich als fahrender Forscher bekannt, der in seiner Kutsche oder – wenn vermehrt von Vari-Angriffen in den Wäldern berichtet wurde – per Schiff von Ort zu Ort reiste und mit seltenen Pflanzen und allerlei Mitteln gegen Vari handelte.

Sie nahmen einen Schotterweg, der sich durch turmhohe Sträucher und Gebüsch schlängelte. Bei jedem Schritt knirschte es unter ihren Stiefeln und ab und zu kreuzten Bienen und Schmetterlinge ihren Weg.

Nach mehreren Kurven blickten sie schließlich auf einen fast drei Meter hohen Zaun aus Eisenstangen mit gefährlich aussehenden Spitzen. Der Weg endete vor einem Tor, das aus zwei Flügeln bestand. Auf grauen Steinsäulen hockten zwei versteinerte Figuren. Die linke besaß den Körper eines Hirschs, doch auf dem Hals schlossen sich die Mähne und der Kopf eines Löwen an, der sein Maul weit aufgerissen hatte und in die Ferne zu brüllen schien. Zu Emmas Rechten lag das genaue Gegenteil: Auf dem Löwenkörper mit den riesigen Pranken präsentierte ein Hirsch stolz sein Geweih.

Staunend senkte sie den Blick auf einen Mann mit wildem Haar und tiefschwarzem Vollbart, der auf seinem Gewehr lehnte und grimmig dreinblickte. Ein weiterer stand hinter dem Tor vor einer niedrigen Hütte.

Als der bewaffnete Wachmann Emma und Mats entdeckte, richtete er sich auf und nahm die Waffe in beide Hände. Sie war nicht überrascht, dass Meister Kildar hier Wachmänner positioniert hatte.

Leider hatte er schon häufiger schlechte Erfahrungen mit manchen Bewohnern der Stadt gemacht. Nicht alle Menschen erkannten den Wert seiner Erfindungen wie eine rötliche Paste gegen Vari, die man auf alles Mögliche streichen konnte. Manche hielten ihn laut seiner Briefe für einen Schwindler und Scharlatan.

Beim Blick auf das weitläufige Anwesen fiel Emma ein, dass er in einem seiner Briefe einmal erwähnt hatte, dass es mit Fallen versehen war. Um sich vor unliebsamen Dieben zu schützen, hatte er den Kiesweg präpariert: Es gab Abschnitte, auf denen die Steine am Rand dunkler waren als sonst, die man besser meiden sollte, wenn man nicht in ein tiefes Loch fallen wollte. Auch gegen Vari hatte er mehrere Vorkehrungen getroffen. Entlang des Weges standen Pfähle mit Laternen, die einen speziellen Duft verbreiteten, der Vari fernhalten sollte. Darüber hinaus hatte er hinten auf dem Rasen, in der Nähe der Mauer, einzelne Buchsbäume pflanzen lassen. Sie bildeten jeweils ein Viereck und markierten eine Fallgrube. Das Gras dort war nur locker auf ein wackeliges Gerüst aus Holzlatten gelegt. Falls es also doch einmal dazu kommen sollte, dass sich ein Vari auf sein Anwesen verirrte, könnte dieser in einer Grube landen.

»Was sucht ihr hier?«

»Werter Herr«, antwortete Mats in seiner weichen Stimme. »Wir kommen von weit her und möchten mit Meister Kildar sprechen.« Er deutete eine knappe Verbeugung an.

Emma war irritiert, zwang sich aber auch zu einem kleinen Knicks.

»Ihr seid doch noch Kinder. Verschwindet von hier.«

»Ihr habt recht – wir sind noch jung, doch das gilt nicht für unseren Geldbeutel.« Er stellte den Beutel Münzen auf den Boden, sodass es klimperte.

Im Kopf des Mannes schien es zu arbeiten. Eine Falte bildete sich über seiner Nase, wodurch er noch gefährlicher aussah. Inzwischen war die Wache hinter dem Tor, die bis auf den fehlenden Bart gut und gerne sein Zwillingsbruder sein konnte, an das Gitter getreten und musterte sie ebenfalls argwöhnisch. Die beiden steckten die Köpfe zusammen und flüsterten etwas, ohne Emma und Mats aus den Augen zu verlieren.

»Warum wollt ihr mit dem Meister sprechen?«

»Wir möchten mit ihm handeln. Worum es genau geht, würden wir ungern hier draußen nennen.«

Daraufhin nickte der Bärtige dem Mann hinter dem Tor zu. Dieser drehte sich um, rief etwas in die Hütte und begab sich dann auf eine Allee aus dichten Buchsbäumen, die wie Kegel geschnitten waren, hin zum Anwesen.

Es schien zu funktionieren. Der Mann nahm eine breite steinerne Treppe und verschwand im Inneren. Währenddessen trat ein weiterer Wachmann aus der Hütte und blieb vor dem Eingang stehen. Offenbar waren dort die Wachen untergebracht. Auf der anderen Seite des Weges gab es eine zweite Hütte.

Emma erinnerte sich mit jeder Sekunde an mehr Beschreibungen von Meister Kildar in seiner Briefsammlung. Das eigentliche Anwesen war nach und nach erweitert worden. In der Mitte thronte das Haupthaus, rechts der Dienstflügel mit seinen dunkleren Mauern und kleinen Fenstern, und links eine lange Halle mit breiter Fensterfront, die jedoch fast vollständig von Büschen und Sträuchern verdeckt war. Darin waren ein großer Festsaal und allerlei kleinere Räume mit Mitbringseln aus ganz La'Dentrya.

»Warum brennen die Laternen tagsüber?«, flüstere Mats ihr zu.

»Sie verbreiten einen Geruch, der wilde Vari fernhalten soll. So kommen die nicht auf die Idee, über die Mauer auf das Anwesen zu springen.«

»Was sind Vari?«

Ehe sie antworten konnte, sah sie die Wache mit einem rundlichen Mann die Treppe herunterkommen. Dieser war so flott unterwegs, dass die Wache Mühe hatte, Schritt zu halten.

»Besondere Kreaturen.« Sie zeigte auf die Männer. »Erkläre ich dir später.«

»Und was ist das für ein Geruch?«, schob Mats noch schnell hinterher.

»Meister Kildar hat irgendeinen besonderen Stoff in das Öl gemischt. Etwas Ätherisches, glaube ich. Sie brennen Tag und Nacht, damit er die ganze Zeit geschützt ist.«

»Verstehe.«

Die Wache und der rundliche Mann erreichten das Tor. Mit dem buschigen roten Schnurrbart unter der Nase und dem kurzgeschorenen Haar erinnerte er Emma an einen Iren oder Schotten. Doch er hatte keinen Rock an, sondern eine braune Hose, zu der er eine dunkelblaue Weste über einem sauberen weißen Hemd trug. Die Knöpfe der Weste waren gespannt und Emma wartete darauf, dass sie jeden Moment in alle Himmelsrichtungen davonsprangen.

»Ihr zwei wollt also zu Meister Kildar?«, fragte er mit tiefer Stimme.

»Richtig.«

»Was habt ihr zum Handeln dabei?«

»Dabei haben wir nichts, das wäre zu gefährlich. Aber es geht um seltene Steine.«

Der Schnurrbart verengte die Augen zu Schlitzen, nickte knapp und wandte sich an den Mann mit dem Gewehr. »Ihr habt sie schon untersucht?«

»Nein, Herr.«

Mit zittrigen Fingern reichte er seine Waffe durch das Gitter und stieß dabei gegen die Eisenstäbe, sodass ein klackendes Geräusch entstand. Er wich dem ungeduldigen Blick des Schnurrbarts aus. Eilig schritt er auf Mats zu. Wie ein Sicherheitsbeamter am Flughafen tastete er Hose und Hemd ab und fand lediglich ein paar weitere Münzen.

Dann drehte er sich zu Emma. Bevor er näherkam, zeigte sie ihre leeren Taschen und hoffte, dass es damit getan wäre. Doch das interessierte ihn nicht, denn er fuhr mit seinen groben Händen über ihr Kleid. Seine Finger streiften ihre Brust und Emma gab ein empörtes Räuspern von sich.

»Muss das sein?«

Als Antwort bekam sie einen verständnislosen Blick. Der Mann ging zurück auf seinen Posten und nahm das Gewehr wieder an sich. »Sauber, Herr.«

Der Schnurrbart schloss das eiserne Tor auf, das beim Öffnen leise quietschte, als wollte es sie willkommen heißen. »Ich bin Muto, der Hausverwalter. Ich führe euch hinein.«

Sie folgten ihm und mit jedem Schritt kam Emma das Anwesen noch größer vor. An vielen Stellen der Mauern hatte die Natur schon Spuren hinterlassen. Harmlose Efeuranken, aber auch ungesund braun verfärbte Flecken tummelten sich dort und bei manchen Fensterläden fehlten einzelne Sprossen.

Dafür war die Empfangshalle deutlich sorgfältiger gestaltet. Der Boden bestand aus glatten Steinplatten, die sich wie ein Schachbrett mit grauen und hellroten Feldern abwechselten. An den gut fünf Meter hohen Wänden hingen bunte Teppiche und Gemälde, hauptsächlich von Landschaften und vom Meer. Emma legte den Kopf in den Nacken und fragte sich, wie sie den riesigen Kerzenleuchter montiert bekommen hatten. Es waren so viele, dass sie die Anzahl der Kerzen nicht zählen konnte. Links von ihnen standen lebensgroße ausgestopfte Tiere in Aussparungen in der Wand. Ein Bär, ein Wolf und ein Hirsch. All diese Dinge deuteten darauf hin, dass Meister Kildar noch vermögender war, als Emma gedacht hatte.

Muto wies sie an zu warten und nahm eine Treppe nach oben. Sie waren nicht allein, denn zwei weitere Wachen waren in der Halle postiert, von der zahlreiche Türen abgingen.

Emma trat an Mats heran. »Drei Stockwerke liegen über uns. Ein paar Gästezimmer, Meister Kildars Räumlichkeiten und der Dachboden«, flüsterte sie.

»Du kennst dich aus?«

»So stand es zumindest in dem Buch. Da drüben«, sagte sie und nickte nach rechts, »sind die Bediensteten untergebracht. Und der Anbau auf der anderen Seite ist am neuesten. Für besondere Anlässe gibt es da einen großen Saal.«

»Er scheint genug Geld zu haben.«

»Hast du eigentlich einen Plan für gleich?«

Mats zuckte mit den Schultern. »Fragen wir ihn einfach. Er soll zugeben, dass er den Stein hat, dann kaufen wir ihn ihm ab. Und hoffentlich weiß er auch, wie man ihn einsetzt.«

Ob das so leicht ging? Emma hatte ihre Bedenken.

»Was sind denn nun Vari?«, wollte Mats wissen.

»Das sind Kreaturen, bei denen es sich um Mischwesen aus mehreren Tieren handelt. Zum Beispiel der Körper eines schneeweißen Wolfes mit dem Kopf eines Adlers. Oder ein Stier mit Leopardenfell und drei Hörnern. Die meisten Menschen fürchten sie.«

»Weil sie böse sind?«

»Nur die wilden. Nicht diejenigen, die mit einem Menschen verbunden sind.« Sie dachte daran, dass man zu der Zeit, in der sie gerade in La'Dentrya war, womöglich noch nicht wusste, wie das funktionierte. Besser, sie beließ es dabei. »Doch die meisten kennen nur wilde Vari. Deshalb haben sie solch eine Abneigung. Aber es gibt auch welche, die anderer Meinung sind.« Sie zeigte auf den Boden. »So wie Meister

Kildar. Er erforscht sie und meint, dass sie den Menschen helfen können.«

»Zuerst soll er uns helfen.« Mats steckte die Hände in die Taschen, senkte den Kopf und trat gedankenverloren in die Luft.

Emma schritt auf den Bären zu und blickte in sein regungsloses Gesicht mit dem weit aufgerissenen Maul. Ob die Mittel, die Meister Kildar zusammen mit seinem Lehrer Meister Elcani gegen Vari entwickelt hatten, auch gegen normale Tiere wirkten? Wohl kaum. Zumindest hatte sie noch nie gehört, dass Bären Angst vor Steinen, Tierkrallen oder Federn hatten. Schon eher konnten da die Pulver helfen, die man auf Vari warf, um sie einschlafen, kurzzeitig erblinden oder auf andere Weise kampfunfähig werden zu lassen.

Hinter dem Bären entdeckte Emma die Umrisse eines Vierecks. Die Kanten zeichneten sich deutlich vom Rest der Wand ab. Auf einmal wusste sie, worum es sich dabei handelte. Ein geheimer Schalter. Meister Kildar liebte Rätsel. Jetzt fiel ihr wieder ein, dass das gesamte Anwesen voll von Geheimtüren und verborgenen Räumen war. Ideal, um Dinge zu verstecken.

Schritte hinter ihr ließen sie herumfahren. Muto kam auf sie zu und winkte sie und Mats mit sich. Er geleitete sie durch eine der Türen Richtung Halle in einen kleinen Raum, der wie ein Museum aussah.

»Er kommt gleich«, sagte er und ließ sie mit der Wache allein.

In der Mitte des Zimmers standen ein langes, schmales Sofa sowie ein mächtiger Sessel, beide aus dunklem Leder. Sie rahmten einen kniehohen Tisch ein. An den Wänden waren allerlei Dinge auf Holzblöcken ausgestellt, ohne jegliche Form von Sicherheitsglas, wie Emma es sonst aus Museen kannte. Sie ging ehrfürchtig auf die Stücke zu und als sie bemerkte, wie ihr die Augen der Wache folgten, verschränkte sie die Hände auf dem Rücken.

Da gab es Münzen, die nicht außergewöhnlich wirkten, aber offenbar einen besonderen Wert hatten. Anders konnte sie sich nicht erklären, wieso sie hier lagen. Auf den restlichen Blöcken entdeckte sie Ketten, Amulette und Ringe. Alle entweder golden oder silbern, in jedem Falle aber glänzend. Ansonsten standen dort noch Krüge, Vasen oder Becher aus braunem Material. Vermutlich Keramik.

Emma beugte sich über ein Fossil, da wurde die Tür so abrupt geöffnet, dass sie vor Schreck beinahe das Gleichgewicht verlor. Gerade noch konnte sie verhindern, den Block, auf dem das Fossil lag, umzuwerfen, ehe sie sich umdrehte und in die durchdringenden Augen eines stattlichen Mannes blickte.

»Ihr wollt also etwas von mir?« Seine tiefe Stimme erfüllte den ganzen Raum.

Genau so hatte sie ihn sich vorgestellt. Mit seinem langen Haar stieß er fast gegen den Türrahmen, seine breiten Schultern spannten das cremefarbene Hemd mit langen Ärmeln, das an der Brust mit Knoten zugeschnürt war. Es steckte in einer dunklen Hose mit auffallend goldener Gürtelschnalle.

Bedächtig schritt er auf den Tisch zu. Seine flachen Lederschuhe machten keine Geräusche und wirkten erstaunlich sauber, als hätte er sie noch nie getragen.

Emma ertappte sich dabei, wie ihr Mund offenstand, und schloss ihn schnell.

»Bitte.« Er zeigte mit seinen Händen, die Pranken ähnelten, auf das Sofa.

Sie nahmen Platz, dann setzte er sich ihnen gegenüber in den Sessel. »Wie heißt ihr?«

»Ich bin Mats, das ist Emma. Wir sind hier, weil wir letzte Nacht bestohlen worden sind.«

»Bestohlen? Ich dachte, ihr wolltet etwas kaufen.« Meister Kildar lehnte sich zurück, legte die Ellenbogen auf die Armlehnen und faltete die Hände vor dem Gesicht. Er schien nachzudenken. Seine Nase sah so krumm aus, als ob sie schon das eine oder andere Mal gebrochen worden war. »Was wurde euch denn gestohlen?«

»Ein grüner Stein.«

Meister Kildar zeigte keinerlei Reaktion, sondern nickte Mats zu, dass er fortfahren sollte.

»Man hat uns einen wertvollen grünen Stein gestohlen. Und wir möchten ihn wiederhaben.«

»Das tut mir natürlich leid für euch. Bedauernswert. Aber wieso seid ihr dann zu mir gekommen?«

Mats rutschte weiter an die Kante des Sofas. Er streckte den Rücken durch und tippte auf den Tisch. »Weil Ihr ihn habt.«

Jetzt war es Meister Kildar, der seine Haltung veränderte und sich nach vorne lehnte. »Und wie kommst du darauf, Mats, dass ich euren grünen Stein habe?« Er betonte Mats' Namen so, als würde er ihm nicht glauben, dass es sein echter war.

Mats zögerte. Emma sah von der Seite, wie es in ihm arbeitete. Besser wäre es, wenn man sie beide nicht mit dem Tod des Pfandleihers in Verbindung brachte. Sie wusste nicht, welchen Einfluss Meister Kildar in Caduco hatte. Im schlimmsten Fall schob man ihnen den Mord in die Schuhe und warf sie ins Gefängnis.

»Wir glauben, dass Pignos damit zu tun hatte«, sagte Mats und zerstörte damit jäh Emmas Hoffnungen. »Er hat uns den Stein stehlen lassen. Und als wir vorhin bei Pignos' Laden vorbeigelaufen sind, waren da auf einmal überall Wachen.«

»Ich habe gehört, was mit dem Pfandleiher geschehen ist.«

»Mit seinem Tod haben wir nichts zu tun. Die Wachen haben Euren Namen genannt. Deshalb sind wir hier.«

»Und daraus, dass irgendjemand meinen Namen sagt, schließt ihr, dass ich diesen grünen Stein habe?« Meister Kildar gab ein kurzes Lachen von sich und hob die buschigen Augenbrauen.

Mats fuhr sich mit der Zunge über die Lippen. »Ist er etwa nicht in Eurem Besitz?«

»Warum sollte ich euch das verraten?«

Mats steckte die Hand in den Beutel und schüttete die Münzen demonstrativ auf der Tischplatte aus.

»Wir wollen ihn Euch abkaufen.«

Meister Kildar rutschte weiter nach vorne und betrachtete die Münzen. »Ihr seid wirklich davon überzeugt, diesen Stein hier zu finden, nicht wahr?« Noch immer war seine Miene undurchdringlich. Emma hatte keine Ahnung, was in seinem Kopf vorging. Aber sie war sich fast sicher, dass er Pignos den grünen Stein abgekauft hatte. Genau wie Mats berichtet hatte. »Woher habt ihr Kinder überhaupt so viel Geld?«

»Wir stammen aus einem reichen Elternhaus. Genügt Euch das?«

Meister Kildar beugte sich zur Seite und betrachtete den Beutel auf dem Boden. »Wie genau soll der grüne Stein aussehen?«

»Makellos grün, fast durchsichtig und in etwa so groß wie ein Viertel eines kleinen Apfels.«

»Makellos, sagst du?«

»Ohne Kratzer oder Einschluss.«

»Woraus besteht er?«

»Das wissen wir nicht.«

Meister Kildar schürzte die Lippen. »Nehmen wir an, ich hätte diesen Stein. Dann würde das«, er zeigte auf das Geld auf dem Tisch, »nicht reichen. So etwas Besonderes, was du beschreibst, wäre mehr wert.«

Mats hob den ganzen Beutel auf den Tisch. »Dreihundert Kreuzer.«

Meister Kildar lehnte sich zurück, überkreuzte die Beine und schüttelte langsam den Kopf. »Noch immer nicht.«

Auf einmal sprang Mats auf. »Aber Ihr habt doch …«, begann er, brach aber ab, als die Wache an der Tür einen Schritt auf ihn zu machte und mit ihrem Speer auf ihn zielte. Mats hob beschwichtigend die Arme und setzte sich.

»Was habe ich?«, fragte Meister Kildar nach. Für einen Moment glaubte Emma, ein Lächeln auf seinen Lippen gesehen zu haben.

»Nichts.«

»Ich fürchte, wir kommen hier nicht weiter.«

Emma rutschte ein Stück vor. »Dürfen wir ihn wenigstens einmal sehen?«

Meister Kildar drehte den Kopf zu ihr und zeigte einen Ausdruck von Überraschung und Belustigung zugleich. Emma selbst wunderte sich über ihre Frage. Er blinzelte ein paarmal und holte dann tief Luft.

»Wie gesagt. Wir sind hier fertig.« Er drückte sich hoch und wirkte von so weit oben noch bedrohlicher.

»Wie viel wollt Ihr denn haben?«, warf Mats ein.

»Zu viel für euch Kinder.«

Also hatte er ihn wirklich! Emma straffte die Schultern.

»Sagt uns eine Zahl.«

»Aber nur, wenn ihr mich danach in Ruhe lasst.« Er atmete hörbar aus, als hätte er eine lästige Aufgabe vor sich.

Mats nickte heftig.

»Wenn ihr eintausend Kreuzer habt, könnt ihr wiederkommen.«

»Eintausend?« Mats hatte die Augen so weit aufgerissen, als hätte er einen Geist gesehen.

»Ja, eintausend. Einen schönen Tag noch.«

Emma wollte ihn noch nicht gehen lassen, ohne ihn nach dem weißen Raum gefragt zu haben. »Wartet«, rief sie. Meister Kildar blieb stehen, drehte sich aber nicht um. »Seid Ihr einmal in einem ganz weißen Raum gewesen?«

Er blickte über die Schulter und legte die Stirn in Falten. »Ein weißer Raum?«

»Mit einem Bett und vielen Bücherregalen. Und sechs Wänden.«

Er schüttelte langsam den Kopf. »Noch nie gehört.«

»Wirklich nicht?« Ihre Stimme klang fast schon wie ein Flehen.

»Wirklich nicht.«

Meister Kildar verließ den Raum und Emma sackte in sich zusammen. Ungläubig starrte sie Mats an. Er brachte auch keinen

Ton heraus. Sie hatte so gehofft, den grünen Stein von Meister Kildar zu bekommen. Was sollten sie jetzt tun?

»Eintausend Kreuzer«, murmelte Mats. »Unmöglich.«

Durch seinen Beutezug in der Früh bei Pignos hatten sie nur ungefähr fünfhundert Kreuzer. Emma rechnete nach, was sie durch den geklauten Schmuck aus dem Schlafzimmer bekommen hatten. Sie müssten noch knapp zwanzig weitere Häuser ausrauben. Spätestens nach dem dritten würden zu jeder Tageszeit Stadtwachen unterwegs sein und sie erwischen. Wie sollte das also klappen?

»Fertig?«, fragte Muto, der jetzt in der Tür stand, ungeduldig.

Mats schob die Münzen zurück in den Beutel. Keiner sagte etwas. Dann führte Muto sie zum Tor. Bevor sie hinaustraten, wandte sich Mats noch einmal an den Hausverwalter.

»Danke für Eure Gastfreundschaft.« Seine Stimme hatte den angenehmen Tonfall von zuvor und er streckte ihm die Hand entgegen.

Muto blickte erst skeptisch, doch da Mats sein Lächeln noch verstärkte, gab er ihm unschlüssig die Hand und schüttelte sie kurz. Das Gleiche wiederholte Mats bei den beiden Wachen.

Sie ließen das Tor hinter sich und begaben sich zurück in Richtung Stadt.

»Lass uns im Gasthaus überlegen, was wir jetzt machen«, meinte er.

Emma war noch zu verwirrt, als dass sie etwas sagen konnte. Wieso hatte sich Mats so merkwürdig verhalten? Erst sprang er Meister Kildar fast an und im nächsten Moment tat er so, als ob nichts gewesen wäre. »Was war das eben?«

»Was?«

»Na, das bei den Wachen. Dieses Händeschütteln.«

Er setzte ein Lächeln auf. »Wenn wir da wieder hineinwollen, sollten wir freundlich sein.«

KAPITEL ACHT

Um Milo ragten dicke Baumstämme in die Höhe, die grüne und braune Blätter trugen. Ein Zirpen durchbrach die Stille und der Duft des Mooses stieg ihm in die Nase. Er drehte sich einmal im Kreis, auf der Suche nach einem Weg oder einer Straße, konnte aber nichts erkennen. Ein bisschen von ihm entfernt entdeckte er eine Lichtung.

Er stapfte mit seinen festen Stiefeln los, in die seine dunkle Stoffhose gestopft war. Wie bei den anderen Abenteuern auch, trug er Kleidung, die zur Buchwelt passte. Dieses Mal steckte er in einem hellen Hemd mit langen Ärmeln, das sich auf der Brust zuschnüren ließ, und unter dem er das Lederband mit dem Granat verstecken konnte. Saloquims Beutel hatte er sich über die Schulter geworfen. An seinem Gürtel spürte Milo zudem etwas Hartes – den Dolch. Somit hatte er alles, was er aus Polyrica mitgenommen hatte.

Auf der Lichtung sah er sich einer steilen Felswand gegenüber, hoch wie ein Haus, die er niemals emporklettern konnte. Von dort oben sollte er aber einen besseren Blick über den Wald haben. Er musste einen Umweg wählen und von der Seite hinaufgehen.

Ein paar Meter weiter schnappte er sich einen halbwegs geraden Ast vom Boden, den er als Wanderstock benutzte und mit dem er sich über manch Hindernis drücken konnte. Nach wenigen Minuten war er schon leicht außer Atem, wollte aber erst eine Pause einlegen, wenn er oben angelangt war.

Kurz darauf hatte er es geschafft und lehnte sich an einen Baumstamm, noch weit genug von der Felswand entfernt, um nicht auf eine ungünstige Stelle zu treten und herabzustürzen. Vor ihm erstreckte sich ein Teppich aus Baumkronen, die ihn an Brokkoli erinnerten. Dahinter lagen das tiefblaue Meer und rechts eine Stadt. Das musste Caduco sein. Er brauchte also nur noch bergab zu gehen und irgendwann rechts nach Norden abzubiegen. Irgendwo weiter im Süden lag Coholmia.

Ein Vogel stieß einen spitzen Schrei aus, der Milo zusammenzucken ließ. Er sah sich um und vergewisserte sich, dass er nach wie vor allein war. Nur ein rotbraunes Eichhörnchen hüpfte weit über ihm von Baum zu Baum und kletterte dann senkrecht aus seinem Sichtfeld.

Auf einmal ertönte ein Knacken. Milo fuhr herum und versteckte sich hinter dem Baumstamm. Den Kopf zur Seite gelegt, spähte er in die Richtung, aus der er glaubte, das Geräusch gehört zu haben. Auf den ersten Blick bewegte sich dort nichts. Trotzdem zog er langsam den Dolch aus der Lederscheide. Beinahe hätte er den Granat vergessen und nahm ihn mit seiner linken Hand aus dem Beutel.

Er bemerkte, dass er die Luft angehalten hatte und zwang sich dazu, leise durch die Nase zu atmen. Bis auf das Zirpen war nichts mehr zu hören. Ein leichter Windstoß kitzelte durch seine Haare und zog weiter. Bestimmt zwei Minuten vergingen, ohne dass sich etwas rührte. Es schien keine Gefahr zu bestehen. Milos Muskeln entspannten sich und er ließ die Arme sinken.

Er drehte sich nach Norden, bereit, den ersten Schritt zu tun, da entdeckte er gut fünf Meter entfernt zu seiner Rechten ein Reh, das mit seinen schwarzen Augen hinter einem Busch hervorblickte. Gerade eben war es noch nicht dagewesen.

Das Reh hatte die Ohren weit aufgestellt und beobachtete ihn. Dabei waren es doch scheue Tiere, die normalerweise Angst vor Menschen hatten. Vielleicht war es hungrig, aber er hatte nichts, das er ihm geben konnte.

Er musste an dem Reh vorbei und lief nah am Abgrund entlang, um möglichst viel Platz zwischen sich und dem Tier zu halten, damit es keine Angst bekam. Er blickte abwechselnd auf den Boden vor sich und in die Rehaugen. Als er fast auf der Höhe des Busches angelangt war, verschwand der Kopf auf einmal.

»Huch?« Milo stutzte kurz, ging dann aber weiter, um hinter den Busch zu schauen, da sprang das Reh plötzlich hervor und verharrte vor ihm in geduckter Haltung.

Der unschuldige Blick von eben war verschwunden. Stattdessen fletschte das Reh die Zähne und dort, wo eigentlich dünne Beine hätten sein müssen, spannten sich die Pfoten eines Jaguars, bereit zum Sprung. Das musste ein Vari sein!

Milo wusste nicht, was er tun sollte. Er hielt instinktiv den Dolch und den Granat vor sich. Mist, dachte er. Bei seinem Training mit Saloquim hatte er den Granat nur in der rechten Hand gehalten. Jetzt lag der Stein in seiner linken. Er zielte mit dem Daumen so beiläufig wie möglich auf den Vari und stellte sich die roten Lichtblitze vor. Doch es passierte nichts. Auch nicht, als er es erneut probierte.

Schweiß rann ihm die Schläfen hinunter. Was sollte er tun? Er musste sich schnell entscheiden, wenn er überleben wollte. Der Vari ging tiefer in die Hocke. Gleich würde er auf ihn zukommen.

In einer flüssigen Bewegung warf Milo den Dolch und ließ den Granat in seine rechte Hand wandern. Der Vari heulte auf und preschte los. Milo streckte den Arm aus und machte beinahe wieder den Fehler, die Augen zu schließen. *Konzentriere dich.* Der Vari war nur noch wenige Meter entfernt. Dann setzte er zum

Sprung an. Milo dachte an die Fesseln und ein Ruck durchzog seinen Körper.

Im nächsten Augenblick hob er die Arme schützend vor sein Gesicht und fiel rücklings zu Boden. Er rollte sich zur Seite, in der Hoffnung, dem Vari auszuweichen und nicht zerfleischt zu werden. Nichts passierte.

Er blickte auf. Der Vari war gut zwei Armlängen über ihm. Milo tastete den Untergrund ab, fand seinen Wanderstock nahe dem Abgrund und hielt ihn vor sich. Doch das Gesicht des Rehs kam nicht näher. Es war wie eingefroren. Das Maul weit aufgerissen, sodass Milo all die spitzen Zähne bestens sehen konnte, und die Krallen ausgefahren. Beide bereit, sich in sein Fleisch zu bohren. In den glühenden Augen meinte Milo neben unbändigem Zorn auch einen Funken Überraschung erkennen zu können.

Sein Herzschlag verlangsamte sich und er rappelte sich auf. Er schulterte den Beutel mit dem Geld, den er beim Sturz verloren hatte, und machte einen großen Bogen um den Vari, damit er ihn bloß nicht aus Versehen berührte und die Fesseln löste. Er suchte nach dem Dolch, konnte ihn aber nicht finden.

Ein Heulen ertönte in der Ferne. Dann ein zweites. Auf noch mehr Tiere oder Vari konnte er verzichten. Die Fesseln um den Vari würden sich auch bald lösen. Milo ließ den Dolch zurück und rannte hinab. Dabei schaute er sich ständig um, ob er verfolgt wurde. In der Ferne hörte er wieder das Heulen. Durch den ebenen Boden kam er zügig voran, musste nicht über umgestürzte Baumstämme klettern oder sonstige Hindernisse überwinden. Er war sich nicht mehr sicher, wo Norden war, aber im schlimmsten Falle würde er weiter bergab bis zum Wasser laufen und an der Küste entlang nach Caduco gehen.

Kurze Zeit später gelangte er jedoch an einen Weg. Dieser bot genug Platz für zwei Kutschen nebeneinander. Milo bog nach rechts ab und eilte weiter, in der Hoffnung, dass er nach Caduco führte. Hier konnte er von Angreifern zwar besser gesehen werden, aber er war um einiges schneller als auf dem Waldboden.

Bis auf einen Vogel, der über seinem Kopf den Weg gequert und ihm einen Mordsschreck eingejagt hatte, stieß er auf keinen weiteren Waldbewohner. Nach knapp zehn Minuten erreichte er den Rand des Waldes und genoss den Sonnenschein, der sich auf sein Gesicht legte.

Caduco war bestens zu erkennen, genau wie eine lange Mauer. Der Weg führte geradewegs auf zwei Türme zu, zwischen denen ein Tor lag. Offenbar zum Schutz vor Vari. Dieses Bild hatte er auf der Filmwand des Mädchens in Polyrica gesehen.

Dort angekommen, klopfte Milo kräftig dagegen. Zwei Männer in Uniform erschienen oben auf den Türmen und blickten zu ihm herab.

»Was willst du, Junge?«, fragte der eine.

»Ich möchte nach Caduco.« Was auch sonst, dachte Milo. Er kam doch nicht zum Spaß an das Tor und ging dann zurück in den Wald.

»Wieso bist du allein? Wo kommst du her?«

»Meine Eltern und ich wurden im Wald überfallen. Ich konnte mich retten. Jetzt möchte ich zu meinem Onkel in Sicherheit.«

Der Mann schaute unschlüssig zum Wald. »Warte.«

Er hörte ihn Treppen heruntersteigen, ehe er ein kleines Fenster im Tor öffnete. »Hast du Waffen bei dir?«

»Nein.« Er hob demonstrativ seinen Beutel und den Wanderstock.

»Und was ist das da?« Der Mann zeigte auf den Stock. »Das kann man als Waffe benutzen.«

Milo seufzte und warf den Stock ins Gras. »Besser?«

Der Mann machte eine schmale Tür auf und winkte Milo hinein.

»Danke.« Er nickte ihm zu und lief dann auf Caduco zu. Zwischen der Mauer und dem Stadtrand lagen allerlei Wiesen, Äcker und Felder. Auf manchen graste Vieh, auf anderen ernteten Feldarbeiter Kohl und Salat. Am Wegesrand wuchsen vereinzelte Gänseblümchen.

Rechts von ihm sah es in der Ferne so aus, als ob der Wald bis in die Stadt hineinreichte, denn die Mauer dort verschwand in einer grünen Wand aus Gebüsch und Bäumen. Links hingegen ruhte das Meer. Die Stadt erschien ihm um einiges größer als Coholmia. Er überlegte, in welchem Kontext er darüber gelesen hatte. Der lange Hafen, der Platz für Dutzende von Schiffen bot, war ihm in Erinnerung geblieben. Er war ein beliebter Zwischenstopp für Händler, die von Cubato in Richtung Süden fuhren oder von Coholmia nach Norden. Und natürlich das Anwesen von Meister Kildar musste sich hier befinden. Er erinnerte sich, wie stolz dieser in den Briefen über seine Ideen und Erfindungen berichtet hatte. Auch über Geheimverstecke innerhalb des Anwesens. Meister Kildar liebte Rätsel. Das hatte er wohl auch an den legendären Epibata weitergegeben.

Der Feldweg wurde zu einer befestigten Straße, als Milo den Stadtrand erreichte. Mehrstöckige Fachwerkhäuser reihten sich aneinander und viele schmale Gassen verliefen dazwischen. In einem kleinen Kanal floss das Wasser in Richtung Hafen. Ideal für die Bewohner hier oben, um sich unangenehm riechender Dinge zu entledigen. Die Gebäude ließen ihn an die reichen Viertel von Coholmia denken.

Milo entdeckte ein altes, vornehm gekleidetes Ehepaar. Er vermutete, dass er die Menschen hier ähnlich höflich ansprechen musste wie schon in Coholmia.

»Entschuldigt bitte.« Er stellte sich neben sie. »Ich bin auf der Suche nach einem ordentlichen Gasthaus. Keine Absteige, sondern eine sichere Unterkunft, in der es auch etwas Zünftiges zu essen gibt.«

Die beiden schauten ihn einen Augenblick lang skeptisch an,

und er fürchtete, dass sie eine andere Sprache nutzten, da ergriff der Mann das Wort.

»Kannst du das überhaupt bezahlen, Junge?«

»Keine Sorge.« Er zeigte auf seinen Beutel. »Ich habe von meinem Zunftmeister genug Geld bekommen. Wisst Ihr, ich soll hier … auf jemand Bestimmtes warten.« Hoffentlich überzeugte das die beiden.

Der Alte nickte abwesend und drehte sich dann Richtung Hafen. »Folge einfach diesem Weg hier, bis du auf die Hauptstraße kommst. Sie ist breiter als alle anderen. Biege nach rechts ab. Nach ein paar Hundert Metern findest du auf der rechten Seite ›Zum Großen Bären‹. Ein Gasthaus mit hellen Mauern. Das sollte deiner Vorstellung entsprechen.«

»Vielen Dank!«

Zuversichtlich lief Milo bergab und saugte mit einem Lächeln auf den Lippen die Atmosphäre auf. Wieder in einer Stadt in La'Dentrya zu sein, löste ein Gefühl von Geborgenheit in ihm aus. Auch wenn er niemanden hier in Caduco kannte. La'Dentrya war wie ein Land am Meer, das man jede Sommerferien besuchte.

Er sah Kleinkinder Fangen spielen und wurde von ihrem Lachen so abgelenkt, dass er fast mit einem Jungen in seinem Alter zusammengestoßen wäre. Gerade noch konnte er ausweichen, entschuldigte sich knapp und lief weiter.

Ab sofort war er langsamer und aufmerksamer unterwegs als zuvor. Nicht, weil er beinahe in den Jungen gelaufen war, sondern weil das genauso gut der Dämon hätte sein können. Auch wenn der Dämon nicht wissen konnte, dass Milo ebenso wenig in diese Welt hier gehörte wie er.

Milo konzentrierte sich auf seine Mission. Er musste die Augen aufhalten. Nach Emma – sofern er mit seiner Vermutung recht hatte – und dem Dämon in Gestalt des Jungen. Oder in seiner echten Form, falls er sich so zeigte. Aber er glaubte kaum, dass der Dämon als düsteres Mischwesen durch Caduco spazierte.

Die Hauptstraße war voll von eifrigen Arbeitern, beladenen Kutschen und Leuten, die gemütlich flanierten. Verkäufer priesen entweder ihre Auslagen an oder winkten Besucher in ihre Läden. Über all diesen Bildern und Geräuschen lag der Geruch des Ozeans in der Luft. Der Duft von Meerwasser und Salz bahnte sich den Weg durch die Gassen und sorgte für eine – zumindest aus Milos Sicht – angenehme Note.

Kurz darauf kam er am »Großen Bären« an, das sich von den umliegenden Gebäuden durch seine helle Farbe abhob, und betrat das Gasthaus. Der Mann am Empfangstresen legte ein freundliches Lächeln auf. Er hatte schon lichtes graues Haar, das er mehr schlecht als recht über seinen Kopf gekämmt hatte. Sein Alter spiegelte sich zudem in den vielen Falten in seinem Gesicht wider.

»Willkommen im Großen Bären. Ich bin Umin. Was kann ich für dich tun, Junge?«

»Ich würde gerne ein Zimmer beziehen.«

»Bist du sicher, dass du –« Er zögerte, doch als Milo eine Handvoll Münzen hervorholte, setzte Umin neu an. »Ich meine natürlich: Selbstverständlich dürft Ihr bei uns unterkommen, junger Mann.«

Der plötzliche Wechsel in der Anrede gefiel Milo. Es klang nicht mehr so herablassend wie vorhin an der Mauer oder beim wohlhabenden Ehepaar. Vielmehr fühlte er sich fast auf Augenhöhe mit Umin. Was ein prall gefüllter Geldbeutel doch bewirkte.

»Ihr kommt von der Green Island?«

Milo stutzte und blickte unsicher an sich hinunter. Eigentlich hatte er gedacht, dass seine Kleidung ganz normal aussah.

»Keine Sorge«, sagte Umin und setzte wieder sein warmes Lächeln auf. »Eure Münzen sagen das. Dort gibt es zwar auch Kreisel, aber keine Kreuzer, sondern die da.« Er zeigte auf eine Münze mit einem Dreieck und Zacken darunter. »Sie ist ungefähr so viel wert wie ein Kreuzer und Ihr könnt sie hier verwenden. Wie heißt sie noch gleich? Taler?«

»Genau. Taler. Aus Stoutford.«

»Gewiss. Ihr seid allein angereist? Oder wartet Ihr zufällig auf jemanden? Ein Mädchen vielleicht?«

Milo legte den Kopf schief. »Ich bin allein. Wieso wollt Ihr das wissen?«

»Nichts, nichts. Entschuldigt meine Neugier. Für wie lange wollt Ihr bleiben?«

»Ich weiß es noch nicht.« Milo fragte sich noch immer, wieso Umin ein Mädchen erwähnt hatte. Meinte er Emma? Aber woher sollte er sie kennen? Er war sich unsicher, ob er sich nicht doch ein anderes Gasthaus suchen sollte. »Kann ich zunächst für eine Nacht zahlen und dann morgen entscheiden, ob ich länger bleibe?«

»Selbstverständlich. Nachdem heute Nacht … Ich meine, ich kann Euch ein ruhiges Zimmer anbieten mit Fenstern nach Norden. Oder, wenn Ihr wollt, hätte ich auch eines zur Hauptstraße frei.«

»Zur Hauptstraße, bitte.«

»Sehr gern. Möchtet Ihr auch in unserem Hause morgens und abends speisen?«

Milo nickte. Er musterte Umin, doch dieser blickte nicht mehr auf, sondern schrieb etwas nieder. Irgendetwas schien in der Nacht vorgefallen zu sein. »Was ist heute Nacht geschehen?«

»Bitte?« Umin hob nicht den Kopf.

»Ihr hattet gerade etwas erwähnt.«

»Ach. Es … Es ist nichts. Lasst mich erst noch zu Ende rechnen«, murmelte er. »Eine Nacht, Abendessen und Frühstück also. Das macht dann zweiundzwanzig Kreisel oder einen Kreuzer und zehn Kreisel.«

Milo rechnete schnell aus, dass ein Kreuzer zwölf Kreiseln entsprechen musste. Um sich gütig zu zeigen, gab er Umin ein bisschen Trinkgeld. »Hier, nehmt zwei Taler für Eure guten Dienste.«

Umin verbeugte sich mehrmals. »Vielen Dank. Einen Moment, bitte.« Er holte einen Schlüssel hervor und verschwand im Nachbarraum. Im nächsten Moment kam er mit einem mageren Burschen zurück, der eine Schürze trug und sich hinter den Empfangstresen stellte.

»Kommt.« Umin wandte sich zu Milo. »Ich zeige Euch Euer Zimmer. Habt Ihr kein Gepäck?«

»Nein. Aber das ist eine längere Geschichte.«

Umin nickte nur wissend und Milo folgte ihm. Das Treppenhaus wirkte dunkel und alt, jedoch nicht instabil. Eher so, als ob es schon Jahre überdauert hatte und dies auch noch in Zukunft tun würde. Vereinzelte Kerzen an den Wänden tauchten es in ein gemütliches Licht.

Umin blieb vor der Tür mit der Nummer vier stehen und schloss sie auf. Er ließ Milo den Vortritt. Milo musste direkt an das Haus seiner Großeltern denken. Dort standen auch solch alte Möbel. Ein schmales Bett, das viel zu kurz für einen Erwachsenen aus dem einundzwanzigsten Jahrhundert war, dazu eine breite Kommode aus hellem Holz sowie ein Schreibtisch samt gepolstertem Stuhl.

»Wie bei meinen Großeltern«, murmelte er.

»Ich hoffe, das ist ein gutes Zeichen?« Umin legte einen sorgenvollen Blick auf, der seine ganze Stirn in tiefe Furchen verwandelte.

»Natürlich. Ja, ich fühle mich wohl hier. Ich danke Euch.« Gerade wollte er Umin danach fragen, was in der Nacht geschehen war, da kam er ihm zuvor.

»Möchtet Ihr zufällig etwas zu Mittag essen?«

Beim Gedanken an Essen meldete sich Milos Magen und gab ihm die Antwort vor. »Ja, bitte.«

»Sehr gern. Ich lasse Euch gleich etwas bringen. Abendessen gibt es übrigens um sieben Uhr, Frühstück ab sechs.«

Umin entfernte sich so schnell mit einem Nicken, dass Milo nichts mehr erwidern konnte. Er würde ihn einfach nach dem Essen unten aufsuchen und ausfragen.

Kurze Zeit später brachte ein magerer Bursche einen Krug Milch, einen halben Laib Brot, etwas Käse und einen Apfel sowie eine Birne. Milo genoss seine Mahlzeit am Fenster, durch das er auf die Hauptstraße blickte. Gegenüber gab es ein weiteres Gasthaus mit einer Treppe, die in einen Keller führte. Die mit Trauben bemalten Schilder ließen ihn darauf schließen, dass es sich um einen Weinkeller handelte. Er fragte sich, wie viel dort draußen wohl abends los war und ob es sich vielleicht rächen würde, dass er nicht ein ruhiges Zimmer genommen hatte. Im besten Fall aber fand er Emma mit dem Aventurin und ohne den Dämon, und sie könnten einfach zurück nach Polyrica reisen.

Nachdem er sich gestärkt hatte, machte er ein paar Verstecke in seinem Raum aus, wo er Münzen deponierte. Den Granat würde er immer bei sich tragen, das stand außer Frage. Er legte sich probehalber ins Bett, das gerade lang genug für ihn war. Allerdings musste er feststellen, dass man vor Hunderten von Jahren noch andere Vorstellungen von Matratzen gehabt hatte. Besser jedoch, als im Wald von Rehen oder Jaguaren gejagt zu werden.

Milo hatte keine Ahnung, wie er Emma und den Dämon aufspüren sollte. Er war fremd in der Stadt und kannte sich nicht aus. Ganz im Gegensatz zu Umin. Dieser konnte ihm sicherlich weiterhelfen.

Der Gasthausbesitzer saß auf seinem Stuhl am Empfang. »Hat es geschmeckt?«

»Ja, vielen Dank.«

»Und jetzt wollt Ihr die Stadt erkunden? Ich wünsche Euch viel Spaß.«

Doch Milo tat ihm nicht den Gefallen, zu gehen, sondern stützte sich auf den Tresen. »Sagt mir, ist vor Kurzem etwas Außergewöhnliches hier in Caduco vorgefallen?«

»Wie kommt Ihr darauf?«

Milo antwortete nicht. Er blickte Umin nur auffordernd an.

Der Gasthausbesitzer rutschte unruhig auf seinem Stuhl herum. »In der Tat ist etwas vorgefallen. Schrecklich. Ich kann das nicht verstehen.« Als hätte sich ein Knoten gelöst, sprudelten die Worte endlich hervor.

»Was meint Ihr?«

»In der ›Schwarzen Erle‹, einem Gasthaus im Norden, hat es einen Einbruch gegeben. Und in derselben Nacht auch bei Pignos, dem Pfandleiher.«

»Wurde ihm etwas gestohlen?« Milo dachte an den Aventurin. Aber keiner hier konnte von der Bedeutung des Steins für Polyrica wissen.

»Ich weiß es nicht. Aber die Diebe haben Pignos ermordet.«

»Ermordet? Wie?« Ob der Dämon dafür verantwortlich war? Hatte der Pfandleiher ihm etwas nicht geben wollen und es war zum Streit gekommen?

»Auch das weiß ich nicht. Ich habe nur mitgekriegt, dass er tot ist. Das hat es länger nicht mehr gegeben. Diebesbanden treiben zwar immer mal wieder ihr Unwesen, aber ein Mord?«

»Die Diebe wurden nicht geschnappt?«

»Nein.«

»Und wurde in der ›Schwarzen Erle‹ etwas gestohlen?«

»Das kann ich Euch leider ebenfalls nicht sagen. Aber …«

»Aber?«

Umin rieb sich über die Nase und blickte unsicher hoch. »Man erzählt sich, dass dort ein Junge und ein Mädchen übernachtet haben, die nicht aus Caduco stammen.«

Deswegen also Umins Nachfragen vorhin. Milo hob unschuldig die Hände hoch. »Ich kann Euch beruhigen. Ich bin erst heute angereist und habe nichts mit den beiden zu tun.«

»Entschuldigt, dass ich …« Er brach ab und kratzte sich am Hinterkopf.

»Hmm … dann halte ich mich besser fern vom Norden«, sagte Milo, um ihn zu beruhigen.

»Ja, am Hafen lässt es sich schön entlang spazieren.«

Milo verabschiedete sich und lief in Richtung Norden. Er musste dieser Spur nachgehen, auch wenn Umin ihm davon abriet.

Wenn ihn jemand fragte, würde er sich als Cousin von Emma und dem Dämon ausgeben und behaupten, auf der Suche nach ihnen zu sein. Was er machte, wenn er sie fand, wusste er noch nicht. Aber zumindest wüsste er dann, wo sie untergekommen waren.

Von Passanten ließ Milo sich den Weg zur »Schwarzen Erle« beschreiben und stand kurz darauf vor dem Gasthaus. Er hatte erwartet, dass die Tür eingetreten war oder dergleichen, aber die Fassade machte den Eindruck, als ob es ein Tag wie jeder andere war.

Er trat ein und sah sich einem dickbäuchigen Mann gegenüber, dessen Hals unter dem hochroten Kopf kaum zu sehen war. Dieser stützte sich mit seinen speckigen Unterarmen auf einen Tresen und blickte auf Milo herab.

»Suchst du ein Zimmer oder deine Eltern?«

»Weder noch. Ich suche meinen Cousin und meine Cousine.«

»Wie kommst du darauf, dass sie hier sind?« Der Mann stellte sich aufrecht hin und verschränkte die Arme vor der Brust.

»Sie … Sie haben mir eine Nachricht hinterlassen, dass ich sie hier finden könne.«

»Soso.« Er beäugte Milo kritisch.

»Ich suche sie wirklich dringend, wisst Ihr? Sie sind in meinem Alter. Unsere Wege haben sich gestern getrennt, und ich bin erst heute nach Caduco gekommen und –«

»Ja, sie waren hier.«

»Waren?«

»Haben heute früh ihre Sachen gepackt und sind gegangen.« Er griff nach etwas hinter dem Tresen und führte im nächsten Moment einen Tonkrug zum Mund. »Sonst noch was?«

»Wisst Ihr, wo sie hin sind?«

»Kommt drauf an.«

Milo stutzte. Entweder wusste man es doch, oder nicht. »Worauf?«

»Junge, man merkt, dass du nicht von hier bist. Wo kommst du her?«

»Stoutford.«

»Aus dem Süden also. Interessant. Weißt du, wenn du hier ein Bett willst, zahlst du dafür. Wenn du etwas zu essen willst, zahlst du dafür. Und wenn du eine Auskunft willst …« Er machte eine Pause und schaute Milo mit seinen großen Schweinsaugen an.

»Zahle ich dafür.«

»Schlaues Kerlchen.«

Milo kramte in seiner Tasche und legte zwei Kreisel auf die Ablage. Der Dicke beugte sich vor und schlug sich verächtlich lachend auf den Wanst.

»Dafür bekommst du nicht einmal meinen Namen.«

Milo holte vier weitere Kreisel hervor.

»Geht doch.« Mit seiner fleischigen Hand steckte er die Münzen in seine Tasche. »Ich habe gehört, dass heute früh zwei Kinder im Haselnussbaum gesehen wurden.«

»Was ist das für ein Baum?«

»Gasthaus ›Zum Haselnussbaum‹. Und jetzt fort mit dir.«

Milo stolperte hinaus auf die Straße. Er fragte sich wieder durch, bis er zu dem Gasthaus kam. Mit den üppigen Blumenkübeln und dem großen Schriftzug über dem Eingang sah es um einiges einladender aus als die »Schwarze Erle«. Trotzdem fühlte sich Milo mit dem »Großen Bären« am wohlsten.

Im Inneren des Gasthauses empfing ihn ein hagerer Mann mit schütterem Haar und eingefallenen Wangen. Er erinnerte Milo an Meister Tignarius aus der Zimmerer-Zunft in Coholmia. Sofort war ihm der Mann unsympathisch.

»Herzlich willkommen im Haselnussbaum. Wie kann ich helfen?«

»Stimmt es, dass mein Cousin und meine Cousine hier untergekommen sind?«

»Wie heißen sie denn?« Er holte eine Rolle Pergament hervor und breitete sie auf dem Tresen aus.

»Emma und Mats.«

Der Mann ging die Liste durch, schüttelte dann aber den Kopf.

»Nein, die sind hier nicht.«

»Seid Ihr sicher?«

Als Antwort zog sein Gegenüber ungeduldig die Augenbrauen hoch.

»Dann … ähm … vielleicht haben sie andere Namen verwendet. Sie sind ungefähr so groß.« Er hielt die Hand knapp über seinem Scheitel. »Meine Cousine hat dunkle Haare und mein Cousin –«

»Junge«, sagte der Mann barsch. »Du gehst jetzt besser, bevor ich die Stadtwachen hole.« Dabei verstaute er das Pergament außerhalb von Milos Reichweite. Als sich ihre Blicke trafen, stemmte der Mann die Hände in die Hüften. »Denk gar nicht dran. Wenn du nicht augenblicklich verschwindest, hole ich mein Gewehr.«

Milo griff schnell in seine Tasche und zog einen Taler hervor. Er hielt ihn ihm vor die Nase.

Für einen Moment glaubte er, er hätte es geschafft, denn der Mann hob seine Hand.

»Fünf, vier, drei –« Finger für Finger ließ er umknicken.

Milo machte kehrt und sprintete hinaus auf die andere Straßenseite in Sicherheit. Was blieb ihm jetzt? Er konnte die Stadt nach den beiden absuchen. Aber wo sollte er anfangen? Im schlimmsten Falle verpasste er sie den ganzen Tag lang.

Oder er suchte sich ein schattiges Plätzchen, von dem aus er den Eingang des Haselnussbaums beobachten konnte. Das erschien ihm zielführender. Wenn die beiden wirklich dort wohnten, mussten sie früher oder später kommen.

In einem Laden in der Nähe kaufte er sich einen Hut. Er wählte einen hellbraunen in einer Nummer zu groß mit breiter Krempe, damit er ihn tief ins Gesicht ziehen konnte und vor der Sonne geschützt war. Ihrem Stand am Himmel nach zu urteilen, war es bereits nach Mittag.

Er hockte sich auf ein Fass vor einem Wirtshaus, das noch nicht geöffnet war und von dem aus er freie Sicht auf den Haselnussbaum schräg gegenüber hatte. Die Beine ließ er baumeln und lehnte sich gegen die Wand. So müssen sich Privatdetektive fühlen, dachte er. Allerdings saßen diese zumeist in gemütlichen Autositzen und nicht auf sperrigen Fässern.

Bestimmt eine Stunde verstrich, in der die beiden nicht auftauchten. Das Einzige, das Milo mitbekam, war, wenn jemand direkt neben ihm sprach. Hin und wieder feilschte der Inhaber des Hutladens, mal unterhielten sich Passanten über das Wetter oder über den Tod des Pfandleihers.

Milo blickte gerade einem älteren Ehepaar nach, das sich gegenseitig stützte, sodass er fast nicht mitbekommen hätte, wie jemand den Haselnussbaum betrat. Mit einem Mal richtete er sich auf. Er konnte gerade noch die Rückansicht eines Jungen erkennen, ehe sich die Tür schloss. Das musste der Dämon gewesen sein. Ganz sicher. Er hatte die gleichen Klamotten wie Mats angehabt. Auch die Haarfarbe des Jungen hatte gepasst.

Milos Herzschlag beschleunigte sich und er zog den Hut tiefer in die Stirn. Es dauerte keine fünf Minuten, da öffnete sich die Tür wieder. Schnell zog er die Beine hoch und verschränkte die Arme auf den Knien, damit man sein Gesicht nicht mehr sehen konnte.

Der Dämon in Gestalt von Mats kam heraus und blickte sich um. Dann trat das Mädchen an seine Seite. Milo blinzelte mehrmals, aber das Bild veränderte sich nicht. Er verengte die Augen zu Schlitzen, um schärfer sehen zu können. Tatsächlich. Das war Emma. Seine Emma. Er war froh, sie gefunden zu haben. Sein Herz hämmerte ihm gegen die Brust, doch er durfte sich nicht zu erkennen geben. Noch nicht. Er saß wie versteinert auf dem Fass, den Blick an sie gefesselt, und konnte seinen Mund nicht schließen.

Sie wandten sich nach Süden und betraten einen Laden. Milos Gefühlswelt glich einem einzigen Auf und Ab. Immerhin brauchte er Emma nicht erst zu überzeugen, dass sie ihm und nicht dem Dämon trauen sollte. Bei einem fremden Mädchen wäre das sicherlich schwieriger gewesen. Aber erneut kamen ihm die Worte in den Sinn, die Emma über ihn gesagt hatte. Erleichterung, Freude und Enttäuschung wechselten sich in seinem Inneren ab und in einem Moment wurde ihm heiß, im nächsten spürte er eine Gänsehaut.

Emma und der Dämon traten mit leeren Händen wieder aus dem Laden. Das Gleiche machten sie beim nächsten Geschäft. Milo hatte den Eindruck, dass sie sich entweder nicht entscheiden konnten, was sie kaufen sollten, oder nach etwas suchten.

Dann liefen sie in seine Richtung. Er hielt den Kopf geradeaus gerichtet, schielte aber nach links zu ihnen. Emma durfte ihn nicht erkennen. Nicht in Anwesenheit des Dämons. Sie verschwanden aus seinem Sichtfeld, aber er hörte ihre Stimmen.

»Probieren wir es mal hier«, sagte der Dämon. Er klang wie ein normaler Junge.

Milo ließ ein paar Sekunden verstreichen, ehe er sich in ihre Richtung wandte. Sie waren nicht mehr da. Wahrscheinlich hatten sie das Geschäft betreten. Im nächsten Augenblick kamen sie wieder zum Vorschein. Schnell senkte er den Kopf.

Die beiden schlenderten gerade einmal zwei Meter vor Milo vorbei. Glück gehabt. Aber jetzt musste er ihnen folgen und darauf warten, dass sie sich trennten, damit er allein mit Emma sprechen konnte.

Er sprang auf den Boden und seine Füße kribbelten unangenehm. Als ob tausend kleine Nadeln überall in seine Haut piksten. Er hielt sicheren Abstand und wenn sie stoppten, tat er es auch. So ging das eine gute Viertelstunde lang.

Milo erinnerte sich an Saloquims Worte. Der Dämon war wohl

in der Lage, die Gestalt von denen anzunehmen, die er als Dämon berührt hatte. Leider hatte Saloquim ihm nicht sicher sagen können, ob sich der Dämon vervielfältigen konnte. Wenn dem nicht so war, dann war der Dämon als Mats mit der echten Emma unterwegs. Aber was, wenn Saloquim falsch lag? Vielleicht hatte der Dämon Emma bereits berührt und nun hatte Milo in Wahrheit zwei Gestalten des Dämons vor sich. Und die Emma, die er kannte, war irgendwo eingesperrt.

Es gab nur eine Möglichkeit, das herauszufinden: Milo musste sich Emma zeigen, und wenn sie ihn erkannte, war es die echte. Sollte sie nicht reagieren, würde er wissen, dass es eine Gestalt des Dämons war.

Zu seinem Pech machten sie jedoch alles zusammen. Er hatte keine Chance, Emma zu sprechen, ohne dass es der Dämon mitbekam. Also verfolgte er sie weiter.

Sie klapperten die gesamte Hauptstraße ab, bis sie fast an ihr Ende kamen, wo sie in der Ferne zu einem schmalen Weg am Ufer wurde. Milo versteckte sich in einer Gasse zwischen zwei Lagerhallen und sah, wie Emma sich auf ihre Knie stützte und auf die Füße zeigte. Sie besprach etwas mit dem Dämon und es machte den Anschein, dass sie sich wirklich aufteilten. Emma schleppte sich in Milos Richtung, ließ sich mit erschöpftem Gesicht auf eine Kiste gleiten und zog ihre Stiefel aus. Der Dämon indes steuerte auf einen Laden auf der anderen Straßenseite zu.

Milo beobachtete die Straße weiter, bis er sich endlich sicher war, dass der Dämon in Gestalt von Mats weit genug weg war, dass er nicht mitbekommen würde, wenn Milo auf Emma zuging. Gerade verschwand der Dämon wieder in einem Laden. Das war die Gelegenheit! Jetzt oder nie.

Milo huschte auf Zehenspitzen auf Emma zu. Sie hatte die Augen geschlossen und sich auf ihre Unterarme gestützt. Irgendwie musste er ihre Aufmerksamkeit gewinnen.

»Entschuldigung, wo geht es zum Hafen?«, flüsterte er.

Sie schreckte hoch und als sie ihn anblickte, setzte sie ein unsicheres Lächeln auf. »Milo!« Ihre Stimme klang ungläubig.

Milo sackte vor Erleichterung zusammen. »Schnell.« Er winkte sie mit sich wie ein Herrchen seinen Hund. »Komm.« Er eilte voraus in Richtung Gasse.

Emma folgte ihm und blieb barfuß und mit zahlreichen Fragezeichen auf der Stirn vor ihm stehen. »Was machst du hier, Milo? Warum zum Hafen? Bist du es wirklich?«

»Nicht so laut. Ja, bin ich. Den Hafen habe ich nur erwähnt, damit du mich bemerkst.«

»Bist du auch in dieser Welt hier gefangen?«

»Nein«, sagte er ungeduldig. »Hast du den Aventurin bei dir?«

»Den was?«

»Den grünen Stein.«

»Nein.«

Das wäre auch zu einfach gewesen, dachte er sich. »Dann hat ihn der Dämon?«

»Welcher Dämon?« Sie blickte ihn entrüstet an.

»Ich meine Mats.«

»Was hat Mats mit einem Dämon zu tun?«

»Das erkläre ich dir gleich. Also, hat er ihn?«

Emma schwieg einen Moment und blickte auf den Boden. Sie durften keine Zeit verlieren. Worauf wartete sie? Milo bekam ein ungutes Gefühl.

»Was ist, Emma? Ja oder nein?«

»Wir haben ihn nicht mehr.«

»Wie bitte?«

»Sorry. Er wurde uns gestohlen und jetzt hat Meister Kildar ihn und will eine unverschämt hohe Summe Geld dafür. Wir versuchen schon den ganzen Tag, jemanden zu finden, der sich mit solchen Steinen auskennt oder der schon einmal einen weißen sechseckigen Raum gesehen hat. Damit wir auch ohne den Stein hier wegkommen.«

Milo ging in sich. Dass die beiden den Aventurin nicht mehr besaßen, hatte etwas Gutes und Schlechtes. So musste er ihn immerhin nicht mehr dem Dämon abluchsen. Aber wie sollte er ihn von Meister Kildar bekommen?

Emma kam einen Schritt auf ihn zu, doch Milo wich zurück. »Hat Meister Kildar etwas damit zu tun, dass wir hier sind?«

»Ja. Nein. Ich meine, das ist erst mal egal. Wie viel verlangt er?«

»Tausend Kreuzer. Wir haben nur knapp fünfhundert.«

»Mist. Ich fürchte, ich habe auch nicht genug.« Er hatte seine Münzen zwar noch nicht gezählt, konnte sie aber nicht vorstellen, dass es ausreichte. Er musste einen anderen Weg finden, um an den Aventurin zu kommen. Jetzt war allerdings nicht die Zeit dafür, darüber nachzudenken.

»Brauchen wir den grünen Stein denn zwingend?«

»Ja. Aber hör mir mal kurz zu, Emma. Das ist wichtig. Du bist in Gefahr.«

»Gefahr? Mats auch?«

»Nein. Pass auf. Dein Mats ist wirklich ein Dämon. Ein Gestaltwandler. Er ist böse.«

»Was redest du da für einen Unsinn? Er hat mich in dem weißen Raum vor diesem alten Mann gerettet.«

»Nein. Der alte Mann ist auf unserer Seite. Saloquim. Er hat mich von Polyrica hierhergeschickt. In deine Buchwelt.«

Emma schüttelte den Kopf und legte die Hände auf die Ohren, als ob sie nicht noch mehr hören wollte. »Polyrica? Was soll das alles sein?«

»Eine Art Zwischenwelt. Manchmal passiert es, dass man beim Lesen seiner Lieblingsbücher nach Polyrica kommt. Dann kann man in Bücher eintauchen, in Geschichten. Genau wie diese hier.«

Emma setzte an, etwas zu sagen, hielt aber inne. Der Falte zwischen ihren Augenbrauen nach zu urteilen, dachte sie nach. »Du … Du hast gerade gesagt, wir würden in einer Buchwelt sein.«

»Richtig. In der Briefsammlung von Meister Kildar.«

Sie verschränkte die Arme. »Aber auf La'Dentrya gibt es keine Dämonen. So wie du behauptest.«

»Ja. Aber wir beide sind ja auch hier. Der Dämon hat dich in Polyrica geschnappt und ist mit dir durch eine Art Filmwand gegangen. Und ich bin euch hinterhergekommen.«

Emma antwortete nicht mehr. Sie legte den Kopf schief und blickte ihn argwöhnisch an. »Wann haben wir uns denn das letzte Mal in der echten Welt gesehen?«

»Was?«

»Wo wir uns gesprochen haben.«

Was sollte die Frage denn jetzt? »Im Flur. Als ich dich nach dem Leseabend gefragt habe. Wieso?«

»Nur so. Du benimmst dich so anders als sonst. Ganz aufgeregt und hektisch.«

»Wie würdest du dich denn verhalten, wenn du jederzeit auf einen Dämon treffen könntest?«

»Ist ja gut. Wo du den Leseabend erwähnst –«

»Emma – dafür haben wir jetzt wirklich keine Zeit«, unterbrach er sie. Etwas zu schroff vielleicht. »Der Dämon könnte jeden Moment zurückkommen.« Milo eilte zur Ecke und spähte auf die Hauptstraße. Zum Glück noch keine Spur von ihm. »Lass uns hier verschwinden, solange es noch geht.« Er zeigte zum Hafen.

Doch Emma rührte sich nicht. Sie schüttelte den Kopf. »Ich weiß nicht, was ich glauben soll. Ich habe Mats gesagt, dass ich auf ihn warte.«

»Emma, bitte! Das ist nicht Mats. Das ist ein Dämon.«

Wieder presste sie sich die Hände auf die Ohren. Wenn sie ihm nicht vertraute, musste er einen anderen Weg finden. Aber welchen? Womit ließ sie sich überzeugen? Ihm fiel nichts ein.

»Hör zu. Wenn du schon nicht mitkommen willst, dann pass bitte noch ein letztes Mal auf. Im Ernst jetzt. Es ist wichtig, dass wir uns sicher sein können, dass wir die echten Emma und Milo sind. Der Dämon kann nämlich die Gestalt derjenigen annehmen, die er berührt hat. Vielleicht reicht es, wenn er das in Menschengestalt macht. Er könnte sich also auch als du ausgeben. Deswegen vereinbaren wir ein Zeichen. Lass uns den Aachener Klenkes nehmen. Wenn wir uns sehen, ballen wir die rechte Hand unauffällig zu einer Faust und strecken nur den kleinen Finger aus, verstanden?«

»Was redest du da?«

»Emma! Konzentrier dich. Das Zeichen ist wichtig.«

»Ist ja gut. Rechte Hand zur Faust, kleinen Finger abspreizen. Verstanden.«

Wenn sie jetzt nicht mitkommen wollte, mussten sie sich später treffen. Vielleicht konnte sie sich nach dem Abendessen davonschleichen, oder einen Grund vorschieben, allein unterwegs sein zu wollen.

»Letzte Chance, es dir noch anders zu überlegen. Kommst du mit?«

Sie wich seinem Blick aus und schaute zu Boden. »Weißt du … Dass ich nicht beim Leseabend gewesen bin, das … das –« Ihre Stimme brach ab.

Milo konnte sich ein verächtliches Schnaufen nicht verkneifen. Er spähte unruhig um die Ecke. »Wenn es nur der Leseabend wäre«, murmelte er vor sich hin.

»Hast du etwas –«

»Ruhe!« Er legte sich den Finger auf die Lippen. »Ich glaube, da hinten ist er. Also, denk an das Zeichen und erzähl ihm nicht von mir oder dass wir gesprochen haben. Er darf keinen Verdacht schöpfen. Wenn du mir auch nur ein bisschen vertraust, dann komm nach dem Abendessen zu mir. Gegen acht ungefähr. Ich bin im Gasthaus ›Zum Großen Bären‹ untergebracht. Vielleicht ist mir bis dahin etwas eingefallen, wie wir an den Aventurin gelangen. Wenn du es nicht schaffst, kannst du mich auch morgen vor Sonnenaufgang besuchen. Ich wohne in Zimmer vier. Ihr übernachtet im Haselnussbaum, richtig?«

»Woher weißt du das?«

»Vom Gasthausbesitzer.«

»Du warst bei –«

In der Ferne ertönte Mats' Stimme. »Emma?«

»Los, geh zu ihm. Schnell.«

Emma blickte ihn unsicher an. »Wie genau kommen wir hier denn mit diesem Aventurin wieder weg?«

»Das erzähle ich dir später. Geh jetzt!«

Erst als er sie mit deutlichen Handbewegungen fortscheuchte, drehte sie sich um und lief auf die Hauptstraße. Milo blickte sich um und entdeckte eine offenstehende Lagerhalle. Er schob sich hinein, presste sich an die Wand und betete, dass der Dämon nichts bemerkt hatte. Vorsorglich holte er den Granat hervor und zielte auf den Eingang.

KAPITEL NEUN

Emma nahm ihre Stiefel in die Hand und wartete nicht, bis Mats bei ihr war, sondern entfernte sich von der Gasse, in der sie mit Milo gesprochen hatte. Spitze Steinchen piksten ihr in die Füße und ließen sie immer wieder zusammenzucken. Sie biss die Zähne zusammen, um die Schmerzen für sich zu behalten. Der Boden fühlte sich wie ein Nagelbrett an.

»Warst du erfolgreich?«, fragte sie.

»Nein. Bei Steinen verweist jeder auf diesen verdammten Kildar, manche auch auf Pignos. Der wird uns leider nichts mehr verraten können. Und von weißen Räumen will erst recht noch niemand etwas gehört haben.«

An der nächsten Abzweigung zum Hafen blieb Emma stehen. Ihre Füße dankten es ihr. Der Weg war nicht anders als die Hauptstraße beschaffen. Trotzdem war es ihr lieber, die Stiefel erst anzuziehen, wenn sie weit genug von Milo weg waren.

»Sollen wir am Hafen weitermachen?«

Mats zögerte. »Wo warst du da eigentlich gerade?« Er zeigte in Richtung der Gasse.

»Ich dachte nur, ich hätte etwas gehört. Aber da war nichts.«

»Gehört?«

»Kinderstimmen. Deren Zungen sind meist lockerer und sie erzählen mehr als Erwachsene, weil sie nicht so misstrauisch sind, weißt du? Aber die Geräusche müssen von den Fenstern da oben gekommen sein.«

Mats blickte misstrauisch hinüber. »Sicher, dass da nichts ist?«

»Ganz sicher. Komm, lass uns weitergehen.« Sie legte ein Wehklagen in ihre Stimme. »Ich möchte zum Hafen und endlich wieder Wasser sehen.«

Mats starrte noch für einen Moment in die Ferne, dann setzte er sich in Bewegung.

Doch sie waren erst ein paar Meter gegangen, da hielt er plötzlich wieder an und zeigte auf den Boden. »Zieh deine Stiefel besser an. Ich will nicht auch noch einen Arzt suchen müssen.«

Widerwillig setzte Emma sich auf eine Bank zwischen zwei wuchernden Topfpflanzen, die zu einem Wirtshaus gehörte, und strich sich die Steinchen von der Fußsohle. Aus einem angelehnten Fenster drangen Gelächter und die klirrenden Geräusche von Besteck nach draußen.

Es freute sie zwar, dass sich Mats um ihr Wohlergehen sorgte, doch er wirkte unruhig. Statt stillzustehen, schaute er sich in alle Richtungen um, als ob er nur darauf wartete, dass Milo irgendwo auftauchte.

Emma versuchte, seine Aufmerksamkeit auf sich zu lenken. »Was machen wir, wenn wir am Hafen auch nichts finden?«

Sie bekam keine Antwort. Mats starrte angestrengt durch die Fensterscheibe hinter ihr. »Ist das nicht …«, murmelte er und rannte zum Eingang des Wirtshauses. Er riss die Tür auf und wollte hineinstürmen, da stieß er mit einem kleinen muskelbepackten Mann zusammen.

»He, Junge, pass doch auf, wo du hinläufst!« Das Muskelpaket kam mit zwei anderen Männern heraus und schüttelte verärgert den Kopf. Sie alle trugen hellgraue Hosen und

Hemden, dazu massive Stiefel. Hafenarbeiter. Gestern schon hatte Emma welche gesehen. Ein weiterer Rutsch von ihnen kam aus dem Wirtshaus und schloss sich den dreien an. Sie riefen durcheinander, machten Witze und lachten laut wie kleine Kinder, die aus der Pause zurück zum Unterricht gingen.

Emma waren die Stiefel vor ihren Füßen inzwischen egal. Sie wandte sich zum Fenster und stützte sich hoch. Aber drinnen war keine Spur von Mats zu sehen.

Im nächsten Augenblick schwang die Tür erneut auf und er kam mit einem Schulterzucken auf sie zu. Hinter ihm trat ein weiterer Arbeiter hinaus, mit einer ähnlichen Statur wie der Muskelmann eben und schlug den Weg zur Hauptstraße ein.

»Habe mich geirrt«, sagte Mats und breitete die Arme aus. »Kommst du?«

Emma starrte ihn an, dann schaute sie der Gruppe Arbeiter hinterher und zu dem einzelnen, der gerade abbog. Sie wandte sich wieder zu Mats und schlüpfte in ihre Stiefel. »Wobei hast du dich geirrt?«

»Ich dachte, ich hätte dort drinnen jemanden gesehen, den ich kenne.«

»Wen denn?« Sie dachte an ihre Begegnung mit Milo. Und seine Worte. Was, wenn er sich irrte und Mats kein Dämon war? Genau wie Milo ihr hinterhergekommen war, konnte doch auch jemand von Mats' Freunden hier sein.

»Ich … ich weiß es ehrlich gesagt nicht. Ein Gesicht kam mir bekannt vor, aber ich habe es mir wohl nur eingebildet.«

Emmas Hoffnung verschwand genauso schnell, wie sie gekommen war. Sie schnürte die Stiefel und stand auf. »Fertig.«

»Was hast du vorhin gefragt?«

»Schon gut. Auf zum Hafen.«

Als sie die Promenade erreicht hatten, betrachtete Emma das Wasser, in dem sich das Blau des Himmels herrlich spiegelte. Die

Wellen klatschten stumpf gegen die Hafenmauer. Kleine Zweige und Algen schaukelten in der schäumenden Gischt hin und her.

Sie klapperten die Geschäfte ab, diesmal war Emma allerdings gedanklich nur halb anwesend. Sie musste die ganze Zeit an Milos Behauptungen denken. An die absurden Anschuldigungen, die er bezüglich Mats geäußert hatte. Dass Mats ein Dämon sein sollte. Ein Gestaltwandler. Wenn Mats ein Dämon wäre, hätte er sich doch nicht von den Dieben schlagen, treten und den Stein klauen lassen. Oder er wäre auf Meister Kildar mit seinen dämonischen Kräften losgegangen. Das hatte er nicht getan. Wieso sollte er es sich schwieriger machen als nötig?

Sie schielte zu ihm hinüber. Er sah so unschuldig aus. Ganz und gar nicht wie ein Dämon. Wie sahen Dämonen überhaupt aus? Auf die Schnelle fielen ihr nur die Kreaturen am Aachener und Kölner Dom ein. Gestalten mit Hörnern auf der Stirn und Hufen als Füße, die ahnungslose Bürger mit fiesen Wetten und falschen Tricks um ihr Geld und ihre Seelen brachten. Direkt aus der Hölle, teilweise mit einem Schwanz, der in Flammen stand.

»Ist was?« Er sah sie mit hochgezogenen Augenbrauen an.

Erst jetzt bemerkte Emma, dass sie ihn die ganze Zeit angestarrt hatte. »Nein, sorry. Alles gut.«

Ihre Gedanken wirbelten weiter in ihrem Kopf herum. Was war denn, wenn tatsächlich das alte Männchen im weißen Raum böse war? Es könnte jemanden in Gestalt von Milo hierhergeschickt haben, um sie zu täuschen und einen Keil zwischen sie und Mats zu treiben. Damit sie sich gegen ihn wandte und mit Milo ging. Verführt wie von den Sirenen in der griechischen Mythologie oder von der Loreley am Rhein. Aber warum ausgerechnet Milo? Wegen ihres schlechten Gewissens, das sie seinetwegen hatte? Die einzige Erklärung war, dass sie in irgendeinem Labor an seltsame Geräte angeschlossen war und ihr Kopf die Dinge der letzten Tage verarbeitete.

Ab sofort musste sie vorsichtiger sein. Sie wusste nicht, wem sie trauen sollte. Sie würde Mats' Verhalten genau beobachten. Ebenso achtsam würde sie mit Milo umgehen, wenn sie wieder auf ihn traf.

Nach rund zwanzig Läden und Wirtshäusern ohne Erfolg setzte sich Emma auf die Hafenmauer. »Pause?«

Mats besorgte ihnen aus einer der Gaststätten zwei Becher Milch, eine Handvoll Trauben und ein großes Stück Käse. Dann nahm er neben ihr Platz. Emma beobachtete die Passanten, die vorbeischlenderten, hier und da etwas kauften, und der Unmenge an Arbeitern auswichen, die wie eine Ameisenkolonne immer zwischen Lagerhallen und Schiffen hin und her lief.

Links von ihnen wurde gerade ein großer Zweimaster beladen. Ohne Pause fuhren sie die Kisten, Säcke und Fässer bis zur Hafenmauer und balancierten die Güter über den Steg in den Bauch des Schiffes. Obwohl es harte Arbeit sein musste, schienen sie Spaß zu haben.

Emma fiel der kleine Kräftige von vorhin auf, mit dem Mats zusammengestoßen war. Er alberte mit einem Mann herum, der zwei Köpfe größer war. Sie flüsterten einander ständig unter vorgehaltener Hand Sachen zu und brachen danach in Lachen aus. So ging das immer wieder, bis der Karren geleert war und sie ihn in den Lagerhallen erneut auffüllten.

Emma wandte sich zu Mats. »Sag mal, was genau ist da in diesem weißen Raum eigentlich geschehen, nachdem ich bewusstlos geworden bin?«

Er steckte sich eine Traube in den Mund. »Deine Berührung hat mich aus diesen Fesseln befreit. Dann hat dich der alte Mann mit einem Zauber bewusstlos gemacht und ich bin seinen Angriffen ausgewichen.«

»Meine Berührung war dafür verantwortlich?« Sie musste wieder an Milos Worte denken.

»Ich weiß auch nicht, was das für Fesseln waren. Jedenfalls hatte ich Todesangst, konnte aber nah genug an ihn herankommen und ihm seinen Stab aus den Händen reißen. Dabei löste sich der grüne

Stein. Ich habe ihn mir kurzerhand geschnappt, deinen Arm um meine Schultern gelegt und bin dann durch diese Wand mit dem Bild gesprungen. Als Nächstes sind wir im Schlafzimmer aufgewacht.«

Das klang plausibel. »Kannst du dich denn mittlerweile an mehr erinnern als deinen Namen?«

Er schüttelte den Kopf. »Leider nicht.«

Eine kleine Weile lang schauten sie dem bunten Treiben zu. Zwischendurch zogen Möwen am Himmel ihre Kreise oder flogen wie Verliebte nebeneinander her.

Emma leerte ihren Becher und teilte das letzte Stück Käse. Dann strich sie sich das Kleid glatt. »Sollen wir weiter?«

Auch nach ihrer Pause hatten sie nirgendwo Erfolg. Niemand in ganz Caduco schien jemals etwas von weißen Räumen gehört zu haben und alle verwiesen nur auf Meister Kildar, wenn es um Steine ging.

Emma war froh, als sie auf ihr Gasthaus zusteuerten, denn ihr Magen rumorte schon seit einiger Zeit. Am Empfang teilte man ihnen mit, dass eine Glocke im Treppenhaus geläutet werden würde, sobald das Abendessen bereitstand.

»Ich hole dich nachher ab«, sagte Mats, als sie vor ihren Zimmern standen.

Emma legte sich in das Bett und ihr wurde bewusst, wie erschöpft sie war. Sie streifte sich die Stiefel von den müden Füßen, die sich anfühlten, als wäre sie einen Marathon gelaufen. Dann schloss sie die Augen und schlief ein.

KAPITEL ZEHN

Milo schloss die Zimmertür hinter sich ab und mit einem Mal legte sich seine Anspannung, als hätte er sie draußen gelassen. Nach seiner Unterhaltung mit Emma hatte er mindestens fünf Minuten regungslos im Vorraum des Lagerhauses gestanden, um Emma und dem Dämon genügend Zeit zu lassen, sich zu entfernen. Erst dann hatte er sich hervorgetraut. Auf dem Weg zurück zum Gasthaus, den Hut tief ins Gesicht gezogen, war er zum Glück auch nicht auf die beiden gestoßen. Nur ein älterer Herr mit besonders buschigen Augenbrauen und einem dunkelbraunen Gehstock hatte ihn nach dem Weg gefragt. Er sei auch nicht aus Caduco, hatte er geantwortet.

Milo zog die grauen Vorhänge vor dem Fenster so weit zu, dass nur noch durch einen kleinen Spalt Licht hereinfiel, holte die Münzen aus den Verstecken und breitete sie auf dem Bett aus. Taler nach links, Kreisel nach rechts. Schon beim Sortieren merkte er, dass es nicht ausreichte. Neunzehn Taler und zweiundneunzig Kreisel lagen vor ihm. Nicht im Entferntesten genug, um Meister Kildar den Aventurin abzukaufen.

Trotzdem wollte er sich ein Bild von dessen Anwesen machen.

Er verstaute das Geld wieder und begab sich nach draußen. Es war eine geschäftige Zeit auf den Straßen. Junge und alte Leute, gesunde und gebrechliche, wohlhabende und arme. Für manche schien die Hauptstraße ein Laufsteg zu sein, um ihre bunten Kleider zu präsentieren, für andere nur der schnellste Weg zum Ziel.

Ihm kam der verrückte Gedanke, dass jeder von ihnen eine Gestalt des Dämons sein konnte. Wie in dem Film, in dem ein Mann in einer Stadt lebte, in der die restlichen Bewohner Schauspieler waren. Alle bis auf den Mann wussten, dass ihn Kameras bei jedem Schritt begleiteten und es nur darum ging, sein Leben zu zeigen.

Milo blieb stehen und stellte sich für einen Moment vor, dieser Mann hier in Caduco zu sein. Wenn die Leute nur leere Hüllen wären, die ihn wie Roboter im Auge behielten. Sie würden ihn glauben lassen, dass alles normal und in Ordnung wäre. Eine absurde Vorstellung.

Meister Kildars Anwesen lag oberhalb der Stadt an den Mauern, die Caduco vor Vari schützten. Milo lief ewig lange bergauf, bis er endlich die letzte Häuserreihe hinter sich ließ und auf einmal vor einer grünen Wand aus Sträuchern, Gebüsch und Bäumen stand. In der Mitte verlief ein breiter Weg, rechts und links davon führten schmale Trampelpfade in das Dickicht hinein. Er wählte den mittleren Weg. Auch, weil er nicht wusste, was für Tiere ihn im Gebüsch erwarteten. Bestimmt tummelten sich dort Spinnen, die nur darauf warteten, auf seine Schulter zu springen.

Der Weg schlängelte sich durch das dichte Grün, Kurve um Kurve. Ihm war mulmig zumute, ganz allein hier entlangzuwandern, und er vermisste das geschäftige Treiben der Hauptstraße.

Nach einer langen Geraden kam er an einen Punkt, von dem aus er durch die Blätter und Zweige einen metallischen Zaun und zwei steinerne Säulen in einiger Entfernung entdeckte. Er verlangsamte seine Schritte und spähte vorsichtig um die nächste Ecke.

Dahinter endeten die Büsche und der Weg lief weiter bis zu einem eisernen Tor, auf dessen beiden Säulen seltsame Figuren saßen. Davor stützte sich ein bärtiger Mann auf ein Gewehr. Milo kniete sich hin und rieb sich über das Kinn. Der Wachmann würde ihm vermutlich nicht abnehmen, dass er nur einen Spaziergang machte, und ihn wegscheuchen.

Milo hatte auch schon überlegt, zurück nach Polyrica zu reisen und dort alle Geldsäckchen von Saloquim zu plündern. Aber das war zu riskant. Er würde Zeit verlieren und im schlimmsten Fall wieder im Wald bei den Vari landen.

Milo holte den Granat hervor und blickte auf den Stein. Vielleicht war er der Schlüssel zur Lösung. Die Frage war aber, ob er so weit zu Meister Kildar vorkam, dass er ihn mit Gewalt dazu zwingen konnte, den Aventurin herauszurücken. Und wie überhaupt? Was, wenn sich Meister Kildar weigerte?

Fieberhaft dachte er weiter nach und starrte auf den Boden. Eine Ameise schleppte ein Blatt, das viel zu groß für sie wirkte. Eine zweite kam und nahm ihr die Hälfte des Blattes ab. Wenn Gewalt nicht zielführend war, dann womöglich ein Tauschgeschäft. Irgendeine Faszination schien Meister Kildar für den Aventurin zu haben. Die könnte auch für den Granat gelten. Wenn Milo ihn dazu brächte, die Steine zu tauschen, könnte er den Aventurin zu Saloquim bringen und damit Polyrica retten. Wie sie danach an den Granat kämen, wäre eine andere Sache.

Er richtete sich auf, straffte die Schultern und trat auf das Tor zu. Als der Wachmann Milo kommen sah, klopfte er mit dem Gewehrlauf an das Gitter.

»Noch so einer.« Er nickte in Milos Richtung und zog den linken Mundwinkel hoch. »Was willst du?«

»Ich würde gerne mit Meister Kildar handeln.«

»Du auch?«

Milo zog die Augenbrauen zusammen und schüttelte langsam den Kopf. »Wie bitte? Ich verstehe nicht.«

»Du gehörst also nicht zu den anderen?«

Milo drehte sich demonstrativ zu beiden Seiten um und breitete die Arme aus. »Ich bin allein gekommen.«

»Jaja. Schon gut. Warte.« Der Wachmann schlug erneut gegen das Gitter und wandte sich zu den Hütten hinter dem Zaun. »Hey!«

Daraufhin steckte eine weitere Wache den Kopf aus dem Eingang der rechten Hütte. »Was?«

»Hol mal Muto. Der Junge hier will auch handeln.«

Der andere seufzte laut und trabte auf das Anwesen zu. Der Wachmann vor Milo kam auf ihn zu und Milo tat augenblicklich ein paar Schritte zurück.

»Arme ausstrecken. Damit du keine Waffen mitnimmst.«

Milo ließ die Untersuchung über sich ergehen. Der Mann interessierte sich nur für seine Taschen, in denen er ein Säckchen Münzen fand. Auf den Anhänger an seiner Brust achtete er gar nicht. »In Ordnung.«

Der Mann schlenderte zurück zum Tor, senkte die Augenbrauen und beäugte Milo kritisch. Durch seinen dichten dunklen Bart konnte Milo die Gesichtszüge des Mannes nicht sehen, aber die strengen Augen reichten aus, dass er sich unwohl fühlte. Er wandte sich ab und ging zur Seite.

Von hier konnte er besser erkennen, um was es sich bei den Figuren auf den Säulen des Tors handelte. Ein Hirschkopf mit Geweih befand sich auf dem Körper eines Raubtiers. Auf der anderen Seite entdeckte er einen Löwenkopf und den Rumpf sowie die Hufe des Hirsches. Ob es zur Abschreckung dienen sollte, damit sich niemand auf das Anwesen wagte? Schließlich fürchteten sich die Leute vor solchen Mischwesen – vor Vari.

Hinter den Hütten und einer Allee lagen drei Gebäude. In der hintersten Ecke seines Kopfes erinnerte er sich an Meister Kildars Beschreibungen. Im mittleren wohnte dieser, in einem der beiden anderen waren die Angestellten untergebracht und für was das dritte war, wusste er nicht mehr genau. Jedenfalls standen sie schon lange dort, denn an den Mauern hielten sich allerlei Ranken fest, als ob sie auf dem Weg zum Dach Pause machten. Der Zaun vor Milos Nase war mit Sicherheit mehr als zwei Meter hoch und lief oben spitz zu. Genau wie die eisernen Gitter in den Reichenvierteln Aachens, die Unbefugte vom Zutritt abhielten.

Endlich kam die Wache zurück. Allerdings allein. Ohne diesen Muto. Außer Puste trat sie ans Tor. »Der Meister empfängt diese Woche keinen Besuch mehr.«

»Aber ich habe etwas Besonderes für ihn.« Milo schritt auf das Tor zu, hielt aber inne, als der Bärtige sein Gewehr auf ihn richtete.

Der Bote schnaufte und verschränkte die Hände auf dem Kopf, als wäre er eben vom Hafen bis hierher gejoggt. »Er sagte, es ist egal, was es ist. Auch wenn du eine ›Kiste voller Gold oder irgendwelche funkelnden Steine‹ hättest. Komm nächste Woche wieder, Junge.« Er wandte sich ab und lief zur Hütte.

»Aber …« Milo blickte zu Boden und dachte nach. Das konnte doch nicht wahr sein. Seine Idee war so gut gewesen. Eine Woche konnte er nicht warten. Wenn er doch nur kurz mit Meister Kildar sprechen durfte. Für einen Augenblick überlegte er, den Wachmann auszuschalten und sich mit Gewalt Zutritt zu verschaffen. Aber dann würde er ihn erst recht nicht empfangen.

»Bitte«, begann er und presste die Handflächen aufeinander. »Ich kann nicht –«

»Bist du taub?« Der Mann warf den Kopf für einen Moment in den Nacken. »Verschwinde endlich.« Dabei umklammerte er sein Gewehr noch fester.

Milo sah ein, dass er so nicht weiterkam. Er machte kehrt und trabte zurück Richtung Stadt. Sein Kopf war schwer. Dann musste er sich eben später von Emma erzählen lassen, was sie genau bei Meister Kildar erlebt hatten. Wenn sie kam. Danach würde er endlich Pläne schmieden können.

KAPITEL ELF

Durch ein lautes Klopfen wurde Emma wach. Draußen war es schon etwas dunkler geworden.

»Emma? Alles in Ordnung?«, rief Mats hinter der Tür.

»Ja. Ich komme.«

Unten in der Schankstube saßen bereits vier weitere Leute. Ein älteres Ehepaar, das Emma am Morgen schon bei ihrer Ankunft gesehen hatte, und zwei Männer mittleren Alters, die angeregt diskutierten. Der Gasthausbesitzer wies Emma und Mats einen Platz in der Ecke zu, sodass zwischen allen Gästen jeweils ein freier Tisch stand und man sich entspannter unterhalten konnte.

Sie mussten nicht lange warten, bis eine Kellnerin eine dampfende Suppe mit Brot brachte. Sie bestellten jeweils einen Becher Milch. Wärme breitete sich in Emmas Körper aus, als sie die Suppe löffelte. Sie hätte zwar noch eine ordentliche Prise Salz hinzugefügt, aber auch so schmeckte es halbwegs.

Als der Gasthausbesitzer dann einen Teller voll Kartoffeln, Krautsalat und mit einer Hähnchenkeule vor sie stellte, wusste sie, dass sie nicht mit Hunger schlafen gehen würde.

»Die Schankmaid bringt euch gleich eure Getränke«, sagte er und verschwand.

Emma hatte diesen Ausdruck noch nie gehört. Aber offenbar wurden Kellnerinnen früher so genannt. Etwas wollte sie ihr Handy herausholen lassen, um das Essen zu fotografieren, doch natürlich hatte sie hier keines bei sich.

Mats machte sich zuerst an der Keule zu schaffen und nagte sie bis zum Knochen ab. Die Schankmaid kam mit den Bechern Milch zu ihnen.

»Alles gut bei euch?«

Sie nickten, da sie den Mund voll hatten, und die Frau drehte mit einem zufriedenen Lächeln auf den Lippen ab.

Emma genoss die Stille, die auf sie gesunken war wie ein unsichtbarer Schleier. Es war schön, auch einmal zu schweigen.

Plötzlich hörte Mats auf zu kauen und ließ das Besteck sinken. Er blickte gedankenverloren auf den Tisch, als wäre er eine Maschine, die man ausgeschaltet hatte.

Emma wedelte mit der Hand vor seinem Gesicht herum. »Mats? Bist du noch da?«

Er reagierte zunächst nicht, dann schluckte er das Essen herunter und guckte sie mit weit aufgerissenen Augen an. »Ich … Auch noch was zu trinken?« Er schnappte sich seinen Becher, leerte ihn in einem Zug und schüttelte ihn demonstrativ in der Luft.

Sie war zu verdutzt, als dass sie etwas antworten konnte. Im nächsten Moment sprang er auf und lief zur unbesetzten Theke neben der Küche.

»Mats! Warte doch, bis die Schankmaid kommt«, flüsterte sie und sah sich über die Schulter nach den anderen Gästen um. Es war ihr unangenehm, wie Mats sich verhielt. Doch er machte keine Anstalten zurückzukommen.

Aus dem Augenwinkel bemerkte sie, wie ein älterer Mann den Raum betrat. Sein Haarkranz, der kurze Bart und der grimmige

Gesichtsausdruck erinnerten sie an den Hausmeister ihrer Schule. Fehlte nur der Schlüsselbund, den er um seine Finger kreisen ließ. Er lief zielgerichtet auf die Theke zu und stellte sich neben Mats, ohne ihn zu grüßen oder anzublicken. Offenbar wollte er auch etwas zu trinken bestellen.

Ein paar Sekunden vergingen, ehe Mats sich von der Theke wegstieß und wieder an seinen Platz setzte. Er tat so, als wäre nichts gewesen, und schaufelte sich eine Kartoffel auf den Löffel. Erst nachdem er ein paar Mal gekaut hatte, blickte er auf.

»Was?«, fragte er mit halbvollem Mund.

»Was sollte das eben?« Sie beugte sich vor und sprach so leise, dass es die anderen nicht mitbekamen.

»Ich hatte Durst.«

Bevor Emma etwas erwidern konnte, wurde die Tür der Schankstube erneut aufgestoßen. Diesmal war es kein Hausmeister, stattdessen trat der Gasthausbesitzer in Begleitung zweier Stadtwachen ein. Er wirkte verängstigt. Auf einmal war es totenstill im Raum und alle Blicke waren auf die Männer gerichtet.

Mit zitterndem Arm zeigte der Gasthausbesitzer in Richtung Emma und Mats. Was hatte das zu bedeuten? Emma ließ das Besteck sinken und setzte sich aufrecht hin.

Die Wachen stapften auf sie zu und stellten sich breitbeinig vor den Tisch. »Ihr zwei habt gestern in der ›Schwarzen Erle‹ übernachtet?«

»Wieso?« Mats blickte die Männer mit hochgezogenen Augenbrauen an.

Emma traute ihren Ohren kaum. Was war nur in ihn gefahren? Wenn er nicht aufpasste, wurden sie noch weggesperrt. Er konnte sich doch nicht so frech aufführen.

Der Mann verschränkte die Arme vor der Brust. »Habt ihr oder habt ihr nicht?«

»Wieso?«, wiederholte Mats.

Emma wollte am liebsten unter den Tisch kriechen. Sie schaute hoch und spürte den durchdringenden Blick der anderen Stadtwache auf sich. Schnell senkte sie den Kopf und legte die Hände in den Schoß.

»Hör zu, Bursche. Wenn du Spielchen spielen willst, können wir das auch.« Er stützte sich auf die Tischkante, doch Mats wich nicht zurück.

»Haben wir«, sagte Mats.

»Und ihr wart bei Pignos, dem Pfandleiher?«

»Am Nachmittag. Um was einzutauschen.«

»Dann zeigt uns eure Zimmer.« Bevor Mats den Mund aufmachen konnte, hob der Mann den Zeigefinger und hielt ihn warnend in die Luft. »Wenn du noch einmal ›Wieso?‹ fragst, nehmen wir dich mit.«

Wussten die beiden etwa von den Münzen, die Mats hatte mitgehen lassen? Sie würden bestimmt denken, er hätte Pignos umgebracht und ausgeraubt. Und sie würden Mats nicht glauben, dass er nichts mit dem Mord zu schaffen hatte. Aber was konnten sie tun? Weglaufen? Dann würden die Stadtwachen trotzdem die Münzen finden und sie würden in der ganzen Stadt gesucht werden. Emma schaute hoch zu Mats. Er blickte sie an und grinste leicht. Als wollte er ihr sagen, dass sie sich keine Sorgen machen solle und er alles unter Kontrolle habe. Aber einen Teufel hatte er!

Der Mann richtete sich auf und stemmte die Hände in die Hüften. »Worauf wartet ihr? Aufstehen!«

Sie folgten den Männern und Emma traute sich nicht, zu den anderen Gästen zu gucken. Sie würden sicherlich gleich wilde Theorien aufstellen, was die beiden Kinder wohl ausgefressen hatten. Stattdessen wandte sie den Blick zur Theke. Der Hausmeister war nicht mehr da. Er musste gegangen sein, als die Stadtwachen an ihrem Tisch gewesen waren. Ihr Herz klopfte bis zum Hals.

Der Gasthausbesitzer zeigte den Weg. Die Stufen der Holztreppe ächzten unter dem Gewicht der Männer, die bei jedem zweiten Schritt ihre Speere in das Holz rammten. Emma kam sich wie ein kleines Mädchen vor, das bei einem Streich ertappt worden war und jetzt zum Ort des Verbrechens geführt wurde. Ihr wurde warm und sie fächerte sich Luft zu. Mats hingegen hatte die Hände in die Hosentaschen gesteckt und strahlte eine Ruhe aus, als würde ihn das Aufgebot gar nicht betreffen. Sie zog ihn heimlich an der Hose, doch als er sich zu ihr drehte, schüttelte er lediglich einmal kurz den Kopf, zwinkerte ihr zu und blickte wieder nach vorn. Er schien etwas im Schilde zu führen. Aber was sollte das sein? Die Münzen konnte er nicht einfach wie bei einem Zaubertrick in Luft auflösen.

Auf der nächsten Treppe kam ihnen eine schwanger aussehende Frau entgegen, die ein in Tücher gewickeltes Etwas – vermutlich ein Kind – vor der Brust trug, sich auf den Handlauf stützte und auf jeder Stufe beide Füße absetzte. Mats stürzte hervor und eine der Wachen versuchte ihn zu packen, doch Mats hielt der Frau nur die Hand hin und half ihr die letzten Meter hinunter.

Sie nickte ihm dankbar lächelnd zu und schlurfte weiter. Die Wachen wechselten schnelle Blicke, ehe einer der beiden Männer der Dame bis nach unten half.

»Vorwärts!«, befahl der andere und sie liefen weiter, bis sie vor Mats' Zimmer angelangt waren. »Aufmachen.«

»Was glaubt Ihr überhaupt zu finden?«, fragte Mats und zog seinen Schlüssel aus der Hosentasche.

»Schon vergessen, dass du keine dummen Fragen stellen sollst?«

Mats bückte sich zum Schloss und sperrte auf. Bevor er eintreten konnte, schob ihn der Mann grob beiseite und stieß die Tür so heftig auf, dass sie gegen die Wand knallte. Er hielt seinen Speer vor sich, als würde er einen Angreifer erwarten, und drehte sich in alle Richtungen. Der Raum war leer. Er ließ die Waffe sinken und blickte zur Tür.

»Du!« Er zeigte auf den Gasthausbesitzer. »Was gibt es hier für Verstecke?«

»Nun ja«, stammelte dieser und kratzte sich am Kopf, »da ist eigentlich nur die Truhe im Schrank.«

Emmas Herz schlug schneller. Sie schaute sich um. Die andere Stadtwache kam gerade den Flur zurück. Jetzt saßen sie in der Falle. Weder durch das Treppenhaus noch über den Balkon konnten sie flüchten. Beide waren durch die Stadtwachen versperrt.

Der Mann im Zimmer trat auf den Schrank zu und öffnete die beiden Türen. Da lag die Truhe. Emma fuhr sich über die Fingernägel und suchte vergeblich Mats' Blick. Wie konnte er noch immer so ruhig sein?

Der Mann scheiterte daran, den Deckel zu heben, drehte sich zur Tür und hielt die Hand auf. »Schlüssel?«

»Es ist der gleiche«, sagte der Gasthausbesitzer und zog ihn mit zittrigen Händen aus dem Schloss. Er fiel ihm hinunter und er bückte sich umständlich, wobei er mit dem Kopf gegen die Klinke stieß. »Hier … entschuldigt.« Er kroch wie ein Diener zurück zur Tür.

Der Mann öffnete das Schloss und Emma hielt die Luft an. Die Muskeln ihres gesamten Körpers spannten sich. Gleich würde es so weit sein.

Der Mann beugte sich vor, steckte aber nicht die Hand hinein. Sah er womöglich bereits die Münzen?

Er stand auf, ließ den Deckel zufallen und wandte sich zum Bett. Reichte ihm der Sack in der Kiste etwa nicht? Er packte Kissen und Decke, schüttelte sie und warf sie auf den Boden. Auch unter dem Bett sah er nach, schien aber nichts zu entdecken. Er lief zum Fenster, blickte nach draußen, öffnete die Balkontür und steckte den Kopf hinaus.

Dann kam er zurück zur Tür. »Wo ist dein Zimmer?« Er schaute Emma direkt an, woraufhin sie den Kopf senkte und nach links nickte.

Sie kramte den Schlüssel hervor und hielt ihn ihm hin. Er

schnappte ihn sich mit seinen rauen Fingern und wiederholte seine Suche in ihrem Zimmer.

»Auch nichts«, sagte er mit einer Spur von Ernüchterung in der Stimme. »Das war's.«

Auch nichts? Hatte sie das gerade richtig verstanden? Wo waren dann ihre Münzen?

Er drängelte sich an ihnen vorbei und lief zu seinem Partner.

»Das war's?«, wiederholte Mats belustigt. Emma hätte ihn am liebsten in die Seite geboxt.

Der Mann blieb stehen und drehte sich um. »Für heute.« Dann stapften sie davon.

Mats klatschte in die Hände. »Hoffentlich ist das Essen noch nicht kalt.« Er schloss sein Zimmer ab und Emma tat es ihm gleich. Sie bemerkte, wie ihr der Mund vor Verwunderung offenstand und schloss ihn schnell. Hätte der Gasthausbesitzer nicht auf sie gewartet, hätte sie Mats schon zur Rede gestellt. Er geleitete sie bis nach unten in die Schankstube, wo sie zurück an ihre Plätze gingen.

Emma hatte keinen Hunger mehr. Mats jedoch tat so, als wäre nichts gewesen. Sie lehnte sich zurück und verschränkte die Arme vor der Brust. »Wann hast du …? Du weißt schon.«

»Gestern hatte ich so ein Gefühl.«

»Und wo …?«

»Auf dem Balkon steht ein schön großer Topf in der Ecke.« Mehr sagte er nicht, sondern blickte gierig auf ihren Teller.

»Wieso hast du mir nichts davon gesagt?«

Er zuckte mit den Schultern und starrte weiter auf ihre Hähnchenkeule. »Bist du damit –«

»Da«, sagte sie und schob ihm den Teller zu, sodass sein eigener fast auf seinem Schoß landete.

Sie blickte aus dem Fenster. Immer weniger Menschen liefen umher. Die meisten aßen vermutlich genau wie sie zu Abend. Bald würden Laternen vor die Eingänge von Gasthäusern, Wirtshäusern und Schankstuben gestellt werden und die Hauptstraße wie eine

Landebahn aussehen lassen für all die nachtaktiven Gestalten, die sich in Kneipen mit Bier und Wein zuschütteten. Glockenschläge ertönten in der Ferne. Sechs an der Zahl.

»Ich lege mich noch einmal ein bisschen hin«, sagte Mats und schob den Stuhl zurück. »Vielleicht können wir später noch einen kleinen Spaziergang machen, um die Stadt mal abends zu erleben? Sollen wir uns gegen acht Uhr im Flur treffen?«

Emma biss sich auf die Lippe. Um die Zeit wollte sie zu Milo. Aber sie könnte zuerst Milo treffen und danach mit Mats spazieren gehen.

»Emma? Bist du noch da?« Er lächelte unsicher.

»Sagen wir neun? Dann kannst du dich länger von diesem Schock ausruhen.«

Mats legte den Kopf schief und verengte für einen Moment die Augen. »Klingt gut.«

Nachdem Mats gegangen war, blieb sie noch sitzen. In ihrem Kopf wirbelten die Gedanken wild durcheinander. Mats, der Vorfall eben, der grüne Stein, Meister Kildar, Milo und die Zwischenwelt Polyrica. Und die Tatsache, dass sie sich morgen womöglich das Geld ergaunern mussten, um den grünen Stein kaufen zu können.

KAPITEL ZWÖLF

Es klopfte an Milos Zimmertür. Erst leise, dann immer lauter. Milo richtete sich in seinem Bett auf.

»Ja, bitte?«

»Entschuldigt die Störung«, sagte eine junge Männerstimme. »Unten wartet Besuch auf Euch.«

Wer mochte das sein? Es kam nur Emma in Frage. Sonst wusste niemand, dass er hier war. Das hoffte er zumindest. Draußen sah es nach frühem Abend aus. Sie sollte doch erst nach dem Abendessen kommen.

»Danke.«

Die Schritte des Boten entfernten sich und Milo zog seine Stiefel an. Sie waren noch leicht staubig von seinem Ausflug zu Meister Kildars Anwesen.

Auf dem Weg die Treppen hinunter hörte er ein Klirren, wie wenn Teller aufeinandergestellt wurden. Er freute sich bereits auf das Abendessen. Je näher er dem Erdgeschoss kam, desto stärker stieg ihm der Duft von gebratenem Fleisch und Kräutern in die Nase. Sie ließen ihn an seinen letzten Urlaub in Griechenland denken. Am Empfangsbereich begrüßte ihn Umin freudig. Er unterhielt sich gerade mit einer stattlichen Dame, die der Schürze nach zu urteilen aus der Küche kam.

»Ah, da seid Ihr ja. Ich hoffe, Ihr hattet einen angenehmen Tag?«

»Das hatte ich. Was riecht denn hier so lecker?«

Die Dame errötete und legte ein verschmitztes Lächeln auf. »Es gibt Lamm.«

»Kokulla hilft heute bei uns aus, da meine eigentliche Köchin ausgefallen ist. Normalerweise steht Kokulla im Wirtshaus ›Zum Kleinen Pony‹ am Herd«, fügte Umin hinzu. »Sie macht das beste Essen in ganz Caduco.«

Kokulla boxte Umin freundschaftlich gegen die Schulter und schüttelte bescheiden den Kopf. »Wenn Ihr mögt, könnt Ihr gern einmal mit Eurer reizenden Begleitung«, dabei nickte sie zu einer Tür, »bei uns vorbeikommen.«

»Ich werde es mir merken.« Reizende Begleitung? Das konnte nur Emma sein. So reizend ihr Äußeres auch sein mochte, ihr Charakter war es nicht. Zu tief schnitten ihm ihre Worte noch wie Kratzspuren in die Haut. *Natürlich mag ich Milo nicht.*

Kokulla verabschiedete sich in die Küche und Umin trat vor. »Euer Besuch wartet in der Honigstube – dem Speisesaal. Ich führe Euch hin.«

Milo folgte ihm. Der Duft des Essens wich dem Geruch von altem Holz. »Ist es schon sieben Uhr?«

»Noch nicht ganz«, antwortete er und zwinkerte ihm zu. »Aber es dauert nicht mehr lange.«

Als sie die Honigstube betraten, entdeckte Milo Emma an einem Tisch in der Ecke. Er konnte ihr Gesicht nicht erkennen, da es der einzige Tisch im Raum ohne Kerze war, aber an ihre Kleidung erinnerte er sich. Auf der Fensterbank lag zudem ein riesiger Hut.

Umin wartete, bis Milo Platz genommen hatte, und schlug sich dann gegen die Stirn. »Oh, hier fehlt ja noch eine Kerze.«

»Nicht nötig«, meinte Emma und schüttelte mit einem freundlichen, aber bestimmten Lächeln den Kopf.

Er deutete eine Verbeugung an und schlurfte zurück zum Eingang.

»Emma«, flüsterte Milo überrascht und spreizte den kleinen Finger seiner rechten Hand ab.

Doch statt es ihm gleich zu tun, lächelte sie einfach weiter. Er hob die Hand höher, erst dann erwiderte sie seine Geste mit einem verunsicherten Blick.

»Emma, das ist wichtig!« Er verschränkte die Arme vor der Brust.

»Was?«

»Dass wir direkt den Fingerzeig machen. Nicht erst zehn Sekunden warten.«

»Sorry.«

»Ja, ›sorry‹. Das hatten wir doch abgemacht. Nur damit wissen wir, wen wir vor uns haben.«

Sie nickte schuldbewusst.

Er guckte ihr geradewegs in die Augen. »Wie heißen deine Eltern?«

»Bitte?«

»Wie deine Eltern heißen.« Es machte ihn wütend, dass sie die Sache nicht ernst nahm. Für sie war das vielleicht nur ein Spiel. Ein kleiner Ausflug in eine fremde Welt. Aber es ging hier um die Kinder, die feststeckten, und das Fortbestehen von Polyrica.

»Keine Angst. Ich bin es wirklich. Emma. Meine Eltern heißen Christian und Julia, meine Schwester Hannah ist zwei Jahre älter als ich.«

»Dein Lieblingsfach ist?«

»Mathe.«

»Wo haben wir uns heute getroffen?«

»Am Ende der Hauptstraße. Willst du noch mehr wissen? Ich gehöre zu den CARMA Girls. Zusammen mit Lena, Claire und Scarlett. Wir –«

»Ist ja gut. Das reicht.« Er hob die Hände, damit ihr Redeschwall aufhörte. Er wollte nichts von den CARMA Girls hören. Sie sollten ihn nicht auch noch nach Polyrica verfolgen. »Trotzdem: Wenn wir uns treffen, müssen wir sicher sein können, dass wir die echten sind. Und nicht eine Gestalt des Dämons.« Er machte eine Pause und schenkte sich aus einer Karaffe Wasser in seinen Becher. »Du bist gekommen. Das heißt, du glaubst mir? Dass Mats ein Dämon ist?«

»Ja. Ich habe darüber nachgedacht, was du gesagt hast. Und ich gebe dir recht.«

»Inwiefern?«

»Der Dämon hat sich seltsam benommen. Es passt, was du erzählt hast.«

»Gut, dann hätten wir das geklärt.« Er nahm einen Schluck und umklammerte den Becher fest mit beiden Händen auf seinem Schoß. »Wieso willst du es hier so dunkel haben?«

»Ich weiß nicht. Vielleicht, damit man uns nicht so gut erkennt.«

»Hmm. Bist du sicher, dass er nichts gemerkt hat?«

»Er?« Sie zeigte in Richtung Empfang.

»Nein, natürlich nicht er. Mensch, Emma, was ist denn los mit dir? Ich meine den Dämon. Hat er nicht bemerkt, dass du allein weg bist?«

»Nein. Sorry. Er ruht sich aus und will erst später noch durch die Stadt spazieren.«

Milo fragte sich, ob sich Dämonen überhaupt ausruhen mussten. Aber das konnte auch zu seiner Tarnung gehören, um wie ein normaler Junge zu wirken.

Milo dachte an seine Begegnung mit Emma vom Mittag. Da hatte sie ihm noch irgendetwas in Bezug auf den Leseabend erklären wollen. Aber jetzt schien sie es nicht für nötig zu halten, das Thema noch einmal aufzugreifen. Er hatte auch keine Lust darauf. Es reichte, dass er wusste, was sie hinter seinem Rücken über ihn gesagt hatte.

Emma räusperte sich. »Also, was genau hat es mit diesem grünen Stein auf sich?«

»Der Aventurin. Wir brauchen ihn. Er gehört Saloquim. Nur mit ihm ist er in der Lage, Polyrica zu retten.«

»Retten?«

»Wenn der Aventurin zu lange weg ist, muss Saloquim Polyrica abschalten. Dann könnten wir nie wieder dorthin gelangen.«

Emma lehnte sich zurück und blickte aus dem Fenster. Sie sagte eine Weile lang nichts. Milo wurde es langsam zu dunkel und er stand auf, um die Kerze vom Nachbartisch zu holen. Doch sie hielt ihn auf.

»Nein, bitte nicht. Lass die da stehen.«

»Aber wieso denn?«

»Nicht, dass uns jemand von draußen erkennt. Vielleicht ist der Dämon ja doch unterwegs.«

»Dann setzen wir uns eben an einen Tisch nahe der Küche.«

»Nein, dort könnten sie uns belauschen.«

Widerwillig ließ Milo die Kerze sinken und setzte sich wieder Emma gegenüber. Er verstand ihre Launen nicht.

»Ihr wart also schon bei Meister Kildar. Was habt ihr dort gemacht?«

»Richtig. Zuerst wollte er nicht zugeben, dass er den grünen Stein hat. Er hat ihn aber einem Pfandleiher abgekauft, der den Stein wohl von den Dieben erhalten hat.«

»Pignos.«

»Woher weißt du das?«

»Man hört einiges auf den Straßen.«

»Und jetzt verlangt Kildar diese Unsumme von tausend Kreuzern.« Emma machte eine Pause. »Wie kommen wir denn von hier weg? Nur mit dem grünen Stein?«

Milo vergewisserte sich, dass niemand sonst in der Honigstube war. »Wenn wir den Aventurin haben, bringen wir ihn zurück nach Polyrica. Dafür müssen wir uns Daumen und Zeigefinger an die

Nasenwurzel legen. In etwa so.« Er machte es vor und ließ die Hand wieder sinken. »Und dabei drei Worte sagen.« Er zögerte. Damit er sich nicht aus Versehen nach Polyrica schickte, erklärte er es ihr auf umständlichem Wege. »Das erste ist ›Bring‹, das zweite ›mich‹ und das dritte ›zurück‹. Aber sag das jetzt bloß nicht. Sonst bist du weg und ich bin hier allein.«

Er fragte sich, ob es ohne sie nicht sogar leichter wäre. Dann müsste er keine Gedanken an sie verschwenden. Aber sie war schon auf Meister Kildars Anwesen gewesen. Das konnte von Nutzen sein.

»Wir brauchen den Aventurin so schnell wie möglich. Saloquim hat mir noch einen weiteren Stein aus seinem Stab mitgegeben.« Er tippte auf das Beutelchen an seiner Brust. »Damit kann ich Fesselzauber abgeben und uns beschützen.«

Emma lehnte sich vor und riss die Augen weit auf. »Saloquim hat also nur noch zwei Steine? Kann er so den Dämon bezwingen?«

Milo wollte antworten, dann zögerte er. »Woher weißt du, dass er vier Steine im Stab hatte?«

»Das hat mir der Dämon erzählt. Er hat ja mit Saloquim gekämpft.«

»Verstehe. Um deine Frage zu beantworten: ja. Sollte der Dämon mit dem Aventurin zurück nach Polyrica kommen, wäre Saloquim in der Lage, ihn zu besiegen. Aber wir wollen den Stein ja zuerst finden.«

Emma nickte stumm. Sie schien nachzudenken. »Mit deinem Stein da wären wir – wenn nötig – in der Lage, Kildars Wachmänner auszuschalten.«

»Was?«

»Wir könnten uns auf Kildars Anwesen schleichen und den grünen Stein holen. Ich bin mir sicher, dass ich weiß, wo Kildar den Stein versteckt hält.«

»Und das sagst du erst jetzt?« Voll Empörung kamen die Worte eine Spur zu laut aus dem Mund. Er blickte zur Küche, aber nichts regte sich dort.

»Bisher wusste ich ja nicht, dass du solch eine Waffe hast.«

Milo seufzte und dachte nach. Wenn Emma den Weg zum Aventurin kannte und sie die Wachen ausschalteten, ohne dass sie Alarm schlugen, könnte es funktionieren.

»Wir dürften aber keinerlei Aufsehen erregen. Wahrscheinlich haben wir nur eine Chance.«

»Keine Sorge. Wir haben heute Kildars gesamtes Anwesen ausgekundschaftet. Es hat einen langen Zaun, der bis zur Stadtmauer reicht, die um die ganze Stadt herumführt. Der Zaun ist bestimmt drei Meter hoch und mit Spitzen versehen.«

»Ich weiß. Ich war vorhin auch dort. Ohne Hilfsmittel schaffen wir es nicht über das Tor am Eingang.«

Emma schaute ihn an, als hätte er gerade etwas Dummes von sich gegeben. »Müssen wir auch nicht. Neben dem Haupttor gibt es noch mindestens einen weiteren Eingang hinten bei der Mauer. Zuerst dachte ich … dachten wir, er wäre nicht gesichert, aber dann kam ein Wachmann vorbei, der offenbar seine Runden drehte. Wenn wir den richtigen Moment abpassen, können wir unbemerkt auf das Anwesen.«

Milo war noch immer nicht klar, wie sie den Zaun überwinden wollte. »Und wie verhindern wir, aufgespießt zu werden?«

»Wir gehen bis zur Mauer, stellen uns auf irgendetwas drauf und ziehen uns da hoch. Dann steigen wir von der Mauer über den Zaun. Ganz einfach.« Sie breitete die Handflächen aus und schob die Unterlippe nach vorn. Dann schenkte sie sich auch etwas zu trinken ein und nippte daran.

»Auf ›irgendetwas‹ draufstellen?«

»Ein Fass oder eine Kiste. Die Mauer ist doch nur zwei Meter hoch.«

Das Vorhaben kam Milo zu leicht vor. Und vor allem eines

fragte er sich. »Woher weißt du eigentlich, wo sich der Aventurin dort genau befindet?«

»Als wir das Haupthaus verlassen mussten, habe ich Kildar durch eine offene Tür beobachtet, wie er den grünen Stein in einer kleinen Kiste in einem Schrank verstaut hat. Ich bin mir sicher, dass er nicht mitgekriegt hat, dass ich ihn gesehen habe.«

Milo konnte sich kaum vorstellen, dass Meister Kildar so unaufmerksam gewesen war. »Und dem Dämon hast du nichts davon gesagt?«

»Nein. Ich wollte es erst einmal für mich behalten.«

Milo verschränkte die Arme hinter dem Kopf und lehnte sich zurück, sodass die vorderen Stuhlbeine in der Luft hingen. Genau wie er es in der Schule manchmal tat. »Nehmen wir an, wir kommen auf das Anwesen. Wie gelangen wir in den Raum?«

»Du weißt doch, dass ich ein gutes Gedächtnis habe. Ich habe mir alles genau eingeprägt. Mach dir darüber keine Gedanken. Es gibt ein kleines Kellerfenster, das vorhin halb geöffnet war. Es führt in die Wäschekammer.«

»Das hast du von draußen sehen können?«

»Ich habe halt gute Augen. Außerdem haben wir Bedienstete dabei beobachtet, wie sie Wäschekörbe dorthin gebracht haben. Und es wurde auch einmal in einem von Kildars Briefen erwähnt.«

Milo konnte sich nicht daran erinnern. Dafür an etwas anderes. »Du weißt schon, dass Meister Kildar Fallen im Garten aufgestellt hat?«

Emma blickte ihn einen Moment sprachlos an. Dann wurde ihr Mund zu einem schmalen Strich. »Ja. Deswegen müssen wir aufpassen, wo wir hintreten. Wie auch immer –«, sagte sie und zuckte mit den Schultern, als wäre es nichts besonderes. »In der Wäschekammer schnappe ich mir das Kleid einer Dienerin und tue so, als ob ich dazugehöre.«

»Und wenn dich jemand anspricht?«

»Dann gebe ich mich als die Neue aus. Merkt doch eh keiner. Allerdings …«

»Allerdings?«

»Durch das Fenster passe wahrscheinlich nur ich durch, also müsstest du draußen bleiben und sicherstellen, dass uns niemand entdeckt.« Sie zeigte auf den Granat. »Mit dem kannst du die Wachen ja fesseln. Wenn ich den Stein habe, komme ich wieder und wir verlassen diese Welt hier.«

Für Milo hörte es sich noch immer viel zu einfach an. Aber Emma schien sich auf dem Anwesen auszukennen und machte einen selbstbewussten Eindruck. Der Trick mit dem Kleid der Angestellten konnte funktionieren. Wieso sollte er auf die Bremse treten, wenn sie doch die Möglichkeit hatten, Polyrica zu retten? Zumal sein einziger Plan mit dem Tauschgeschäft nicht umsetzbar war.

Er lehnte sich vor und ließ den Stuhl wieder auf alle Viere sinken. »Gut. Wann können wir los? Jetzt direkt oder lieber nach deinem Spaziergang mit dem Dämon?«

»Lieber jetzt.«

KAPITEL DREIZEHN

Milo hatte Gewissensbisse gehabt, gegenüber Umin zu behaupten, vor dem Abendessen erst noch einen Spaziergang machen zu wollen. Umin und vor allem Kokulla schienen sich solch eine Mühe gemacht zu haben. Im besten Falle aber würde Milo die beiden sowieso nie wiedersehen.

Mit zwei leeren Kisten in den Händen, die sie auf dem Weg hinter einem Schuppen gefunden hatten und die helfen sollten, auf die Mauer zu kommen, mühten sie sich durch die Büsche und Sträucher des rechten Trampelpfads hin zu Meister Kildars Anwesen. Der Weg durch das Dickicht war nicht so schlimm, wie Milo befürchtet hatte, doch eine Lichtquelle fehlte ihm. Er hatte auf halber Strecke eigentlich eine Laterne klauen wollen, Emma aber recht geben müssen, dass man sie damit sofort vom Anwesen sehen würde.

Immerhin war der Mond heute besonders voll und wirkte, als hätte man eine silberne Münze in den Himmel gedrückt. Alle paar Meter hingen Zweige und Blätter im Weg, mit der Kiste ließen sie sich aber problemlos zur Seite schieben. Nach einer Weile wurde der Boden unebener. Wurzeln durchzogen den Untergrund wie

Adern unter der Haut und mehr und mehr Bäume ragten nun um sie in die Höhe. Mit ihren dichten Blätterkleidern sperrten sie den Mond aus. Ein Uhu und ein anderer Vogel lieferten sich ein Gesangsduett weit über Milos Kopf und hörten mit einem Mal auf.

Vielleicht waren sie genauso angespannt wie er und gaben deswegen keinen Ton mehr von sich. Die Stille behagte ihm nicht. Er hörte nur ihre Schritte und verspürte den Drang, sich mit Emma zu unterhalten, auch wenn er es eigentlich nicht wollte.

Auf Meister Kildars Anwesen brannten Laternen, die an Pfählen aufgehängt waren. Milo erinnerte sich daran, wie Meister Kildar diese in dem Briefroman beschrieben hatte.

»Schau mal«, flüsterte er ihr zu. »Da drüben leuchten die Laternen gegen die Vari.«

»Ich weiß.«

Mit der Kiste vor der Brust hielt Milo sich einen dornigen Zweig vom Leib. »Hättest du gedacht, dass Meister Kildars Anwesen so groß ist?«, fragte er.

»Wieso?«

»Wir wissen doch beide, dass er eher ein fahrender Händler und Heiler ist. Klar, er hat in den Briefen über das Grundstück hier geschrieben, aber ich habe es mir nicht so weitläufig vorgestellt.«

»Kann sein. Keine Ahnung.«

Milo wertete ihre knappen Antworten als Signal, dass sie sich nicht unterhalten wollte. Es war ihm recht. Dann eben nicht. Schweigend folgte er ihr.

Es dauerte länger, als er gedacht hatte, bis sie die Mauer erreichten. Sie stellten die Kisten aufeinander und Milo schüttelte erleichtert die Arme aus. Er wollte sich nicht beklagen, da Emma dies auch nicht tat. Hinter einem dichten Busch versteckten sie sich und sie zeigte auf den Zaun. Da befand sich tatsächlich eine Tür.

Milo hörte Schritte auf Kies näherkommen. Er hielt die Luft an und duckte sich tiefer. Gerade so konnte er zwischen den Blättern hindurchgucken. Ein Wachmann erschien, der eine Fackel trug, die nur seinen dunkel gekleideten Oberkörper und sein Gesicht beleuchtete. Er lief bis zur Tür, verharrte dort für einen Augenblick und ging dann weiter.

Als er außer Sichtweite war, begaben sie sich zur Mauer.

»Du zuerst?«, flüsterte er ihr zu.

»Wenn du meinst.« Sie stieg mühelos auf die beiden Kisten und sprang hoch. Sie zog sich hinauf und setzte sich so hin, dass ihre Beine auf beiden Seiten herunterbaumelten. »Und, wie war ich?«

Milo war beeindruckt, ließ es sich aber nicht anmerken. Er wollte ihr in nichts nachstehen, konnte seine Höhenangst im Hinterkopf aber nicht ganz vertreiben. Vorsichtig kletterte er auf die Kisten und vermied es, nach unten zu gucken. Er musste an eine ähnliche Situation denken, die er in Coholmia mit Tidor erlebt hatte. Damals waren sie über ein Fass auf die Mauer des Anwesens von Domos gekommen. Kurz darauf hatte Tidor ihn verraten. Schnell wischte er die Bilder aus seinem Kopf.

Auf Zehenspitzen konnte er die Kante erreichen, ergriff aber dankend die Hand von Emma, die ihm half, sich hochzuziehen. »Danke. Hätte ich aber auch allein geschafft.«

Emma antwortete nicht, sondern schlich in geduckter Haltung die Mauer entlang. Milo folgte ihr seitwärts und breitete seine Arme aus, um das Gleichgewicht zu halten, bis er endlich am Zaun ankam. Ein Uhu schrie im Wald hinter ihnen und Milo wäre vor Schreck fast hinuntergefallen, hielt sich aber noch gerade rechtzeitig an den Streben des Zauns fest.

Die Spitzen waren auch vor der Mauer angebracht, aber von hier konnten sie in die Zwischenräume treten und ohne Probleme auf das Anwesen springen. Sie landeten vor dichten Rosensträuchern und Milo verhedderte sich mit dem linken Ärmel in einem Dorn. Zum Glück hatte er nicht seine Haut erreicht. Augenblicklich umgab sie eine sanfte Duftwolke und ließ Milo für einen Moment die Anspannung vergessen.

Er löste sein Hemd und klopfte sich die Hose sauber. »Wohin nun?«

»Weiter nach rechts. Wir brauchen einen besseren Überblick.«

Sie huschten die Mauer entlang und hielten immer wieder inne, um zu lauschen. Bis jetzt waren sie allein. Nach nicht einmal einer Minute erreichten sie das Ende der Sträucher und hatten freien Blick auf alle Gebäude. In gut dreißig Metern Entfernung stand eine Scheune, die mit der Rückwand bis an die Mauer reichte. Sie wirkte allein gelassen, weit entfernt vom Rest. Etwas bergab thronte das Haupthaus zwischen den anderen beiden Gebäuden.

Er ließ den Blick über die Außenwände gleiten. Hinter manchen Fenstern leuchtete schwaches Licht, bei den wenigsten waren die Vorhänge zugezogen. Fernab der Stadt konnte schließlich niemand von außen in die Zimmer schauen. Nur die Waldbewohner und die Vögel.

»Wo ist das Kellerfenster?«

»Bei dem Gebäude da links. Etwa auf mittlerer Höhe. Da der Wachmann direkt dran vorbeikommt, sollten wir erst los, wenn wir ihn noch einmal gesehen haben.«

»Und du bist dir hundertprozentig sicher, dass du dich nicht irrst?«

»Hundertprozentig. Du weißt doch, wie gut ich in Mathe bin.«

»Ja. Aber vergiss nicht: Auf dem Kiesweg sind wir sicher, solange die Steine am Rand hell sind. Sollten sie dunkel sein, weichen wir auf das Gras aus.«

Emma nickte knapp.

Sie begaben sich zurück in die Nähe des Zauns und warteten. Milos Beine taten in der Hocke weh, weshalb er sich auf den Boden kniete. Er tastete das Beutelchen um seinen Hals ab und öffnete es sicherheitshalber kurz, um sich zu vergewissern, dass er den Granat auch wirklich bei sich hatte. Er spürte die glatte Oberfläche und hoffte, dass er ihn nicht einsetzen musste.

»Da«, flüsterte Emma.

Milo blickte auf und konnte den Wachmann erkennen. Er spazierte gemütlich an ihnen vorbei, machte seinen Abstecher zum Tor, blieb dort für einen Augenblick stehen und drehte dann Richtung Haupteingang ab.

Als die Luft rein war, verließen Milo und Emma ihr Versteck und schlichen im Schutze der Nacht den Weg entlang. Sie hielten sich auf den hellen Randsteinen, um keine Geräusche auf dem Kies zu verursachen. Zu ihrem Glück war nur eines der Fenster beleuchtet und niemand an der Scheibe zu sehen.

Auf Höhe des Gebäudes hielt Emma an. Sie deutete lautlos auf den Weg. Milo erkannte die dunklen Steine. Sie wechselten auf die andere Seite und rannten so leise wie möglich über den Rasen, bis sie sich schließlich an die Hauswand lehnten. Sie standen jetzt nicht mehr auf Gras, sondern auf Erde. Milos Herz pochte laut in seiner Brust und er brauchte ein paar Sekunden, ehe er wieder normal atmen konnte. Nirgendwo ertönte Alarm. Offenbar hatte niemand sie gesehen.

»Hier.« Emma war vor ein niedriges Fenster getreten.

Milo bückte sich hinunter. »Es ist wirklich nur angelehnt!«

»Sag ich doch.« Sie öffnete es ganz, legte sich auf den Bauch und schob sich mit den Füßen voraus durch die Öffnung. Kurz darauf war sie schon halb verschwunden. »Halt die Augen auf«, flüsterte sie ihm zum Abschied zu und wurde von der Dunkelheit verschluckt.

KAPITEL VIERZEHN

Emma stand am Fenster und beobachtete, wie sich die Dämmerung langsam auf die Stadt legte. Die Schatten wurden länger, am Himmel machten sich kleine Schäfchenwolken breit. Gleich würde sie sich zu Milo schleichen und endlich herausfinden, was hier los war und wie sie aus Caduco fortkam. So aufregend es war zu erfahren, wie sich das Leben früher angefühlt hatte, wollte sie doch nicht ewig in dieser Zeit gefangen sein. Ihr fehlten ihre Familie, ihre Freunde und ihr Zuhause, in dem sie sich geborgen fühlte.

Es klopfte an der Tür. Wer mochte das sein? Eigentlich war sie erst für neun Uhr mit Mats verabredet.

»Ja?«

»Ich bin's.« Das war Mats' Stimme. »Von mir aus können wir jetzt schon los.«

Sie setzte an, etwas zu antworten, hielt aber inne. Was sollte sie tun? Sie konnte ihn unmöglich bitten, sich noch eine Stunde zu gedulden. Wenn sie das Gasthaus ohne ihn verließ, würde er misstrauisch werden. Ihr blieb nur, den Spaziergang so kurz wie möglich zu halten und danach zu Milo zu gehen.

»Ich komme. Einen Augenblick.«

Sie schloss die Tür auf und sah Mats entspannt und mit einem Grinsen auf den Lippen an der Wand lehnen. Vielleicht ließ er sich auf eine kurze Runde am Wasser ein. »Sollen wir am Hafen entlang, oder an was dachtest du?«

»Ehrlich gesagt wollte ich erst hoch und am Ende zum Hafen. Sozusagen als Abschluss.«

»Hoch?«

Er zeigte mit dem Daumen nach hinten. »In den reicheren Teil. Der war doch schöner, findest du nicht?«

Emma zögerte. »Schon …«

»Gut. Dann los.«

Sie traten aus dem Gasthaus und machten sich auf den Weg. Es war fast genauso viel los auf der Hauptstraße wie tagsüber. Nur dass jetzt keine Arbeiter mit Karren zu sehen waren, sondern vermehrt Betrunkene in der Gegend herumtaumelten. Die Eingänge der Wirtshäuser waren hell beleuchtet und gefühlt mehr Menschen gingen hinein, als herauskamen. Es erinnerte sie an Straßenlaternen, die abends Insekten anzogen. Hin und wieder ließen die Fenster einen Blick auf das heitere Treiben in den Schankstuben zu und Emma war froh, dass sie diesem Getümmel fernbleiben konnte.

Nach ein paar Minuten verließen sie die Hauptstraße und es ging bergauf in Richtung der reicheren Gegend.

»Müssen wir morgen wirklich stehlen gehen?«, fragte Emma vorsichtig.

Mats schien gedanklich abwesend zu sein, denn er reagierte nicht.

»Hey, Mats, was ist?«

Er blieb stehen und blickte sie mit großen Augen an. »Was?«

»Ich habe gefragt, ob wir morgen klauen müssen, um an Geld zu kommen.«

Er seufzte. »Vielleicht. Wenn wir keinen anderen Weg finden …«, sagte er und ging weiter.

Emma fragte sich, was das für ein Weg sein sollte. Ihre bisherigen Bemühungen waren allesamt erfolglos geblieben. Sie hoffte, dass Milo ihr einen Ausweg zeigen konnte. Noch immer wusste sie seine Behauptungen nicht genau einzuordnen.

Sie war so in Gedanken, dass sie fast nicht gemerkt hatte, dass Mats wieder angehalten hatte. »Was hast du? Geht es dir nicht gut? Sollen wir den Spaziergang verschieben und zurück zum Gasthaus?«

»Nein. Ich … Ich weiß nicht.« Er fasste sich an die Schläfen und blickte auf seine Füße. »Da kommt etwas in meinen Erinnerungen zurück.«

»Das ist doch gut!« Sie klatschte in die Hände.

»Ja, aber es ist seltsam.«

»Wieso seltsam?«

»Ich habe heute Nachmittag das Gefühl gehabt, ich hätte ein Mädchen gesehen, das ich von irgendwoher kannte.«

»Und?« Sie blickte ihn gespannt an.

Mats zögerte. »Da konnte ich sie noch nicht zuordnen.«

»Aber jetzt schon?«

»Ja. Merkwürdig … Ich erinnere mich wieder. Sie war meine Schwester.«

Im ersten Moment war Emma froh, dass sein Gedächtnis wieder zu funktionieren schien. Dann aber wurden ihr seine Worte klar. »*War*?«

»Sie ist gestorben, als ich noch klein war.«

Emma bekam eine Gänsehaut. »Das tut mir leid.«

»Ich frage mich, ob das ein Trick ist, den dieser kleine alte Mann anwendet. Irgendwie ist er in meinen Kopf gekommen und spielt mir jetzt einen Streich. Vermutlich eine Falle. Er lässt meine tote Schwester auftauchen, weil sie mir etwas bedeutet. Er will, dass ich ihr folge. Und dann greift er mich wahrscheinlich an.« Er sank in die Knie und schluchzte. »Ich vermisse meine Schwester so sehr.«

Emma beugte sich hinunter und strich ihm sanft über den Rücken. Sie wusste nicht, was sie sagen sollte. Eine Stimme in ihrem Kopf wollte ihm gut zureden, die andere wiederholte Milos Worte. Mats sei ein Gestaltwandler. Ein Dämon. Weinten Dämonen? War Milo vielleicht auch solch eine Einbildung wie Mats' tote Schwester? Was, wenn sie auf einen Zauber des alten Männchens hereingefallen war und sich mit einem falschen Milo treffen wollte? Aber warum sollte das Männchen ausgerechnet Milo schicken? Wieso nicht ihre Schwester oder ihre Eltern? Vielleicht lag es an ihren Schuldgefühlen Milo gegenüber.

»Lass uns weiter«, meinte Mats auf einmal und stand wieder kerzengerade. »Es ist nicht die Zeit zu trauern. Schließlich suchen wir einen Weg hier raus. Wir könnten Kildars Anwesen ausspionieren.«

»Wieso das?« Was war das gerade für eine Aktion gewesen? Sein heftiger Umschwung verwirrte Emma. Außerdem verstand sie nicht, was das bringen sollte. Von draußen würden sie doch niemals sehen, wo Meister Kildar den grünen Stein hatte. Und wenn schon – wie sollten sie dann hineingelangen?

»Wenn wir nicht an genug Geld kommen, brauchen wir einen anderen Plan. Da schadet es nicht, sich darauf vorzubereiten.«

»Aber …«

Er ging schnellen Schrittes voran und drehte sich erst nach ein paar Metern um. »Was ist? Du wolltest doch spazieren.« Er marschierte weiter, sodass sie Mühe hatte, ihn einzuholen.

»Warum die Eile?«

»Sonst bekommen wir nachher nichts mehr vom Hafen mit.«

Als sie den Stadtrand erreichten, steuerte Mats auf einen Trampelpfad links von dem breiten Weg durch die hohen Büsche zu, der zum Haupteingang von Meister Kildars Anwesen führte. »Ich habe mich heute früh schon gefragt, wo es hier lang geht.«

Emma hielt ihn am Handgelenk fest. »Muss das sein? Können wir das nicht machen, wenn es nicht so dunkel ist? Wieso gehen wir nicht einfach direkt zum Hafen?« Sie wollte nicht noch mehr Zeit verlieren. Wenn sie zu lange brauchten, würde sie es nicht mehr zu Milo schaffen.

»Ach, komm. Einmal kurz. Der Mond scheint doch«, sagte er und streifte sanft, aber bestimmt, ihre Hand ab. »Was soll schon groß passieren?«

KAPITEL FÜNFZEHN

Die Zeit verstrich und mit jeder Sekunde fühlte Milo sich unwohler. Er hatte sich einen Platz nahe der Wand hinter einem Busch gesucht und sich auf die Knie gestützt. So konnte er nur gesehen werden, wenn jemand direkt vor der Wand stand.

Es gefiel ihm gar nicht, dass er nicht wusste, was Emma drinnen tat, und er nichts machen konnte. Wenn sie geschnappt worden war? Würde sie ihn verraten und Meister Kildar und seinen Männern sagen, wo er sich versteckt hielt? Er versuchte, die Fragen zu verdrängen.

Auf einmal hörte er Schritte. Sie kamen jedoch nicht aus dem offenen Fenster. Er traute sich nicht, nachzugucken, aber es musste der Wachmann sein. Das Licht seiner Fackel tanzte über den Boden und erreichte nun auch die Stelle des Fensters. Das Knirschen des Kieses erstarb. Der Wachmann musste die dunklen Steine erreicht haben und auf das Gras gewechselt sein. Milo hielt die Luft an. Durch das Gestrüpp konnte er den Mann sehen. Er war fast hinter dem nächsten Gebüsch verschwunden, da blieb er stehen.

Wieso das? Er sollte doch weitergehen. Stattdessen drehte er sich zur Wand. Vorsichtig holte Milo den Granat hervor und zielte auf ihn. Der Wachmann kam näher, widmete sich aber dem offenstehenden Kellerfenster.

»Was ist denn hier los?«, murmelte er. Er bückte sich und untersuchte den Boden. Gleich musste er ihre Schuhabdrücke sehen.

Milo war gerade einmal fünf Meter entfernt. Wenn der Mann in seine Richtung guckte, würde Milo blitzschnell reagieren müssen.

Der Wachmann leuchtete mit der Fackel auf den Untergrund um ihn herum und stoppte dann mitten in der Bewegung. Milo bemerkte, wie er etwas an seinem Gürtel machte. Plötzlich schnellte der Mann hoch, drehte sich in Milos Richtung und hielt eine Pistole in der Hand.

Mehr als »Wer ist –?« konnte er nicht rufen, da traf ihn schon Milos Fesselzauber. Sein Gegenüber erstarrte augenblicklich und fiel der Länge nach rücklings zu Boden. Was sollte er jetzt machen? Die anderen Wachen hatten ihn mit Sicherheit gehört. Und wenn nicht, würden sie merken, dass etwas nicht stimmte, weil er nicht von seiner Runde zurückkam.

Milo stürzte vor und wollte das Fenster zuziehen. Es funktionierte nicht. Erst jetzt bemerkte er, dass es aufgebrochen worden war. Kurzerhand lehnte er es so an, wie sie es vorgefunden hatten.

Er musste sich um den Wachmann kümmern. Beinahe hätte er ihn zur Seite geschoben, da fiel ihm ein, was Saloquim gesagt hatte. Würde er ihn mit dem Granat in der Hand berühren, wären die Fesseln weg. Er legte den Stein auf den Boden und zog den Mann in die Büsche.

Dann hob er den Granat wieder auf und überlegte, was er tun sollte. Auf jeden Fall musste er hier weg. Die Tür im Zaun war abgeschlossen. Aber die Scheune! Ja – dort konnte er sich verstecken oder über ihr Dach hinter die Mauer springen. Emma würde mitbekommen, dass die Wachen in Aufruhr waren, und sich ebenfalls in Sicherheit bringen.

Milo rannte an der Gebäudewand entlang und spähte um die

Ecke. Rechts vor der Scheune befand sich ein Viereck aus kleinen, kugelrunden Buchsbäumen. Die würde er tunlichst vermeiden, um nicht in die Grube zu fallen. Ein Wachmann kam über den Kiesweg in seine Richtung gelaufen, bemerkte ihn aber nicht. Milo wartete, bis er vorbei war und sprintete dann los. Es war ihm egal, ob man ihn von den Fenstern aus sehen konnte. Wie er es aus Videospielen kannte, schlug er Haken, damit man ihn schwerer treffen konnte, falls doch jemand auf ihn schießen sollte.

Er erreichte die Scheune und zog am Tor. Es war zum Glück nicht verschlossen, er musste aber all seine Kraft aufwenden, um es weit genug aufzudrücken, dass er hindurch passte. Er ging ein paar Meter vom Eingang weg, verschränkte die Hände auf dem Kopf und atmete durch. Geschafft.

Die kleinen Laternen an den Säulen und Wänden tauchten die Scheune in ein schummriges Licht. Er blickte sich nach einem Versteck um. Rechts von ihm stand ein leerer Karren mit zwei Rädern, dahinter stapelten sich Kisten und Fässer an einer langen Wand, die bis hin zur Rückseite der Scheune reichte, wohinter sich die Mauer befinden musste. Auf halber Strecke führte eine Leiter nach oben. Links vom Tor war ein Wassertrog aufgebaut, mit Eimern voll Gemüse und Obst davor. Weiter links schien es noch einen Bereich zu geben, der aber nicht beleuchtet war. Überall auf dem Boden lag eine dicke Schicht Stroh und wirkte so, als ob sie länger nicht mehr zur Seite gekehrt wurde.

Milo steuerte auf die Leiter zu. Das Stroh unter seinen Füßen dämpfte die Schritte. Als er nur noch wenige Meter entfernt war, hatte er das Gefühl, dass etwas fehlte. Er drehte sich zum Wassertrog um. Für wen lagerte man das Futter hier in der Scheune und wer trank aus dem Trog? Das Anwesen hatte nicht den Eindruck gemacht, dass Meister Kildar hier Kühe oder Pferde hielt.

Milo glaubte, ein leises, regelmäßiges Geräusch zu vernehmen. Fast wie ein Schnarchen. Aber wer übernachtete freiwillig hier, wenn er sich auch in eines der vielen Schlafzimmer im Haus legen konnte?

Plötzlich war etwas anders. Es war ganz still. Milo hörte nur noch seinen eigenen Atem. Er traute sich nicht, sich zu bewegen. *Knack*. In der Dunkelheit war jemand. Wieder ein Geräusch. Als ob eine Kette über den Boden gezogen wurde.

Milo machte einen Schritt zurück und hielt den Granat fest umklammert. Ein tiefrotes Augenpaar erschien wie aus dem Nichts im unbeleuchteten Teil der Scheune.

Er ballte so fest eine Faust, dass ihm die Fingernägel in die Haut schnitten. Sein Instinkt sagte ihm, dass er die Scheune schleunigst verlassen sollte, aber dafür musste er erst den ganzen Weg zurück zum Tor laufen. Andererseits konnte er im oberen Stockwerk Schutz suchen.

Die Kette rasselte weiter und als sein Gegenüber ins Licht trat, blieb Milo wie angewurzelt stehen. Ein Vari! Der Kopf und die Statur gehörten zu einem Eisbären, doch vom Hals abwärts hatte er kein weißes Fell. Die braunen Schuppen wirkten wie der Panzer eines Gürteltiers. Das Gebiss zeigte eine Reihe Zähne, scharf wie Dolche. Hätte Meister Kildar in seinen Briefen erwähnt, dass es sich bei der Scheune um das Versteck seines Vari handelte, wäre Milo auf jeden Fall woanders hin geflohen.

Er war so fasziniert und gleichzeitig gebannt von der Kreatur, dass er fast nicht mitbekommen hatte, wie der Vari in die Knie gegangen war. Dann preschte das Wesen vor und Milo stolperte rückwärts zur Leiter. Der Vari kam immer näher. Verzweifelt hob Milo den Arm und feuerte ein paar Fesselzauber ab. Sie schlugen vor und neben dem Vari ein und ließen das Stroh aufwirbeln. Auch wenn er nicht getroffen hatte, zeigte es seine Wirkung: Der Vari hielt an. Er legte den Kopf in den Nacken und brüllte so laut, dass man ihn bis zum Haupteingang des Anwesens hören musste.

Milo kletterte die Leiter hastig hoch und nahm mehrere Sprossen auf einmal. Er blickte sich nicht um, hörte aber, wie der

Vari weiter auf ihn zu stürmte. Erst als Milo oben war, traute er sich, nach unten zu blicken. Der Vari hatte beinahe die Leiter erreicht. Doch mit einem Mal wurde er nach hinten geworfen. Die Kette, dick wie ein Schiffstau, war bis zum Maximum gespannt und bewahrte Milo davor, aufgefressen zu werden.

Er überlegte, ob er dem Vari einen Fesselzauber auferlegen sollte, aber die Wachmänner waren sicherlich schon alarmiert. Vielleicht hatte er Glück und sie trauten sich nicht hinein, da sie Angst vor der Kreatur hatten.

Milo blickte sich um. Mehrere Balken stützten das Dach, das schräg über ihm in die Höhe ragte. Allerlei Säcke waren hier oben gestapelt, die ihm einen Sichtschutz boten. Er konnte von der einen Seite der Scheune bis zur anderen laufen. Im hinteren Teil gab es womöglich einen Weg, über den er fliehen konnte. Für einen Moment dachte er an Emma. Sie musste den Vari auch gehört haben. Ob sie bereits den Aventurin gefunden hatte? Mit etwas Glück würde sie sich aus dem Fenster schleichen und einen Weg vom Anwesen herunter finden können. Vielleicht waren alle Wachen auf dem Weg zur Scheune, sodass sie einfach aus dem Haupteingang spazieren konnte. Noch besser wäre es natürlich, wenn sie sich mit dem Aventurin zurück nach Polyrica schickte. Immerhin wusste sie jetzt, wie dies funktionierte. Er würde es spätestens merken, wenn Saloquim ihn zurückholte.

Das Scheunentor wurde mit einem tiefen Knarzen geöffnet. Milo legte sich flach auf die Bretter, damit man ihn nicht entdecken konnte, und schob sich ein bisschen nach vorne. Er spähte um einen Sack herum zum Eingang. Ein Hüne von mindestens zwei Metern Größe trat in die Scheune. Hinter ihm drängelten sich drei Wachmänner, verharrten aber am Tor. Der Hüne schritt langsam auf den Vari in der Mitte des Raumes zu, der sich schüttelte und in die Kette biss, dem Metall aber nichts anhaben konnte. Der Mann schien keine Angst zu verspüren. Es musste sich um Meister Kildar handeln. Kurz bevor er den Vari erreicht hatte, hob er den Kopf und blickte in Milos Richtung. Milo presste die Stirn auf das Holz, wusste aber, dass dies nichts brachte. Wenn der Vari wirklich zu Meister Kildar gehörte, hatte er ihm Milos Versteck längst über seine Gedanken verraten.

»Was hast du hier zu suchen, Junge?« Meister Kildars Stimme klang verärgert.

Milo reagierte nicht. Er hatte Angst, dass die Wachmänner auf ihn schießen würden. Aber wie kam er hier nur weg? Auch wenn er ein Fenster ausmachen konnte, würden sie ihn verfolgen. Im schlimmsten Fall ließ Meister Kildar den Vari von der Kette. Und in der Dunkelheit des Waldes würde Milo ihm unterlegen sein.

»Ich weiß, dass du dich da oben versteckst. Zeig dich!«

Eigentlich konnte sich Milo nur retten, wenn er sich zurück nach Polyrica schickte. Dann wäre sein erster Versuch erfolglos gewesen. Laut Saloquim reichten die seltsamen Körner für zwei weitere Reisen in Buchwelten. Und wenn Meister Kildar Emma ebenfalls erwischte, würde er den Aventurin wohl noch besser verstecken oder ihn sich gar nicht mehr abkaufen lassen.

»Herr«, rief auf einmal eine tiefe Männerstimme.

»Was ist, Muto?«, fragte Meister Kildar.

Milo erinnerte sich an den Namen. Der Wachmann am Tor hatte ihn am Nachmittag erwähnt. Vielleicht war er der Anführer der Wachmänner.

»Es befinden sich Eindringlinge auf dem Anwesen.«

»Ich weiß. Einer versteckt sich hier in der Scheune. Wo ist der andere?«

»Es ist ein Mädchen, Herr.«

Mist. Emmas Tarnung musste aufgeflogen sein. Hoffentlich hatten sie sie noch nicht geschnappt.

»Habt ihr sie gefangen?«

»Wir sind noch dabei, Herr.« Milo atmete erleichtert aus. »Soll ich nach dem grünen Stein sehen?«

»Was?«

»Wenn es dieselben Kinder wie heute Vormittag sind, wollen sie bestimmt den grünen Stein stehlen.«

»Das sollen sie gerne versuchen.« Meister Kildar gab ein lautes Lachen von sich. »Such du mit den Männern weiter nach dem Mädchen. So schwer dürfte es doch nicht sein, oder?«

»Ich kann auch sicherstellen, dass der Aventurin in Sicherheit ist.«

»Der was?«

»So heißt der grüne Stein.« Eine kurze Pause entstand. »Haben mir die zwei Kinder erzählt, als ich sie nach draußen begleitet habe.«

»Keine Sorge. Der ist gut versteckt.«

»Aber wollt Ihr nicht auf Nummer sicher gehen?«

»Muto – seit wann widersprichst du mir? Hast du nicht gehört, was ich gesagt habe?«

»Doch, aber –«

»Kein aber. Kümmere dich um das Mädchen. Ich werde allein mit dem Jungen fertig.«

Muto schien sich entfernt zu haben, denn es war still. Milo traute sich nicht, hervorzublicken. Er wusste nicht, was er machen sollte.

Ein paar Augenblicke vergingen, da hörte Milo auf einmal einen schmerzvollen Schrei. Kurz darauf noch einen und das dumpfe Geräusch, wenn etwas oder jemand gegen Holz knallte. Was ging da vor sich? War das Emma? Milo robbte wieder ein Stück vor und blickte zum Eingang.

Ein dicklicher Mann mit Schnurrbart stand im Scheunentor. Er lehnte sich keuchend an das Holz und schaute nach unten.

»Was ist dort draußen los, Muto?«, rief Meister Kildar aufgebracht. Er machte sich an der Kette seines Vari zu schaffen und ließ sie zu Boden fallen, wo sie klirrend aufschlug. Der Vari konnte sich nun frei bewegen.

»Das … Das Mädchen«, stammelte der Schnurrbart und

verschwand im nächsten Moment so abrupt aus dem Sichtfeld, als hätte ihn jemand heftig am Arm gezogen. An seine Stelle trat Emma. Milo konnte seinen Augen kaum trauen. Wie hatte sie es fertiggebracht, die Wachen und den Schnurrbart auszuschalten?

»Du schon wieder«, rief Meister Kildar und massierte sich ungeduldig die Schläfen.

»Gebt mir den grünen Stein«, sagte Emma. »Das ist alles, was ich will.«

»Dachtet ihr, ihr könntet einfach auf mein Grundstück eindringen?« Meister Kildar zeigte mit dem Daumen hoch zu Milo. Sie wirkte so anders, wie sie da breitbeinig stand, die Fäuste geballt und mit einem eiskalten Blick. Beinahe wie eine Superheldin aus einem Comic.

»Den grünen Stein. Mehr wollen wir nicht.«

»Das könnt ihr vergessen. Ich habe euch einen Preis genannt. Den wolltet ihr offenbar nicht zahlen und seid stattdessen bei mir eingebrochen. Der Preis hat sich hiermit verzehnfacht.« Daraufhin tippte er seinem Vari auf die massige Schulter und die Kreatur jagte auf Emma zu.

»Nein!«, rief Milo und sprang auf. Er versuchte, den Vari mit dem Granat zu fesseln, verfehlte ihn aber bei jedem seiner Schüsse.

Doch statt Emma unter sich zu begraben, knallte der Vari gegen das Scheunentor, sodass es heftig aufschwang und fast aus den Angeln gerissen wurde. Emma hatte es geschafft, noch rechtzeitig auszuweichen. Aber wo war sie hin?

Plötzlich ertönte ein Pistolenschuss. Milo duckte sich augenblicklich, hockte sich hinter einen Stapel Säcke vor ihm und spähte um die Ecke. Er bekam Todesangst um Emma. Noch ein Schuss. Er landete im Scheunentor über dem Vari. Wer hatte die Schüsse abgegeben? Eigentlich konnten sie nur aus dem Inneren der Scheune kommen. War noch jemand hier? Aber wieso sollte dieser Fremde auf den Vari schießen?

»Zeig dich, Mädchen, und schieß nicht wie ein Feigling aus der Dunkelheit«, rief Meister Kildar.

Emma sollte das gewesen sein? Wie war sie an die Waffen gekommen? Die einzige Erklärung war, dass sie sie den Wachen abgenommen oder im dunklen Teil der Scheune gefunden hatte.

Sie gab noch einen Schuss ab, der den Vari zwar traf, jedoch an dessen Schuppenpanzer abprallte. Einen Moment lang war es ruhig, dann jagten rote Lichtblitze aus dem Schatten auf den Vari zu.

Der erste prallte gegen den Panzer, ließ ihn aber trotzdem zurückweichen. Dem zweiten wich der Vari aus, sodass der Blitz den Karren traf, der in tausend Stücke zersprang.

Milo war wie eingefroren. Ihm wurde klar, was hier vor sich ging. Und er wusste auch, wer sie abgefeuert hatte. Saloquims Worte dröhnten in seinem Ohr: *Mit dem Granat kannst du rote Zauber schießen. Fast so rot wie die Lichtblitze des Dämons.* Das war nicht Emma dort. Das war der Dämon in Emmas Gestalt.

Er hatte Milo getäuscht. Seit seinem Auftauchen in Gestalt von Emma im »Großen Bären«. Entweder hatte er von der echten Emma erfahren, in welchem Gasthaus Milo wohnte, oder es selbst herausgefunden.

Emma – oder besser gesagt – der Dämon trat ins Licht. »Ich gebe Euch noch einmal die Gelegenheit, mir den grünen Stein zu geben.« Es war zwar Emmas Stimme, aber es passte nicht mehr in Milos Ohren.

Der Vari war inzwischen zurück bei seinem Besitzer, hatte das Maul geöffnet und bei jedem Atemzug hob und senkte sich sein massiger Körper. Dabei ließ er den Dämon nicht aus den Augen. Meister Kildar streichelte seinem Vari über die Schuppen.

»Was bist du für ein Geschöpf?«, rief er dem Dämon zu.

»Das kann Euch egal sein.«

»Du bist kein normales Mädchen. Woher kommst du?«

»Lasst die Spielchen.«

»Ich will nur verstehen, woher du solche Kräfte hast.«

»Lenkt verdammt noch mal nicht ab. Wo ist der Stein?«

Doch Meister Kildar antwortete nicht, sondern beugte sich neben das Maul seines Vari. Die Kreatur senkte den Kopf. Im nächsten Moment entstand ein Windstoß, der das Stroh aufwirbelte, immer stärker wurde und dann den Dämon erfasste. Er wurde in die Höhe gewirbelt, stieß mehrere Male heftig gegen die Decke, dass all seine Knochen gebrochen sein mussten, ehe der Wind mit einem Mal weg war und der Dämon auf den Boden aufprallte. Meister Kildar rannte mit seinem Vari zum Wassertrog.

Der Dämon rappelte sich auf und klopfte das Kleid sauber. »Du hast es so gewollt.« Er schoss einen weiteren Blitz aus seinen Händen, der jedoch am Panzer des Vari abprallte. Im Gegenzug verengte der Vari die Augen zu Schlitzen und ließ das Wasser aus dem Trog schwappen, bis eine Wassersäule entstand, die sich zu einer riesigen Welle bis unter die Decke formte und mit einem Schlag auf den Dämon herab stürmte. Er wurde von dem Schwall erfasst und verlor den Halt. Meister Kildar ließ mit seinem Vari nicht nach, sondern hielt die Wassermassen am Leben, sodass der Dämon untertauchte.

Milo kam nicht aus dem Staunen heraus. Die Scheune war zu einer Hälfte mit Wasser gefüllt, wie in einem Schwimmbad, und die andere Hälfte blieb wie durch eine unsichtbare Wand trocken.

Der Dämon wurde hin und her gewirbelt und gegen die Rückwand der Scheune gedrückt. Es schien ihm nichts auszumachen. Er formte wieder einen Lichtblitz, der aus dem Wasser auf den Vari schoss. Die Kreatur sprang zur Seite und ließ dabei vom Wasser ab. Als hätte sich die nicht erkennbare Barriere in Luft aufgelöst, bahnte sich das Wasser den Weg aus der Scheune.

Tropfnass stand der Dämon nun da. »Deine Zauber wirken nicht gegen mich. Gib mir einfach den Stein und ich verschone dich.«

Kurz blickte er hoch zu Milo. Er schien unschlüssig zu sein, was er mit ihm machen sollte. Schließlich hatte er seine wahre Gestalt offenbart. Er konzentrierte sich wieder auf Meister Kildar und den Vari.

Milo indes dachte fieberhaft nach. Er konnte versuchen, sich auf Meister Kildars Seite zu schlagen. Wenn er ihm gegen den Dämon half, würde er ihm vielleicht als Dank den Aventurin schenken. Etwas Besseres fiel ihm nicht ein. Er hob den Arm und zielte mit dem Daumen auf den Dämon. Ein Ruck durchzog seinen Körper und ein Blitz jagte auf den Dämon zu. Im letzten Moment wehrte dieser den Fesselzauber mit einer kreisenden Handbewegung ab. Kurz schaute er überrascht hoch zu Milo, dann feuerte er selbst zwei Blitze ab. Milo warf sich auf den Boden und hörte, wie die Blitze sich ins Dach über ihm bohrten. Getreidekörner rieselten aus den Säcken über ihm auf ihn herab.

»Du!«, rief der Dämon erbost. »Ich habe sofort gemerkt, dass etwas nicht gestimmt hat, als ich heute Mittag zurück zu Emma gekommen bin, nachdem sie sich ausgeruht hat.« Ein weiterer Blitz schlug über Milo ein. »Freundlicherweise hast du mir verraten, wie man aus dieser Welt hier kommt. Ich musste dich nur noch weg von deinem Gasthaus bringen, damit die echte Emma nicht auf dich trifft. Sie hat vorhin nämlich den Eindruck gemacht, dass sie noch etwas vorhatte. Ich wette, sie wollte zu dir.«

Vorsichtig schob sich Milo zurück. Die Worte des Dämons fühlten sich wie Schläge in seinen Magen an. Er hatte ihn getäuscht. Und Milo war darauf hereingefallen.

Hastig wischte sich Milo den Schweiß von der Stirn und krabbelte zur anderen Seite der Scheune, wo sich der Eingang befand. Er würde weiter hier oben bleiben und sich nicht ins Getümmel stürzen. Trotzdem musste er Meister Kildar überzeugen, dass er auf seiner Seite stand.

Er war so weit gekrochen, dass er Meister Kildar und dessen Vari erblicken konnte und begab sich näher an den Rand. Als Meister Kildar ihn bemerkte, ließ dieser jedoch seinen Vari einen

Wasserstrahl auf Milo schießen. Milo hatte nicht damit gerechnet, wurde mitten auf der Brust getroffen und knallte gegen das Holz. Der Aufprall tat mehr weh als der Wasserstrahl. Vielleicht schützte ihn der Granat auch vor solchen Zaubern.

»Von zwei Kindern lasse ich mich nicht besiegen«, rief Meister Kildar. »Mein Cunatos, mein treuer Vari, und ich werden euch vernichten.«

Milo rappelte sich auf und versteckte sich hinter einem Balken. »Nein, Ihr versteht nicht, Meister Kildar. Nur er ist böse.«

»Er?«

»Sie. Das Mädchen. Der Dämon.«

»Du kannst mich nicht täuschen. Du hast auch Zauber aus deinen Händen schießen lassen.«

Milo wagte sich vor, um nach unten zu blicken. »Nein. Ihr versteht nicht. Ich –«

»Ich verstehe sehr wohl.« Meister Kildar schnappte sich eine der Laternen von der Wand und holte die Kerze hervor. Augenblicklich jagte ein Hagel an Lichtblitzen auf Cunatos zu, den der Vari gerade so abwehren konnte, indem er die Augen schloss und eine Art unsichtbares Schutzschild heraufbeschwor. Im Gegenzug schickte er weitere Windstöße, die den Dämon aus dem Gleichgewicht brachten.

»Herr«, rief auf einmal wieder Muto. Er stand im Scheunentor. Offenbar hatte er sich vom Angriff des Dämons erholt.

Meister Kildar drehte sich um und schien sich im Moment nicht um seinen Diener kümmern zu wollen. »Was ist denn?«, fragte er barsch.

»Der Aventurin. Soll ich nicht doch besser nach ihm sehen?«

»Der Stein ist doch jetzt egal. Siehst du nicht, dass ich gegen dieses Wesen da kämpfe?«

Meister Kildar hielt die Kerze vor das Maul seines Vari. Dann blickte Cunatos in die Flamme und erschuf in Sekundenschnelle einen Feuerball, groß wie ein Luftballon. Er wuchs weiter an und wandelte sich zu einer regelrechten Feuerwand. Muto stolperte zurück und verschwand in der Dunkelheit.

Der Dämon schoss Lichtblitze, sie schienen aber im Feuer zu verpuffen. Beunruhigt lief er auf und ab. Immer wieder schaute er in die Flammen und begann, sich die langen Haare zu raufen. Er atmete schwer und feuerte weitere Blitze ab. Doch nicht auf den Vari, sondern in die Wand der Scheune hinter sich, bis sich ein Loch gebildet hatte. Was hatte er vor? Wollte er fliehen? Bisher hatte er jedem Angriff von Cunatos standgehalten.

Bevor die Öffnung jedoch groß genug war, dass man hindurch steigen konnte, flog eine Flammenzunge auf ihn zu und jagte durch das Loch. Der Dämon sprang zurück und krabbelte rückwärts an die Wand. Er rappelte sich schwerfällig auf und rannte auf den dunklen Bereich der Scheune zu, doch auch dort schnellte ein Feuerarm von Cunatos hin. Wie die Köpfe eines griechischen Monsters schlängelte sich das Feuer durch den Raum.

Der Dämon wechselte seine Gestalt und trat nun als das Mischwesen mit der Mähne auf. Sein Körper war braun, als hätte er sein ganzes Leben in der Sonne verbracht. Bis auf einen dunklen Lederschurz trug er nichts. Das Gesicht war schwarz wie Kohle und Milo konnte nur die beiden gelben Augen erkennen. Sie flackerten wie Flammen.

»Endlich zeigst du dein wahres Aussehen.« Meister Kildars Stimme klang seltsam erfreut.

Panik machte sich im Gesicht des Dämons breit. Er blickt sich hektisch um, offenbar auf der Suche nach einem Ausweg. Er guckte hoch zur Decke, stieß sich ab und flog hinauf. Doch auch dorthin schnellte ein Kopf aus Feuer.

Dann schoss Meister Kildar einen Feuerball. Der Dämon konnte ausweichen. Ein zweiter verfehlte ihn ebenfalls. Er war inzwischen wieder auf dem Boden gelandet.

»Du entkommst mir nicht.« Meister Kildar hörte nicht auf.

Milo bemerkte fast zu spät, dass Meister Kildar auch auf ihn zielte, sprang aber rechtzeitig zur Seite, ehe der Balken neben ihm in Flammen aufging. Milo krabbelte in Sicherheit und hielt nach dem Dämon Ausschau. Dieser wich weiterhin Geschossen aus. Seine Bewegungen wurden immer hektischer, immer abrupter und seine Mähne stand ihm kreuz und quer vom Kopf. Er wirkte wie ein Löwe im Zoo, der in einem viel zu engen Käfig eingesperrt war und verzweifelt einen Weg hinaus suchte.

Auf einmal hörten die Feuerbälle auf. Cunatos schüttelte sich hin und her, als wolle er lästige Fliegen verscheuchen.

Milo blickte zum Dämon. Dieser war stehen geblieben und hatte die Arme waagerecht in die Luft gehoben. Das nasse Stroh um ihn fing an zu vibrieren. Es stieg höher und höher, und auch die Kisten und Fässer in seiner Nähe schwebten leicht. Ein heller weißer Punkt bildete sich auf seiner Brust, der immer größer wurde und bald den ganzen Körper in gleißendem Licht erstrahlen ließ. Eine tiefe Stimme, die vom Dämon kommen musste, brummte ohne Unterbrechung und erfüllte damit die gesamte Scheune.

Von jetzt auf gleich war es still und Milo hob den Kopf. Er glaubte zu sehen, wie sich etwas Dunkles aus dem Rücken der weißen Gestalt löste und durch das Loch in der Wand verschwand. Dann explodierte der strahlende Körper mit einem ohrenzerschmetternden Knall und tauchte für eine Sekunde alles in weißes Licht.

Die Bretter unter Milo schleuderten ihn durch die Druckwelle in die Luft und er stürzte kopfüber herab. Holzsplitter flogen durch die Gegend und er hob die Arme schützend vor sein Gesicht. Er spreizte die Finger, um sich beim Aufprall abstützten zu können, und verlor dabei den Granat. Im nächsten Moment schlug er mit dem Kopf auf dem Boden auf und ihm wurde kurz schwarz vor Augen. Dann sah er, wie ein kleiner weißer Punkt, so groß wie eine Murmel, auf das Scheunentor zujagte, wo Meister Kildar regungslos am Boden lag, und mit einem metallischen *Klong* den Wassertrog traf.

KAPITEL SECHZEHN

»Was war das für ein Lichtblitz?«, fragte Emma aufgebracht.

Sie waren parallel zum Zaun von Meister Kildars Anwesen in Richtung Wald gelaufen, als plötzlich der Himmel erleuchtet worden war und Emma sich auf den Boden geworfen und die Hände auf die Ohren gepresst hatte.

Aber ein Donner blieb aus. Stattdessen sah sie etwas auf dem Grundstück lichterloh brennen. »Was zum …«

Mats sprang voraus. »Los, komm.«

»Nein!« Trotzdem hastete sie ihm hinterher. Sie wollte nicht allein in diesem Gebüsch bleiben. Wo lief er nur hin? Wer oder was auch für das Feuer verantwortlich war, konnte schließlich noch in der Nähe sein. Dünne Äste schlugen ihr immer wieder ins Gesicht und dornige Zweige verfingen sich in ihrem Kleid, als hätten sie die ganze Zeit in der Dunkelheit gelauert, bis sie endlich ihre messerscharfen Krallen ausfahren durften. Emma versuchte schwer atmend, Mats nicht aus den Augen zu verlieren.

Immer mehr Wurzeln ließen den Untergrund unebener werden und sie konnte sich kaum auf den Beinen halten. Gerade wäre sie beinahe über einen Ast gestolpert, da rannte sie in Mats hinein. Sie beide landeten auf allen Vieren auf dem Boden.

»Was soll das denn?«, zischte er, als sie sich aufrichteten.

»Sorry.«

Er schaute an einem dicken Baumstamm vorbei auf den Zaun. Emma folgte seinem Blick. Eine Tür im Zaun stand offen, dahinter krümmte sich jemand auf dem Boden und wimmerte vor Schmerz.

»Was ist bloß mit ihm passiert?«, flüsterte sie Mats zu.

Doch statt zu antworten, legte er sich den Finger auf die Lippen. Emma verstand und atmete automatisch langsamer. Sie strich ihr Kleid glatt und schaute sich vorsichtig um. Die Dunkelheit war ihr nicht geheuer. Sie spähte über die Schulter in den Wald, als sie plötzlich ein gelbes Augenpaar entdeckte. Sofort klammerte sich an Mats fest und versuchte vergeblich, ihn umzudrehen.

»Da, schau. Die Augen!« Sie zeigte auf die Stelle, wo gerade noch die beiden gelben Punkte gewesen waren. Doch jetzt waren sie weg.

»Was?« Mats wandte sich mit einem Stöhnen zu ihr. »Wo soll etwas sein?«

»Dort hinten. Eben war da noch ein leuchtend gelbes Paar Augen. Ich schwöre!«

»Das war bestimmt nur ein Tier. Und das hat mehr Angst vor dir als du vor ihm.«

Emma gab sich nur widerstrebend mit seiner Antwort zufrieden.

»Wir müssen näher zur Tür.«

Sie war noch viel zu sehr gedanklich im Wald, sodass sie seinen Satz erst mit Verzögerung realisierte.

»Mats! Warte. Das ist zu gefährlich.«

Aber er beachtete sie gar nicht und ging auf die Tür zu.

Emma wollte nicht allein im Wald bleiben. Als sie ihm widerwillig folgte, zerbrach ein Ast unter ihren Stiefeln und ließ sie zusammenschrecken. Sie kam an der Tür an und stellte sich hinter

Mats. Ein Wachmann lag auf dem Rücken und röchelte. Mats kniete sich neben ihn, als der Mann ihn schlagartig am Arm packte. Emma stieß einen spitzen Schrei aus und sprang zurück. Doch der Verwundete schien ihnen nichts Böses zu wollen. Ganz langsam drehte er sich zu Mats.

»Ein Junge«, stammelte er. »Braunes Haar. Helles Hemd. Dunkle Hose. Hat mich … hat mich überrascht. Mit einem Dolch.« Er machte eine Pause und hob den Kopf, bis er auf seine Brust blicken konnte, auf die er seine Hand gepresst hatte. Sie war blutverschmiert. Er verschluckte sich und hustete mehrere Male schwer. »In … Scheune. Er … hat … Kildar.«

»Was hat er mit Kildar gemacht?«, fragte Mats.

Doch der Mann konnte nicht mehr antworten. Sein Kopf fiel zur Seite und blieb reglos liegen.

Emma stockte das Herz und sie wandte sich schnell ab. Sie hatte noch nie miterlebt, wie jemand starb. Ihr ganzer Körper zitterte und sie wollte am liebsten weit weg von diesem Ort. Die Beschreibung des Wachmannes traf haargenau auf Milo zu. Sie erinnerte sich an Mats' Worte von vorhin. Als er sich gefragt hatte, ob das alte Männchen einen Trick anwendete und jemanden in diese Buchwelt geschickt hatte, um ihnen eine Falle zu stellen. Was, wenn es wirklich nicht der echte Milo war, mit dem sie sich hatte treffen wollen?

Mats durchsuchte derweil den Leichnam und fand neben einem Schlüsselbund auch eine Pistole. Beides steckte er ein.

»Was hast du vor?«, fragte Emma. »Du willst doch nicht etwa –«

»Doch.«

»Aber Milo ist bewaffnet.«

Mats hielt inne wie ein Raubtier, das Beute gewittert hatte. Langsam drehte er den Kopf zu ihr. »Milo?«

»Sorry!« Sie presste sich die Hände gegen den Kopf. »Ich wollte es dir schon längst erzählen, aber …«

»Was aber?« Seine Augen funkelten, als würde ein Feuer in ihnen brennen.

»Heute Mittag bin ich jemandem begegnet, den ich aus der echten Welt kenne. Und –«

Er legte ihr den Arm auf die Schulter und signalisierte mit dem Zeigefinger auf den Lippen, dass sie ruhig sein sollte. Seine Augen sahen wieder normal aus. Dann schloss er sie und schüttelte kurz den Kopf. »Schon gut. Das kannst du mir später erzählen. Jetzt müssen wir Kildar retten.«

»Aber wenn er gefährlich ist?«

Für einen Moment glaubte sie, Mats lächeln zu sehen. Dann wurde er wieder ernst. »Wir haben auch eine Waffe. Und wir lassen ihn nicht mit dem grünen Stein abhauen.« Er richtete sich auf.

Bevor er loslaufen konnte, hielt sie ihn am Arm fest. »Warte.«

»Was?«

Sie sah ein, dass sie ihn nicht aufhalten konnte. »Pass auf, wohin du trittst. Denk an die Fallen.«

Er nickte und sprintete auf die Scheune zu.

Emma wollte ihm eigentlich nicht folgen, aber hier allein zu bleiben, behagte ihr von Sekunde zu Sekunde noch weniger. Wenn weitere Wachmänner kamen und sie mit der Leiche sahen, würden sie womöglich falsche Schlüsse ziehen. Sie hatte keine Wahl und rannte Mats hinterher.

Das hohe Scheunentor stand weit offen. Davor befanden sich drei tote Wachen. Emma hielt sich die Hand vor den Mund und trat ein. Dort lag Meister Kildar reglos vor ihr auf dem Boden. Ein riesiger Holzsplitter steckte in seiner Brust. Mit einem Schlag war ihre Hoffnung begraben, das Versteck des grünen Steins zu erfahren. Eine seltsame Leere breitete sich in ihrem Inneren aus. Als hätte man ihr den Antrieb genommen. Ihre Motivation. Ihr Ziel vor Augen gelöscht.

In der Mitte des Raumes stand der falsche Milo mit dem Rücken zu ihnen und tastete mit einer Hand an sein Ohr. Einen

Dolch, so wie der Wachmann am Zaun erzählt hatte, konnte Emma nicht entdecken. Sonst war niemand in der Scheune. Aber es sah aus, als wäre eine Herde wilder Vari einmal quer hindurch gejagt. Mats rief Milos Namen.

Milo drehte sich zu ihnen um und öffnete ungläubig den Mund.

»Emma! Sei vorsichtig!« Er zeigte auf das Dach, das in Flammen stand.

Mats richtete zwei Pistolen auf Milo. Oder besser gesagt auf die Gestalt von Milo, die das alte Männchen geschickt hatte. Die zweite Waffe musste Mats einer der drei toten Wachen draußen abgenommen haben.

»Was soll das?«, fragte der falsche Milo auch noch und tat so, als wüsste er nicht, was hier vor sich ging. Er legte einen täuschend echt wirkenden Gesichtsausdruck voller Überraschung auf und hob die Hände. Die eine hatte er zu einer Faust geballt. Etwas Rötliches schimmerte durch seine Finger, ein bisschen kleiner und flacher als der grüne Stein.

»Wir wissen, was du bist«, schrie Emma ihn an. »Du bist nicht echt.«

»Nein, Emma. Er ist der Böse.« Er machte mit der leeren Hand ebenfalls eine Faust und spreizte den kleinen Finger ab. »Siehst du? Ich bin es. Milo!«

Mats bewegte sich langsam auf ihn zu. »Du hast Kildar umgebracht. Hast du den grünen Stein bei dir?«

»Du warst das. Du hast ihn gerade getötet. In deiner echten Gestalt. Als Dämon.« Er stolperte weiter zurück, hatte aber nur noch wenige Meter bis zur Wand.

»Schon wieder eine Lüge.«

»Emma! Bitte glaub mir doch.« Jetzt faltete Milo die Hände vor der Brust zusammen. »Er manipuliert dich nur. Mich hat er auch getäuscht. Er ist vorhin in deiner Gestalt zu mir ins Gasthaus gekommen. Kannte die Namen deiner Eltern, deiner Schwester und von … deiner Clique. Wusste, dass Mathe dein Lieblingsfach ist. Und dann hat er mich hierhin–«

Ein Schuss löste sich, verfehlte Milo aber knapp. Er warf sich zu Boden und krabbelte hinter die Überreste eines Fasses.

Emma stand noch immer im Eingang. Sie wollte, dass Mats dem Ganzen schnell ein Ende bereitete, damit sie fliehen konnten, bevor sie entdeckt wurden.

»Ich werde wiederkommen«, rief Milo aus seiner Deckung. »Hörst du, Emma? Ich komme wieder und werde dich retten. Frag beim mutigen Lutz nach dir.«

Dann war es still. Was bedeutete das? Wer war Lutz? Und warum sollte sie nach sich und nicht nach Milo fragen? Sie war sich aber sicher, dass er »dir« gesagt hatte.

»Bring mich zurück.«

Das war Milos Stimme gewesen. Sie hatte es trotz des Knisterns des brennenden Gebälks gehört. Mit wem sprach er da? Wer sollte ihn zurückholen? Das alte Männchen aus dem weißen Raum etwa?

Mats zeigte Emma lautlos an, am Eingang zu bleiben, und schlich sich vorsichtig in Milos Richtung. Das nasse Stroh unter seinen Stiefeln dämpfte seine Schritte. Dann sprang er vor, schoss aber nicht auf Milo. Er ließ die Waffen sinken.

»Was ist?«, wollte sie wissen.

»Er ist weg.« Mats blickte sich um und schien etwas auf dem Boden zu suchen. Emma wagte sich in die Scheune, um sich davon zu überzeugen, dass Milo wirklich verschwunden war. Sie achtete darauf, wo sie hintrat und dass nichts von oben auf sie herabstürzte.

Tatsächlich. Dort, wo eben noch Milo gewesen war, war nichts mehr von ihm zu sehen. Sie machte kehrt. Auf dem Weg zum Ausgang entdeckte sie Ketten auf dem Boden. Irgendjemand oder irgendetwas musste hier festgemacht gewesen sein. Aber was?

Es dauerte nicht lange, da stellte sie die Verbindung zwischen den Ketten und dem Ding in Milos Hand her. Genau wie ein Stück

Elcanium war es rötlich gewesen. Hier musste der Vari von Meister Kildar gehaust haben. Und Milo hatte auch ihn getötet, sodass sich das Geschöpf zurück in das Elcanium verwandelt hatte, aus dem es geschlüpft war. Der falsche Milo hatte also auch den Vari auf dem Gewissen.

Sie verstand nicht, wieso der alte Mann aus dem weißen Raum eine Gestalt von Milo schickte, um Meister Kildar, dessen Vari und alles, was sich ihm in den Weg stellte, zu töten. »Wir sollten auch verschwinden.«

»Augenblick.« Er bückte sich, hob einen roten Stein auf und kam zurück zu ihr. »Schau. Der hat die gleiche Form wie der grüne Stein, den wir suchen. Der falsche Milo muss ihn verloren haben.« Er steckte ihn ein und durchwühlte daraufhin Meister Kildars Taschen. »Schade. Er hat den grünen Stein nicht bei sich. Aber du hast recht. Wir sollten hier weg.«

Sie nahmen den gleichen Weg, den sie gekommen waren. Durch die Bäume und Büsche konnte sie sehen, wie Wachmänner und Angestellte mit Eimern voll Wasser zur Scheune rannten. Emmas Gedanken flogen wild hin und her. Sie dachte an ihr Treffen mit dem falschen Milo vom Mittag. Da hatte er noch normal gewirkt. Nicht so, als ob er in der Lage war, fünf Menschen zu töten.

Wobei – »normal« war er nicht gewesen. Er hatte einen mutigen und entschlossenen Eindruck gemacht. Wie jemand, der wusste, was er wollte. Ganz anders als das Bild, das die CARMA Girls immer von ihm zeichneten.

In der Zeit, als sie noch E-Mails mit ihm geschrieben hatte, war Milo teilweise überhaupt nicht schüchtern gewesen. Sondern regelrecht frech und herausfordernd. Das hatte sie gemocht. Leider hatte sie ihm Unrecht getan und ihn gegenüber den CARMA Girls verleugnet.

Sie schlichen sich durch die Büsche, bis sie auf Höhe des Haupteinganges angekommen waren. Dort hatte sich bereits eine

Menschentraube angesammelt. Emma entdeckte Muto, der die Meute offenbar beruhigen wollte.

»Lass uns näher ran«, schlug Mats vor.

»Spinnst du? Die erkennen uns doch.«

»Wir müssen uns ja nicht in die vorderste Reihe stellen.«

Sie verließen den Trampelpfad und begaben sich auf den Hauptweg, der zum Anwesen führte. Dort mischten sie sich unter die besorgten Bürger und Stadtwachen.

Mutos Stimme war klar und deutlich zu hören. »Ich sage es noch einmal. Ein tragischer Unfall ist passiert. Dabei ist Meister Kildar zu Tode gekommen.« Ein Raunen ging durch die Reihen. Niemand brach in Tränen aus, sie schienen vielmehr überrascht und verängstigt zu sein.

»Erst Pignos, jetzt Meister Kildar«, flüsterte jemand ängstlich neben Emma.

Muto ergriff wieder das Wort. »Ich werde mich um seinen Nachlass kümmern und dafür morgen abreisen müssen. Solange ich weg bin, bitte ich Euch, nicht zu versuchen, auf das Anwesen zu kommen. Unsere Wachmänner werden weiterhin im Einsatz sein und im Fall der Fälle von ihrem Recht Gebrauch machen. Falls Ihr etwas benötigt – der Befehlshaber ist hier mit den anderen Wachen in den Hütten untergebracht.« Er zeigte auf die beiden niedrigen Gebäude hinter sich.

Männer und Frauen riefen aufgebracht durcheinander, sodass Emma kaum ein Wort verstand.

»Wie schon gesagt«, ging Muto mit lauter Stimme dazwischen. »Wir können keine genaueren Auskünfte machen. Die Stadt ist nicht in Gefahr. Bitte geht wieder nach Hause.«

Mats und Emma drehten ab. Sie hatten genug gehört. Als sie außer Sichtweite der anderen waren, ließ er den Schlüsselbund durch seine Hände gleiten. »Damit hätten wir Zutritt. Hoffen wir mal, dass die Wachen nur in ihren Hütten bleiben und nicht in die Gebäude gehen.«

Emma schluckte. Sie konnte sich noch nicht an den Gedanken gewöhnen, sich heimlich auf das Anwesen von Meister Kildar zu schleichen.

Mats steuerte auf die mächtige Kastanie zu, bei der sie bereits am Vortag gewesen waren. Er hielt erst am Zaun an und blickte auf die Wiese. Das Licht der Laternen in der Straße beleuchtete seinen Rücken nur noch spärlich. Als Emma neben ihn getreten war, drehte er sich zu ihr. »Was hast du diesem Milo über uns erzählt?«

Sie war froh, dass in seiner Stimme keine Spur eines Vorwurfs lag. »Er hat behauptet, dass … dass du ein Dämon wärest. Wie vorhin in der Scheune. Ich habe ihm gesagt, dass ich das nicht glauben könne. Schließlich hast du mich vor dem alten Männchen gerettet.«

»Was weiß er über das, was wir hier gemacht haben?«

»Er weiß, dass uns der grüne Stein gestohlen wurde und Meister Kildar ihn gekauft hat. Deswegen war er wohl auch auf dessen Anwesen.«

»Und über uns? Hast du erwähnt, wo wir wohnen?«

»Ja«, gab sie kleinlaut zu. »Ich habe ihm das Gasthaus ›Zum Haselnussbaum‹ genannt. Er meinte, er wäre im ›Großen Bären‹ untergebracht.«

»Dann suchen wir uns gleich eine neue Unterkunft. Milo hat gesagt, er will wiederkommen. Besser, er weiß nicht, wo er uns finden kann. Du kannst schon unsere Sachen packen, ich laufe direkt zum Gasthaus ›Zum Roten Fuchs‹ und frage nach Zimmern.« Er machte eine kurze Pause. »Und morgen sollten wir möglichst früh auf das Anwesen schleichen, um einen Vorsprung zu haben. Wir müssen den grünen Stein vor ihm finden. Am besten, noch bevor Milo zurückkommt.«

Emma nickte mehrmals. Daran hatte sie noch gar nicht gedacht. Zum Glück hatte es Mats getan. Sie blickte in seine dunklen Augen. Seine Entschlossenheit gab ihr Zuversicht, dass sie morgen diesen grünen Stein fanden. »Sorry, dass ich dir nicht früher von meiner Begegnung mit ihm erzählt habe.«

»Das ist doch nicht schlimm.« Er rückte ein Stück näher und legte den Arm um sie. »Immerhin weißt du jetzt, wem du trauen kannst und wem nicht.«

KAPITEL SIEBZEHN

Milo kam zu sich. Der weiße Boden sagte ihm, dass er es geschafft hatte, zurück nach Polyrica zu gelangen. Wie ein Film spielten sich die Ereignisse von eben noch einmal vor seinem inneren Auge ab.

Er war mit einem Schädelbrummen, einem Piepsen im Ohr und dem Geschmack von Blut im Mund in der Scheune aufgewacht. Er hatte sich aufrichten wollen, aber ein stechender Schmerz in seinem Arm hatte ihn wieder nach unten sinken lassen. Immerhin konnte er den Kopf drehen. Der Dämon schien fort zu sein. Vor dem Eingang lag Meister Kildar und rührte sich nicht. Von Cunatos fehlte jede Spur.

Milo rollte sich mit Hilfe seines unverletzten Arms auf den Bauch und richtete sich auf. Die Scheune war zu einem einzigem Chaos verkommen. Der Boden war nass, Stroh klebte an den Wänden, überall lagen Kisten und Fässer kreuz und quer herum und Brandflecken erinnerten an die Feuerbälle.

Plötzlich stürzte ein in Flammen stehendes Brett vor ihm auf den Boden. Noch immer konnte er nichts hören, aber seine Augen funktionierten einwandfrei. Das Dach brannte lichterloh. Schnell raus in Sicherheit, dachte er sich.

Er fühlte nach dem Granat um seinen Hals, doch das Säckchen war leer. Verzweifelt schaute er sich um, konnte ihn aber nirgendwo finden. Geduckt eilte er zu Meister Kildar. Ein mächtiger Splitter ragte ihm aus der Brust, mitten im blutgetränkten Hemd, und wirkte wie die Spitze eines hölzernen Eisbergs. Er fühlte nach einem Puls, obwohl er wusste, dass er keinen finden würde. Mit zittrigen Fingern schloss er ihm behutsam die Augen.

Das brennende Gebälk im Blick, suchte Milo den Boden weiter ab und entdeckte neben Meister Kildars Leiche einen rötlichen Stein. Doch das war nicht der Granat gewesen. Milo hatte aber eine Ahnung gehabt, worum es sich dabei handelte, und ihn eingesteckt. Mit den Füßen hatte er durch das klebrige Stroh auf dem Untergrund gewischt, um den Granat zu finden. Er musste ihn verloren haben, als er hinabgestürzt war. Vermutlich war er nur wegen des Granats noch am Leben. Dann waren Emma und der Dämon gekommen und es hatte sich ganz anders entwickelt, als er gehofft hatte: Emma hatte nicht ihm geglaubt, sondern dem Dämon.

Jetzt lag Milo in Polyrica zwischen Zylinder und Bett auf dem Bauch und etwas drückte ihm gegen den Oberschenkel. Langsam richtete er sich auf und tastete seinen Körper ab, verspürte aber keine Schmerzen. Das war immer so, wenn er aus einer Buchwelt zurückkehrte. Er fühlte in seine Hosentasche und holte einen flachen Stein hervor. Das Stück Elcanium des Vari lag in seiner Hand.

»Du bist zurück.«

Milo blickte auf. Saloquim verließ seinen Sessel und kam auf ihn zu.

»Hast du den Aventurin bei dir?«, fragte das alte Männchen gespannt. Doch als er den Stein in Milos Hand sah, ließ er die Schultern hängen. »Du wirst oben vom Kopf erwartet.«

Milo steckte das Elcanium ein, stand auf und wollte auf die

Nebelwand zugehen, da hielt er auf halbem Weg inne. Was war nach seinem Verschwinden in Emmas Buchwelt geschehen? Er eilte zurück zum Zylinder und schaute in das Buch. Vielleicht hatte es sich weiter gefüllt und er konnte es nachlesen.

Seine Hoffnungen bewahrheiteten sich jedoch nicht. Der letzte Satz beschrieb lediglich den Aufbau der Häuser in Caduco und wo genau sich die Stadt auf der Black Island befand. Kein Wort über eine Explosion oder den Tod von Meister Kildar.

»Du solltest dich beeilen.«

Die Projektion war an ihn herangetreten, zeigte auf die Nebelwand und hatte einen vorwurfsvollen Blick aufgelegt.

»Ist ja gut.«

Gemeinsam liefen sie auf die Nebelwand zu und die Projektion nahm Milo am Arm. Kurz darauf kam er oben an. Er drehte sich zur Projektion, doch diese war bereits wieder verschwunden. Milo wandte sich um und sein Mund öffnete sich wie automatisch vor Staunen.

Die Halle war mindestens zehnmal so groß wie der weiße Raum und hatte ebenso sechs Wände. Statt der Bücherregale links und rechts ragten hier weiße Schrankwände in die Höhe, mit Fächern breit wie Türen, wenn man sie waagerecht drehte. Er konnte jedoch nirgends Griffe zum Herausziehen erkennen. Die Fächer ragten so weit hinauf, dass sie in ein schwarzes Nichts übergingen, das wie ein Abendhimmel aussah, dem jemand die Sterne geklaut hatte.

In der Mitte der Halle stand ein hüfthoher, sechseckiger Tisch, neben dem Saloquim, der Kopf, in einem Sessel saß. Die Tischplatte leuchtete weiß und erinnerte Milo an solche, die er aus Kriegsfilmen kannte, auf denen die Truppen hin und her verschoben wurden. Dahinter, auf der gegenüberliegenden Seite von Milo und der Nebelwand, erstreckte sich eine riesige Filmwand, so wie in einem Kino, und zeigte einen leeren weißen Raum. Vielleicht der, in dem Milo eben angekommen war. Es kam ihm hier wie eine Kommandozentrale vor.

Milo wollte gerade zu Saloquim gehen und den ersten Schritt machen, da stutzte er beim Blick auf den Boden. Die handtellergroßen Fliesen vor seinen Füßen hatten dieselbe geometrische Form wie der Raum. Wer auch immer der Architekt von Polyrica gewesen war, ob Saloquim oder jemand anderes, hatte eine Vorliebe für Sechsecke. Manche der Fliesen leuchteten strahlend weiß, andere waren mausgrau und wenige wiesen eine gelbe Färbung auf. Vereinzelt entdeckte er auch orangefarbene. Sie schienen keinem logischen Muster zu folgen.

Milo steuerte auf den Tisch zu, da bemerkte er eine Person hinter Saloquims Sessel. Als er deren Gesicht erkannte, hielt er augenblicklich inne und seine Muskeln spannten sich. Es war Mats. Milo ballte die Fäuste, unfähig, sich weiter zu bewegen. Hass stieg in ihm auf. Hass auf den Dämon, der ihn und Emma manipuliert und gegeneinander ausgespielt hatte.

»Keine Sorge.« Saloquim drehte sich im Sessel zu ihm und hob die Hände. In einer hielt er den Stab. »Das ist der echte Mats. Er hat sich inzwischen erholt.«

Milo brauchte einen Moment, ehe er sich wieder beruhigt hatte. Mats setzte ein freundliches Lächeln auf, doch Milo wandte den Blick ab und ging weiter.

»Hast du es geschafft?«, fragte Mats. Milo erschauderte erneut. Nicht, weil er die Frage verneinen musste, sondern wegen Mats' Stimme. Er fühlte sich zurück in die Scheune versetzt. Wut durchzog seinen ganzen Körper.

Milo schüttelte den Kopf. Er hatte Angst davor, wie Saloquim auf sein Versagen reagieren würden. Dessen kühlem Blick nach zu urteilen, hatte er aber bereits von seiner Projektion erfahren, dass er nicht erfolgreich gewesen war.

Milo zeigte seine leeren Handflächen. »Leider nicht.«

Saloquim hüpfte von seinem Sessel und kam auf Milo zu. »Wo ist der Granat?«

Er holte das Stück Elcanium hervor, als könnte er damit den Verlust des Granats in irgendeiner Weise rechtfertigen. Schuldbewusst senkte er den Kopf und ließ das Elcanium durch seine Finger gleiten.

»Das ist er nicht«, sagte Saloquim.

»Ich ... Ich habe ihn verloren.«

Milo hob den Blick. Saloquims Miene war wie versteinert und seine Augen wirkten leer. Ein paar Sekunden lang sagte niemand etwas, ehe Saloquim mit dem Stab auf den Boden klopfte. »Es ist, wie es ist. Daran können wir jetzt nichts ändern. Wenn der Dämon in den Besitz beider Steine gelangen und hierher zurückkommen sollte, dann ...«

»Dann?«, hakte Milo nach.

»Dann könnte ich Polyrica wohl nicht mehr vor ihm beschützen.«

Wieder trat Stille ein. Milo hatte das Gefühl, dass ihm die Schuld die Organe zusammendrückte. Wenn er bei seinen nächsten zwei Sprüngen nicht erfolgreich sein sollte, würde Polyrica seinetwegen bald abgeschaltet werden. Er spürte etwas Nasses in seinen Augen, unterdrückte aber die Tränen.

Milo fragte sich, was dann mit Emma und all den anderen Kindern geschah, die noch in Buchwelten steckten und nicht zurückkommen wollten – oder wie bei Emma: nicht konnten. Er traute sich jedoch nicht, die Frage auszusprechen.

Saloquim kletterte zurück auf seinen Sessel und winkte Milo näher zu sich. »Erzähl uns alles Wichtige, das du erlebt hast. Aber fasse dich kurz. Uns läuft die Zeit davon.« Beim letzten Satz wies er auf den Boden, der immer mehr gelbe Felder zeigte. Eines neben Milo wechselte gerade zu orange.

»Was hat es mit den Fliesen auf sich?«

»Wenn ein Kind zu lang in einer Buchwelt ist, ändert sich sein

Status von Weiß zu Gelb, dann zu Orange und schließlich zu Rot. Sind zu viele rot, muss ich Polyrica abschalten. Also, beeil dich.«

Milo begann zu erzählen. Die Begegnung mit dem Vari im Wald ließ er aus. Er berichtete, wie er Emma gefunden hatte, vom Dämon hereingelegt worden war und der Dämon Meister Kildar getötet hatte.

Als er fertig war, wurde ihm auf einmal etwas klar. »Der Dämon, der mit Meister Kildar gekämpft hat, ist als kleiner weißer Punkt am Wassertrog geendet. Aber dann kam er später mit Emma zur Scheune. Das heißt, dass er sich – anders als wir bisher vermutet haben – vervielfältigen kann!«

Milo musste an die Situation denken, als er durch Caduco gelaufen war und sich vorgestellt hatte, die ganze Stadt würde aus Gestalten des Dämons bestehen. Offenbar war das gar nicht so unrealistisch.

»Das ist richtig«, sagte Mats. »Der Dämon ist dazu in der Lage. Je öfter er sich teilt, desto schwächer sind aber seine Einzelteile.«

»Das macht es nicht einfacher«, murmelte Saloquim gedankenverloren. »Aber was für ein Zufall: Du kanntest das Mädchen. Als ob es das Schicksal so gewollt hat.«

»Der Dämon könnte also den Granat haben«, folgerte Mats, »weiß aber noch immer nicht, wo dieser Meister Kildar den Aventurin versteckt hat.«

»Genau.« Milo nickte. »Und abkaufen können sie ihn auch nicht mehr.«

Mats seufzte. »Wenn nur Meister Kildar wusste, wo sich der Aventurin befindet … er könnte überall sein. Man müsste alles absuchen.«

Jetzt schaltete sich auch Saloquim ein. »Wir sollten davon ausgehen, dass der Dämon das macht. Aber auch wenn er ihn finden sollte, würde das erst einmal noch keine Gefahr für uns darstellen. Erst dann, wenn er mit dem Aventurin und dem Granat nach Polyrica kommen sollte. Dafür müsste es sich aber an ein

Kind hängen. Und Emma kennt die drei Worte und die Geste nicht.«

Milo biss sich auf die Lippe. Diesen Part hatte er eben ausgelassen. Er fühlte sich so dumm, dass er dem Dämon verraten hatte, wie man nach Polyrica gelangte, in dem Glauben, Emma vor sich zu haben. Durch seine Unachtsamkeit wusste der Dämon sehr wohl, wie er hierher kam.

Saloquim fuhr fort. »Mats kann sich übrigens erinnern, was der Dämon vorhat. Erzählst du es Milo auch noch einmal schnell?«

»Ja. In der Geschichte, in die ich eingetaucht bin, wurde ich von Dämonen gefangen genommen. Sie haben herausgefunden, dass ich aus einer anderen Welt komme.« Er machte eine Pause und holte tief Luft. »Und sie wollten in unsere Welt gelangen und womöglich die Menschheit unterwerfen. Aber ich konnte fliehen. Leider hat sich dabei einer der Dämonen an mich geheftet.«

Milos Knie wurden weich und er hockte sich auf den Boden. Mit dem Handrücken wischte er sich den Schweiß von der Stirn. Das durfte nicht wahr sein. Ihm wurde übel vor Angst. Der Geschmack von Galle stieg seine Kehle hoch und er musste schlucken. Er hatte dem Dämon den Weg nach Polyrica wie auf einem Servierteller präsentiert.

»Milo?« Saloquim schien seine Reaktion bemerkt zu haben. »Was ist los? Du bist so blass.«

»Was genau würde passieren, wenn der Dämon mit beiden Steinen nach Polyrica gelangen würde?«

»Wie sollte er das schaffen? Emma weiß doch nicht über die Geste und die Wörter Bescheid. Und Mats, du bist dir sicher, dass der Dämon, als du ihn mit nach Polyrica gebracht hast, nichts von der Geste mitbekommen hat, richtig?«

»Ja, es war dunkel, er war hinter mir und ich hatte mich auf dem Boden eingerollt, sodass er unmöglich mein Gesicht und somit die Geste sehen konnte.«

»Gut. Die Wörter mag er also vielleicht gehört haben, aber ohne die Geste sind sie wertlos.«

Milo hakte nach. »Nur mal angenommen, er würde beides kennen. Gäbe es dann keine Möglichkeit, ihn zu besiegen?«

»Ich weiß es ehrlich gesagt nicht. Wenn er die beiden Steine gegen mich einsetzt, kann ich vielleicht ein paar Augenblicke mit dem Onyx und dem Bergkristall dagegenhalten.« Er zeigte auf den schwarzen und weißen Stein in seinem Stab. »Doch bevor ich ihm unterliege und er es in eure Welt schafft, schalte ich Polyrica lieber direkt ab.«

»Verstehe.« Er kratzte sich am Hinterkopf, als ob er dadurch eine Lösung finden konnte. Beschämt blickte er wieder zu Boden. Er musste es ihnen mitteilen.

»Oh nein«, sagte Saloquim und kam ihm zuvor. »Sag, dass das nicht wahr ist.«

»Was denn?«, fragte Mats. »Was ist nicht wahr?«

Milo richtete sich auf, warf den Kopf in den Nacken und atmete schwer aus. »Ich … Ich habe dem Dämon aus Versehen verraten, wie er nach Polyrica gelangt.« Saloquim und Mats guckten so fassungslos, als hätte Milo den Dämon bereits mitgebracht. »Ich dachte, ich hätte Emma vor mir. Ich wollte, dass sie auch in der Lage ist, sich nach Polyrica zu schicken, wenn ich zum Beispiel sterben und in Aachen aufwachen sollte.«

Saloquim hielt es nicht mehr auf dem Sessel. »Sei froh, dass der Dämon damit allein nichts anfangen kann«, sagte er ernst. »Nur Kinder, die in die Buchwelt eingetaucht sind, können mit der Geste und den Wörtern zurückkommen. Außer – so wie bei Mats – der Dämon berührt dich dabei. Das ist das einzig Positive daran, dass du es dem Dämon verraten hast und nicht Emma. Zumindest solange der Dämon ihr gegenüber noch vorgibt, Mats zu sein und nicht zu wissen, wie er nach Polyrica gelangt.«

»Moment«, sagte Mats. »Saloquim, du hast vorhin gesagt, dass du Polyrica lieber abschalten würdest, bevor es der Dämon in unsere Welt schafft. Wir … Wir müssen uns doch in unserem Raum in das Bett legen und einschlafen. So kommen wir wieder in unsere echte Welt, oder nicht?«

»Ja. Und?«, fragte Saloquim.

Mats zog die Stirn in Falten und schüttelte den Kopf. »Aber für den Dämon gilt das doch nicht. Er stammt aus einer Buchwelt. Wenn er sich in eines der Betten legt – was geschieht dann?«

Saloquim hüpfte aus seinem Sessel und lief auf die andere Seite des Tisches. Sein Kopf ragte gerade so über die Tischkante. Das alte Männchen fuhr sich durchs Haar und schaute zu Boden.

Milo guckte kurz zu Mats, der ihm einen verunsicherten Blick zuwarf. Ein ungutes Gefühl machte sich in Milos Magen breit, der daraufhin knurrende Geräusche von sich gab.

»Da«, begann Saloquim und räusperte sich. »Da gibt es etwas, das ihr noch nicht wisst. Nur eine Kleinigkeit.« Er trat näher an den Tisch und hob den Kopf. »Es stimmt, dass ihr in dem Bett einschlafen sollt. Das allein reicht aber nicht, damit ihr in eurer Welt aufwacht. Hmm … wie erkläre ich es am besten?« Er machte eine Pause und schaute nach oben. »Sagen wir so: Mit meinem Stab schicke ich euch zurück. Wenn er den Aventurin beinhaltet.«

Milo glaubte, sich verhört zu haben. »Was?«, stieß er hervor und schaffte es nicht, seinen Mund zu schließen. Er drehte sich zu Mats, der genauso verdutzt wirkte. Milos Kehle wurde trocken. Es kratzte in seinem Hals und er schluckte mehrmals. »Das heißt … Das heißt doch –«

»Wir sind auch gefangen«, beendete Mats seinen Satz. »Die anderen Kinder in den Buchwelten, wir hier.«

»Was würde passieren, wenn sich der Dämon in das Bett von einem Kind legen würde?«, fragte Milo aufgeregt.

Saloquim strich sich über seinen langen Bart. »Wenn niemand den Stab schwingt, dann nichts.«

Milo stutzte. »*Niemand*? Es ist also egal, wer den Stab besitzt?

Jeder könnte damit Kinder – aber auch Dämonen – durch das Bett in die Menschenwelt schicken?«

Saloquim holte Luft, sagte jedoch nichts. Er zuckte mehrmals mit den Schultern. »Theoretisch«, gab er kleinlaut zu.

Theoretisch! Milo wollte das alles nicht glauben. Offenbar hatte Saloquim es nicht für nötig gehalten, sie darüber zu informieren. Als wäre es nicht wichtig gewesen. Aber da täuschte er sich gewaltig. Der Dämon konnte also einen Weg in die echte Welt finden.

»Aber davon weiß er ja zum Glück nichts«, fügte Saloquim hinzu.

»Das mag sein«, sagte Mats. »Er könnte es jedoch irgendwann herausfinden. Oder per Zufall entdecken.«

»Es bringt jetzt nichts, zu viele Sorgen an ein ›könnte‹, ›würde‹ oder ›hätte‹ zu verschwenden. Noch hat er nur den Granat. Noch haben wir eine Chance. Wir sollten unsere Gedanken dazu einsetzen, einen Weg zu finden, wie wir an den Aventurin kommen. Wenn wir das Versteck des Aventurins nicht kennen, sind wir in der gleichen Lage wie der Dämon. Mit dem Unterschied, dass er den Granat hat, Zauber abschießen und seine Gestalt verändern kann.«

Saloquim eilte zum Sessel und schnappte sich das Säckchen mit den Zauberkörnern. »Du kannst zwar zwei weitere Male in die Welt reisen, Milo, aber das wäre Wahnsinn. Ohne den Granat würdest du nicht eine Sekunde überleben, wenn du auf den Dämon triffst. Vielleicht haben wir noch etwas Nützliches aus der Welt.«

Er lief zu den Fächern an der Wand und öffnete eines aus der untersten Reihe. Es fuhr weiter und weiter aus und schien gar nicht mehr aufzuhören. Es erinnerte Milo an die Regale in Apotheken, in denen Medikamente lagerten. Als es komplett ausgezogen war, durchsuchte Saloquim den Inhalt.

Milo beruhigte sich allmählich von dem Schock. Ungläubig schüttelte er den Kopf. Nicht zu fassen, was sich Saloquim dabei gedacht hatte. Aber wie das alte Männchen schon gesagt hatte: Sie mussten sich jetzt auf den Aventurin konzentrieren. Milo zermarterte sich den Kopf auf der Suche nach einem Ausweg und tippte sich mit den Fingernägeln gegen die Zähne. Er konnte zwar wieder nach Caduco, wäre aber wehrlos. Er würde keinen Stein mehr von Saloquim bekommen und hatte somit keinen Schutz vor dem Dämon. Nur wenn er nicht auf den Dämon traf und den grünen Stein fand, konnte er es schaffen.

Milos Neugier ließen ihn an das Fach herantreten, an dem sich Saloquim zu schaffen machte. In der meterlangen Schublade lagen Waffen und Werkzeuge wie blank polierte Dolche, bedrohlich große Hämmer und mächtige Äxte, verschiedene mittelalterlich wirkende Kleidungsstücke, hauptsächlich grau, braun und beige, aber vereinzelt stachen auch bunte Farben hervor. Weiter hinten erkannte Milo Beutel und Säcke in jeder Größe, mal platt und leer, mal prall gefüllt, und zudem Schmuck in Form von Ringen, Ketten und Armbändern, meist aus Gold oder Silber.

»Was ist das alles?«, fragte er.

»Das sind Mitbringsel aus der Buchwelt, in der du eben warst.«

»Von allen Kindern, die jemals dort gewesen sind?«

»Genau. Was denkst du, wie ich sonst an die Münzen gekommen bin, die ich dir mitgegeben habe? Vielleicht gibt es hier auch etwas von dir.«

Bisher hatte Milo nicht hinterfragt, woher die Dinge stammten, mit denen Saloquim ihn zuvor ausgestattet hatte. Wenn er etwas aus vergangenen Abenteuern mitführen konnte, bot dies völlig neue Möglichkeiten.

»Wieso hast du das nicht gleich gesagt? Können wir nicht etwas aus einer anderen Buchwelt mitnehmen? Da gibt es doch bestimmt irgendeinen Zaubertrank, der mich unsterblich macht oder mir einfach nur das Glück verleiht, das ich benötige. Von mir aus auch ein Ring oder ein Mantel, mit dem ich unsichtbar werde. Dann würde mich der Dämon ganz einfach nicht bemerken.«

»›Ganz einfach‹ geht leider nicht, Milo. Es ist dir nur erlaubt,

Dinge aus dieser speziellen Buchwelt mitzunehmen. Alles andere funktioniert nicht.« Er durchwühlte gerade die Waffen, schien aber nicht zufrieden zu sein. »Nein. Ich befürchte, keine hiervon würde dir gegen den Dämon helfen.« Er stütze sich auf seinen Stab und wirkte mit einem Mal alt und gebrechlich. Ganz und gar nicht mehr so flink wie vor Milos erstem Sprung, als er noch seinen Fesselzaubern ausgewichen war. »Zweimal noch kann ich dich ohne den Aventurin in die Buchwelt befördern. Wenn du nicht schon beim ersten Versuch vom Dämon getötet und in deine Welt geschickt wirst.«

Milo wollte das nicht hören. Es musste doch einen anderen Weg geben. Noch hatte der Dämon nicht den Aventurin, sonst hätte er Emma gegenüber vermutlich schon behauptet, dass er sich erinnern könnte, wie sie nach Polyrica gelangten. Und dann würde der Dämon versuchen, Saloquim zu besiegen und in die Menschenwelt zu kommen.

»Ich muss nachdenken«, sagte Saloquim, setzte sich auf seinen Sessel und schloss die Augen.

Milo konnte nicht einfach nur dastehen und warten. Er begann, an den Wänden entlang zu gehen und nach einer Lösung zu suchen. Irgendwie mussten sie es schaffen können.

KAPITEL ACHTZEHN

Am nächsten Morgen verließen Emma und Mats ihr neues Gasthaus »Zum Roten Fuchs« und waren froh, am Empfang nicht auf den Besitzer zu treffen, einen äußerst redseligen Menschen. Immerhin war er überaus freundlich und hatte ihnen gestern nicht nur ihre Zimmer gezeigt, sondern auch auf den Dachboden verwiesen, der immer offen war und von dem sie sich Decken, Laternen oder andere Dinge holen konnten, wenn sie sie brauchten.

Sie machten sich auf den Weg zu Meister Kildars Anwesen. Emma war noch müde, weil sie schlecht geschlafen hatte. Im Traum war ihr Milo erschienen, zunächst wie sie ihn kannte, dann hatte er sich plötzlich in ein Monster mit einem riesigen, pechschwarzen Schlund verwandelt und alles um sich mit mächtigen Pranken und gelben Laser-Augen zerstört. Offenbar arbeitete ihr Unterbewusstsein auf Hochtouren.

Dementsprechend verschlafen war sie. Am liebsten hätte sie noch länger in ihrem Bett gelegen und weiter gedöst wie an Wochenenden. Doch das konnte sie erst machen, wenn sie wieder zu Hause war. Jetzt mussten sie einen Weg aus dieser Welt finden.

Als sie von der Hauptstraße Richtung Reichenviertel abbogen, wurden sie unweigerlich Zeugen eines Streits. Vor einem Wirtshaus schrien sich zwei Männer an, die in einer Traube voller Arbeiter standen. Sie zeigten mit dem Finger auf den jeweils anderen, die Köpfe rot vor Zorn. Ein kleines Muskelpaket mit Schirmmütze und ein dickbäuchiger Glatzkopf mit Backenbart.

Emma blieb stehen, da ihr das Muskelpaket bekannt vorkam. Ja, das war der Arbeiter, mit dem Mats gestern mittags zusammengestoßen war und den sie während ihrer Pause auf der Promenade beobachtet hatte.

»Ich hab' die ganze Zeit am Hafen malocht!«, sagte er entrüstet.

»Erzähl keine Lügen! Ich habe dich nach der Mittagspause auf der Hauptstraße gesehen. Du bist seelenruhig von ganz hinten bei Zeno bis zur anderen Seite der Stadt geschlendert. Von wegen gearbeitet.«

»Frag doch Arbid. Oder Desdad.« Er zeigte auf zwei Arbeiter hinter ihm. »Wir haben von morgens bis nachmittags mit nur 'ner kurzen Pause bei Zeno dieses Handelsschiff beladen. Als ob ich da Zeit gehabt hätte, wo herumzuspazieren.«

Emma fragte sich, ob sie wegen der Ereignisse am Abend oder ihres unruhigen Schlafs noch durcheinander war und ihr Kopf ihr deshalb gerade einen Streich spielte. Aber eigentlich war sie sich sicher. Sie hatte den Mann am Hafen gesehen. Und genau wie er sagte, hatte er Kisten auf ein Schiff geschleppt.

»Hast du einen Bruder?«, rief der Glatzkopf.

»Nein!«

»Dann gibt es hier in Caduco also jemanden, der genauso aussieht wie du?«

»Weiß ich ja nicht, was du da glaubst, gesehen zu hab'n.«

»Ach, hör doch auf. Ich kürze dir den Lohn. Für gestern bekommst du nur die Hälfte.«

Das Muskelpaket stampfte wütend auf den Boden und warf seinem augenscheinlichen Vorgesetzten Schimpfwörter hinterher.

Doch dieser war bereits im Wirtshaus verschwunden. Die Versammlung löste sich auf, aber Emma verharrte auf der Stelle. Das Muskelpaket musste von seinen Kollegen zurückgehalten werden, damit er nicht noch weiter Kraftausdrücke durch das Fenster schleuderte. Nur langsam ließ er sich beruhigen. Als er in Emmas Richtung blickte, spuckte er auf den Boden und stapfte mit den anderen Arbeitern zum Hafen.

»Was ist?« Mats trat in Emmas Sichtfeld und wedelte mit der Hand vor ihren Augen. »Kommst du jetzt?«

»Ja, klar.«

Sie behielt ihre Gedanken lieber für sich. Vor allem eine Frage hallte immer wieder in ihren Ohren nach: *Dann gibt es hier in Caduco also jemanden, der genauso aussieht wie du?* Eigentlich hatte sie doch schon beschlossen, dass Mats die Wahrheit gesagt hatte. Dennoch musste sie an ihr erstes Aufeinandertreffen mit dem falschen Milo denken.

Ihr Kopf verkam zu einem einzigen Chaos. Ihre Gedanken fuhren Achterbahn und schwenkten so schnell um wie das Wetter am Meer. Wieder hörte sie Milos Stimme, wie er behauptete, dass Mats ein Dämon wäre. Ein Gestaltwandler. Seltsamerweise könnte der Streit eben dadurch erklärt werden. Als ob das Schicksal gewollt hätte, dass sie ausgerechnet zum richtigen Zeitpunkt an diesem Wirtshaus hier vorbeikamen.

Aber nein … wie konnte sie daran zweifeln? Es hatte genug Situationen gegeben, in denen Mats gezeigt hatte, dass er ein ganz normaler Junge war. Vor allem, als ihnen der grüne Stein geklaut worden war. Da hätte er doch anders reagiert, wenn er ein Dämon gewesen wäre. Emma zwang sich, an etwas anderes zu denken. Zum Beispiel an die geheimen Verstecke auf Meister Kildars Anwesen.

Sie nahmen den selben Trampelpfad wie gestern und legten sich auf die Lauer, um den Haupteingang zu beobachten. Bevor sie sich Zutritt zum Anwesen verhalfen, wollten sie sichergehen, dass der

Hausverwalter Muto wirklich abgereist war. Neben den Hütten der Wachmänner parkten noch zwei Kutschen, vor die jeweils zwei Pferde gespannt waren. Die Außenwände der Kutschen waren mit roter Farbe bestrichen, die gerade von einem Angestellten erneuert wurde.

»Die Farbe. Gegen die Vari«, flüsterte Emma. »Wo auch immer die hinfahren, außerhalb der Mauer sind sie den Vari ausgeliefert.«

Kurz darauf brachten Diener Gewehre und deponierten sie sowohl auf der Bank des Kutschers als auch auf und in den Kutschen. Muto erschien mit weiteren Bediensteten, die mühsam lederne Koffer schleppten. Der Hausverwalter unterhielt sich mit einem Wachmann, klopfte ihm auf die Schulter und bestieg dann die vordere Kutsche. Ein halbes Dutzend Angestellte folgte ihm in die Kabine, die andere Hälfte nahm in der hinteren Kutsche Platz. Zwei Wachmänner setzten sich zu den Kutschern, wiederum zwei weitere positionierten sich auf den Dächern.

»Je mehr da mitfahren, desto weniger können uns hier entdecken«, meinte Mats.

Die Kutschen setzten sich in Bewegung, drei Wachmänner öffneten das Tor und bald verschwanden die Gefährte hinter den Büschen. Einer der dagebliebenen Wachen betrat die vordere Hütte, die anderen bezogen am Zaun Position.

Ein paar Augenblicke später kam der Wachmann aus der Hütte, sagte etwas zu den beiden und lief dann auf dem Kiesweg an den Eisenstangen entlang.

»Er scheint zu patrouillieren«, sagte Emma. »Wir sollten ausrechnen, wie lange er braucht.«

Sie zählte im Kopf die Sekunden, die er unterwegs war. Währenddessen suchte sie das Anwesen auf weitere Wachen ab. Sie entdeckte keine außer den dreien vorne.

Nach knapp sechs Minuten kam die Patrouille zurück zum Tor. Sie löste einen der beiden ab, der auf die hintere Hütte zusteuerte.

»Wir müssen nur noch gucken, wann sie den nächsten Rundgang machen.«

»Gut. Jetzt bin ich dran.«

Sie verharrten weiter im Gebüsch und beobachteten die Wachen. Wie zwei Jäger, die darauf warteten, dass sich ihre Beute zeigte. Mats formte lautlos die Zahlen mit den Lippen.

Emmas Gedanken drifteten zurück zur Auseinandersetzung der Männer vor dem Gasthaus. Es ließ sie nicht los.

Vielleicht war doch der Milo in diese Buchwelt hier gekommen, den sie aus Aachen kannte. Um sie zu retten. Er hatte behauptet, dass es sich bei Mats in Wahrheit um einen Dämon handelte. Angenommen, Milo hatte recht: Dann hat ihn der Dämon am gestrigen Abend in ihrer Gestalt besucht. Sie erinnerte sich an das, was Milo erwähnt hatte, womit der Dämon ihn überzeugt hatte, die echte Emma zu sein: mit den Namen ihrer Eltern, ihrer Schwester, der CARMA Girls und ihren Interessen. Stimmt! Das hatte sie Mats ganz am Anfang erzählt, als sie versucht hatte, seine Erinnerungen zurückzubringen.

Den Umstand, dass Mats – oder der Dämon – glaubte, sie würde ihm vertrauen, musste sie zu ihrem Vorteil einsetzen. Und zwar würde sie etwas erfinden, das nicht bei den Haaren herbeigezogen wirkte, und es ihm auftischen. Stück für Stück, damit er nicht misstrauisch wurde.

Falls es dann noch einmal zu solch einer Situation kommen sollte, dass der Dämon den echten Milo in Emmas Gestalt aufsuchte, würde er sich verraten, indem er falsche Dinge von sich gab. Genauso wäre Emma in der Lage zu beurteilen, sollte der Dämon auf die Idee kommen, sie in Gestalt von Milo aufzusuchen, ob sie den echten Milo oder den Dämon vor sich hatte.

Auf jeden Fall wollte sie ab jetzt Mats' Verhalten noch genauer beobachten als bisher schon. Sollten noch mehr Ungereimtheiten auftreten wie die Sache mit dem Muskelpaket vorhin, dann handelte es sich wohl tatsächlich um einen Dämon.

»Fünfzehn Minuten«, flüsterte Mats nach einer Weile und holte Emma zurück ins Hier und Jetzt.

Sie ließen der Wache einen Vorsprung, bevor sie sich weiter Richtung Mauer schlichen. Emmas Beine waren kalt und auf den ersten Metern durchzogen Schmerzen ihre Knie und Knöchel bei jedem Auftreten. Sie blieb stehen und massierte sich die Stellen.

Mats drehte sich um. »Alles in Ordnung?«

»Geht schon.«

Sie kamen an der Tür im Zaun an, die am Vorabend noch weit offen gestanden hatte. Wieder suchten sie sich eine Deckung, sodass sie die nächste Patrouille beobachten konnten. Sie mussten genau wissen, wo diese entlanglief, um sich nachher ein sicheres Versteck auf dem Anwesen zu suchen, von dem aus sie einen guten Blick auf die Gebäude hatten. Was brachte es, wenn sie einen Eingang nahmen, hinter dem sie auf Wachen trafen?

Emma erinnerte sich an das gelbe Augenpaar in der Dunkelheit vom Vorabend und war froh, dass jetzt Tag war und sie nichts im Dickicht hinter sich erkennen konnte. Das Gelb ließ sie an die brennende Scheune und den roten Stein denken, den Mats aufgesammelt hatte. »Was es wohl mit diesem roten Stein auf sich hat? Das alte Männchen muss ihn Milo aus irgendeinem Grund mitgegeben haben. Hat er damit … Hat er damit Meister Kildar getötet?«

»Vielleicht. Ich glaube, der rote Stein war auch im Stab des alten Mannes.«

Auf einmal kam Emma ein seltsamer Gedanke. »Ob wir mit dem auch aus der Buchwelt hier verschwinden können?«

»Wie meinst du das?«

»Milo hat doch gestern ›Bring mich zurück‹ gesagt und war weg. Vielleicht müssen wir das auch sagen und dabei den roten Stein berühren.«

Mats zog eine Augenbraue nach oben. »Das glaube ich zwar nicht, aber einen Versuch ist es wert. Gib mir deine Hand.«

Sie reichte ihm die Hand und blickte ihn gespannt an.

»Bring mich zurück«, sagte Mats.

Nichts passierte. Sie blickte in seine weit aufgerissenen Augen und zuckte mit den Schultern. Mats räusperte sich. »Bring *uns* zurück.« Auch nichts.

Emma sackte in sich zusammen. »Immerhin haben wir es probiert.«

»Ich habe das Gefühl, wir können nur über den grünen Stein zurück. Der rote hier ist für etwas anderes gut.«

»Das kann gut sein. Und –«

Er hob die Wand. »Die Wache kommt.«

Sie verstummte und beobachtete den Wachmann. Links und rechts vom Weg brannten die Laternen gegen die Vari. Der Mann ging nicht ganz zur Tür, stattdessen bog er schon vorher ab. Hin und wieder blickte er nach rechts zu den Gebäuden und nach links zur Scheune, hielt aber nicht an.

Als er weit genug entfernt war, liefen sie zur Tür. Im Gegensatz zu gestern Abend war sie verschlossen. Mats probierte den Schlüsselbund durch, bis sich ein Schlüssel drehen ließ und sie hineinschlüpften. Vorsichtig drückte er sie zu. Für den Fall, dass sie entdeckt werden sollten und schnell fliehen mussten, sperrten sie aber nicht ab.

Hinter einer Reihe Rosensträucher vor der Mauer suchten sie Schutz und huschten in geduckter Haltung in Richtung Scheune. Der unschuldige Duft der Blumen stieg Emma in die Nase und vermischte sich mit den schrecklichen Bildern, die dieser Ort in ihrem Kopf auftauchen ließ. Bilder toter Wachmänner und von Meister Kildar mit einem riesigen Holzsplitter in der Brust.

Sie fanden eine geeignete Stelle, die so dicht bewachsen war, dass man sie von den Gebäuden aus nicht entdecken konnte, außer man wüsste, dass sie sich dort versteckt hielten.

Sie blickten von Fenster zu Fenster und prüften, ob sich dahinter etwas bewegte. Nichts. Nirgendwo brannte Licht, was zu dieser Tageszeit auch seltsam gewesen wäre. Die Häuser wirkten wie ausgestorben. Als hätte jemand von gestern auf heute einen Schalter umgelegt. Muto hatte offenbar alle Angestellten mitgenommen. Nur die Wachen am Haupttor schienen noch da zu sein.

Nachdem die nächste Patrouille vorbei war, wagten sie sich zum Haupthaus vor. Dabei achteten sie darauf, den kleinen Buchsbäumen und den Fallgruben, die sie einrahmten, nicht zu nahe zu kommen. Anfangs dämpfte das Gras noch ihre schnellen Schritte, auf dem Kies und den Steinplatten kurz vor dem Eingang liefen sie langsamer.

Bereits der zweite Schlüssel passte und sie traten ins Innere. Der Flur, in dem sie sich wiederfanden, war verlassen. Drei Türen führten von hier ab. An jede lehnten sie sich mit dem Ohr ans Holz, bei keiner war etwas zu hören.

»Wir sollten in Kildars Gemächern beginnen«, flüsterte Mats und zeigte auf die Tür, die in Richtung Empfangshalle führen musste. Millimeter für Millimeter drehten sie den Knauf, bis sie durch einen Spalt blicken konnten. Menschenleer. Keine Wachen mehr, die vor Türen standen. Es war unheimlich still. Nicht einmal Wind zog heulend an den Fenstern vorbei.

Der Teppich auf der Treppe nach oben verschluckte ihre Schritte.

»Kennst du dich nur mit den Laternen und Fallen draußen aus, oder hast du auch über die Räume hier gelesen?«, fragte Mats.

»Habe ich. Ich erinnere mich noch an unzählige Verstecke, die Meister Kildar beschrieben hatte. Weißt du, er liebt … er hat Rätsel geliebt. Es würde mich nicht wundern, wenn er den grünen Stein im doppelten Boden eines Schmuckkästchens aufbewahrt hat.«

Als sie den ersten Raum betraten, eine Art Wohnzimmer, teilten sie sich für die Suche auf. Sie zogen Schubladen heraus und wühlten darin, gingen Vitrinen durch, schauten unter den Sitzgelegenheiten nach Verstecken, klopften die Wände nach Hohlräumen ab und suchten nach Geheimtüren im Boden. Wenn sie nah an die Fenster kamen, bückten sie sich oder krabbelten auf allen Vieren vorbei, falls doch mal eine Wache hochgucken sollte.

Nirgends war der grüne Stein. Auch nicht im Zimmer daneben. Und ebenso wenig in den anderen Räumen des Haupthauses. Selbst auf dem Dachboden war er nicht, wo etliche Truhen mit allerlei Schätzen wie goldenen Trinkpokalen, Silberbesteck oder Zinnbechern standen, aber auch ein altes, verstaubtes Bücherregal. Immerhin hatten sie noch die Halle und den Dienstflügel vor sich.

Die Zimmer der Halle ähnelten kleinen Museen. Sie waren größtenteils so aufgebaut wie der Raum, in dem Meister Kildar sie empfangen hatte. Mitbringsel seiner Reisen und andere wertvolle Gegenstände waren dort zur Schau gestellt, die ganz besonderen Stücke jeweils freistehend auf Holzblöcken, der Rest in Vitrinen an den Wänden.

Emma musste sich zwingen, nicht zu lange über kleine Perlen, schimmernde Gesteinsstücke und glitzernde Diamanten zu staunen. Es ließ sie an die anderen Teile von La'Dentrya denken. Caduco war nur ein müder Küstenort im Vergleich zu riesigen Städten wie Cubato im Norden. Es gab noch so viel mehr, was sie am liebsten entdecken wollte. Aber jetzt suchte sie den grünen Stein.

Als sie erfolglos eine Reihe Vitrinen durchgegangen war, drehte sie sich um und stemmte die Hände in die Hüfte. Der Schweiß stand ihr auf der Stirn und sie wischte ihn mit dem Ärmel weg. Sie seufzte und ließ ihren Blick durch den Raum wandern. Im Gegensatz zu den anderen Museen standen die Holzblöcke hier gebündelt in der Mitte, mit je einer Fliese Abstand. Muscheln in allerlei Formen und Farben ließen sich dort bestaunen. Emma versuchte sich an den Inhalt von Meister Kildars Briefen zu erinnern.

Da sprang ihr auf einmal die schachbrettartige Färbung der Fliesen ins Auge. Schwarze und weiße Kacheln. Emma eilte zur Tür und schaute in den Raum auf der gegenüberliegenden Seite, den Mats gerade untersuchte. Dort waren die Fliesen anders eingefärbt, so wie in der Eingangshalle, in Grau und Hellrot. Sie guckte aufgeregt in den weiteren Zimmern nach: Kein weiterer besaß einen schwarz-weißen Boden.

»Mats«, rief sie triumphierend und lief zurück zu ihm.

Im nächsten Moment steckte er den Kopf in den Flur. »Ja?«

»Komm«, sagte sie und lud ihn mit einer Handbewegung dazu ein, ihr zu folgen. »Ich glaube, ich habe etwas entdeckt.«

Im Raum kniete sie sich vor die Holzblöcke.

»Was machst du da?«

Sie zeigte auf den Boden. »Siehst du die Fliesen? Ich bin mir sicher, dass sich hier ein geheimes Versteck befindet. Zwei von den Blöcken hier müssten sich verschieben lassen, die anderen nicht.« Sie umfasste einen und zog ihn zu sich. Er war in etwa so schwer wie der große Blumenkübel bei ihnen zu Hause in Aachen.

»Und wohin mit denen?« Er rüttelte vergeblich an einem Block und ging zum nächsten über.

Emma stellte sich aufrecht hin und zählte die Fliesen mit dem Finger ab. »Sie müssen ein Viereck ergeben. Ausgehend von der Mitte jeweils drei Felder zur Seite und dann auf eine schwarze Fliese.«

Sie beförderte ihren Block auf die entsprechende Stelle. Mats tat es ihr auf der gegenüberliegenden Seite nach. Als er den Holzblock mittig positioniert hatte, klopfte er sich die Hände sauber.

»Und jetzt?« Unsicher blickte er sich um und schien darauf zu warten, dass sich etwas bewegte.

»Hast du eben nicht zugehört? Wir müssen uns noch richtig hinstellen, damit sich ein Viereck ergibt.«

Als sie beide jeweils eine schwarze Fliese einnahmen, machte es *Klick*. Emma riss die Augen auf. »Da war es«, sagte sie mit aufgeregter Stimme. Und tatsächlich – die Fliese in der Mitte des Raumes war leicht nach oben gefahren. Emma stürzte vor und schob ihre Fingernägel unter die Ränder der Kachel. Mit etwas Kraft konnte sie sie zur Seite schieben. Voller Stolz blickte sie auf.

»Nicht schlecht«, sagte Mats und nickte anerkennend. »Los, schau nach, was drin ist.«

Ein zusammengeschnürtes Päckchen lag in einer kleinen Vertiefung im Boden. Emma nahm es vorsichtig heraus, löste den Knoten und legte es Schritt für Schritt frei. Anfangs hatte es sich noch so angefühlt, als könnte es den grünen Stein beinhalten. Doch inzwischen merkte sie, dass der Großteil des Päckchens aus Stoff bestand, der das Innere umhüllte. Ihre Hoffnung schwand und als sie eine Goldkette mit einem Anhänger in Form einer übergroßen Münze vor sich erstrahlen sah, war sie nur einen kurzen Augenblick lang faszinierend. Schnell stellte sich Resignation ein.

»Leider nicht der grüne Stein«, murmelte sie und hielt sie Mats hin. Dann wechselte sie in den Schneidersitz und lehnte sich an den Holzblock neben sich. Ihr Rücken schmerzte. Sie hatte unterschätzt, wie anstrengend es doch war, die ganze Zeit auf den Beinen zu sein, sich zu bücken, hinzuknien und auf die Zehenspitzen zu stellen.

»Ich brauche eine Pause«, schnaufte sie und gemeinsam verstauten sie die Kette, drückten die Fliese fest und schoben die Holzblöcke wieder an ihren ursprünglichen Platz zurück.

Anschließend begaben sie sich in die Küche neben der Empfangshalle des Haupthauses. Aus einer Vorratskammer holten sie Brot, Schinken und Äpfel und genehmigten sich auf dem Fußboden ein Mittagessen, damit man sie ja nicht von draußen sehen konnte.

Als sie fertig gegessen hatten, fühlte sich Emma besser.

»Haben wir wirklich erst das Haupthaus und die Hälfte der Halle geschafft?«, fragte Mats ungläubig.

»Ich hätte auch nicht gedacht, dass es so lange dauert.«

Mats rappelte sich auf, schob mit dem Stiefel ein paar Brotkrümel in die Vorratskammer und untersuchte dann die Tür daneben. »Hier scheint es in den Keller zu gehen. Da unten brauchen wir bestimmt Licht.« Er zeigte auf eine nagelneue Kerze an einer Wandhalterung, aber Emma zuckte mit den Schultern.

»Ich weiß nicht, wie man sie anmacht. Du?« Er schüttelte den Kopf. Emma zog sich an einer Arbeitsplatte hinter sich hoch und blickte aus dem Fenster. »Wir können sie an einer der Laternen draußen entzünden.«

»Gute Idee.«

Sie warteten neben den Küchenfenstern, bis der nächste Wachmann vorbei war.

»Ich gebe dir Deckung«, sagte Mats und hielt Emma die Tür nach draußen auf.

Sie schlich zu einer Laterne, öffnete ein schmales gusseisernes Türchen und zündete die Kerze aus der Küche an. Der Duft des Öls im Inneren war jetzt so intensiv, dass sie auf jeden Fall Eukalyptus riechen konnte. Aber da waren noch weitere Duftnoten, die sie nicht kannte. Für sie roch es jedenfalls nicht abschreckend. Hauptsache, es hielt die Vari fern.

Dann liefen sie in den Keller. Am Fuße der Treppe war es zu ihrer Verwunderung nicht stockfinster. Von irgendwo musste Licht hereinfallen.

Vorsichtig gingen sie weiter hinab. Im Halbdunkeln sahen sie einen weiten Flur vor sich, der vor einer Tür endete und zu dessen Seiten Kammern abführten, die offen schienen.

Die letzten zehn Stufen besaßen kein Geländer mehr und als Emma ganz unten war, erkannte sie, woher das Licht kam. Links und rechts hinter der Treppe befanden sich lang gezogene Fenster zum Vorplatz des Anwesens hin. Emma stupste Mats an und nickte in die Richtung.

»Da müsste es zum Haupteingang gehen. Die Wachen sind also nicht weit von uns entfernt. Wir sollten leise sein.«

Mats nickte und schaute in eine Kammer links von ihnen. Sie wollte zu ihm gehen und ihm Licht spenden, doch er signalisierte ihr, dass sie sich die andere Seite vornehmen sollte.

Sie wunderte sich, wie gut er ohne Licht sehen konnte. Dabei waren ihre Augen gar nicht so schlecht. Sie ging nach rechts und leuchtete in den Raum hinein. Offenbar eine Speisekammer. An den Wänden stapelten sich Säcke bis unter die Decke.

»Aua«, gab Mats schimpfend von sich. Emma drehte sich zu ihm und sah, wie er einen Korb aus Bast wieder aufstellte und Äpfel vom Boden aufsammelte. Sie musste schmunzeln. Hätte er sich doch besser den Weg von ihr leuchten lassen.

Als sie sich wieder ihrem Raum widmen wollte, fielen ihr plötzlich Blutspuren an den Wänden neben der Öffnung auf.

Sie konnte einen Schrei gerade noch unterdrücken, sprang aber zurück, sodass sie Mats beinahe mit der Kerze an der Schulter erwischte. Zum Glück hatte sie ihn aber nur leicht mit dem Arm berührt. Trotzdem fluchte er und wischte sich hastig über die getroffene Stelle.

Sie leuchtete den Boden ab und entdeckte noch mehr Blut. »Was ist hier passiert?«

»Vielleicht ist hier jemand.«

Augenblicklich rückte sie näher an Mats heran, doch dieser wich ihr aus. Was war los mit ihm? Verstand er nicht, dass sie Angst hatte?

Anstatt etwas zu sagen, zog er die Pistole aus seinem Gürtel und folgte den Blutspuren so langsam wie eine Raubkatze auf der Pirsch. Emma konnte nichts weiter tun, als auf die erste Stufe der Treppe in Sicherheit zu gehen und ihm mit offenem Mund hinterher zu starren, wie er in eine Kammer schlich. Sie begann zu zittern. Erst mit den Beinen, dann am ganzen Körper.

Mats kam wieder zum Vorschein, schüttelte geräuschlos dem Kopf und suchte die nächste Kammer ab. Die Sekunden fühlten sich elend lange an und Emmas Ohren warteten fast schon auf einen Schuss oder ein sonstiges Geräusch. Doch es blieb still. Nur die Schritte von Mats erklangen dumpf auf dem steinernen Boden.

Je mehr Zeit verstrich, desto geringer war die Wahrscheinlichkeit, dass hier unten noch jemand war. Dennoch fühlte Emma sich unbehaglich. Schließlich mussten die Blutspuren irgendwoher gekommen sein.

Mats trat zu ihr an die Treppe. »Nichts. Hier ist niemand.«

Emma atmete auf. »Gut. Sollen wir uns zum Suchen aufteilen? Warte, ich hole dir noch eine Kerze von oben.«

»Nicht nötig.« Er hielt sie am Arm zurück. »Wir können die Räume gemeinsam absuchen. Dafür sollte deine Kerze reichen.«

Besser eine späte Einsicht, als gar keine, dachte sich Emma, behielt diesen Gedanken aber für sich.

Sie begannen mit der Speisekammer, in die Emma eben schon hineingeschaut hatte. Einer der Säcke war halb geöffnet und sie leuchtete hinein. Getreide. In einem offenen Holzregal an der Wand standen Töpfe, die mit Deckeln verschlossen waren. Emma öffnete sie. Rosinen, Datteln und Feigen. Zu ihren Füßen lagen noch Körbe voller Kartoffeln. Mehr gab es hier nicht.

Auf die gleiche Weise durchsuchten sie den restlichen Keller. Zahlreiche Speisekammern und Abstellräume hatten sie hinter sich, ehe sie vor der Tür stehen blieben.

Mats kniete sich vor das Schloss. »Nur noch die fehlt. Bleib dicht hinter mir, wenn ich sie öffne.«

Im Gegensatz zu den anderen Türen im Gebäude bestand diese nicht komplett aus Holz, sondern hatte Eisenplatten quer verbaut, die sie ein Stück stabiler machten. Emma musste an eine Kühlkammer denken, obwohl es nicht kalt war.

Auf einmal stutzte Mats.

Sie beugte sich zu ihm vor. »Was ist?«

»Der Schlüssel hier scheint zu passen, lässt sich aber nicht drehen.«

Emma trat noch näher heran und erschauderte kurz, als sie eine deutliche Blutspur an der Wand neben der Tür bemerkte. »Komisch. Lass mich mal.«

»Brauchst du nicht. Ich glaube, ich bin stärker als du«, sagte er mit dem Anflug eines Lachens. »Wir sollten erst einmal oben weitermachen. Vielleicht finden wir dort etwas, womit wir die Tür hier aufbrechen können. Wenn wir den grünen Stein nicht finden, können wir noch mal hierhin zurück. Oder kennst du hier unten noch ein Geheimversteck?«

Er hatte ein Grinsen auf den Lippen, als er die Frage stellte. Auch Emma musste lächeln. »Leider«, begann sie und wollte schon antworten, dass es hier keines gäbe, da fiel ihr wieder etwas ein. »Moment.« Sie hob den Finger und drehte sich zur Treppe. Statt hinaufzugehen, untersuchte sie die Mauern unter den Stufen. Sie drückte gegen die Ziegelsteine. Reihe für Reihe.

Mats kniete sich neben sie. »Ist hier etwas?«

»Ich glaube, hier müsste es einen Hohlraum geben. Schau du mal auf der anderen Seite nach.«

Sie tastete weiter die Steine ab, als Mats plötzlich »Hier« rief. Hastig sprang sie auf und lief zu ihm. Er legte gerade einen Ziegelstein auf den Boden und holte einen zweiten aus dem Loch vor sich. Dann bückte er sich und spähte hinein. »Wenn ich dich nicht hätte«, murmelte er und zog eine kleine Schatulle hervor. »Dieser Kildar schien ja wirklich Spaß daran gehabt zu haben, Dinge zu verstecken.«

Er setzte die Schatulle auf dem Boden ab und öffnete sie behutsam. »Ob wir wieder funkelnde Steinchen finden?« Im Inneren befand sich ein zusammengefaltetes Tuch, das Mats so vorsichtig aufschlug, als würde sich ein neugeborenes Küken darin befinden. Eine dünne, silberne Halskette mit einem bernsteinfarbenen Anhänger war dort eingewickelt gewesen.

»Schade«, sagte er und seufzte tief. »Sieht auch schön aus, bringt uns aber nichts.« Er legte die Schatulle wieder an ihren Platz und schob die Ziegelsteine ins Loch. »Auf nach oben?«

Emma nickte. Sie ging vor und war bereits auf der Hälfte der Treppe angekommen, da ertönte plötzlich ein Klirren hinter ihr, das ihr Herz für einen Schlag aussetzen ließ. Sie zuckte zusammen, drehte sich in der Hocke zu Mats und sah ihn die Stufen hinunterspringen. »Was zur Hölle machst du?«

Ein paar Sekunden später kam er mit dem Schlüsselbund in der Hand zurück. »Sorry. Er ist mir runtergefallen. Hatte ihn nicht richtig am Gürtel festgemacht.«

Emma glaubte, sich verhört zu haben. Wie konnte er nur so unachtsam sein? Mit Pech hatten es die Wachen draußen gehört. Sie musste sich blitzschnell entscheiden: hier verstecken oder oben?

»Schnell hoch«, zischte sie, »falls die Wachen kommen. Damit wir nicht hier unten mit ihnen eingesperrt sind.«

Sie huschten in die Küche, machten die Tür einen Spalt breit auf und behielten den Gang im Auge. Wie ein geprügelter Hund saß Mats auf dem Boden und lehnte sich an die Wand. Nachdem Emma ihm tadelnde Blicke zugeworfen hatte, wagte er nicht mehr, zu ihr zu schauen.

Sie warteten mindestens zehn Minuten, in denen sich nichts tat.

»Glück gehabt«, sagte sie. »Los, lass uns den Rest der Halle absuchen.«

Hinter den Museen entdeckten sie noch zwei Räume, die so aussahen, als ob dort jemand wohnte. Vielleicht war im Dienstflügel nicht mehr genug Platz gewesen, weshalb manch einer hierhin ausweichen musste.

Emma kam sich vor wie eine Spannerin, als sie die Zimmer durchforsteten. In den Schränken hingen Kleider und Schürzen und sie fragte sich, wie sich das Leben in dieser Welt anfühlte. Eigentlich hatte sie die Vorstellung, in einer anderen Zeit zu leben, seit jeher fasziniert, momentan wollte sie aber nicht länger als nötig darüber nachdenken. Hoffentlich war sie nicht für immer in Caduco gefangen. Sie würde ihre Familie und ihre Freunde vermissen. Emma schüttelte einmal kurz den Kopf, als ob so die Gedanken wie Blätter aus ihren Haaren fallen könnten.

Mit jeder Sekunde, die verstrich, verschlechterte sich Emmas

Laune. Sie hielt die Augen besonders für verborgene Fächer und Geheimtüren auf. Doch bis auf kleine Schubladen hinter einem Brett im Inneren eines massiven Sekretärs, in denen sich zahlreiche Ringe und Ketten befanden, stießen sie auf keine weiteren Verstecke. Sie blieben genau wie bisher erfolglos.

Als sie den großen Saal betraten, fiel ihr die Kinnlade herunter. Eine elend lange Tafel stand darin, mit bestimmt dreißig Stühlen. Emma fragte sich, ob Meister Kildar jemals so viele Gäste bewirtet hatte. Zwischen den Fenstern befanden sich noch mehr Vitrinen. Höher als diejenigen, die sie zuvor in den Zimmern gesehen hatte. Den Saal zu durchsuchen, würde sicherlich noch einmal genauso lang dauern wie alle anderen Räume der Halle. Und sie bräuchten eine Leiter.

Niedergeschlagen ließ sich Emma auf einen Stuhl sinken, wischte sich den Schweiß von der Stirn und trocknete ihre Hände am Kleid ab. Es war ohnehin schon so ramponiert, dass sie bald ein Neues anziehen musste. Außerdem roch es bereits leicht unangenehm. Mats nahm neben ihr Platz und beugte sich nach vorn.

Am Morgen war sie noch voller Tatendrang gewesen. Jetzt wurden die Schatten schon länger. Es musste Nachmittag sein. Den halben Tag hatten sie mit der Suche verbracht und in allen Ecken und Ritzen nachgeschaut. Sie befand sich an einem Punkt, wo sie an ihrem Vorhaben zweifelte. Ihre Zuversicht schwand, dass sie den grünen Stein überhaupt fanden. Und was, wenn sie ihn doch zufällig entdeckte? Würde sie Mats Bescheid geben? Solange sie sich nicht sicher war, ob sie ihm trauen konnte, oder nicht, war das vielleicht keine gute Idee. Sie musste möglichst bald herausfinden, wer von den beiden die Wahrheit sagte: Mats oder Milo?

Emma seufzte innerlich. »Das hat alles keinen Sinn.«

Wahrscheinlich hatte Meister Kildar den grünen Stein tatsächlich in einem seiner Geheimräume untergebracht. Einige davon kamen in der Briefsammlung vor. Aber vermutlich nicht alle.

Sie erinnerte sich daran, dass sie Mats ein paar falsche Informationen geben wollte. Der Keller mit all den Blutspuren oder die verwüstete Scheune boten sich an, ihm die Lüge aufzutischen, dass sie Gruselfilme hasste. Deshalb dachte sie laut nach. »Vielleicht ist er wirklich in dem Raum im Keller. Wenn da ja noch nicht einmal ein Schlüssel der Wachen richtig passt? Oder in den Hütten der Wachmänner. Oder … die Scheune! Die haben wir noch vor uns. Gefühlt haben wir schon so viel abgesucht, sind aber kein Stück weiter gekommen. Wir drehen uns im Kreis.«

Mats lehnte sich zurück und verschränkte die Arme hinter dem Kopf. Den Blick starr geradeaus gerichtet, ging es ihm wohl ähnlich wie ihr.

Dann stützte er das Gesicht in die Hände und starrte auf den Boden. »Die Scheune ist doch eine gute Idee. Dort könnte es auch Werkzeug geben, mit dem wir die Tür im Keller aufbekommen. Aber jetzt ruhe dich ein bisschen aus. Ich gehe die Museen noch einmal besonders gründlich nach Geheimverstecken durch und schaue auch in den Zimmern nach, in denen du bisher alleine gesucht hast. Wenn wir weder in der Scheune noch im Keller Erfolg haben, müssen wir wohl auch noch all diese Vitrinen hier durchgucken.« Er zeigte in die Halle und drehte dann ab.

Sie blickte ihm hinterher und musste an Milo denken. Und an seine Worte. Mats sah so unschuldig aus. Als ob er das komplette Gegenteil eines Dämons war. Eher wie ein Engel. Sie konnte sich nur schwer vorstellen, dass eine böse Macht in ihm schlummerte. Aber manchmal waren es doch genau die Menschen, die dunkle Geheimnisse hatten, von denen man es am wenigsten erwartete.

KAPITEL NEUNZEHN

Saloquim hatte sich in den letzten gut zehn Minuten nicht gerührt, sondern mit geschlossenen Augen in seinem Sessel gehockt. Milo stand inzwischen vor der riesigen Filmwand und fühlte sich wie in der vordersten Reihe eines Kinos. Als er sich zum wiederholten Male am Hinterkopf kratzte, spürte er einen Schmerz und steckte deswegen schnell die Hände in die Hosentaschen. Darin erfühlte er das warme Stück Elcanium und plötzlich kam ihm eine Idee. Er eilte zurück zum Tisch.

»Wenn ich nur den Aventurin finde, aber nicht den Granat – das würde doch reichen, oder?«, fragte er aufgebracht. »Ich meine, damit könntest du Emma und all die anderen Kinder zurückholen. Dann verschwinden auch die gelben und orangefarbenen Felder.« Er zeigte auf den Boden. »Und du müsstest Polyrica nicht abschalten.«

Saloquim öffnete ein Auge. »Hast du mir nicht zugehört?«, fuhr er ihn an. »Der Dämon sucht auch danach. Und er hat einen Vorsprung.«

»Ich habe eine Idee.« Er hielt das Elcanium hoch.

»Was willst du mit diesem Ding? Hat es magische Kräfte wie der Granat?«

»Nein.«

»Sondern?«

»Es kann mich zum Versteck des Aventurins führen.«

Saloquim und Mats blickten ihn verwirrt an. Als Milo nichts entgegnete, ergriff Saloquim das Wort. »Und wie das?«

»Indem ich in *mein* La'Dentrya eintauche.« Milo tippte sich mit dem Daumen gegen die Brust. »Nicht die Buchwelt von Emma, in der Meister Kildar tot ist. Du kannst mich doch in jede Buchwelt schicken, richtig?«

Das alte Männchen zuckte mit den Schultern. »Theoretisch schon.«

»Und die weißen Bücher in dem sechseckigen Raum, in dem ich aufgewacht bin – sind das –«

»Das sind alle Bücher, die du gelesen hast.«

»Perfekt. Wir müssen nur noch das passende Buch mit der entsprechenden Stelle heraussuchen und ich kann Meister Kildar treffen.«

Saloquim antwortete nichts. Dafür machte Mats einen Schritt nach vorne und verschränkte die Arme. »Und dann? Wenn ich es richtig verstanden habe, willst du auf *deine* Version von Meister Kildar treffen. Aber der kennt den grünen Stein doch gar nicht.«

Milo nickte mehrmals, da er sich schon gedacht hatte, dass die Frage kam. »Nicht direkt. Aber es handelt sich um den *gleichen* Meister Kildar. *Meiner* hat in demselben Anwesen gelebt wie der in Emmas Buchwelt. Und er hatte die gleichen Geheimverstecke. Wenn ich ihn dazu bringen kann, mir zu verraten, wo er so etwas wie den grünen Stein versteckt hätte, könnte das die Lösung für unser Problem sein.«

Mats legte den Kopf zur Seite. Er verengte die Augen zu Schlitzen. »Ich frage mich nur, warum er das tun sollte. Für ihn bist du doch ein Fremder.«

»Das mag sein. Aber ich habe das hier«, sagte er und hielt das Elcanium hoch. »Es gehört ihm und er wird es wiedererkennen. Ich bin mir sicher, dass das reicht, um ihm sein Geheimnis zu entlocken.« Wirklich sicher war sich Milo nicht. Aber er musste Mats und Saloquim überzeugen. Eine bessere Option fiel ihm nicht ein.

Saloquim runzelte die Stirn. »Glaubst du wirklich, dass dein Plan aufgeht?«

»Es ist unsere einzige Hoffnung.«

»Nun gut. Brauchst du noch etwas aus der Buchwelt?« Er ließ das Fach aus der Wand hinausfahren.

Milo blickte erneut auf die Gegenstände in der Schublade. Dieses Mal genauer. Die Werkzeuge und Kleidungsstücke würden ihm nicht helfen. Das Stück Elcanium in seinen Händen war das wichtigste.

»Ich denke«, begann er und wollte gerade sagen, dass er loskonnte, da fiel ihm etwas bei den Schmuckschatullen auf.

»Ja?«

»Augenblick«, murmelte er gedankenverloren. Unter einem Kistchen ragte ein rötlicher Stein samt Schnur hervor. Er wusste sofort, worum es sich handelte. Zielstrebig legte er ihn frei und betrachtete den Halbkreis mit der kleinen, fingernagelbreiten Einkerbung in der Mitte der geraden Seite. Das Amulett. Sein Amulett. In seinem ersten Abenteuer, als er nach Coholmia gereist war, hatte er es geschenkt bekommen. Von Kara. Er spürte das Verlangen, es anzulegen. »Darf ich das Amulett mitnehmen?«

Saloquim trat neben ihn. »Bedeutet es dir viel?«

»Mehr als mir bewusst ist, glaube ich.«

»Wenn du Polyrica rettest, darfst du es sogar mit in deine Welt nehmen.«

Milos Herz schlug schneller und er nahm das Amulett ehrfürchtig in die Hände. Vorsichtig fühlte er über das warme Material, zog die Ränder mit den Fingerspitzen nach und legte es schließlich um.

»Fertig?«

Milo nickte entschlossen.

Saloquim setzte sich in seinen Sessel und wischte über die Tischplatte. Wie bei einem Handy schien er zu scrollen, woraufhin Sechsecke über den Tisch rauschten. Aus dem Augenwinkel bemerkte Milo, dass sich auf dem Boden Ähnliches abspielte: Die Fliesen wurden nacheinander blau erleuchtet und verblassten wieder, sobald das Sechseck weitergesprungen war. Die Filmwand zeigte nur noch eine graue Fläche.

Milo fiel ein Feld auf dem Boden auf, dessen Ränder in roter Farbe pulsierten. »Was hat es mit dieser dort auf sich?«

»Die gehört zu Emmas Buchwelt. Wenn etwas in einem Raum nicht glatt abläuft, wird es hier angezeigt. Wie zum Beispiel, wenn dort ein Dämon gewütet hat, oder wenn ein Kind in die Buchwelt eintaucht, ehe meine Projektion es darüber aufklären kann, wie es zurückgelangt.« Er blickte sich einmal in alle Richtungen um. »Zum Glück ist es das einzige.«

Genau wie bei einem Glücksrad flogen die Felder nun langsamer und langsamer vorbei, bis das blaue Sechseck schließlich auf einem gelben Feld anhielt. Das Bild auf der Filmwand zeigte wieder einen der weißen Räume.

»Das ist dein Raum. Los geht's.« Saloquim hüpfte aus seinem Sessel und lief zur Nebelwand. Milo folgte ihm. Nachdem sie hindurch gestiegen waren, ging Saloquim zielstrebig zum Zylinder in der Mitte des Raumes, klappte das Buch darauf zu und stellte es ins Regal. Dann suchte er die Reihen ab, bis er fündig wurde. Er zog ein anderes Buch heraus und schlug es auf. Milo wunderte sich, wie Saloquim wissen konnte, welches das richtige war, besaßen doch alle Bücher lediglich weiße Einbände ohne Titel.

Saloquim winkte ihn zu sich. »Also, wann genau willst du eintauchen?« Er hielt ihm das Buch hin.

Milo blätterte durch die Seiten. Sie fühlten sich vertraut an. Beinahe so, als würde er in seinem Zimmer in Aachen vor dem

Bücherregal stehen. Da sie keine Zeit verlieren durften, musste er so präzise wie möglich sein. Er überflog die Absätze, bis er fündig wurde. Meister Kildar schrieb dort von einem Versteck, in dem er über und über weich gebettet war, mit dem gleichmäßigen, beruhigenden Geräusch von fließendem Wasser im Hintergrund. Das sollte eine passende Stelle sein.

Milo reichte es Saloquim, der das Buch daraufhin auf den Zylinder legte. Er tippte es mit seinem Stab an und ließ dabei ein bisschen seiner Zauberkörner darauf fallen. Der Text auf der rechten Seite verschwand und auf der Filmwand entstand auf einmal ein Bild. Es zeigte eine breite Straße, die zum Hafen führte. In der Ferne klebte die Sonne am Horizont und würde bald im Meer versinken. Genau wie Milo es sich vorgestellt hatte.

»Hoffen wir, dass es klappt. Hier hast du noch ein paar deiner Goldmünzen, aber zu lange solltest du sowieso nicht bleiben.« Er reichte ihm ein Säckchen. »Du musst dich beeilen. Los, stell dich vor die Wand.«

Milo gehorchte. Er schloss die Augen und atmete tief durch. Das war fast schon zu seinem Ritual geworden, bevor er durch die Filmwand ging. Dieses Mal war er zuversichtlich, dass sein Plan funktionierte. *Ich kann das schaffen,* sagte er sich. *Ich kann das schaffen.*

»Das letzte Mal habe ich zu viele Körner genommen«, sagte Saloquim hinter ihm. »Jetzt sollten dich zwei Handvoll weniger genau auf den richtigen Satz befördern.« Er ließ eine Ladung Körner in Milos Hände fallen und im nächsten Augenblick trat Milo durch die Filmwand.

Er fand sich auf dem Boden liegend wieder und rappelte sich schnell auf. Erst einmal musste Milo sich orientieren. Er lief auf das nächste große Gebäude zu, hinter dessen Fenstern Licht brannte.

Das Schild über der Tür sah aus, als ob dort viele Schuppen

abgebildet wären, wie von einem Fisch. Er dachte an den Vari des legendären Epibata, dessen Schuppen angeblich so hart waren, dass sie Kanonenkugeln abwehren konnten. So wie Cunatos, dem Vari von Meister Kildar, Pistolenschüsse nichts hatten anhaben können.

Milo erinnerte sich an das Schild. Es hatte nichts mit Fischen zu tun, sondern zeigte Felle. Das Wappen der Kürschner. Aufgeregt blickte er sich um, ehe er das ihm vertraute Zunfthaus der Fischer entdeckte. Ein Gefühl der Geborgenheit breitete sich in seinem Körper aus und er sehnte sich nach seinem Bett im Schlafsaal der Jungen oder nach einem gemeinsamen Abendessen mit den anderen und einer Runde Kartenspiel, wie zum Beispiel Hammel, im Anschluss.

Als er Teil der Fischerzunft gewesen war, hatte er sich nicht verstellen müssen. Er hatte einfach er selbst sein können, mit einer Notlüge bezüglich seiner Herkunft. Und er hatte Freunde gefunden. Dieses Gefühl vermisste er. Wie sie jeden Tag gemeinsam verbracht hatten. Sei es beim Rechnen, wo man ihn für seine Schnelligkeit bewundert hatte, oder beim Netzeknüpfen, wo er durch seine Langsamkeit aufgefallen war.

Er stellte sich für einen Moment vor, genau das zu tun. Da sein erstes Abenteuer später in der Zeit spielte, als Meister Kildar schon längst vertrieben worden war, müsste er sich erneut in die Fischerzunft aufnehmen lassen und könnte dann alles noch einmal erleben. So hätte er auch mehr Zeit mit Kara. Er würde den Brand der Neuen Markthalle verhindern und weiter mit Kara in Coholmia bleiben.

Beim Gedanken daran sah er die brennende Scheune in Caduco vor sich und wie der Dämon explodiert war. Er stutzte. Erst nachdem Meister Kildar Feuerbälle abgeschossen hatte, so wie damals Tidor mit Dinitos in der Neuen Markthalle, war der Dämon unruhig geworden. Die Angriffe mit Luft und Wasser davor hatten ihm nichts anhaben können. War Feuer etwa die Schwachstelle des Dämons? Es klang seltsam, würde aber sein Verhalten erklären. Auch in Bezug auf die Kerze im Gastraum des »Großen Bären«. Oder dass der Dämon keine Fackel hatte mitnehmen wollen.

Am liebsten würde Milo den Trubel um die Rettung Polyricas einfach vergessen. Hier in Coholmia, in diesem La'Dentrya, bestand die Gefahr nicht. Es war seine Buchwelt. Nicht die von Emma. Er konnte sich frei bewegen, ohne Angst zu haben, dass der Dämon hinter der nächsten Ecke lauerte.

Milo hätte es jetzt selbst in der Hand, wann er sich nach Polyrica schickte. Saloquim konnte ihn nicht zurückholen. Einzig durch die Geste und die drei Wörter würde er diesen unbeschwerten Ort verlassen.

Aber wäre er dazu im Stande? Sein Leben in einer Geschichte fortzuführen? In einem Buch? Es war eine Sache, so wie Kara in diesem Zeitalter hier zu leben. Von Geburt an. Es war eine völlig andere, aus der Zukunft zurück in die Vergangenheit zu reisen. Das würde er wahrscheinlich nicht aushalten. Der technologische Fortschritt würde ihm fehlen und vor allem natürlich seine Familie. Er sah seine trauernde Mutter vor seinem inneren Auge, die dann ganz allein wäre, und spürte einen Stich im Herzen. Das konnte er nicht.

Es brauchte ein bisschen in seinem Kopf, bis er bemerkte, dass er in seinen Überlegungen einen wichtigen Punkt vergessen hatte. Es war ihm gar nicht möglich, für immer in Coholmia zu bleiben. Ohne den Aventurin würde Saloquim Polyrica bald abschalten müssen und somit würde auch Milo in Aachen landen. Aus wäre der Traum vom Leben in der Buchwelt.

Er schüttelte den Kopf, damit die Sorgen fortflogen. Er war nicht hier, um über Kara nachzudenken oder alte Freunde zu besuchen. Milo massierte sich die Schläfen, um sich auf seine Mission zu konzentrieren. Er dachte an den Inhalt der aufgeschlagenen Seite. Das von Meister Kildar beschriebene fließende Wasser musste ein Fluss oder Bach sein. In Kombination mit der weichen

Bettung konnte er sich nur in einem Lager der Kürschner befinden. Dort versteckte er sich vor der Vollstreckung seiner Verbannung.

Milo folgte der Straße weiter Richtung Hafenmauer, die er in der Ferne sehen konnte, auf der Suche nach einem Lagerhaus. Auf halbem Weg tat sich eine Kreuzung auf.

Er bog links ab und kam in eine Gasse, in der leere Kisten und Fässer gestapelt waren. Dahinter erstreckte sich eine kleine Holzbrücke über einen Fluss. Er lief hin, stützte sich auf das Geländer und blickte stromabwärts. Das Ufer war lehmig und hatte den Fußspuren nach zu urteilen, schon den einen oder anderen ausrutschen lassen. Es reichte bis zu den Gebäuden zu beiden Seiten hinauf. Vor den Häuserwänden rechter Hand war die Erde zu einem Pfad plattgetreten, der von der Brücke aus zugänglich war. Weiter hinten lag eine lange Planke quer über dem Fluss und bot einen wackelig aussehenden Weg auf die andere Seite. Hier in der Nähe musste Meister Kildar sein. Aber wo? Er konnte sich überall verstecken.

Milo suchte mit den Augen die Rückseiten der Häuser ab. Graue Wände, durchzogen von schmalen Rankenpflanzen. Die meisten von ihnen besaßen eine Tür oder ein Fenster. Wo sollte er anfangen? Es blieb ihm nur, zum Zunfthaus der Kürschner zu gehen und nach dem Lager zu fragen. Irgendeine Ausrede würde ihm sicher einfallen.

Er eilte wieder zur breiten Straße und bog um die Ecke, da öffnete sich die Tür der Fischerzunft in der Ferne. Drei Gestalten traten auf die Straße, dicht gefolgt von einem halben Dutzend weiterer Personen. Sie alle kamen in seine Richtung. Er würde das Zunfthaus der Kürschner nicht rechtzeitig erreichen, ohne auf die Schar zu treffen.

Ein Gefühl sagte ihm, dass es besser war, ihnen auszuweichen. Also kehrte er zurück in die Gasse und versteckte sich hinter den Fässern. Kurz darauf hörte er an den Stimmen, wie die Schar näherkam.

»Wir müssen den Hafen im Blick haben, dürfen den Zaun aber nicht außer Acht lassen.« Die wohlüberlegten Worte stammten von Tidor.

»Dieser Hund verkriecht sich wie eine feige Sau.« Das war Nevis. »Schade, dass wir ihn nicht direkt bei den alten Lagerhallen festhalten konnten.«

»Es ist doch egal, wo er ist«, begann Rete und wurde zunehmend leiser. »Wichtig ist nur –« Mehr bekam Milo nicht mit. Mit einem Schlag fühlte er sich zurückversetzt in sein damaliges Abenteuer. Liebend gern wäre er auf die Straße getreten, hätte ihnen freundschaftlich auf die Schulter geklopft und gemeinsam gelacht. So wie früher.

Er verhielt sich ruhig, auch wenn sie ihn gar nicht wiedererkennen würden. Doch er wusste aus genug Filmen und Büchern über Zeitreisen, dass es keine gute Idee war, von Menschen gesehen zu werden, auf die man schon einmal bei einem Zeitsprung getroffen war.

Milo schlich hervor und spähte um die Ecke. Auf der Hafenpromenade teilte sich die Gruppe auf. Alle Gestalten bis auf eine gingen nach links. Er erkannte ihn an seinem Gang: Tidor bog nach rechts ab.

Milo wollte gerade auf die Straße treten, da kam Tidor zurück. Er schlich geduckt umher, fast so, als ob er nicht gesehen werden wollte. War er auf dem Weg zu Meister Kildar? Tidor bewegte sich wieder in Milos Richtung. Schnell verließ Milo sein Versteck und hastete über die Brücke. Tidor würde gleich auf der Höhe der Gasse sein. Ohne lange zu überlegen, warf sich Milo bäuchlings hinter eine leere Holzkiste. Zwischen den grob zusammengenagelten Brettern konnte er die Brücke im Auge behalten.

Tidor tauchte auf, doch anstatt weiter geradeaus Richtung Zunfthaus zu gehen, kam er in die Gasse. Was sollte Milo jetzt tun? Er würde sich verdächtig machen, wenn er hinter der Kiste aufsprang und davonlief. Stattdessen drehte er sich zur Wand und tat so, als ob er schlief.

Er wartete darauf, dass Tidors Schritte näher kamen. Doch das taten sie nicht. Offenbar war Tidor an der Brücke abgebogen. Milo musste nachsehen, in welches Gebäude am Ufer er verschwand.

Vorsichtig huschte er bis zur Brücke. Er konnte Tidor auf der linken Seite des Wassers erkennen, wie er ein Gitter und Bretter zur Seite legte und geduckt in einen Holzverschlag schlüpfte.

Milo legte die Unterarme auf das Geländer. Er würde warten, bis Tidor wieder zum Vorschein kam und sich danach zu Meister Kildar begeben. Er hatte es im Gefühl, dass es sich um dessen Versteck handelte.

Die Minuten vergingen quälend langsam. Immer wieder sauste ein kühler Wind über die Brücke, als würde er seine Runden durch Coholmia drehen, und ließ Milos Hemd flattern. Ungeduldig tippte Milo mit den Fingerspitzen auf das breite Geländer und lauschte dem sanften Rauschen des Wassers unter seinen Füßen.

Er war so auf den geheimen Eingang in der Ferne fokussiert, dass er beinahe nicht die beiden Männer bemerkt hatte, die an ihm vorbeigingen. Schnell bückte er sich und tat so, als würde er seine Stiefel zuschnüren, damit sie auf keinen Fall sein Gesicht sahen.

Kurz darauf tauchte Tidor auf. Milo eilte von der Brücke weg, diesmal bis zur nächsten Kreuzung. Er lugte um die Ecke und sah Tidor auf der anderen Seite der Brücke davonlaufen und in Richtung Hafen abbiegen.

Milo zählte in Gedanken von einer Minute herunter, falls Tidor wider Erwarten zurückkommen sollte. Bei null begab er sich auf schnellstem Wege dorthin, wo er Meister Kildar vermutete. Er rannte über den lehmigen Untergrund, rutschte einmal dabei aus, konnte sich aber noch rechtzeitig fangen und an einer Hauswand abstützen. Er balancierte über die Holzplanke auf die andere Seite und entdeckte letztlich den geheimen Eingang.

Nachdem er ihn freigelegt hatte, steckte er den Kopf hinein. Es handelte sich um einen kleinen Holzschuppen. Die Bretter des Verschlags ließen so breite Lücken, dass sich das Licht hindurchquetschte und den Raum schwach erleuchtete.

An den Wänden standen alte, verschlissene Werkzeuge wie Rechen und Harken, ihm gegenüber befand sich eine Tür, die jedoch mit einem großen Schloss versehen war, das so wirkte, als hätte man es Jahre nicht mehr genutzt. Direkt vor seinen Füßen war eine Luke in den Boden gelassen. Er schlüpfte in den Holzschuppen, klappte die Luke hoch und sah eine schmale Treppe vor sich. Die ersten paar Stufen lagen noch im Dunkeln, auf der letzten stand eine Kerze. Vorsichtig stieg er hinab und hoffte, auf keine knarzende Stelle zu treten.

Unten angekommen sah er sich in seiner Vermutung bestätigt. Überall stapelten sich Tierfelle. Das musste ein Lager der Kürschner sein. Es roch wie in der Pelzabteilung im Kaufhaus.

»Tidor?« Eine tiefe, leise Männerstimme ließ Milo herumfahren.

Er schnappte sich die Kerze und trat um die Ecke. Dort saß ein Mann, der mindestens die Hälfte seines Lebens hinter sich hatte, auf einer Truhe zwischen zwei Fässern und lehnte gegen einen Berg aus Fellen. Er hatte kurz geschorenes Haar und unter seinen müden Augen prangten dunkle Augenringe. Auf eine Weise kam er Milo vertraut vor, doch das war nicht der Meister Kildar, den Milo vor Kurzem noch in der Scheune in Caduco gesehen hatte. Milo guckte ihn vermutlich ebenso überrascht an, wie der Mann es auch tat.

»Wer seid Ihr?«, fragte Milo.

»Nur ein Bettler.«

Milo musste sich geirrt haben. Aber es passte zu gut. Hier sah es genauso aus, wie Meister Kildar es in seinem Brief beschrieben hatte. Ob es noch andere Lager gab? Er drehte sich zur Treppe, um den Keller zu verlassen, hielt aber inne. Dann wandte er sich noch einmal zu dem Mann.

»Woher kennt Ihr Tidor?«

»Aus dem Norden.«

Milo erinnerte sich an die Armenviertel von Coholmia, in denen unzählige Obdachlose in Hütten hausten. Bloß weit genug vom Kern der Stadt entfernt, damit die Reichen so tun konnten, als gäbe es keine Armut.

»Warum seid Ihr hier und nicht mehr dort? Oder im verlassenen Speichergebäude, wo Ihr auch etwas zu essen bekommen würdet.«

»Hier ist es bequemer.« Er lächelte kurz und klopfte dabei auf die Felle hinter sich.

Milo sah sich um. Wo war das Essen? Tidor hatte nichts dabeigehabt, als er sich hierher geschlichen hatte. Und außerdem – wieso war er nicht sofort zum Bettler gegangen, sondern hatte die anderen erst am Hafen verlassen und war dann zurückgekehrt? Sonst hatte er doch auch kein Geheimnis daraus gemacht, wenn er Essensreste verteilte.

»Ist noch etwas?« Der Mann hob die Augenbrauen.

Milo ging in Gedanken sein erstes Abenteuer in Coholmia durch. Irgendwoher kannte er das Gesicht des Mannes. Aber es wollte ihm nicht einfallen. Oder war er ihm in Caduco begegnet? Doch was sollte das für einen Sinn ergeben? Caduco war schließlich Emmas Buchwelt und so geformt, wie sie es sich vorgestellt hatte. Hier war er in seiner Gedankenwelt. Coholmia würde für Emma vermutlich auch anders aussehen.

»Anders aussehen«, murmelte Milo.

»Was?«

»Meister Kildar!«, stieß Milo erleichtert aus. »Ihr seid Meister Kildar!«

»Der bin ich nicht.« Er lachte, als hätte Milo etwas Dummes von sich gegeben. »Ich bin ein Bettler.«

»Nein. Ich kenne Euch.« Als ob Tidor hier unten nur einen einfachen Bettler verstecken würde.

»Du irrst dich, Junge. Wenn du einen Platz zum Schlafen brauchst – hier ist besetzt. Such dir was anderes.« Auf einmal wurde er schroff.

Doch Milo würde sich keinen Zentimeter wegbewegen. Nicht, ehe er das erfahren hatte, was er hören wollte.

»Bitte. Ich bin nicht hier, weil ich Euch verraten will.«

»Hörst du nicht? Deine Augen täuschen dich.« Er tippte sich an die Schläfen und wedelte dann mit den Händen Richtung Treppe. »Verschwinde.«

»Nein. Ich benötige Eure Hilfe.«

»Meine Hilfe?«

»Ja.« Er griff in seine Tasche, um das Stück Elcanium hervorzuholen, das zu Meister Kildars Vari gehörte. Als Meister Kildar Milos Bewegungen bemerkte, zuckte er zusammen und hielt die Hände über den Kopf. So, als ob Milo auf ihn schießen wollte.

»Keine Angst. Ich werde Euch nichts tun.«

Langsam ließ Meister Kildar die Arme wieder sinken und rückte ein Stück zu dem Fass neben sich. Milo musste zunächst das Säckchen mit Geld hervorholen, da sich das Elcanium darunter befand, und er mit der einen Hand noch immer die Kerze hielt. Er wedelte mit dem Säckchen in der Luft, sodass es sanft klimperte, um zu sehen, wie sein Gegenüber reagierte.

»Ich brauche deine Münzen nicht.«

»Habt Ihr nicht gerade behauptet, Ihr wäret ein Bettler?«, fragte Milo mit einem Grinsen auf den Lippen.

»Trotzdem.« Irgendetwas schien Meister Kildar nicht zu behagen, denn er stützte die Hände mit gestreckten Armen auf die Truhe und wippte unruhig vor und zurück.

»Das Geld wollte ich Euch auch nicht anbieten. Ich hatte etwas anderes im Sinn.« Er warf die Münzen auf den Boden, um die Hand frei zu haben und nach dem Elcanium zu greifen. Im gleichen Moment jedoch lehnte sich Meister Kildar blitzschnell hinter das Fass und holte ein Gewehr hervor, dessen Lauf nun auf Milo zielte.

Jetzt war es Milo, der die Hände hob. Wie hatte er nur so unvorsichtig sein können? Er hätte damit rechnen müssen, dass Meister Kildar nicht nur still dasitzen würde. Wie dumm und naiv er gewesen war. Seine Kehle war mit einem Mal staubtrocken.

»Du hast nichts, was ich haben wollen würde, Junge. Ich besitze genug Geld. Da muss ich dich leider enttäuschen. Aber ich kann dich nicht einfach gehen lassen. Schließlich weißt du, wer ich bin.« Er riss die Augen weit auf und blickte ihn wie ein Irrer an. »Ja, jedes Kind hier in Coholmia hat doch schon mein Gesicht gesehen. Überall hängen die Plakate. Der böse Meister Kildar, der behauptet, Vari wären keine Monster.« Er seufzte und umfasste das Gewehr fester. »Du bist leider an den falschen Ort gekommen, Junge.«

Milo schnappte nach Luft. Es kratzte in seinem Hals. »Ich hätte da noch eine Sache. Bitte!«

»Verstehst du nicht? Ich brauche deine Münzen oder deinen Schmuck oder was auch immer du da hast nicht.«

Milo schüttelte entschlossen den Kopf und zwang sich, ihn weiter anzuschauen. »Ich bin mir sicher, dass ich etwas habe, das Eure Meinung ändert.«

Meister Kildar stöhnte demonstrativ und bewegte den Kopf langsam von der einen zur anderen Seite. »Ausnahmsweise. Weil du so überzeugt wirkst.«

»Darf ich?« Er zeigte vorsichtig auf seine Hosentasche.

Meister Kildar nickte einmal und stand auf. »Wenn es eine Waffe ist, hast du sofort eine Kugel im Herzen.«

Wie in Zeitlupe holte Milo das Stück Elcanium heraus, das zu Meister Kildars totem Vari gehörte.

Dieser zeigte keine Reaktion. Weder Überraschung noch Wut. Wie das Gesicht auf einem Portrait starrte er auf das Elcanium. Seine Augen schienen das Blinzeln verlernt zu haben. Bestimmt zwanzig Sekunden vergingen, in denen er sich nicht rührte.

Dann ließ Meister Kildar die Waffe geistesabwesend sinken und kam auf Milo zu. Mit offenem Mund blieb er dicht vor dem Elcanium stehen. »Was … Wie …?«

Milo gab es ihm. »Das gehört Euch, nicht wahr?«

Ohne den Blick abzuwenden, stellte er das Gewehr zur Seite und nahm das Elcanium in beide Hände. Ein Funkeln zauberte sich in seine Augen und ließ sie wieder blinzeln. Ungläubig drehte und wendete er es und drückte es schließlich an seine Brust. »Wie ist das möglich? Sie sind gekommen und haben ihn mir weggenommen. Meinen lieben Cunatos. Und jetzt bringst du mir seinen …«

»Das ist eine zu lange Geschichte. Ihr müsst bald los und ich ebenfalls. Lasst mich Euch versichern, dass ich auf Eurer Seite stehe. Ich werde Euch nicht verraten. Ich möchte nur eine Auskunft von Euch.«

»Du gibst mir Rätsel auf, Junge. Wie kann ich helfen?«

»Stellt Euch vor, Ihr würdet noch in Caduco auf Eurem Anwesen leben.«

»Caduco! Eine schöne Stadt. Etwas steil, aber schön. Dort habe ich viel über Vari herausgefunden. Du warst dort? Bei meinem Anwesen?«

»Ja, aber das ist jetzt nicht wichtig. Also, stellt Euch vor, Euch wird eines Tages ein seltsamer grüner Stein angeboten, den Ihr noch nie zuvor gesehen habt. Wenn Ihr ihn sicher verstecken wolltet, wo hättet Ihr das getan?«

»Ein grüner Stein?«

»Ja, in etwa so groß.« Er formte einen Kreis mit Daumen und Zeigefinger. »Ein klares Material, ohne jegliche Einschlüsse. Und besonders wertvoll.«

»Lass mich überlegen.« Er schürzte die Lippen und fuhr sich mit der Hand über das Kinn. »So einen Schatz hätte ich nie in meinen Gemächern aufbewahrt. Also, auch nicht an den geheimen Orten, will ich sagen. Weißt du, ich habe Gefallen daran gefunden, mir ausgeklügelte Verstecke auszudenken. Zum Beispiel gibt es unten im Keller einen Hohlraum in der Treppe.« Milo erinnerte sich dunkel daran, dass Meister Kildar so etwas in der Art einmal in einem seiner Briefe erwähnt hatte. »In den Räumen der großen Halle habe ich auch einiges einbauen lassen. Im kleinen Museum mit der Sammlung der seltenen Muscheln muss man sich auf vier bestimmte Punkte gleichzeitig stellen, damit sich eine Fliese in der Mitte des Raumes anhebt. Darunter befindet sich ein Hohlraum.« Auch davon hatte Milo schon gelesen. »Besonders stolz bin ich auf etwas, das auf dem Dachboden ist. Man muss in einem Bücherregal vier Bücher nach hinten schieben, damit sich eine Geheimtür in der Wand daneben öffnet. Faszinierend, nicht wahr?«

Unter anderen Umständen hätte Milo wohl an Meister Kildars Lippen geklebt und ihn nach all seinen Verstecken ausgefragt. »In der Tat. Wirklich faszinierend. Aber Ihr sagtet, dort hättet ihr den Stein *nicht* versteckt, richtig?«

»Richtig. Wenn er so wertvoll wäre, wie du sagst, hätte ich ihn woanders verborgen.«

»Wo genau? Ich verspreche Euch, dass ich das Wissen darüber nicht zu Eurem Nachteil einsetzen würde.«

Meister Kildar blickte auf das Elcanium in seiner Hand. »Cunatos hat dieses Versteck bewacht. In der Scheune gab es einen Keller, in dem Weinfässer lagerten. Um präzise zu sein, waren es nicht meine. Sie stammten vom Vorbesitzer, dem ich das Anwesen abgekauft hatte. Damals gab es noch einen Verbindungsgang vom Haupthaus zur Scheune, um die Fässer leichter in den Weinkeller zu schaffen. Ich habe ihn zumauern lassen, damit mich dort niemand störte. Wein sagt mir nach wie vor nicht zu. Egal, wie alt oder edel er sein mag. Ich habe diese Weinfässer dort nicht ein einziges Mal angerührt.« Er hob die Hände, als hätte Milo ihm vorgeworfen, ein Trinker zu sein.

»Und?«

»Im hinteren Raum des Weinkellers gab es zwar auch Weinfässer, aber dort unten habe ich hin und wieder auch mit Dingen experimentiert, die die Leute besser nicht mitbekamen. Nahe dem

Fenster befanden sich zwei Fässer, die nicht mit Wein befüllt waren, sondern mit solch Schätzen wie dem, was du eben genannt hast.«

»Danke. Ihr wisst nicht, wie wichtig diese Auskunft ist.«

»Darf ich es behalten?« Er hielt das Stück Elcanium hoch.

»Natürlich. Es gehört Euch.« Milo schritt langsam rückwärts. »Bitte erzählt Tidor nicht, dass ich hier gewesen bin.«

»Ich kenne ja nicht einmal deinen Namen«, sagte er mit nur dem Anflug eines Lächelns.

»Das ist vielleicht auch besser so.«

Milo stellte die Kerze auf die unterste Stufe und eilte die Treppe hinauf. Er schlüpfte aus dem Loch und wollte gerade den Eingang hinter sich so herrichten, wie Tidor ihn verlassen hatte, da vernahm er ein vertrautes Lachen. Wie ein Erdmännchen, das Gefahr gewittert hatte, stellte er sich aufrecht hin, hielt den Atem an und lauschte.

Er musste keine fünf Sekunden warten, da ertönte es erneut. Sofort schnellte seine Hand zum Amulett an seiner Brust. Das Lachen kam vom Hafen. Er täuschte sich nicht. Oft genug hatte er es gehört. Zwar gefühlt vor Jahren, doch das änderte nichts daran, dass sich gerade eine Wärme von seinem Herzen aus im ganzen Körper wie ein süßes Gift ausbreitete. Kara.

Er dachte wieder an die brennende Neue Markthalle. Plötzlich kam ihm eine Idee. Er drehte sich um, zwängte sich erneut durch das Loch in den Schuppen und sprang die Treppen hinab. Unten traf er auf einen überraschten Meister Kildar, der noch immer mitten im Raum stand und auf das Elcanium in seinen Händen starrte.

»Sagt mir noch eines: Hattet Ihr auf Eurem Anwesen irgendwo etwas, das gut brennt? Metallstücke vielleicht? Kein Schießpulver. Sondern etwas, das länger als ein paar Sekunden in Flammen steht.«

Meister Kildar wirkte verdutzt. Aber nachdem er schon das

Stück Elcanium seines toten Vari bekommen hatte, hinterfragte er nicht mehr, was hier genau vor sich ging. Er nickte langsam. »In den Regalen des hinteren Weinkellers müsste es einen weißen Topf geben, in dem Magnesium in Form von Pulver lagert. Das sollte etwas länger brennen.«

»Super! Ich bin Euch zu tausend Dank verpflichtet.«

Draußen angelangt verschloss er den Eingang ordentlich. Er rannte zur Planke und war so schnell unterwegs, dass er beinahe im Wasser gelandet wäre, hätte er nicht im letzten Augenblick das Gleichgewicht wiedergefunden. Karas Lachen drang ein weiteres Mal an seine Ohren, jetzt aber nur noch aus der Ferne. Eile war geboten.

Er schwang sich auf die Brücke, sprintete die Gasse entlang und befand sich kurz darauf auf der Straße. Ohne auf seine Umwelt zu achten, lief er weiter, bis er vor der Kreuzung zur Hafenpromenade keuchend zum Stehen kam.

Er blickte hinter der Mauer hervor. Da war sie. Gemeinsam mit einem weiteren Mädchen, das Delya sein musste, sowie vier breitschultrigen Männern, die wie Leibwächter mit etwas Abstand vor und hinter ihnen liefen. Milo umschloss sein Amulett fest in der Hand und verspürte den Drang, zu ihr zu gehen, sie zu umarmen, in die Höhe zu heben und in ihr Gesicht zu blicken, mit dem strahlenden Lächeln und den Grübchen, die sich über ihren Mundwinkeln bildeten.

Aber sie würde ihn nicht erkennen. Trotzdem konnte er die Gelegenheit nicht einfach so im Sande verlaufen lassen. Ob er sie jemals wiedersehen würde? Das war nicht sicher.

Einmal noch. Einmal wollte er ihr Gesicht sehen. Vorsichtig schob er sich um die Ecke und folgte ihnen im sicheren Abstand. Sobald er es geschafft hatte, würde er sich zurück nach Polyrica schicken.

KAPITEL ZWANZIG

Emma öffnete verwirrt die Augen. Sie musste eingedöst sein. Mats stand neben dem Fenster und blickte schweigend hinaus.

»Entschuldige, dass ich so müde gewesen bin.«

Er drehte sich zu ihr und legte ein Lächeln auf. »Kein Problem. Ich habe nichts in den Museen gefunden. Wenn die Wache vorbeikommt, können wir zur Scheune.«

Ein paar Minuten später huschten sie über den Rasen. Das Innere der Scheune sah genauso wild aus wie am Vortag. Statt des brennenden Daches ragten jetzt lediglich noch vereinzelte verkohlte Balken wie ein Gerippe in die Höhe, auf denen es sich ein Vogel bequem gemacht hatte, der hin und wieder zwitscherte.

»Ich schaue mich oben um«, sagte Emma und suchte vergeblich nach einer Leiter. Sie baute mit den Kisten auf dem Boden einen Stapel, um auf das obere Stockwerk blicken zu können. Säcke lagen kreuz und quer übereinander, teilweise war das Getreide bereits durch Löcher hinausgetreten, als hätte sie jemand einfach von unten hinaufgeworfen, ohne sich Gedanken darüber zu machen, ob sie es heil überstanden oder nicht. Ansonsten klebte überall Stroh und manch Balken wirkte verbrannt. Nichts, was ihnen weiterhelfen konnte.

Sie kletterte hinab und gesellte sich zu Mats, der in den Bereich links vom Eingang gegangen war. Dort, wo die Ketten des Vari auf dem Boden verstreut lagen.

»Hier muss der Vari von Meister Kildar gelebt haben«, sagte sie. Ihr fiel ein, dass Mats vermutlich nicht wusste, was ein Vari war. »Weißt du, eine Art Haustier, aber nicht wie ein Hund oder eine Katze, sondern zumeist eine Mischung mehrerer wilder Tiere. Ich glaube, er hatte einen gepanzerten Eisbären.«

»Mit Schuppen, die Pistolenkugeln abhalten«, fügte Mats beiläufig hinzu.

Emma stutzte. »Genau. Woher weißt du das?«

Er zuckte beiläufig mit den Schultern und durchsuchte die Kisten an den Wänden. »Habe ich geraten. Du meintest doch, dass er einen Panzer gehabt hätte.«

Emma dachte sich nichts dabei und kickte die verkohlten Bretter vor ihren Füßen zur Seite, als sie plötzlich eine Luke auf dem Boden entdeckte.

»Mats, komm mal her.«

Gemeinsam legten sie den Eingang frei und klappten die Luke um. Eine steinerne Treppe führte hinab und ein blasser Lichtschein drang durch eine Tür auf das Mauerwerk.

»Wir brauchen eine Laterne«, flüsterte sie und wollte gerade eine holen.

Er hielt sie jedoch zurück. »Warte. Lass uns erst schauen, ob dort unten etwas ist. Was auch immer dieser Vari bewacht hat – wir sollten es nicht aufschrecken.«

Emma nickte. Sie folgte ihm und stützte sich an den kalten Mauern ab. Außer ihren Schritten war nichts zu hören. Vielleicht war jetzt der richtige Zeitpunkt, um Mats die Lüge aufzutischen, dass sie Gruselfilme hasste – je nachdem, was sie dort unten erwartete. Es ging nur ein paar Meter hinab, ehe sie vor einer Tür mit einem vergitterten Fenster stehen blieben. Vorsichtig lugte Emma neben Mats hinein. Irgendwo musste eine Öffnung oder ein Fenster sein, denn das Licht, das auf die Weinfässer in ihrem Sichtfeld fiel, wirkte nicht künstlich, sondern eher wie Tageslicht. Weinfässer und Gruselgeschichten passten nicht wirklich zusammen. Sie musste mit ihrer Lüge noch warten. Der Keller mit den vielen Blutspuren könnte besser geeignet sein.

»Ich glaube, da ist nichts Lebendiges«, flüsterte Mats. Trotzdem holte er die Pistole hervor und lehnte sich gegen die Tür. Sie bewegte sich nicht.

Emma entdeckte einen Riegel, der bis zur Mauer geschoben war. Sie tippte Mats auf die Schulter und zeigte darauf. Er nickte wortlos und zog ihn zurück.

Vorsichtig schob er die Tür auf und sie betraten den Raum. Emma hielt sich in Mats' Rücken. Ein schmales Fenster befand sich knapp unterhalb der Decke, die gleichzeitig der Boden der Scheune sein musste. Es war ein echter Weinkeller. An den Wänden waren hölzerne Gestelle aufgebaut, in denen in der unteren Reihe große bauchige Eichenfässer ruhten, in der oberen kleinere, die auch zwei kräftige Männer tragen konnten. Es passten nicht alle auf die Gestelle, sodass auch welche mitten im Raum standen.

Sie schritt an ihnen vorbei und fühlte über das alte Holz. Ihren Eltern würde dieser Anblick sicher gefallen. Mats indes schien sich nicht für die Fässer zu interessieren, sondern öffnete eine weitere Tür.

»Auch nur Weinfässer.« Er untersuchte den Deckel des Fasses neben sich. Im nächsten Moment hatte er einen Holzstöpsel in der Hand.

Emma ging zu ihm und schaute auf das Loch. Es war so klein, dass sie nicht einmal ihre Hand hineinstecken konnte.

»Wie bekommt man die denn auf?«, murmelte er nachdenklich.

Sie blickte sich um. Unterhalb der Gestelle lagen alte Holzlatten, ebenso standen welche in der Ecke. Mit denen konnten sie aber nichts anfangen. Auf einem Fass unter dem Fenster entdeckte sie dafür eine Art Kelle. Ein ungefähr dreißig Zentimeter langer, gerader Stab mit einem zylinderförmigen Etwas dran, das wie ein klitzekleines Fass aussah. Der Stab war nicht aus Holz, sondern aus Metall und lag ihr schwer in der Hand. Es erinnerte sie von der Form her an eine umgedrehte Feuerwerksrakete, nur ohne Spitze.

»Hiermit vielleicht?« Sie reichte es ihm.

Mats führte den Stab in das Loch. Es passte genau. Als er es wieder hochholte, war etwas Flüssigkeit in dem zylinderförmigen Teil.

Er tunkte seinen Finger hinein und leckte ihn ab.

»Spinnst du, es könnte gif–«, wollte Emma gerade protestieren, da unterbrach er sie.

»Wein. Ganz normaler Wein.« Er reichte ihr die Kelle, aber sie verzichtete.

Er steckte es zurück ins Loch und hielt es schräg. Mit einem kräftigen Ruck zog er daran und der Deckel baumelte an der Kelle.

»So geht das also«, sagte Emma und beugte sich staunend über das Fass. Wellen durchzogen die glatte Oberfläche. »Warte«, sagte sie und holte eine der Holzlatten, mit der sie im Fass rührte.

»Warum …?«, begann Mats.

»Ich will nur nachsehen, ob etwas auf dem Boden ist.« Doch mehr als den Widerstand des Weins spürte sie nicht.

»Das geht auch einfacher«, sagte Mats. »Mach mal Platz.«

Er stemmte sich gegen das Fass und warf es um. Sie hatte nicht gedacht, dass er so stark war. Mit einem Schwall ergoss sich der Wein auf dem Boden und bildete einen roten Teppich. Mats spähte hinein. »Leer.«

Er öffnete mit der Kelle ein weiteres Fass am anderen Ende des Raumes auf die gleiche Weise und kippte es wieder aus. »Auch leer.« Dasselbe machte er mit zwei Fässern auf den Gestellen. Es roch mittlerweile unangenehm stark nach Alkohol.

»Du willst doch nicht jedes einzelne Fass ausleeren, oder?«

»Lass mich drüben noch zwei aufmachen.«

Sie trat in die Tür und beobachtete ihn dabei. Er nahm sich ein Fass unter dem Fenster vor und als er den Deckel heraushebelte, ergoss sich die Flüssigkeit auf dem Boden. An der Wand links entdeckte sie einen langen Tisch mit Regalen darüber, in denen Töpfe und Krüge aneinandergereiht standen. Sie nahm sich einen Topf herunter und blickte hinein. Ein dunkles Pulver. Offenbar hatte Meister Kildar hier experimentiert.

»Scheint so, dass hier wirklich nur Wein drin ist«, sagte Mats. »Meinetwegen können wir jetzt nach Werkzeug für die Kellertür suchen.«

Oben neben dem Wassertrog hingen Gartengeräte wie Schaufeln, Spaten und Rechen an der Holzwand, jedoch nichts im Stile eines Dietrichs. Auch in den Kisten, die mal an der Wand standen, mal zur Seite gekippt waren und ihren halben Inhalt auf dem Boden verteilt hatten, wurden sie zunächst nicht fündig. Dann legte Emma aber eine längliche Truhe frei, öffnete sie und blickte auf eine lange Eisenstange hinab.

»Schau mal.«

Mats kam zu ihr und wiegte die Stange in den Händen. »Sehr gut. Das müsste klappen.«

Nachdem sie die nächste Patrouille abgewartet hatten, begaben sie sich mit einer Kerze in den Keller.

Mats setzte mit der Eisenstange im Türspalt an und schob sie langsam hin und her.

»Nicht zu feste«, zischte Emma. »Sonst hören uns noch die Wachen.« Sie blickte gebangt zu den Gittern seitlich der Treppe. Ihr Brustkorb hob und senkte sich spürbar. Nicht nur wegen des Unbekannten, das sie hinter der Tür erwartete, und der steten Furcht, dass die Wachen sie entdecken konnte, war sie angespannt – jetzt, da sie kurz davor war, Mats ihre Lüge zu erzählen, schlug ihr Herz gefühlt noch schneller.

»Keine Angst. Ich habe es gleich.« Mats stemmte sich gegen die

Stange und im nächsten Augenblick schwang die Tür auf. Gerade noch rechtzeitig bewahrte er sie davor, krachend an die Wand zu knallen. »Leuchte mal rein.«

Vorsichtig machte Emma einen Schritt nach vorne und hielt die Kerze in den Raum. Obwohl sie noch nicht viel sehen konnte, bekam sie Gänsehaut und ein Schauer lief ihr kalt den Rücken herunter. »Hast du noch die Pistole?«

Er holte sie aus seinem Gürtelbund.

»Dann du zuerst. Hier, nimm die Kerze.«

»Die brauche ich nicht. Geh mal ein Stück zurück.«

Nichts lieber als das, dachte Emma, und trat zur Seite. Wie ein Polizist hielt er die Pistole mit ausgestreckten Armen fest in beiden Händen. Er drehte sich blitzschnell nach links und rechts, ehe er die Arme sinken ließ und die Waffe wieder verstaute.

»Hier ist nichts.«

Emma trat ein und sah sich um. Der Raum erinnerte sie von der Größe her an eine Gefängniszelle, wie sie sie aus Filmen kannte. Von »nichts« konnte nicht die Rede sein. Drinnen war noch mehr getrocknetes Blut als draußen – an den Wänden, aber vor allem auf dem Boden. Ein Fass stand in der einen Ecke und ein Stapel Decken lag auf der gegenüberliegenden Seite. »Was ist hier bloß geschehen?«, flüsterte Emma.

»Scheint so, als ob Kildar einige Feinde hatte, die verschwinden mussten.«

Emma schluckte. Wenn Meister Kildar tatsächlich seine Widersacher hier unten eingesperrt hatte und sterben ließ, wollte sie so schnell wie möglich weg von diesem Ort. Jetzt musste sie aber die Gelegenheit für ihre Lüge nutzen.

»Hier sieht es wie in dem Gruselfilm aus, den ich letztens mit Milo angesehen habe«, sagte sie. »Also mit dem echten Milo, meine ich. Da hat ein Typ mit einer weißen Maske unschuldige Menschen gejagt. Ich hatte total Angst, aber Milo hat gemeint, dass er den Film gut fand. Konnte ich absolut nicht nachvollziehen.«

Mats ging nicht darauf ein, sondern begab sich zu den Decken. »Guckst du noch ins Fass? Ich schaue mir die hier an.«

Sie war sich nicht sicher, ob er ihr zugehört hatte. Aber die Sätze einfach zu wiederholen, würde ihn womöglich misstrauisch werden lassen. Sie musste es gleich noch einmal erwähnen.

Emma wandte sich um. Wenn hier jemand eingesperrt gewesen war, wollte sie nicht wissen, was in dem Fass war. Aber da der typische Geruch von Exkrementen fehlte, traute sie sich vor. Trotzdem hielt sie sich die Nase zu, als sie in der Ecke angelangt war. Sie beugte sich vorsichtig darüber, ihre Befürchtung bewahrheitete sich jedoch nicht. Das Fass war leer. Ihre Muskeln entspannten sich.

»Nichts.«

»Hier auch nicht.«

Jetzt konnte sie es erneut probieren. »Zum Glück. Dieses Loch hier erinnert mich zu sehr an diesen Gruselfilm.« Wieder sagte er nichts, sondern verließ den Raum und steuerte auf die Treppe zu. Warum nur? Emma befürchtete, dass er den Köder noch immer nicht geschluckt hatte. Sie nutzte den Weg die Treppe hoch für eine andere Lüge.

»Das gibt es doch nicht! Wo hat er ihn bloß versteckt?«, begann sie und versuchte, es nicht zu gekünstelt klingen zu lassen. »Wenn doch nur Alexis hier wäre.«

»Alexis?« Endlich blieb er stehen und drehte sich zu ihr um.

Na bitte, dachte Emma. »Mein Hund«, fügte sie schnell hinzu.

Mats blickte sie schief an. »Ich dachte, du hast keine Haustiere.«

Sie schlug sich gedanklich mit der Hand vor die Stirn. Hatte sie ihm das wirklich erzählt, als sie nach Caduco gekommen waren? Egal, irgendwie musste sie die Situation nun retten.

»Ja. Aber wir hatten mal einen.« Ihr fiel wieder ein, dass sie von Hannahs Tierhaarallergie berichtet hatte. »Bei Alexis hatte meine Schwester noch keine Allergie. Erst danach. Alexis hatte eine so gute Nase, dass er alles erschnüffeln konnte. Wahrscheinlich hätte es gereicht, ihm in sein Schlappohr zu flüstern, wie der grüne Stein aussah – er hätte ihn gefunden.« Sie gluckste.

»Ach so. Und hätte er dich auch vor dem Maskenmann beschützen können?«

Emma war so erleichtert, dass sie vergaß, zu antworten. Erst als sie Mats' erwartungsvollen Blick bemerkte, gewann sie ihre Fassung wieder und strich sich hastig ein paar Strähnen hinters Ohr.

»Nein, dafür wäre er zu ängstlich gewesen. Aber du bist ja da.« Sie zwinkerte ihm zu und schob sich an ihm vorbei.

In der Küche dachte Emma laut über den grünen Stein nach. »Nur im großen Saal, im Dienstflügel und in den Hütten der Wachmänner sind wir noch nicht gewesen. Aber ich glaube kaum, dass der grüne Stein in den Hütten ist – so nah am Haupteingang.«

»Immerhin von den Wachen beschützt.« Er schnappte sich einen Apfel aus dem Obstkorb neben sich und drehte ihn in den Fingern. »Bevor wir uns Gedanken um die Hütten machen, sollten wir uns um den Saal kümmern. Dann hätten wir auch die Halle hinter uns.«

»Na gut.«

»Aber es ist schon spät. Vermutlich wird es schon dunkel sein, wenn wir mit der Halle durch sind.« Mats warf den Apfel ein paar Mal in die Luft und legte ihn dann zurück. »Auf geht's.«

KAPITEL EINUNDZWANZIG

Milo folgte Kara und Delya schon seit geraumer Zeit. Sie taten ihm nicht den Gefallen, sich zu ihm umzudrehen, sondern blickten meist nur auf den Ozean, wenn sie stehen blieben. Einmal hatte Milo das Gefühl gehabt, einer der Leibwächter wäre auf ihn aufmerksam geworden. Daraufhin hatte er sich hinter einem Speichergebäude versteckt und wertvolle Zeit verloren.

Mittlerweile waren sie an der großen Turmuhr vorbei und näherten sich somit der wohlhabenden Gegend von Coholmia. Wenn er es nicht bald schaffte, würde sie auf Domos' Anwesen verschwinden und er würde ihr Gesicht nicht mehr sehen können. Also beschleunigte er seine Schritte und wollte sie in einer Parallelstraße zur Hafenpromenade überholen, damit sie auf ihn zukam und er ihr nicht mehr hinterherlief. Es war ihm jetzt auch egal, dass er eigentlich nicht von Personen gesehen werden wollte, auf die er schon einmal getroffen war.

In dem Moment, als er abbog, packte ihn jemand am Kragen und riss ihn herum. Zwei grimmige Wachen standen breitbeinig vor ihm, die Hände in die Hüften gestemmt.

»Was wird das, Junge?«, fragte der ältere der beiden und zeigte Richtung Kara. »Was beobachtest du die Leute?«

»Tue ich nicht.«

»Nicht? Du läufst den Mädchen doch schon die ganze Zeit hinterher.«

»Mädchen?«, wiederholte er, versuchte eine unschuldige Miene aufzusetzen und blickte sich ahnungslos um. »Nein, ich … ich genieße nur den stillen Abend.«

»Wenn du uns weiter anlügst, genießt du gleich die stillen Mauern im Arrest.«

Milo wusste, dass mit den Wachen nicht zu spaßen war. Aber ihm wollte kein Grund einfallen, wieso sie ihn weiter in Karas Richtung gehen lassen sollten. Sein Kopf war leer. Dabei brauchte er doch gerade in diesem Augenblick eine zündende Idee. Vergebens.

»Also?«, fragte der Wachmann mit einem Knurren in der Stimme.

Milo sah nur einen Ausweg. Auch wenn dieser bedeutete, dass er Karas Lächeln nicht mehr erleben würde. Nicht in diesem Abenteuer.

Er nahm all seinen Mut zusammen, sprang blitzschnell vor und schubste die Wache nach hinten. Dann rannte er in Richtung Stadt, die Männer auf seinen Fersen. Sie riefen laut, jemand solle ihn aufhalten. Doch Milo war schneller und niemand tauchte auf, der sich ihm in den Weg stellen konnte. Als er eine Seitengasse fand und außer Sichtweite der Wachen war, schickte er sich schweren Herzens zurück nach Polyrica.

»Ich weiß, wo er ist.«

Milo stand am Tisch in der Kommandozentrale. Saloquim navigierte die Auswahl der Fliese auf die rötlich pulsierende, die zu Emmas Buchwelt gehörte, und verließ seinen Sessel.

»Der Dämon ist nach wie vor in der Buchwelt. Wir glauben, dass er den Aventurin noch immer nicht gefunden hat. Doch die Zeit läuft uns davon.« Er zeigte auf den Boden, der einem orientalischen Teppich glich. Die Mehrzahl der Fliesen war schon gelb, manche sogar orangefarben. Nur wenige strahlten noch weiß, als ob sie mit aller Macht zeigen wollten, dass weiter Hoffnung bestand. Oder dass sie mit dem Untergang von Polyrica nichts zu tun haben wollten. »Lediglich eine Handvoll Kinder hat sich in der Zwischenzeit dazu entschieden, zurückzukommen. Die meisten scheinen ihre Abenteuer so sehr zu genießen, dass sie nicht weg wollen. Oder nicht können.« Er zuckte mit den Schultern. »Du musst dich zum Aventurin begeben.«

Milo bereitete sich in Gedanken auf seinen finalen Sprung in Emmas Buchwelt vor. »Haben wir noch etwas aus der Buchwelt, das ich mitnehmen kann?« Er schielte zur Wand.

Saloquim ließ das Fach herausfahren. »Nur noch ein bisschen Geld. Den Dolch hattest du ja bereits das erste Mal eingesteckt.«

Milo nahm das Säckchen mit den Münzen entgegen und stopfte es in seine Hosentasche. Dann schritt er mit Saloquim auf die Nebelwand zu. Ein letztes Mal drehte sich Milo zu Mats um. Milo versuchte, entschlossen und mutig zu nicken. Da fiel ihm etwas ein.

»Mats, ich habe noch eine Frage an dich.«

Mats trat hervor und blickte ihm mit großen Augen an, als würde er einen Spezialauftrag erhalten.

»Als du in der Welt des Dämons warst – hattest du das Gefühl, dass der Dämon Angst vor Feuer hatte?«

»Vor Feuer?«

»Genau. Bitte, denk nach.«

»Ich … Ich weiß nicht. Also … Moment. Ja, doch. Jetzt, wo du es sagst. Ich habe mich einige Male über das Verhalten des Dämons gewundert. Stimmt. Das kann gut sein.«

Saloquim schnaubte belustigt. »Ein Dämon mit Angst vor Feuer. Das habe ich auch noch nie gehört.«

»Danke, Mats«, sagte Milo und folgte Saloquim zur Nebelwand.

In Emmas Raum stürzte sich Saloquim auf das Buch. »Nach den ersten beiden Sprüngen können wir besser navigieren. Damit du direkt auf das Anwesen von Meister Kildar gelangst, brauchen wir die entsprechende Stelle auf der Seite.«

Er fuhr sie mit dem Finger durch und blieb beim letzten Abschnitt hängen. Dann kramte er die Zauberkörner hervor. Milo nahm das Buch an sich. Ja, da waren die Gebäude, der weitläufige Rasen und sogar die Scheune beschrieben. Besser ging es nicht.

»Die Stelle ist ideal«, meinte er zu Saloquim, der gerade dabei war, die Körner auf dem Zylinder auszubreiten. Das alte Männchen hatte die Stirn in Falten gezogen und schichtete sie immer wieder neu zu kleinen Haufen. So, als ob er nachzählen würde.

»Was ist?«, fragte Milo. Saloquim antwortete nicht. Milo trat ungeduldig vom einen auf den anderen Fuß.

»Ich fürchte«, begann Saloquim und füllte sie erneut in das Säckchen. »Wir haben nicht mehr genug.«

»Was soll das heißen?« Milo wurde heiß. Endlich wusste er, wo sich der Aventurin höchstwahrscheinlich befand, und nun das? Saloquim hatte doch gesagt, es wären drei Sprünge möglich. Wie hatte er sich bei den ersten beiden so verschätzen können? »Kommen wir nicht mehr in die Buchwelt?«

Saloquim hob beschwichtigend die Hände. »Doch, das schon. Aber es reicht nicht, um zu diesem letzten Abschnitt zu springen.«

»Wieso nicht?«

»Je nachdem, wie viele Körner wir einsetzen, landest du weiter oben oder unten auf der aufgeschlagenen Seite. Mit dem Rest hier können wir nur etwas auf der ersten Hälfte einer Seite als Ziel nehmen.«

Milo atmete tief aus. Dennoch machte es das Ganze nicht leichter. Er las die oberen paar Absätze durch, doch darin war die

Umgebung beschrieben. Deswegen war er beim ersten Sprung auch im Wald gelandet. Er blätterte eine Seite zurück. Dort stand nichts Brauchbares. »Wenn wir nicht direkt auf das Anwesen kommen, wie gelange ich dann drauf?«

»Wie hast du es denn zuvor gemacht?«

»Ich hatte Hilfe. Von Emma ... also, vom Dämon. Er hat mir auf die Mauer geholfen. Allein schaffe ich das nicht. Ich werde eine Leiter oder etwas in der Art benötigen.«

Milo blätterte weiter und flog über die ersten Abschnitte. Ganze vier Seiten war er zurückgegangen, als er einen Absatz über den Hafen und die Küstenlinie entdeckte. »Hier. Schau mal.« Er reichte Saloquim das Buch. »Es ist zwar ganz unten am Wasser, aber zumindest wird nur in einem Nebensatz erwähnt, was sich außerhalb der Stadtmauern befindet. Ich könnte bei meinem Gasthaus vorbei und den Besitzer nach etwas fragen, womit ich es auf das Anwesen schaffe.«

»Das wäre möglich«, sagte Saloquim langsam und fuhr mit dem Finger über die Zeilen. »Also, gut. Mach dich bereit. Ich streue ein paar Körner auf diese Seite hier, damit du in sie eintauchen kannst.«

Milo trat vor die Filmwand. Er zog die Luft tief durch die Nase ein und ließ sie mit einem Mal wieder heraus. Er fühlte sich wie im Sitz einer Achterbahn im Freizeitpark an dem Punkt, wo man weiß, dass von jetzt auf gleich beschleunigt und man in den Sitz gedrückt wird. Mit dem Ärmel seines Hemds wischte er sich über die Stirn. *Ich schaffe das*, sagte er sich. Er war stark genug. Er kannte den Ort des Aventurins. Und er wusste, womit er den Dämon besiegen konnte, falls er ihm doch in die Quere kommen sollte. *Ich schaffe das.*

»Bereit?«, fragte Saloquim.

»Bereit!«

Der Boden war weich. Als er sich aufstützen wollte, versank er leicht in ihm. Sand! Er richtete sich auf, klopfte sich den Sand von der Kleidung und versuchte, sich zu orientieren. In der Ferne erstreckte sich Caduco mit seinem erleuchteten Hafen. So weit weg, dass es wie eine Ansammlung von Glühwürmchen wirkte.

»Mist«, zischte er. Das durfte doch nicht wahr sein! Wie viel Pech konnte er denn haben? Er war wieder außerhalb der Stadtmauer gelandet. In einiger Entfernung entdeckte er sie. Hinter ihm lag der Wald, den er bereits kannte.

Es half nicht, sich zu ärgern. Er musste so schnell wie möglich in die Stadt gelangen. Aber welchen Weg sollte er wählen? Auf Nummer sicher gehen und durch das Tor weiter oben? Oder konnte er sich den Umweg sparen und die Mauer am Ufer umrunden?

Er entschied sich für die zweite Option und stapfte los. Zunächst eilte er am Wasser entlang, merkte aber bald, dass er so nur langsam vorankam. Er wechselte auf den Trampelpfad im Gras weiter oben. Schon besser.

KAPITEL ZWEIUNDZWANZIG

Emma und Mats spazierten am Hafen entlang. Zuvor hatten sie das Abendessen in frischen Kleidern zu sich genommen und wollten sich jetzt ein wenig Abwechslung vom Rest des Tages gönnen.

Sie waren bei ihrer Suche auf Meister Kildars Anwesen nach wie vor erfolglos geblieben. Den Dienstflügel hatten sie nicht mehr geschafft, da sie sich der einsetzenden Dunkelheit hatten geschlagen geben müssen. Mit Kerzen in den Räumen zu suchen, war nicht in Frage gekommen – viel zu leicht hätte man sie durch die Fenster entdecken können. Sie würden am nächsten Tag weitermachen. Auch wenn sich Emma kaum vorstellen konnte, dass Meister Kildar den grünen Stein einem Diener oder einer Dienerin zur Verwahrung gegeben hatte. Es wäre jedoch töricht, deswegen nicht die Zimmer zu kontrollieren.

Die Szenerie an der Hafenpromenade brachte Emma auf andere Gedanken. Endlich an der frischen Luft und ohne sich verstecken zu müssen. Die Schiffe schaukelten sanft auf dem Wasser, in dem sich die Fackeln und Laternen glitzernd wie der Sternenhimmel spiegelten. Hier und da sprangen kleine Kinder auf den Stegen zwischen den Beibooten umher oder spielten Fangen.

Sie kamen zu dem Teil des Hafens, an dem nicht mehr Lagerhallen und Speichergebäude standen, sondern sich Wirtshäuser aneinander drängelten. Von kleinen, schwach beleuchteten Kellern bis hin zu brechend vollen Schankstuben, in denen fröhlich Musik gespielt, gegrölt und geschunkelt wurde. Teilweise mussten sie den tanzenden und lallenden Gestalten ausweichen, die auf die Straße liefen und nur nicht ins Hafenwasser plumpsten, da die Hafenmauer sie davon abhielt. Hier und da hatten die Stadtwachen damit zu tun, den ein oder anderen, der nicht mehr geradeaus gehen konnte, nach Hause zu helfen. Schon die zahlreichen Stadtwachen, denen sie vorhin auf dem Rückweg von Meister Kildars Anwesen zum Gasthaus begegnet waren, hatten sich nicht für sie interessiert. Nach den Toden von Pignos und Meister Kildar schienen mehr Wachen unterwegs zu sein als sonst.

Vor der nächsten Kneipe waren Bänke und Tische aufgebaut, an denen eine Gruppe Männer wild durcheinanderredete und das Bier eimerweise ihre Kehlen herabfloss. Es erinnerte Emma an einen Junggesellenabschied. Gefühlt jede Minute kamen Schankmaiden mit vollen Krügen nach draußen und sorgten für Nachschub.

Emma und Mats beobachteten das Gelage für eine Weile und setzten ihren Spaziergang dann fort. Plötzlich rief hinter ihnen eine Frau etwas. Wahrscheinlich hatte einer der Männer sie unsittlich berührt, dachte Emma, und ging unbeirrt weiter, weil sie nicht wie eine Gafferin wirken wollte.

»He, du, Mädchen! Bleib stehen!«

Jetzt wurde sie doch neugierig. War sie etwa gemeint? Als sie sich umdrehte, kam tatsächlich eine Schankmaid auf sie zu. Emma tippte sich auf die Brust und formte mit den Lippen ein lautloses »Ich?«.

»Ja, genau du.«

Mats zupfte Emma am Arm und wollte sie mit sich ziehen. »Lass uns lieber weiter.«

Doch sie war so überrascht, dass sie sich nicht wegbewegen konnte.

Im nächsten Moment stand die Frau vor ihr. Auf ihrer Stirn glänzten Schweißperlen und dunkle Strähnen fielen ihr ins Gesicht, die sie mehr schlecht als recht hinter die Ohren geschoben hatte. Sie blickte mit müden Augen und hochgezogenen Augenbrauen auf Emma herab. »Dich kenne ich doch.« Ihre Stimme klang freundlich.

Emma schaute sie ratlos an. Sie konnte sich nicht erinnern, die Frau schon einmal gesehen zu haben.

»Du hast letztens mit deinem Freund in der Honigstube gesessen und dabei deinen Hut vergessen«, fügte die Schankmaid hinzu. »Er liegt noch immer dort auf der Fensterbank. Du kannst ihn dir abholen.«

Emma drehte sich unschlüssig zu Mats. Wann sollten sie dort gewesen sein? Und von welchem Hut sprach die Frau?

Er machte einen Schritt nach vorne. »Das muss ein Irrtum sein.«

»Ganz sicher nicht. Ich –«

»Doch!«, sagte er bestimmt und schob die Schankmaid an ihren Unterarmen ein Stück zurück.

Widerwillig schüttelte sie ihn ab und setzte einen verärgerten Gesichtsausdruck auf. »Kein Grund, mich anzufassen.«

»Lasst uns in Ruhe!« Er legte schützend einen Arm um Emmas Schulter. Wie ein großer Bruder nahm er sie aus der Schusslinie und ließ die Schankmaid stehen. »So eine Spinnerin«, meinte er leise. »Hat wohl nicht nur Bier serviert, sondern selbst welches getrunken. Wahrscheinlich pöbelt sie jedes Mädchen an, das vorbeikommt.«

Emma nickte, war in Gedanken aber nicht mehr neben Mats. Stattdessen dachte sie über die Worte der Frau nach. Der Name

»Honigstube« sagte Emma nichts. Es wunderte sie auch, dass Mats so rigoros dazwischen gegangen war. Sie wusste nicht, wie sie die Szene eben einordnen sollte, durfte sich aber nichts anmerken lassen. Am besten spielte sie einfach mit.

»Ja, wahrscheinlich nur eine Spinnerin. Ich habe sie jedenfalls noch nie gesehen.«

Sie bogen in Richtung Hauptstraße ab. Nach wenigen Metern hielt Mats auf einmal inne und drückte Emma an die Hauswand. Sie verschluckte sich fast vor Schreck und wollte sich befreien, aber seine Arme waren stärker.

»Was soll das, Mats? Du tust mir weh!«

»Hast du das auch gehört?« Er ließ sie los und lauschte in die Stille.

»Was?«

»Ich glaube, da war etwas hinter uns. Warte hier.« Er schlich zurück zur Hafenpromenade und verschwand hinter der Ecke.

Emmas Herz schlug schneller. Wer sollte sie verfolgen? Da war doch nur die Schankmaid gewesen, die Mats klar und deutlich abgewimmelt hat. *Kein Grund, mich anzufassen,* hallte es in Emmas Ohren wider. Was, wenn … Sie schlug sich mit der Hand gegen die Stirn.

Gerade eben hatte sie sich noch gewundert, warum Mats die Schankmaid weggeschoben hatte, jetzt glaubte sie, eine Erklärung gefunden zu haben. *Kein Grund, mich anzufassen.* Was hatte Milo behauptet? Dass der Dämon die Gestalt derjenigen annehmen konnte, die er berührt hatte? Er hätte sie auch mit Worten wegstoßen können. Wieso war er handgreiflich geworden?

Emmas Puls raste. Wenn dem wirklich so war, dann … dann bedeutete das was? Auf jeden Fall, dass sie in Gefahr war. Für weitere Gedanken hatte sie keine Zeit, denn sie hörte Schritte näherkommen.

Es würde sie nicht wundern, wenn gleich die Schankmaid um die Ecke käme. Oder besser gesagt: der Dämon in der Gestalt der

Schankmaid. Ein paar Sekunden vergingen, ehe die Frau tatsächlich auftauchte. Aber sie war nicht allein. Mats lief neben ihr. Emma stutze. Dann war das doch die echte Schankmaid?

Statt sich wie eben zu streiten oder anderweitig aufeinander loszugehen, unterhielten sie sich gesittet. Emma wusste nicht, was sie davon halten sollte. Eben noch war sie sich sicher gewesen, dass Mats ein Dämon war.

Die Frau presste die Handflächen aneinander, als sie vor Emma stehen blieb. »Es tut mir unendlich leid. Mir ist aufgefallen, dass ich mich geirrt habe. Du siehst jemandem zum Verwechseln ähnlich, da haben mir meine Augen gerade einen Streich gespielt. Es war ein Irrtum. Entschuldigung angenommen?«

Emma nickte langsam und murmelte ein »Ja«.

»Danke. Wie gesagt, wird nicht noch einmal passieren. Genießt noch den Abend.« Sie winkte zum Abschied.

»Na sowas«, sagte Mats. »Hat sich zum Glück geklärt.«

»Ja … zum Glück.« Emma blickte ihr hinterher und rührte sich nicht, nachdem die Schankmaid um die Ecke gebogen war. Der plötzliche Sinneswandel der Frau kam ihr unglaubwürdig vor. Doch wenn der Dämon seine Finger im Spiel haben sollte, konnte es nur zwei Erklärungen geben. Entweder er hatte sie mit einem Zauber belegt oder er konnte sich vervielfältigen.

Mats beugte sich in Emmas Sichtfeld. »Gibt es im Dienstflügel auch Geheimverstecke?«

»Was?« Der plötzliche Themenwechsel verwirrte sie.

»Auf Kildars Anwesen. Du kennst dich ja aus. Wir haben doch noch den Dienstflügel vor uns. Und die Hütten der Wachmänner.«

Emma öffnete den Mund, bekam aber nichts heraus. Ihr Kopf fühlte sich zu voll an. Am liebsten wäre sie jetzt allein, um ihre Gedanken zu sortieren.

»Ja, die gibt es.« Sie zwang sich dazu, an die Briefsammlung zu denken. Mehr als ein Versteck fiel ihr aber spontan nicht ein. »Meister Kildar hat auch dort welche einbauen lassen.«

»Und wo?«

»Puh, ich … ich bin irgendwie müde. Können wir morgen beim Frühstück darüber sprechen?«

Mats zuckte mit den Schultern. »Das geht auch. Etwas früher schlafen zu gehen, schadet ja nicht.«

KAPITEL DREIUNDZWANZIG

Emma hatte die Arme hinter dem Kopf verschränkt und starrte an die Decke. Ob Mats gemerkt hatte, dass sie zweifelte und sich Gedanken machte? Was sollte sie nur tun? Sie fühlte sich wie eine Fliege, die in einem Spinnennetz festhing und sich nicht aus eigener Kraft befreien konnte. Sie kannte hier doch niemanden. Wenn sie mit ihrer Befürchtung richtig lag, dass Mats ein Dämon war, der sich vervielfältigen konnte, bestand die Gefahr, dass jede Person, der sie begegnete, eine Gestalt des Dämons war. Wie zum Beispiel die Schankmaid vorhin. Einzig bei Milo, wenn er wieder auftauchen sollte, wäre Emma in der Lage herauszufinden, ob er der echte oder falsche wäre.

Das würde auch bedeuten, dass das kleine Männchen im weißen Raum auf der guten Seite war. Der grüne Stein durfte also nicht in die Hände von Mats gelangen. Trotzdem musste sie morgen weiter mit ihm danach suchen, um ihn nicht misstrauisch werden zu lassen. Aber warum nahm er sie eigentlich die ganze Zeit mit? Wieso machte er sich nicht allein auf den Weg zu Meister Kildars Anwesen? *Du kennst dich ja aus.* Das hatte er vorhin gesagt. Vielleicht war das der Grund. Sie war für ihn so etwas wie eine Reiseführerin. Im Gegensatz zu ihm hatte sie schon über Caduco gelesen, wusste über die Fallen auf Meister Kildars Anwesen und – vor allem – über seine Geheimverstecke Bescheid. Das musste es sein. Ohne sie war er hilflos.

Sie wollte sich nicht vorstellen, was er mit ihr machte, wenn sie auch nicht mehr weiter wusste. Wenn sie den Stein nicht finden würden. Würde er sie dann töten? Genau wie Meister Kildar und dessen Vari, so wie Milo behauptet hatte? Wobei sie das noch immer nicht verstanden hatte. Schließlich hätte Meister Kildar ihnen den Stein noch verkaufen können.

Eines war also gewiss: Emma kam hier nur heil heraus, wenn sie sich an Milo hielt. Sie wusste zwar, in welchem Gasthaus er untergebracht gewesen war, aber würde er dort wieder hin, wenn er zurück nach Caduco kam? War er vielleicht sogar schon da und suchte sie im »Haselnussbaum«? Er wusste nicht, dass sie das Gasthaus gewechselt hatten. Sie musste ihn suchen oder ihm eine Nachricht zukommen lassen.

Sie konnte zum »Großen Bären« gehen und dort einen Zettel abgeben. *Wenn* Milo dort war. Aber Mats wusste, dass Milo in dem Gasthaus gewohnt hatte. Sie hatte es ihm selbst erzählt. Im schlimmsten Fall hatte Mats die Gestalt des Besitzers angenommen und statt den Zettel zu Milo zu bringen, würde sie in ihr eigenes Verderben laufen. Was konnte sie noch tun?

Emma drückte sich mit den Zeigefingern auf die Schläfen und schloss die Augen. Sie atmete tief ein und aus und hörte ihrem Atem dabei zu, wie er sanft und gleichmäßig durch ihre Nase strömte. *Denk nach.* Sie erinnerte sich an die Szene in der Scheune. Was genau hatte Milo kurz vor seinem Verschwinden gesagt? »Frag beim mutigen Lutz nach dir.« Sie kannte keinen Lutz. Weder in der echten Welt noch hier. Und was sollte dieses »mutig« dabei? War er ein Abenteurer oder ein Draufgänger, den sie aus den Geschichten über La'Dentrya kennen musste?

Irgendetwas übersah sie. Milo hatte mit Sicherheit einen

Hinweis gewählt, den nur sie und nicht der Dämon verstehen würde. Aber es sah so aus, als ob er ihr mehr zugetraut hatte. Sie fühlte sich wie in einer Sackgasse. Vor einer riesigen Mauer, ohne jede Aussicht, hinüber klettern zu können. Alles der letzten Tage war umsonst. Und sie konnte nicht umkehren. Sie war gefangen. In Mats‘ Spinnennetz.

Was verband sie und Milo denn am meisten? In ihren E-Mails hatten sie sich viel über Bücher ausgetauscht. Hauptsächlich aus dem Fantasy-Bereich. Von jungen Zauberern, über sprechende Drachen bis hin zu Kleinwüchsigen, die es schafften, die Welt zu retten. Lutz. Kam da irgendwo ein Lutz vor? Sie ging die Verfilmungen durch, sah die bewegten Bilder beinahe vor sich und hörte fast schon die Musik in ihren Ohren, als sie auf einmal kerzengerade im Bett saß. Ihr Herz schlug schneller. Na klar! Der mutige Lutz war kein Mensch, sondern ein Pony. Genauso wie es den »Großen Bären« als Gasthaus gab, war es doch auch möglich, dass es etwas mit einem Pony im Namen gab.

Sie musste auf die Suche gehen. Nur wie kam sie hier unbemerkt weg? Die Zimmertür quietschte immer so laut, dass Mats auf jeden Fall aufgeschreckt werden würde. Sie brauchte einen anderen Ausgang. Ihr Blick fiel auf den Balkon. Auf Zehenspitzen schlich sie hin, öffnete vorsichtig die Balkontür und schlüpfte nach draußen. Es war nicht kalt, sondern angenehm frisch. Der Mond schien voll und rund über ihr am Himmel und vom Hafen dröhnte gedämpft Musik zu ihr.

Einfach hinunterspringen konnte sie nicht. Dafür war es zu hoch. Ein gebrochenes Bein würde sie nicht weiterbringen. Sie lehnte sich über das Geländer. Unter ihr gab es noch einen Balkon. Von dort aus konnte sie einen Sprung auf die Straße wagen. Sie holte ihre Stiefel und zog sie leise draußen an. Ein letztes Mal ließ sie ihren Blick durch das Zimmer wandern. Sonst besaß sie nichts, was sie mitnehmen konnte.

Sie stieg über das Geländer, drehte sich zum Balkon und ging in die Knie. Dann ließ sie die Beine nach unten baumeln und hielt sich nur noch mit den Händen fest. Mit aller Kraft schwang sie sich vor und zurück, ehe sie den richtigen Moment abpasste und losließ.

Zu ihrem Glück war der Balkon leer, auf dem sie landete. Auch das dazugehörige Zimmer war unbeleuchtet. Sie wollte keine Zeit verlieren und wiederholte das Spiel. Diesmal kam sie auf der Straße auf und rollte sich ab. Geschafft. In geduckter Haltung huschte sie an der Gebäudewand in Richtung Hafen. In der nächstbesten Schankstube drängelte sie sich an den Tresen.

»Entschuldigung«, rief sie einem umtriebigen Wirt mit Glatze zu, der gerade fünf Krüge Bier füllte. »Hallo? Hier!«

In aller Seelenruhe trottete er zu ihr, ein Tuch lässig über die Schulter gelegt und mit einer Pfeife im Mund.

»Du bist zu jung«, sagte er trocken.

»Ich möchte gar nichts trinken. Ich suche nach einem Gasthaus mit einem Pony im Namen.«

Er verengte die Augen zu Schlitzen. Hoffentlich war dies ein Zeichen dafür, dass er nachdachte und nicht, dass er sie gleich hinauswarf.

»Gasthaus und Pony?« Er kratzte sich an der Schläfe. Dann schüttelte er den Kopf. »Nie gehört.«

Emma sackte in sich zusammen. Dabei war sie sich so sicher gewesen, auf der richtigen Fährte zu sein.

»Ich kenne nur das Wirtshaus ›Zum kleinen Pony‹«, sagte der Wirt beiläufig.

Plötzlich horchte sie auf, als hätte sie einen Löffel Zaubertrank geschluckt. »Wo? Wie komme ich hin?«

Der Wirt nannte ihr den Weg. Es dauerte gut fünf Minuten, ehe sie das Gebäude mit dem Schild »Zum kleinen Pony« in der Ferne entdeckte. Auf den letzten Metern standen die Häuser in der Gasse so nah beieinander, dass sich die Dächer fast schon die Hand reichen konnten. Nur durch einen schmalen Spalt ließen sie das Mondlicht hindurch. Emma schlang die Arme um die Brust und senkte den Blick wieder auf den Boden vor sich, da machte sie plötzlich einen Sprung zur Seite. Beinahe wäre sie über die ausgestreckten Beine eines schlafenden Obdachlosen gestolpert. Sie unterdrückte einen Schrei und hielt sich die Hände vor die Nase, da es auf einmal stechend nach Urin stank.

Als sie genug Abstand zum Obdachlosen gewonnen hatte, atmete sie tief ein und aus, um den beißenden Geruch loszuwerden. Sie erreichte den Eingang des »Kleinen Ponys«, der direkt an einer Kreuzung lag, von der aus es hoch in das Reichenviertel ging. Die Laternen an den Wänden der Häuser verliefen immer höher und höher, bis sie in der Ferne in der Dunkelheit verschwanden. Emma blickte sich um. Eine Gruppe junger Männer lief weiter unten, nahe der Hauptstraße, zielstrebig auf eine Schenke zu, ein paar Meter von Emma entfernt mühte sich ein alter Mann an einem Krückstock den Anstieg hinauf, und von oben schlenderte ein verliebtes Pärchen heran, das nur Augen für sich hatte und immer wieder stehen blieb und sich küsste.

Emma stieß die Tür des Gasthauses auf. Drinnen kam ihr der Geruch von altem Holz und herbem Pfeifenrauch entgegen. Zu ihrer Linken erstreckten sich zwei lange Tische, auf denen mehrere geschnitzte Holzponys zwischen Moos und Zweigen standen.

Von Gästen fehlte jede Spur. Hinter einem Schanktresen erwartete sie eine Dame im mittleren Alter. An den Rändern des Tresens hatte man zwei weitere schuhgroße Holzponys deponiert. Die Frau hatte ihr braunes, lockiges Haar zu einem Zopf hochgesteckt, und ein interessantes Gesicht: große glasige Augen, tiefrot geschminkte Lippen und viel zu schmale Augenbrauen passten für Emma nicht wirklich zu jemandem, der in einem Gasthaus arbeitete. Rechts vom Tresen führten hüfthohe Schwingtüren, die Emma an die Saloons aus Cowboy-Filmen erinnerten, in einen Gang, an den sich den Geräuschen nach die Küche anschloss. Links standen weitere Tische, von denen nur manche hergerichtet waren. Im hinteren Teil der Stube, vor den Fenstern zur

Straße, entdeckte Emma doch noch zwei Gäste. Sonst war hier nichts los.

»Ja bitte, Schätzchen? Kann ich dir weiterhelfen?« Die Stimme der Frau am Schanktresen klang tief und rauchig, fast wie die eines Mannes.

Emma trat näher. »Ich hoffe es. Und zwar –«

»Ein Abendessen?«

»Nein. Ich suche jemanden.«

Die Frau zog überrascht die dünnen Augenbrauen nach oben. »Wen denn?«

»Das ist das Problem.« Ehe sie weiterreden konnte, kam eine Bedienung durch die Schwingtüren und balancierte zwei Teller auf den Händen. »Aus dem Weg«, rief sie und Emma sprang zurück. Die Bedienung rauschte vorbei.

»Also, was ist das Problem, Schätzchen?«

»Ein Freund von mir hat mich hierhergeschickt.«

»Um was zu tun?«

»Er meinte«, begann sie, kam sich aber beim Gedanken daran, was sie sagen wollte, dumm vor. Sie zögerte.

»Ja?«

»Er meinte, ich solle nach mir fragen.«

Die Frau legte den Kopf zur Seite und musterte Emma von oben bis unten, als wäre sie ein kleines Mädchen, das ihre Eltern suchte. »Nach dir? Bist du sicher?«

»Ja. Das hat er gesagt.«

»Ich habe dich noch nie gesehen. Wie heißt dein Freund denn?«

»Milo.« Sie hoffte so sehr, dass ihr die Frau weiterhelfen konnte.

»Das sagt mir auch nichts.«

»Gibt es denn weitere Wirtshäuser oder Gasthäuser, die etwas mit einem Pony zu tun haben?«

»Du kommst nicht von hier?«

»Aus Cubato«, antwortete sie spontan.

Die Frau schüttelte langsam den Kopf. »Hier gibt es nichts anderes, das ein Pony im Namen trägt.«

»Schade.« Emma schaute zu Boden. Sie atmete tief aus und suchte nach einer Lösung. Aber ihr wollte nichts einfallen. In diesem Augenblick öffnete sich die Eingangstür des Wirtshauses und Emma blickte über die Schulter. Ein älteres Paar trat Arm in Arm ein. Die Zeit hatte tiefe Furchen und Altersflecken auf ihren Gesichtern hinterlassen, dennoch machten sie einen glücklichen Eindruck und waren so vornehm gekleidet, als feierten sie ihren Jahrestag. Der Mann besaß buschige Augenbrauen und stützte sich auf einen dunkelbraunen Gehstock, die gebeugte Haltung der Frau zeugte von einem arbeitsreichen Leben.

Emma ging einen Schritt zur Seite, um sie vorbei in die Stube zu lassen. Die beiden nahmen am erstbesten gedeckten Tisch Platz. Die Wirtin zuckte Emma gegenüber entschuldigend die Schultern, schnappte sich eine kleine Tafel und reichte sie den Gästen. Dann verschwand sie in den hinteren Teil des Gastraums zu den anderen Gästen.

Emma schielte zu dem alten Paar hinüber und für einen Moment guckte sie geradewegs in die Augen des Mannes. Schnell blickte er hinab auf die Karte in seinen Händen. Hatte er sie etwa beobachtet? War es gar eine Gestalt des Dämons? Sie schüttelte den Kopf. Offenbar hatte ihr der Pfeifenrauch schon so sehr die Sinne vernebelt, dass sie überall und in jedem den Dämon sah.

Auf einmal fühlten sich Emmas Glieder unglaublich schwer an. Als hätte sich die Erschöpfung der letzten Tage aufgestaut, nur um sie jetzt mit voller Wucht zu treffen.

»Dann gehe ich wohl wieder«, flüsterte Emma, sodass es keiner mitbekam. Sie schlurfte zur Tür und in dem Moment, als sie den kalten Metallknauf drehen wollte, hörte sie die Stimme der Empfangsdame.

»Warte kurz.«

Emma wandte sich um. Die Frau stand mittlerweile wieder vor

dem Tresen und zeigte auf die Schwingtüren. »Ich frage noch bei Kokulla in der Küche nach, ob jemand dich oder deinen Freund kennt. Schließlich weiß ich auch nicht alles.«

Emma hatte den Namen »Kokulla« noch nie gehört. Unschlüssig bewegte sie sich zurück in Richtung Schwingtüren. Sie machte sich nicht viele Hoffnungen und überlegte sich schon, wie sie zurück in ihr Zimmer kam, ohne dass Mats es merkte. Oder war es bereits zu spät und er saß dort zwei Meter von ihr entfernt in der Gestalt des alten Mannes? Ihr wurde heiß und sie wischte sich beiläufig kleine Schweißperlen fort.

Emma blickte über die Schwingtüren um die Ecke in den Gang. Die Empfangsdame kam näher und winkte sie freudestrahlend zu sich. In Emma breitete sich Hoffnung aus.

Sie folgte ihr nach hinten zu einer Köchin, die sich die nassen Finger an ihrer Schürze abtrocknete. Als die Köchin Emma erblickte, stemmte sie die Hände in die Hüften, legte ein schiefes Lächeln auf und schnalzte laut. »Na sowas.«

»Wie bitte?« Emma war der Frau noch nie begegnet.

»Du hast doch gestern im ›Großen Bären‹ zu Abend essen wollen. Ich hatte alles fertig und wollte es euch bringen, aber dann wart ihr nicht mehr da.«

»Uns? Gestern?« Emma stutzte.

Kokulla nickte. »Du hast deinen Freund im ›Großen Bären‹ besucht. Ich hatte in der Küche ausgeholfen. Was ist denn los? Du siehst ganz verwirrt aus.«

Es musste genau so gewesen sein, wie Milo behauptet hatte. Der Dämon war in ihrer Gestalt zu ihm gegangen. »Ich … ich muss meinem Freund eine Nachricht hinterlassen.«

»Und?«

»Aber ich kann nicht selbst zum ›Großen Bären‹ gehen«, flüsterte sie.

»Wieso nicht?« Die Köchin sprach nun auch leiser.

»Das ist eine längere Geschichte.« Sie drehte sich um und

blickte unsicher den Gang entlang zu den Schwingtüren. »Bitte. Würdet Ihr ihm eine Nachricht ins Zimmer legen? Er muss unbedingt erfahren, dass ich im Gasthaus ›Zum Roten Fuchs‹ untergebracht bin.«

»Seid ihr denn ganz allein hier? Wo sind eure Eltern? Oder eure Freunde?«

Emma sah die Gesichter ihrer Eltern vor sich – und die von Maja und Nele. Sie musste lächeln. Gleichzeitig stieg Sehnsucht nach ihnen in ihr auf. Erst dann dachte sie an das Armband der CARMA Girls und ihre Lippen verkrampften sich.

»Das ist schwierig zu erklären. Wir sind nur zu zweit. Bitte, er muss wissen, wo er mich findet. Zweites Stockwerk. Zimmer mit Balkon in Richtung Süden.«

Die beiden Frauen wechselten besorgte Blicke. Dann legte die Empfangsdame die Stirn in Falten, holte tief Luft und stieß einen langen Seufzer aus.

»Schätzchen, ist alles in Ordnung?«

»Ja, keine Sorge«, sagte Emma ungeduldig.

»Brauchst du Hilfe? Wenn dich jemand bedroht oder du Angst hast – die Stadtwachen können –«

»Nein. Der Einzige, der mir helfen kann, ist mein Freund.«

»Na gut. Es scheint ja wirklich wichtig zu sein. Reicht es nicht, wenn dein Freund die Zimmernummer kennt?«

»Ja. Nein. Ich meine, am besten weiß er so viel wie möglich. Zimmernummer siebenundzwanzig. Aber im Zimmer neben mir wohnt jemand mit leichtem Schlaf, der besser nicht aufgeweckt werden sollte. Deshalb soll er über den Balkon kommen.«

Die Frau legte den Kopf schief und schaute Emma mitleidig an. Auch Kokullas Gesicht verriet, dass sie offenbar an Emmas geistiger Gesundheit zweifelte. Sie konnte es ihr nicht verdenken. Aber sie durfte den Dämon nicht erwähnen.

»Bringt ihr die Nachricht für mich zum ›Großen Bären‹?«

Die Empfangsdame nickte Kokulla zu, als wolle sie sie überreden, Emma zu helfen. Diese erwiderte schließlich die Geste. »Welches Zimmer und welcher Stock noch mal?«

Emmas Hoffnung wuchs und ließ ihr Herz schneller schlagen. »Ich kann es auch aufschreiben.«

»Du kannst schreiben?« Sie blickte Emma mit großen Augen an.

»Ja, ich … man hat es mir beigebracht.«

»Warte kurz.« Sie verschwand im Nebenraum und kam mit einem Stück Pergament sowie einem Tintenfässchen samt Feder zurück.

Emma benötigte zwei Anläufe, bis sie verstanden hatte, wie sie mit der Feder schreiben konnte, war dann aber nach ein paar Minuten fertig.

»Ich lasse es direkt von Feret rüber zu Umin bringen.« Sie wandte sich an Kokulla. »Das geht doch in Ordnung, oder?«

»Natürlich. Ist eh gerade nicht viel los.«

Emma dachte wieder an den alten Mann vorne. »Kann dieser Feret einen anderen Ausgang nehmen als den Haupteingang?« Die beiden Damen schauten sie irritiert an. »Ich … Ich traue … Bitte. Würdet Ihr das für mich tun?«

»Es gibt eine Hintertür«, sagte Kokulla. »Mit seinen dreckigen Kleidern würde er den Gästen sowieso einen Schrecken einjagen.«

»Vielen, vielen Dank«, sagte Emma und presste die Handflächen aneinander. »Und kann dieses Gespräch bitte unter uns bleiben? Also auch kein Wort an jemand anderen als Feret und vor allem nicht an die Gäste?«

Die Empfangsdame nickte. »Keine Sorge. Von uns erfährt niemand etwas. Ich wünsche dir viel Glück. Hoffentlich findet dich dein Freund und ihr kommt zurück nach Cubato.«

Emma verabschiedete sich von den beiden und holte einmal tief Luft, um eine andere Stimmung vorzutäuschen. Sie lief den Gang entlang, schlich mit gesenktem Kopf durch die Schwingtüren und stieß einen langen Seufzer aus, ehe sie lustlos durch die Tür ins Freie trat.

Kurz darauf war Emma zurück beim Gasthaus. Der Balkon ihres Zimmers sah von außen höher aus, als sie in Erinnerung hatte. Da würde sie nie im Leben hochkommen. Auf den Balkon ein Stockwerk tiefer schaffte sie es mit Mühe vielleicht noch, wenn sie Kisten an der Wand stapelte. Aber weiter auf keinen Fall. Ihr blieb nichts anderes übrig, als den Weg übers Dach zu nehmen. Beim Gedanken daran, dass dies für Milo ebenfalls galt, bekam sie Mitleid. Sie wusste über seine Höhenangst Bescheid. Hoffentlich schaffte er das.

Der alte Mann am Eingang wirkte überrascht. Kein Wunder – wenn er schon den ganzen Abend dort gesessen hatte, hätte er sie schließlich beim Verlassen des Gasthauses sehen müssen. Doch Emma lächelte nur nett und wedelte mit ihrem Schlüssel in der Luft.

Vorsichtig nahm sie Stufe für Stufe nach oben, bis es nicht mehr weiterging. Auf dem Dachboden roch es nach alten Möbeln und Staub. Sie hielt sich den Arm vor die Nase und zerrte einen Stuhl unter das Fenster neben sich, das im schrägen Dach hinausführte. Leise drückte sie es auf, kletterte hinaus und schloss es wieder.

Sie liebte es, bei Städtereisen auf die höchsten Gebäude zu steigen und auf die Dächer hinabzublicken. Auch jetzt genoss sie den sanften Wind, der ihre Beine umspielte und ihr Kleid streichelte. Zum Glück war sie völlig schwindelfrei. In gebückter Haltung blickte sie sich um. So malerisch die Stadt auch war, sie wünschte sich nach Aachen. Zurück nach Hause.

Vorsichtig schlich sie auf den Ziegeln zu ihrem Zimmer. Sie ließ sich rückwärts herunter und landete mit den Zehenspitzen auf dem Balkon, sodass sie kein Geräusch verursachte. Für ein paar Augenblicke lauschte sie in die Stille. Ihr Zimmer wirkte noch so, wie sie es verlassen hatte.

Sie schlüpfte hinein und schob die Tür zu, bis sie nur noch einen Spalt breit offen war. Die Stiefel streifte sie erst vor dem Bett ab, legte die Strümpfe darauf und schlüpfte dann unter die Decke.

Sie drehte den Kopf zum Schrank neben dem Fenster und bemerkte plötzlich, dass sich dort etwas bewegte.

Ihr Schrei erstarb jäh, als Mats ihr brutal die Hände vor den Mund presste. Sie wollte sich wehren, versuchte, ihn zu schlagen und zu treten, aber er war zu stark. Ihr kamen die drei Worte in den Sinn, die Milo in der Scheune gesagt hatte, kurz bevor er verschwunden war. Sie wollte sie sagen, konnte es aber nicht. Mit seinen Fingern vor ihren Lippen brachte sie nicht mehr als ein Wimmern hervor.

»Du kleines Biest«, zischte er in ihr Ohr und steckte ihr dann die Strümpfe in den Mund. Der fahle Geschmack ihrer verzweifelten Suche nach dem grünen Stein legte sich auf ihre Zunge. Emma würgte. Sie spürte, wie ihr die Tränen unaufhörlich die Wangen herunterglitten und ihr Sichtfeld verschwamm. Schluchzend atmete sie schwer durch die Nase. Mats zerriss das Bettlaken in mehrere Stücke und fesselte sie damit an den Händen ans Bett.

»Du hättest eben nicht so neugierig sein dürfen.«

Dann ließ er sie allein. Sie gab noch nicht auf und versuchte mit aller Kraft, auf sich aufmerksam zu machen, indem sie das Bett mit ihren Beinen nach oben stemmte und dann krachend auf den Boden fallen ließ. Da ihre Schreie nicht am Knebel vorbeikamen, machte sie weiter Lärm mit dem Bett. Doch kurz darauf flog die Tür auf und Mats stürmte auf sie zu. Er packte sie an den Armen und schüttelte sie heftig durch.

»Sei bloß leise.« Er löste die Fesseln an ihren Händen, nur um sie dann aufs Bett zu werfen und dort so festzumachen, dass der Stoff in ihre Haut schnitt und sie sich kaum mehr bewegen konnte. »Du hast zwar geschafft, dass der Gasthausbesitzer eben da war, aber ich habe ihm gesagt, du hättest einen Fiebertraum und ich würde mich um dich kümmern. Niemand wird dich retten.«

KAPITEL VIERUNDZWANZIG

Fast eine geschlagene Stunde später erreichte Milo die Hauptstraße. Der Weg am Ufer hatte sich als Sackgasse herausgestellt. Es war ihm unmöglich gewesen, dort die Mauer zu umkurven, ohne Gefahr zu laufen, von einer Welle erfasst zu werden oder über die glitschigen Steine ins Wasser abzurutschen und auf den Ozean hinausgetrieben zu werden.

Deshalb war er den ganzen Weg an der Mauer entlang bis zum Tor gelaufen, wo er den Wachmann erst nach mehrmaligem Rufen hatte aufwecken können. Der böse Blick des Mannes, den er aus dem Schlaf gerissen hatte, war Milo egal gewesen.

Nun stand er schnaufend an der Hauptstraße, die Hände auf die Knie gestützt. Schon kurz nachdem er durch das Tor gegangen war, hatte er nervtötendes Seitenstechen bekommen, das ihn jetzt bei jedem Atemzug die Zähne zusammenpressen ließen.

Er überlegte, ob er einfach so auf Umin zugehen konnte. Schließlich war es möglich, dass der Dämon dessen Gestalt angenommen hatte. Aber war dieser überhaupt in der Lage, die ganze Zeit den Besitzer eines Gasthauses zu spielen? Das musste doch auffallen. Spätestens, wenn er nicht mehr die Namen seiner Mitarbeiter kannte.

Milo beschloss, Feuer zu verwenden, um den echten vom falschen Umin unterscheiden zu können. Der richtige Umin würde keine Angst vor Flammen haben. Er eilte die Straße hinab, bis er die Hauptstraße vor sich entdeckte.

An der Außenwand eines leer wirkenden Wirtshauses sprangen ihm Laternen ins Auge, die neben den großen Blumenkübeln standen, die die Eingangstür einrahmten. Milo sah sich um und entdeckte zwei Stadtwachen in der Ferne. Er wartete, bis sie um die Ecke gebogen waren, dann lieh er sich kurzerhand eine der Lichtquellen.

Mit der Laterne in der Hand, die bei jedem Schritt hin und her baumelte und leise quietschte, lief er zurück in eine Gasse parallel zur Hauptstraße. Er wollte nicht den Vordereingang zum »Großen Bären« benutzen, falls der Dämon diesen beobachten sollte.

Nach ein paar hundert Metern erkannte er das Gasthaus an seinen hellen Mauern. Als er an die Hintertür gelangte, versuchte er sie zu öffnen. Sie war verschlossen. Er klopfte vorsichtig. Niemand kam. Er probierte es etwas fester, bis er endlich Schritte hinter der Tür hörte.

»Was ist denn los?«, maulte eine Frau und öffnete. Der Schürze nach zu urteilen, gehörte sie zur Küchenmannschaft. Sie erinnerte ihn an eine korpulente Dame in der Essensausgabe seiner Schulkantine. Als sie Milo erblickte, wurden ihre strengen Gesichtszüge weicher. »Was willst du, Junge?«

»Ist Umin da?«

»Wieso?«

»Könntet Ihr ihn bitte für mich holen?« Sie verengte die Augen und musterte Milo. »Ich bin hier Gast«, fügte er hinzu. »Bitte. Es ist wichtig.«

»Wenn's sein muss. Warte hier.« Sie zog die Tür zu.

Keine halbe Minute später erschien Umin. Er lächelte Milo wie einem alten Freund zu und winkte ihn herein.

Milo aber zögerte. Allzu lange wollte er hier nicht verbringen. Er musste den Aventurin suchen. »Ich bräuchte eine Leiter«, sagte er deshalb schnell.

Umin hielt in der Bewegung inne und kratzte sich am Kopf. »Eine Leiter?«

»Genau.«

»Kommt erst einmal rein.« Er wiederholte seine einladende Geste und drehte ihm den Rücken zu. »Ich habe bereits auf Euch gewartet.«

Milo verstand nicht. Trotzdem trat er in den Gang und schloss die Tür hinter sich. Warum hatte Umin gewartet? Wollte er vielleicht noch mehr Geld von ihm haben für das Zimmer? Aber wäre er dann so freundlich?

Ihm war unwohl, Umin zu folgen, weshalb er die Laterne fester umklammerte. Da Umin aber schon einige Schritte voraus war und er ihm die Laterne schlecht ins Gesicht halten konnte, musste er auf anderem Wege herausfinden, ob es der echte Umin war.

»Ich hätte eine Frage«, sagte Milo.

»Ja, ich führe Euch hin.« Im nächsten Augenblick war Umin schon in einen Raum abgebogen.

Irritiert ging Milo ihm nach. Sie befanden sich in einem kleinen Büro, das hinter dem Empfangsbereich liegen musste. Umin suchte etwas auf dem unordentlichen Tisch an der Wand. Milo blickte sich um und entdeckte ein paar brennende Kerzen. Der falsche Umin würde kaum ein offenes Feuer haben. Oder war das nur ein Trick? Milo setzte noch einmal an.

»Wisst Ihr noch, was ich gesagt habe, als ich mein Zimmer oben zum ersten Mal gesehen habe?«

Umin drehte sich um und schaute ihn fragend an.

»Ich meine, als Ihr mir das Zimmer gezeigt habt und ich die ganze Einrichtung betrachtet habe.«

»Natürlich«, sagte er und lachte leise. »Ihr habt gesagt, es sähe genauso aus wie bei Euren Großeltern. Als Kompliment, versteht sich.«

Erleichtert atmete Milo aus. Das musste Umin sein. Um seine letzten Zweifel auszuräumen, trat er mit der Laterne in der Hand nah an Umin heran. »Was sucht Ihr hier?«

Der alte Mann schien sich nicht an dem Feuer zu stören. Ganz im Gegenteil – er lehnte sich sogar noch näher heran, als er ein Stück Pergament unter einer Kiste hervorholte. »Da. Das hat ein Mädchen für Euch abgeben lassen.«

Ein Mädchen? Etwa Emma? Auf einmal war Milos Erschöpfung wie weggeblasen.

»Wie sah sie aus?«

»Ich weiß es nicht. Sie war beim ›Kleinen Pony‹ und hat mit Kokulla gesprochen. Dann hat Feret die Botschaft hergebracht.«

Die Namen sagten Milo nichts. »Ist dieser Feret noch da?«

»Nein. Aber als er mir vorhin das Pergament überreicht hat, meinte er, dass Kokulla den Eindruck gehabt hatte, das Mädchen wäre sehr ängstlich gewesen. Als ob sie von jemandem verfolgt werden würde. Hätte sich ständig umgesehen und ganz leise geredet.«

Milo öffnete die Nachricht mit zittrigen Fingern und las.

»Lieber Milo, Klenkes. Du hattest recht. Mats ist nicht der, für den er sich ausgibt. Wir wohnen jetzt im Gasthaus ›Zum Roten Fuchs‹. Mein Zimmer liegt im zweiten Stock, mit Balkon Richtung Süden. Nummer 27. Aber Mats ist nebenan. Er wird dich hören. Die Treppe führt auf das Dach. Ich lasse das Fenster auf. Bitte komm schnell. E.«

Er las die Nachricht ein zweites Mal und dachte nach. Mit »Klenkes« hatte Emma ihr geheimes Erkennungszeichen gemeint. Die Botschaft schien wirklich von ihr zu kommen. Kein Trick des Dämons. Eigentlich sollte er sich so schnell wie möglich zum Anwesen von Meister Kildar aufmachen. Wenn er noch bei Emma vorbeischauen wollte, verlor er wertvolle Zeit.

Aber er konnte sie nicht im Stich lassen. So gemein sie auch zu ihm gewesen war, musste er sich eingestehen, dass es nicht schadete, zu zweit auf das Anwesen zu schleichen. Vier Augen sahen und vier Ohren hörten mehr als zwei. Vielleicht hatte sie zufälligerweise auch den Granat oder wusste, wo er war. Dann wären sie nicht nur auf das Feuer angewiesen.

»Was ist? Keine gute Nachricht?« Umin blickte ihn mit sorgenvoller Miene an.

»Doch, doch. Wie sieht es denn nun mit der Leiter aus? Habt Ihr eine, die ich mir ausleihen kann?«

»Hinten müsste eigentlich eine sein. Wartet, ich zeige sie Euch.«

»Danke.«

Aus einem Raum neben dem Hinterausgang holte Umin eine hölzerne Leiter mit runden Sprossen hervor, die mehr als lang genug war, um damit auf die Mauer zu gelangen.

»Die sieht gut aus.« Milo nahm sie entgegen. Sie war schwerer, als er gedacht hatte. »Kann ich mir auch noch zwei Fackeln borgen?«

»Sicher. Was habt Ihr denn damit vor, wenn ich fragen darf?«

»Ich brauche sie für eine Überraschung.«

»Eine Überraschung«, wiederholte Umin amüsiert und zwinkerte ihm zu, während er die Fackeln aus einem großen Tonkrug holte. »Wenn ich doch auch noch einmal jung sein könnte.«

»Ich erzähle Euch morgen, wie es gelaufen ist.« In Wahrheit wollte Milo morgen bereits wieder in Polyrica oder Aachen sein. »Könntet Ihr mir noch den Weg zum Gasthaus ›Zum Roten Fuchs‹ beschreiben?«

KAPITEL FÜNFUNDZWANZIG

Emma lag auf dem Bett, Arme und Beine von sich gestreckt wie ein Seestern, und war mit Stoffbändern ans Bettgestell gefesselt. Den Kopf hatte sie zur Seite gedreht, den Blick starr gegen die Wand. Sie fühlte sich leer. Es kam ihr so vor, als hätte sie all ihre Tränen vergossen. Trotzdem fühlten sich ihre Augen noch wässrig an. Zudem schien das Blut allmählich aus ihren Armen zurück zum Herzen zu fließen, denn ihre Finger kribbelten schon.

Ein dumpfes Geräusch ließ sie hochschrecken. Verwirrt schaute sie sich in dem dunklen Zimmer um, das nur schwach vom Mondlicht aufgehellt wurde. Jedoch ausreichend, um sie etwas auf dem Balkon erkennen zu lassen. Oder war das nur ihre Einbildung gewesen? Nein, da war wirklich etwas. Oder jemand. Eine Person hielt einen Arm nach oben. Mehr konnte sie nicht erkennen. War das Milo?

Die Gestalt schob die Balkontür auf, betrat das Zimmer und kam leise näher. Emma konnte nur ihre Umrisse erkennen, nicht das Gesicht. Die Person kniete sich vor sie und hielt ihr eine Faust vors Gesicht, von der sie nur den kleinen Finger abspreizte. Emma traute ihren Augen kaum und gluckste innerlich vor Freude. Sie wollte die Geste erwidern, ihre Finger waren aber bereits taub.

»Emma!« Milos vertraute Stimme gab ihr wieder Hoffnung. »Was ist nur mit dir passiert?«

Mit einem Mal war ihre Tränenflüssigkeit zurück. Als hätte Milo einen riesigen Staudamm in ihrem Inneren zum Einsturz gebracht und jetzt konnten die Tränen wieder fließen. Am liebsten hätte sie Milo umarmt. Sie presste ein leises Schluchzen hervor. Er sollte sie so nicht sehen. So schwach. So dumm. Wie ein naives Kind, das auf einen Zaubertrick hereingefallen war. Überlistet von Mats, der ihr endgültig sein wahres Ich gezeigt hatte. Das, wovor Milo sie von Anfang an gewarnt hatte. Aber sie hatte ihm nicht glauben wollen.

Milo zog die Strümpfe aus ihrem Mund. Ihr Kiefer schmerzte, als sie ihn bewegte. Dann löste er ihre Fesseln und half ihr, sich aufzusetzen. Er tat dies mit einer Ruhe, als ob nichts gewesen wäre. Als ob sie sich nie gegen ihn gestellt hätte. Er ließ sich neben ihr nieder und nahm sie liebevoll in den Arm. Sie fühlte sich fast wie Zuhause.

Eigentlich musste sie sich bei ihm entschuldigen. Aber ihre Lippen konnten noch keine Wörter formen. Stattdessen lehnte sie sich nur an ihn. Das Blut gelangte zurück in ihre Arme und Finger. Milo drückte sie an sich und strich ihr leicht über den Rücken.

»Ganz ruhig. Jetzt bin ich ja da.« Er gab ihr sogar einen sanften Kuss auf den Kopf.

Es dauerte ein paar Minuten, ehe sie etwas sagen konnte. »Hat dich meine Nachricht also erreicht?«

»Ja.«

»Ich bin so froh, dass du zurück bist. Es tut mir unendlich leid. Dass ich nicht beim Leseabend war. Dass Mats ein Dämon ist. Ich hätte dir glauben müssen.«

»Mach dir keine Sorgen, Emma. Wir können später über alles reden. Aber zuerst müssen wir diese Welt hier verlassen.«

Sie blickte auf und sah ihm in die Augen. »Du kennst einen Weg?«

»Ja, ich weiß, wo sich der grüne Stein ungefähr befindet.« Ein Lächeln breitete sich auf seinen Lippen aus. Emma tat es ihm gleich. Endlich. Endlich war diese Suche Geschichte.

»Wo denn?«

»Das sage ich dir nachher auf dem Anwesen. Schaffst du es, über den Balkon raus auf die Straße?«

»Ich glaube schon. Wir müssen aber leise sein. Der Dämon darf nichts mitbekommen.«

Emma zeigte Milo, wie sie zuvor über die Balkone nach unten gekommen war. Da fiel ihr seine Höhenangst ein. »Hast du es ohne Probleme über das Dach geschafft?«, fragte sie ihn verwundert.

»Ohne Probleme.«

»Trotz Höhenangst?«

Statt zu antworten, zuckte er mit den Schultern und lächelte verschmitzt. »Höhenangst hält mich nicht davon ab, dich zu retten.«

So vorsichtig wie möglich ließen sie sich auf den Balkon unter ihnen fallen und von dort aus auf die Straße. Ihre Glieder mussten sich erst an die Bewegung gewöhnen. Noch fühlten sie sich wie schlecht geölte Gelenke an.

»Wie kommen wir eigentlich auf das Anwesen?«, fragte sie.

»Wir sollten uns von irgendwoher zwei leere Kisten schnappen. So bin ich auch das letzte Mal hinaufgelangt.«

Sie querten die Hauptstraße und machten sich auf den Weg zu Meister Kildars Anwesen. Milo zeigte auf eine Laterne vor einem Gasthaus. »Da, nimm die mit. Damit siehst du besser, wo du hintrittst.«

Nur einmal auf dem langen Anstieg kam ihnen ein Trupp Stadtwachen entgegen. Sie machten nicht den Anschein, dass sie sie verdächtigten, etwas im Schilde zu führen. Wieso auch?

Kurz bevor sie den Stadtrand erreichten, besorgte Milo zwei

Kisten aus einem Hinterhof, wo allerlei Gerümpel stand. Im Gegensatz zum Dämon nahm Milo den Trampelpfad rechts vom breiten Weg hinein in das Dickicht. Sie kämpften sich durch die Büsche und kamen nach einer Weile an die Mauer. Genau wie auf der anderen Seite war auch hier eine Tür im Zaun.

Emma zeigte auf den Rasen. »Wir müssen die Wache abwarten.«

Milo nickte. Er pustete die Kerze in der Laterne aus. »Die brauchen wir nicht mehr. Auf dem Anwesen ist es hell genug.«

»Wohin müssen wir gleich?«

Milo blickte abwechselnd von der Scheune zum Haupthaus. Er antwortete nicht.

»Was ist? Was hast du?«

»Ich überlege nur, ob wir in der Scheune etwas finden, womit wir uns Zutritt ins Haupthaus verschaffen können.«

»Stimmt. Der Dämon hatte den Schlüsselbund eines toten Wachmanns.« An das Problem verschlossener Türen hatte sie gar nicht gedacht. »In der Scheune gibt es noch Werkzeug. Wenn wir da nichts finden, können wir auch ein Fenster einschlagen. Die Angestellten sind alle fort. In welchem Raum ist der grüne Stein denn nun?«

»In einem der Zimmer im Dienstflügel. Dort gibt es ein geheimes Versteck, genau wie im Rest des Anwesens von Kildar. Erinnerst du dich? Er hatte im Keller unter der Treppe etwas deponiert. Und in einem der kleinen Museen. Nur wenn man die Holzblöcke richtig hinstellt –«

»Dann lässt sich eine Fliese in der Mitte des Raumes herausnehmen«, vollendete sie den Satz.

»Genau!«

»Die beiden Verstecke habe ich schon mit dem Dämon abgesucht. Und du sagst, im Dienstflügel ist er? Was gab es denn da noch für geheime Orte?«

Emma rief sich die Zimmer gedanklich vor Augen. Sie

versuchte, sich an die Briefe von Meister Kildar zu erinnern. Das Gebäude hatte mindestens drei Etagen. Sie müssten jeden Raum durchgehen. Oder gab es irgendwelche besonderen Diener, die Meister Kildar einmal erwähnt hatte? Nicht, dass sie wüsste.

»Kannst du es noch näher eingrenzen? In welchem Stockwerk zum Beispiel?«

»Leider nicht. Ich weiß nur, dass er irgendwo im Dienstflügel sein muss.«

Emma zögerte. »Wie hast du überhaupt herausgefunden, dass Meister Kildar den grünen Stein dort versteckt hat?«

»In Polyrica, weißt du, da … da kann man nachlesen, was in der Geschichte abläuft. Ich musste also nur zu dem Punkt zurück, als Kildar in den Besitz des grünen Steins gekommen ist. Da stand, wie er ihn im Dienstflügel versteckt hat.«

»Verstehe.« In Wahrheit verstand sie es nicht. Wieso war Milo dann bei ihrem ersten Treffen überrascht gewesen, als sie ihm erzählt hatte, dass sie den Stein an Meister Kildar verloren hatten? Angeblich hätte er es nachlesen können. Ein beunruhigendes Gefühl stieg in ihr auf und ließ sie erschaudern.

»Hoffentlich kommt die Wache bald.«

KAPITEL SECHSUNDZWANZIG

Knapp zwanzig Minuten später lief Milo auf das Gasthaus »Zum Roten Fuchs« zu und konnte zwei Balkone an der Südwand sehen. Die Leiter war tatsächlich so schwer, dass er öfter eine Pause hatte einlegen müssen, als ihm lieb gewesen war. Zudem war er ein gefundenes Fressen für alle Stadtwachen gewesen, denen er begegnet war. Jedes Mal hatte er verneinen müssen, dass er irgendwo einsteigen wollte, und vorgegeben, sein Zunftmeister habe sie sich ausgeliehen und er werde sie nun zurückbringen. Warum so spät am Abend, hatten sie wissen wollen. Er hatte behauptet, weil die andere Zunft sie nun einmal direkt am nächsten Morgen benötige.

Eigentlich hatte er gehofft, die Leiter auch für Emmas Zimmer nutzen zu können, um den Gang über das Dach zu vermeiden. Die Balkone lagen aber zu hoch. So musste er sich seiner Höhenangst stellen. Er war jedoch zuversichtlich. Immerhin hatte er sie schon damals in Coholmia besiegt.

Er bog um die Ecke und steuerte auf den Eingang zu. Mit der Leiter in den Händen quetschte er sich hindurch und legte sie mitsamt den Fackeln auf den Boden. Drinnen hockte ein junger

Bursche hinter einem Tresen, vielleicht ein oder zwei Jahre älter als Milo, und hatte die Füße auf den Tisch gelegt. Als er Milo bemerkte, nahm er sie unbeholfen herunter und stieß dabei ein Tintenfässchen um.

»Mist«, zischte er und war für ein paar Sekunden hinter der Tischkante verschwunden. Er tauchte wieder auf, stellte sich aufrecht hin und schob sich seine langen braunen Locken aus dem Gesicht, das mit seinen weichen Zügen eher an ein Kleinkind erinnerte.

»Willkommen im Gasthaus ›Zum Roten Fuchs‹. Ich freue … ähm … wir freuen uns, dass Ihr uns beehrt. Wie darf ich Euch weiterhelfen?« Wie ein Tonband spulte er die Sätze ab.

Milo konnte in den Falten auf der Stirn des Jungen erkennen, dass dieser selbst gemerkt hatte, dass die förmliche Anrede nicht passte. Erst jetzt schien er die Leiter und die Fackeln zu Milos Füßen zu registrieren. Milo tat so, als wäre es nichts Besonderes, so etwas dabei zu haben.

»Ich würde gerne jemanden besuchen.«

»Ein Besuch?« Wieder schien er nach dem geeigneten Text in seinem Kopf zu suchen. »Besuche sind nur nach dem Einverständnis unserer Gäste möglich. Wen möchtet … Ihr … besuchen und welchen Namen dürfen wir nennen?«

So amüsiert Milo eben noch von dem Burschen gewesen war, wollte er seine auswendig gelernten Ansagen nicht länger hören. Er fühlte sich wie in einer Warteschleife. Das musste auch anders gehen. Er holte den Beutel Münzen hervor und legte drei Taler auf den Tresen.

»Ich würde gerne jemanden besuchen«, wiederholte er und schob sie nach vorne.

Der Junge machte große Augen, blickte sich um und Milo befürchtete schon, er würde den Besitzer rufen. Doch dann schnellte seine schmale Hand hervor und ergriff gierig das Geld, das im nächsten Augenblick in einer Hemdtasche verschwand.

»Da geht es hoch«, sagte er und wies zur Tür rechts von ihm.

»Danke.« Milo stellte die Leiter an die Wand hinter dem Tresen und legte die Fackeln dazu. Mit einem freundlichen Zwinkern ließ er den Burschen hinter sich. Die Tür führte zum Treppenhaus und er nahm mehrere Stufen auf einmal. Als eine unter seinem Gewicht krächzend quietschte, ging er langsamer vor und übersprang keine mehr.

Drei Stockwerke später hatte er das Ende der letzten Treppe erreicht. Er öffnete die Tür und fand sich im Dachgeschoss wieder. Eine Laterne stand auf einem Tisch neben dem Eingang und tauchte das Zimmer in ein schummriges Licht. Stühle und anderes Zeug waren hier an den Wänden gestapelt. Die dicken Staubschichten ließen darauf schließen, dass sie aussortiert worden waren. Der Geruch von altem Holz lag in der Luft.

Unter einem Fenster stand bereits ein Stuhl. Er lief auf ihn zu und Staub wirbelte auf, stieg ihm in die Nase und ließ ihn mehrere Male in seine Armbeuge niesen. Hoffentlich hatte man das in den Zimmern nicht gehört. Er stellte sich auf den Stuhl und öffnete das Fenster im Dach. Frische Luft strömte herein und befreite ihn von dem Kitzeln in der Nase. Der leuchtende Vollmond kam ihm von hier oben fast doppelt so groß vor wie noch von der Straße aus.

Behutsam kletterte er hinaus, ging in die Hocke und hielt sich am Fensterrahmen fest. Mit der Hand fühlte er über die Ziegel. Sie waren rau und noch warm vom Sonnenschein. Mit seinen Stiefeln müsste er Halt finden können.

Er blickte sich um und entdeckte im Mondlicht die Dächer auf der anderen Seite der Hauptstraße. Langsam drehte er sich nach rechts Richtung Süden und setzte einen Fuß nach dem anderen auf die Dachplatten. Dabei versuchte er, all das auszublenden, was sich am Rande seines Sichtfelds befand. Allerdings konnte er nicht verhindern, dass ihn sein Kopf immer wieder ermahnte, wie tief es doch hinunter ging und was passieren würde, wenn er abstürzte. Dementsprechend vorsichtig war er unterwegs.

Er spürte, wie seine Achseln nass wurden und sich Schweißtropfen an seinen Schläfen bildeten. Die ersten Meter zur Kante, hinter der sich Emmas Balkon befinden sollte, hatte er zurückgelegt. Noch sah er einem unbarmherzig weiten Weg entgegen. Aber wenn er stetig Zentimeter für Zentimeter vorankam, würde er sein Ziel erreichen.

Plötzlich sauste etwas über seinen Kopf hinweg und er verlor beinahe das Gleichgewicht. Ein Ziegel löste sich und wäre nach unten auf die Straße gefallen, hätte er ihn nicht im letzten Moment geschnappt. Das musste eine der Möwen gewesen sein, die ihre Runden am Hafen zogen. In Gedanken verfluchte er das Tier. Seine Beine zitterten so heftig, dass sie fast schon schlotterten und er sich nicht traute, weiterzugehen. Bis sich sein Körper und Puls beruhigten, würde er weiter ausharren. Jetzt bloß kein Risiko eingehen.

KAPITEL SIEBENUNDZWANZIG

Emma horchte in sich hinein, während sie weiterhin auf die Wache warteten. War das möglich? Sie schielte zu Milo hinüber, der gespannt auf das Anwesen blickte, und suchte nach etwas Merkwürdigem. Aber äußerlich konnte sie nichts finden. Schon gar nicht hier im Dunkeln. Sie musste den Gruselfilm erwähnen. Dann würde sie wissen, mit wem sie es zu tun hatte.

Gerade setzte sie an, da drückte er sie auf einmal nach unten. »Vorsicht, der Wachmann.« Tatsächlich kam die Patrouille endlich auf sie zu und drehte ab.

Als die Wache weg war, huschte er zu dem Punkt, wo sich Zaun und Mauer trafen. Er stellte die Kisten aufeinander und schwang sich mühelos auf die Mauer.

Bei ihm sah das kinderleicht aus. Sie hoffte, dass sie es mit ihren müden Knochen auch schaffte. Zur Not konnte er ihr auch helfen. Aber wollte sie das überhaupt?

Wenn sie von der Mauer auf den Rasen gesprungen waren, würde sie ihm die Fangfrage stellen. Zunächst musste sie noch mitspielen. Sie krabbelte auf die Kisten und streckte die Arme nach oben aus. Bis zur Mauerkante war es ein gutes Stück. Milo ging in die Hocke und hielt ihr die Hände hin. Emma ergriff sie und ließ sich von ihm hochziehen. Dabei brannten ihre Muskeln so sehr, dass sie es kaum aushielt. Oben angelangt atmete sie erleichtert aus und ihr Herz schlug ihr heftig gegen die Brust.

Von der Mauer sprangen sie auf das Anwesen und fanden hinter Büschen Schutz. Jetzt war der Zeitpunkt gekommen, um herausfinden, mit welchem Milo sie es zu tun hatte.

»Ich habe Angst, Milo. Ich fühle mich wie in diesem Gruselfilm, den wir letztens geguckt haben. Weißt du noch?«

»Hmm.« Mehr gab er nicht von sich.

»War das ein ›Ja‹?«

»Ja.«

»Ist das alles? Das beruhigt mich nicht wirklich«, sagte sie barsch und pikste ihn in die Seite.

Er seufzte, drehte sich zu ihr und legte ein Lächeln auf. »Da wird schon kein Typ mit Maske herumrennen und uns jagen«, meinte er. »Komm, die Luft ist rein. Auf zur Scheune.«

Doch Emma blieb wie angewurzelt sitzen. Er war es wirklich. Der Dämon. Er hatte sie gefesselt, nur um sie zu befreien und dann hierher zu führen. Dafür konnte es eigentlich nur die Erklärung geben, an die sie schon zuvor gedacht hatte: Sie kannte sich hier aus. Der Dämon nicht. Er war auf sie angewiesen. Ohne sie würde er die Geheimverstecke nicht finden.

Was sollte sie bloß tun? Sie konnte ihm nicht einfach in ihr Verderben folgen, sondern musste etwas unternehmen. Aber was? Sofern der echte Milo nicht gleich wie durch ein Wunder auftauchte, hatte sie nur einen Ausweg: die Welt auf dem gleichen Weg verlassen wie Milo.

Ganz leise formte sie die Worte »Bring mich zurück«. Nichts passierte. Sie wiederholte sie etwas lauter: »Bring mich zurück.« Noch immer nichts. Wie hatte Milo das letztens angestellt? Viel lauter konnte sie es nicht sagen, ohne dass es der Dämon mitbekam. Sie brauchte einen anderen Plan.

Im Grunde stand sie vor der Wahl: Sie konnte versuchen, vom Anwesen herunterzukommen oder den grünen Stein suchen. Die erste Option wäre sicherer, würde sie sich aber weiter vom grünen Stein entfernen lassen. Dieser musste entweder im Dienstflügel oder in den Hütten der Wachen sein. Die Wachen! Genau. Sie konnte die Wachmänner auf den Dämon hetzen und währenddessen in den Hütten nach dem grünen Stein suchen. Und wenn er da nicht war, konnte er sich nur im Dienstflügel befinden. Auch wenn das bedeutete, dass sie all die Zimmer durchsuchen musste. Allerdings … wenn die Wachen nicht mit dem Dämon fertig wurden, wäre sie dem Dämon ausgeliefert.

Für einen kurzen Moment wollte sie die erste Option wählen, das Anwesen weit hinter sich lassen und sich in Caduco verstecken. Doch das brachte sie nicht weiter. Vielleicht funktionierten diese drei Wörter nur in Verbindung mit dem grünen Stein. Sie musste es riskieren. Weglaufen kam nicht mehr in Frage. Jetzt galt es, ihre Ängste vor dem Dämon zu überwinden.

Dafür benötigte sie jedoch einen Vorsprung. Sie konnte nicht einfach jetzt losrennen. Der Dämon wartete bei der Scheune auf sie. Der Weinkeller dort! Ja, das konnte klappen. Sie würde gegenüber dem vermeintlichen Milo behaupten, dass es im Keller der Scheune Werkzeug gab, um ein Fenster oder eine Tür im Haupthaus aufzuhebeln, und ihm den Vortritt lassen. Dann würde sie die Klappe zuschlagen, etwas auf die Luke stellen und davonrennen.

Ihr Herz raste, als sie zur Scheune huschte. Die Schatten der Büsche, die durch die Laternen angestrahlt wurden, zogen neben ihr an der Mauer vorbei.

»Was war?«, fragte er ungeduldig.

»Nichts. Ich dachte, etwas gehört zu haben. War vermutlich nur ein Vogel.«

Sie schlichen in die Scheune. Durch das zerstörte Dach schimmerte genug Mondlicht, dass sie erkennen konnten, wo sie hintraten.

»Als ich mit dem Dämon auf der Suche nach dem grünen Stein eine Tür im Keller des Haupthauses aufbrechen musste, haben wir eine Eisenstange von hier genommen. Aber die liegt jetzt noch dort«, meinte Emma. Sie musste an das Blut im Keller denken. Ihr Magen drehte sich um. »Es bleiben uns eigentlich nur noch die Werkzeuge da an der Wand.«

Der Dämon trat neben sie und betrachtete die Gartengeräte. »Alles nicht zum Öffnen von Türen geeignet. Schlagen wir doch besser einfach ein Fenster ein.«

»Nein warte«, sagte sie und hob den Zeigefinger. »Ich hatte im Weinkeller noch etwas gesehen, das uns helfen kann.« Sie lief zur Luke und blickte sich dabei fieberhaft nach etwas um, womit sie die Luke beschweren könnte. Aber außer den Ketten, mit denen der Vari festgemacht gewesen war, entdeckte sie nichts.

An der Bodenluke tat sie so, als würde sie es allein nicht schaffen, sie hochzuheben.

»Hilf mal mit, Milo, und dreh da nicht nur Däumchen.« Widerwillig ging er ihr zur Hand. Dann standen sie vor der hochgeklappten Luke und den Treppenstufen. »Worauf wartest du?« Sie machte eine Handbewegung, um ihn vorausgehen zu lassen. »Ich halte mich lieber hinter dir. Wer weiß, vielleicht ist da unten der Maskenmann«, fügte sie mit einem schelmischen Grinsen hinzu.

Der Dämon blickte sie für eine Sekunde ernst an, als ob er in ihren Augen ihre Gedanken lesen wollte, und stieg hinab. Als er weit genug unten war, hastete Emma hinter die Luke und warf sich mit all ihrer Kraft dagegen. Sie fiel krachend zu Boden und ließ das Fluchen des Dämons verstummen. Emma verlor keine Zeit, schob noch eine Kette auf die Luke und rannte nach draußen.

»Hilfe, Hilfe!« Ihre Schreie erfüllten die Stille. Sie eilte links an den Gebäuden vorbei zu den Hütten am Haupttor, ohne sich umzudrehen. Dabei sprangen ihr die dunklen Randsteine auf dem

Weg zu spät ins Auge. Als sie ihren linken Fuß aufsetzen wollte, gab der Boden nach und gerade noch so schaffte sie es, sich zur Seite zu rollen. Mit einem dumpfen Grollen landete der falsche Boden samt Kies in der Grube. Blitzschnell rappelte sie sich auf und rannte auf dem Rasen weiter. Den Wachen würde sie weismachen, sie wäre vom Dämon im Keller eingesperrt gewesen und jetzt endlich entkommen. Erneut schrie sie um Hilfe.

Als sie um die Böschung bog, kamen bereits zwei Wachmänner auf sie zu.

»Hilfe! Ihr müsst mir helfen.« Sie tat so, als ob sie zittern würde, und schluchzte heftig. »Ich war unter der Scheune eingesperrt und der … der Entführer ist noch auf dem Gelände. Ihr müsst ihn fangen.«

»Entführer?«, fragte einer der beiden ruhig.

»Ein Jugendlicher. Fast noch ein Kind. Aber er ist gefährlich und bewaffnet. Am besten sucht Ihr alle nach ihm und haltet eure Waffen bereit. Kann ich so lange in die Hütte da?«

Der Mann drehte sich unschlüssig um und wechselte einen Blick mit dem anderen. Dann nickte er. »Mach dir keine Sorgen, Mädchen. Wir kümmern uns darum. Bring dich schnell in Sicherheit.«

Emma hatte nicht geglaubt, dass es so einfach sein würde. Vor allem schien es die Wachen nicht interessiert zu haben, wie sie sich hatte befreien können. Sie schlang die Arme um ihren Oberkörper, schniefte weiter laut und eilte weiter. Durch die Fenster der Hütten trat kein Licht nach draußen. Wie fanden sich die Wachen hier nur zurecht? Vielleicht brauchten sie das auch nicht, wenn sie nur zum Schlafen und Essen dort waren. Emma blickte sich nach einer Lichtquelle um und schnappte sich eine der Laternen gegen die Vari. Dann betrat sie die Hütte zu ihrer Linken.

KAPITEL ACHTUNDZWANZIG

Milo sammelte sich und zwang sich, weiter zu kriechen. Stück für Stück kam er dem Rand des Daches näher, bis er endlich über die Kante schielen konnte.

Er atmete erleichtert aus. Da war der Balkon. Er robbte die letzten Zentimeter, ehe er sich auf den Bauch drehte und mit den Füßen voraus hinabfallen ließ. Mit einem dumpfen Geräusch landete er und horchte in die Stille. Es war nichts zu hören. Dann schlich er zur Tür. Sie war einen Spalt breit geöffnet, genau wie Emma geschrieben hatte. Sachte drückte er sie auf, bis er hindurchschlüpfen konnte. Es dauerte ein paar Sekunden, bis sich seine Augen an die Dunkelheit gewöhnt hatten. Das Bett war leer. Dafür lag aber jemand auf dem Boden davor. Es war Emma!

Er bückte sich und half ihr dabei, sich aufrecht hinzusetzen. Die Arme hatte sie hinter dem Rücken verschränkt. Sanft tätschelte er ihre Wangen, bis sie die Augen öffnete. Erleichtert hob er die rechte Faust und zeigte den kleinen Finger. Als sie nicht reagierte, lehnte er sich vor und untersuchte ihre Hände. Da bemerkte er, dass sie gefesselt war. Mit Mühe konnte er die Stoffstreifen an ihren Händen und Füßen lösen und nahm ihr vorsichtig den Knebel aus dem Mund. Sie sah elend aus und er bekam Mitleid.

»Milo?« Ihre Stimme war nicht mehr als ein Krächzen und zeugte von tiefer Erschöpfung. »Bist du es wirklich? Sorry, dass ich … Es tut mir so leid.«

»Ich bin es wirklich. Siehst du?« Er nahm ihr Gesicht in seine Hände und hob ihren Kopf leicht an. »Ich habe deine Nachricht erhalten und bin gekommen, um dich zu retten.«

Sie stöhnte, als sie ihre Beine ausstreckte und sich die Stellen ihrer Handgelenke abtastete, wo ihr eben noch die Fesseln in die Haut geschnitten hatten.

»Ich habe schon gedacht, ich müsste hier sterben.«

Er hielt seinen Finger an ihre Lippen. »Nicht, dass der Dämon etwas mitbekommt.«

»Der ist nicht hier. Der sucht weiter nach dem grünen Stein.«

»Weiter?«

»Wir haben schon den ganzen Tag damit verbracht.«

»Verstehe. Bist du dir ganz sicher, dass er nicht da ist?«

»Ich habe ihn weggehen gehört. Und er ist noch nicht zurück.«

Milo zögerte. War sie in ihrem Zustand in der Lage gewesen, mitzubekommen, was auf dem Gang vor sich ging?

»Was würde passieren, wenn der Dämon den grünen Stein finden würde?«, fragte Emma.

»Erst einmal nichts. Er braucht einen von uns beiden, um nach Polyrica zu kommen.«

»Und was hat er dann vor?«

»Vermutlich sucht er einen Weg in unsere Welt.«

Emma hielt sich die Hand vor den Mund und schüttelte langsam den Kopf. »Geht das denn?«

»Nur mit dem Stab von Saloquim.« Er schürzte die Lippen. »Aber genug dazu. Wir müssen uns beeilen. Ich weiß, wo der grüne Stein ist. Schaffst du es über den Balkon nach unten?«

Sie nickte. »Wo genau ist er denn?«

»Das sage ich dir, wenn wir hier raus sind und uns niemand belauschen kann.«

Er half ihr hoch. Gemeinsam traten sie auf den Balkon. Emma war wackeliger auf den Beinen, als ihm lieb war. Ob sie den Weg hinunter wirklich schaffte?

Er zeigte auf das Geländer. »Ich zuerst. Ich warte auf dem unteren Balkon auf dich und versuche dich aufzufangen.«

»Und deine Höhenangst?«

»Den Weg übers Dach habe ich doch auch schon geschafft.«

Er kletterte hinüber und klammerte sich an das Holz. Das Adrenalin in seinen Adern verdrängte die Höhenangst vollständig. Als er an den Holzdielen hing und nach unten blickte, hatte er nur Augen für den nächsten Balkon, nicht für die Straße. Er schwang sich hinunter und wartete auf Emma.

Sie baumelte so lange in der Luft, dass ihre Arme ganz schwer werden mussten. Dann ließ sie aber los und landete vor ihm. Er schlang die Arme um sie. »Gut gemacht. Noch einmal.«

Unten angekommen blickten sie sich um. Die Straße war leer.

»Jetzt direkt zum Anwesen?«, fragte sie.

»Wir brauchen erst noch die Leiter und Fackeln. Ich habe sie beim Empfang gelassen.« Er stapfte voraus, aber Emma kam nicht hinterher. »Worauf wartest du?«

»Wozu wir eine Leiter brauchen, verstehe ich. Aber Fackeln?«

»Der Dämon fürchtet sich vor Feuer.«

»Echt? Aber werden uns dann nicht auf jeden Fall die Wachen sehen?«

»Fällt dir etwas Besseres ein? Es ist ja nun einmal leider so, dass wir den Granat nicht mehr haben, den roten Stein. Ich habe ihn beim Vorfall in der Scheune verloren.«

Emma schien einen Moment lang nachzudenken, ehe sie den Zeigefinger in die Luft streckte. »Ich hab's.«

»Was?«

»Der Dämon hat den roten Stein in seinem Zimmer.«

»Bist du sicher?«

»Wir haben ihn eingesammelt, kurz nachdem du verschwunden warst. Er hat ihn in eine Kiste im Schrank gelegt.«

»Ich weiß nicht. Der Dämon kann sich vervielfältigen und an mehreren Orten gleichzeitig sein. Er könnte eine seiner Gestalten oben positioniert haben.«

»Vertraust du mir nicht?«

»Doch. Aber –«

»Pass auf. Wir machen es so: Wir fragen einfach den Jungen am Empfang. Er wird wissen, ob der Dämon da ist oder nicht.«

Milo war unschlüssig und fühlte sich unwohl bei dem Gedanken, das Zimmer des Dämons zu betreten. Aber wenn sie auf dem Anwesen von Meister Kildar wegen des fehlenden Granats überwunden werden würden, würde er sich Vorwürfe machen. Mit dem Granat hätten sie eine echte Waffe und er würde sie zudem schützen. Doch Emmas Plan berücksichtigte nach wie vor nicht, dass der Dämon mehrere Gestalten annehmen konnte.

»Wir müssen es anders machen. Er soll im Zimmer des Dämons nachsehen, ob der Dämon da ist. Aber allein. Du kannst nicht dabei sein, weil der Dämon denkt, du wärest gefesselt. Und mich kennt er auch.«

»Oder so.«

Milo kramte in seinem Geldsäckchen. »Den Münzen war der Bursche eben schon nicht abgeneigt.«

Sie betraten das Gasthaus, wo der Junge auf seinem Hocker wartete, bis sie am Tresen angelangt waren. Er setzte gerade an, etwas zu sagen, da kam ihm Emma zuvor.

»Wir haben eine Frage.«

Verdutzt hielt der Junge inne.

»Du erinnerst dich an meinen Bruder?«

»Jawohl. Edmund Diggory.«

»Genau. Könntest du nachsehen, ob er da ist?«

»Nein. Also ja. Ich darf den Empfang eigentlich nicht unbeaufsichtigt lassen.«

Milo trat einen Schritt vor und legte ihm drei weitere Taler hin. »Wir passen schon auf.«

Im nächsten Moment hatte der Junge die Münzen eingesteckt. »Soll ich ihm dann Bescheid geben, dass ihr auf ihn wartet?«

»Nein«, sagte Emma schnell. »Nur nachgucken.«

Der Junge nickte und verschwand im Treppenhaus.

Milo trat angespannt von einem Fuß auf den anderen. Da fragte er sich auf einmal, was passierte, wenn der Bursche den Dämon doch im Schlepptau haben sollte. Falls dieser misstrauisch werden und darauf bestehen würde, den Grund dafür zu erfahren, wieso man ihn gestört hatte.

»Komm, Emma«, sagte Milo und zog sie am Arm zum Ausgang.

»Was soll das?«, fragte sie irritiert.

»Wenn er nicht allein zurückkommt, dürfen wir auf keinen Fall zu sehen sein.«

Sie zogen die Tür zu und stellten sich auf Zehenspitzen, um durch das kleine Fenster den Empfangstresen im Blick zu haben. Dass dies seltsam aussehen musste für Unbeteiligte, war ihm egal.

Es dauerte ein paar Minuten, bis der Junge zurückkam. Als er bemerkte, dass Milo und Emma weg waren, blickte er sich in alle Richtungen um und schritt dann auf die Eingangstür zu.

Milo kam ihm zuvor und öffnete sie. Erleichtert blickte der Junge sie an und schüttelte den Kopf. »Sein Zimmer ist leer.«

Die beiden schlüpften wieder in das Gasthaus.

»Hmm.« Emma stellte sich vor den Jungen, stemmte die eine Hand in die Hüfte und fuhr sich mit der anderen über das Gesicht. »Das ist blöd. Weißt du, er hat nämlich etwas von mir in seinem Zimmer. Aber ich habe ja nicht seinen Schlüssel.«

»Kein Problem«, sagte der Junge schnell und lief zurück zum Tresen. Er bückte sich und es hörte sich so an, als würde er eine

Schublade öffnen. Im nächsten Moment hielt er einen Schlüssel in die Luft. »Hier. Der Zweitschlüssel.«

»Danke.« Emma zwinkerte Milo über die Schulter zu. »Ich bin gleich wieder da.«

»Ich warte draußen.«

Sie schnappte sich den Schlüssel, eilte ins Treppenhaus und ließ Milo mit dem Jungen zurück.

»Deine Leiter«, sagte der Bursche und reichte sie Milo zusammen mit den Fackeln.

Endlich duzt er mich, dachte Milo. Er nickte knapp und ging hinaus. Die Fackeln legte er neben den Eingang und nahm sich dafür eine der Laternen. Ganz ohne Licht würden sie es nicht durch das Dickicht hin zur Mauer schaffen. Trotzdem wollte er eine Feuerquelle dabeihaben, falls sie auf den Dämon stießen. Er hockte sich an die Wand und wartete.

Edmund Diggory. So hatte Emma also den Dämon getauft, als sie sich im Gasthaus einquartiert hatten. Das klang ganz nach ihr. Sie liebte die Geschichten rund um die vier Geschwister, die durch den Wandschrank in eine andere Welt gelangten. Kein Wunder, dass sie an ihre Namen gedacht hatte. Genau wie die Brüder und Schwestern waren Emma und er durch ein Portal hierhergekommen.

Die Zeit verging und vor seinem inneren Auge sah er eine erbarmungslos laufende Sanduhr. Er mochte es nicht, nur warten zu können. Nervös rieb er sich die Hände. Ob alles glatt lief?

Im nächsten Moment hörte er Stimmen drinnen. Dann kam Emma heraus und hielt ihm freudestrahlend den Granat hin. Augenblicklich fiel Milos Anspannung ab. Er verstaute ihn in seinem Beutel um den Hals. Endlich. Er fühlte sich der Aufgabe wieder gewachsen. Er hatte den Granat und wusste, wo sich der Aventurin befand. Jetzt mussten sie nur noch dem Dämon ausweichen.

»Das ist ja ein seltsames Amulett«, sagte Emma, als sie Karas Geschenk entdeckte.

»Es stammt auch aus dieser Welt hier«, sagte er stolz. »Und wenn wir Polyrica retten, hat Saloquim gesagt, darf ich es mit nach Aachen nehmen.«

»Cool.«

»Trägst du die Laterne? Dann schnappe ich mir die Leiter.«

»Ist die Leiter nicht zu schwer? Komm, wir teilen uns die Last. Ich vorne, du hinten.«

Daraufhin packte sie an, sodass ihm nichts anderes übrigblieb, als mit der einen Hand die Leiter und mit der anderen die Laterne zu greifen.

Für Außenstehende mussten sie wie zwei Einbrecher wirken. In gewisser Weise waren sie das auch. Aber sie würden niemandem einen Schaden zufügen. Zumindest hatte er das nicht vor.

»Wie hast du dich eigentlich genannt?«, fragte Milo, als sie von der Hauptstraße abbogen und den Anstieg in Angriff nahmen.

»Was meinst du?«

»Vorhin im Gasthaus –«, begann Milo, wurde aber von einer Gruppe grölender Männer unterbrochen, die aus einer Schankstube zu ihrer Rechten torkelten und lautstark Lieder von sich gaben.

»Hast du noch etwas gesagt? Ich verstehe kein Wort. Sag es mir, wenn die Leute weg sind, ja?«, rief sie ihm über die Schulter zu.

Leider waren die Männer in dieselbe Richtung unterwegs, weswegen sich Milo mit seiner Frage gedulden musste.

KAPITEL NEUNUNDZWANZIG

Emma stemmte die Hände in die Hüfte. Mittlerweile durchsuchte sie die andere Hütte. Genau wie die erste war sie in etwa so groß wie ihr Zimmer zu Hause und beinhaltete nur das Nötigste: Drei schmale Betten, dazu Vorratsregale sowie einen mit Geschirr vollgestellten Tisch mit vier Stühlen. Sie hatte die Schälchen und das Besteck auf den Boden geräumt, um die Töpfe, Krüge und Säcke aus den Vorratsregalen darauf ausbreiten zu können. Doch in keinem war der grüne Stein. Stattdessen lagen jetzt Trockenfleisch, Kautabak und Früchte vor ihr.

Als sie die Bezüge der Betten ausschüttelte und in die Ecke warf, musste sie ihren Ekel ausblenden. Die Matratzen rochen unangenehm nach Schweiß. Sie stellte sich in die Mitte der Hütte, hielt die Laterne hoch und blickte sich noch einmal um.

Eigentlich hatte sie alles durchgeguckt. Ihr blieb nur noch der Weg in den Dienstflügel. Wenn Meister Kildar nicht auf die Idee gekommen war, den Stein irgendwo auf dem Anwesen zu vergraben. Das konnte sie sich aber nicht vorstellen.

»Leider nicht hier«, sagte plötzlich eine Stimme hinter ihr.

Emma erschrak und fuhr herum. Milo oder Milos Gestalt

lehnte in der Tür. Für einen Moment hatte sie die Hoffnung, dass der echte zurückgekehrt war.

»Wann ist dir klar geworden, dass du es nicht mit deinem Milo zu tun hattest?«

Ihre Hoffnung war mit einem Schlag fort. Wo waren die Wachen und wie hatte es der Dämon an ihnen vorbeigeschafft?

»Lass mich raten … diese Geschichte mit dem Gruselfilm. Das war der Grund, richtig? Du hast nie solch einen Film mit einem Maskenmann mit Milo geschaut. Es war nur ein Trick.«

Sie stolperte rückwärts und fiel dabei über einen Stuhl. Die Laterne glitt ihr aus der Hand, zersprang auf dem Boden und erlosch. Ein stechender Schmerz durchfuhr ihren Ellenbogen. Sie tastete ihn mit der anderen Hand ab und spürte, wie Blut aus der Wunde trat. Sie robbte weiter zurück, bis sie schließlich auf den Bettbezügen angelangt war.

Der Dämon näherte sich langsam. »Ein guter Versuch. Hätte ich dir gar nicht zugetraut. Aber … eben nur ein Versuch.«

»Hilfe«, schrie sie verzweifelt aus voller Kehle.

Daraufhin erschienen die Wachmänner hinter dem Dämon, gerade so vom Mond erleuchtet, dass sie ihre grimmigen Gesichter sah. Ein Funke Zuversicht stieg in Emma auf und sie wartete darauf, dass sie ihn packten und knebelten. Doch stattdessen stellten sie sich links und rechts von ihm auf. Wie zwei Türsteher. Emma starrte sie ungläubig an. »Was …?«

»Ach, Emma. Ich habe doch schon längst dafür gesorgt, dass uns niemand bei unserer Suche stört. Glaubst du denn wirklich, der Hausverwalter wäre nach Kildars Tod in eine andere Stadt gefahren? Was sollte er denn da? Aber man hat ihm geglaubt. Ich musste nur noch die Wachen austauschen, damit alles echt wirkte.«

Im nächsten Moment traten die Wachmänner auf den Dämon zu und gingen ineinander über. Sie verschmolzen regelrecht. Keine zwei Sekunden später stand nur noch der Dämon vor ihr. Emma konnte nicht verhindern, dass ihr Mund vor Staunen aufklappte. Sie öffnete ihn noch ein weiteres Stück, als die beiden Wachen wieder aus dem Dämon entwuchsen und sich neben ihn gesellten, als wäre nichts gewesen.

»Ganz richtig«, sagte er.

»Aber … Wo sind die echten Wachen?« Allmählich gewöhnten sich ihre Augen an die Dunkelheit und sie konnte die Gesichtszüge des Dämons erkennen.

Er zeigte zum Haupthaus. »Der Keller. Du erinnerst dich?«

Sie hielt sich den Mund zu, damit sie sich nicht übergab. Die Bilder der Blutspuren wollten ihr nicht aus dem Kopf gehen.

»Natürlich musste ich den Keller leeren, bevor wir ihn aufgebrochen haben. Was ehrlich gesagt nicht nötig gewesen wäre. Schließlich hat einer der Schlüssel gepasst. Weißt du noch, als mir der Schlüsselbund *heruntergefallen* war? Könnte sein, dass ich da den passenden Schlüssel *verloren* hatte. Und während wir zwei in den Räumen der Halle unterwegs waren, habe ich mich um die Leichen gekümmert.«

»Wo –?«

»Wo sie jetzt sind? Irgendwo im Wald, wo niemand sie findet oder … gibt es da nicht diese Vari? Vielleicht sind sie schon gefunden worden.«

Sie schluckte. Ob er das Gleiche mit ihr machen würde, wenn er nicht das von ihr bekam, was er wollte? Sie schob sich weiter hoch, bis ihr Rücken an der Wand lehnte.

Er machte einen Schritt auf sie zu. »Keine Sorge. Du bist wertvoller als sie«, sagte er, als ob er ihre Gedanken gelesen hatte. »Aber du weißt jetzt, wer ich bin. Ich habe bereits alle Räume des Dienstflügels untersucht. Nichts. Magst du mir verraten, was dieser Kildar noch so an Geheimverstecken hatte?«

Emma unternahm einen letzten Versuch. »Bring mich zurück«, sagte sie. Noch einmal lauter. »Bring mich zurück!« Nichts passierte.

»Schade. Du bekommst ein anderes Verlies als die toten Wachen. Los, gehen wir.«

Die Gestalten der Wachmänner kamen auf sie zu und Emma blickte sich hektisch nach einer Waffe um. Mehr aus Reflex als in der Hoffnung, sie wirklich abwehren zu können. Denn sie wusste, dass sie stärker waren. Der Dämon war ihr überlegen und sie fühlte sich wie ein hilfloses Küken, das einer Schlange gegenüberstand. Trotzdem trat sie nach ihren Widersachern, versuchte sie von sich wegzustoßen, strampelte in der Luft hin und her und hoffte, sie dabei zu erwischen.

»Hilfe!«, schrie sie, so laut sie konnte.

Ein harter Schlag traf sie wie aus dem Nichts an ihrer Wange und ließ sie jäh erstarren. Sie schmeckte Blut in ihrem Mund, weil sie sich auf die Zunge gebissen hatte.

Vier grobe Hände packten sie, zogen sie hoch und steckten ihr ein Stück Stoff in den Mund. Die Männer fesselten sie mit Schnüren an den Handgelenken und Fußknöcheln, sodass sie kaum aufrecht stehen konnte. Emma ließ die Tortur schluchzend über sich ergehen.

Einer der beiden warf sie sich über die Schulter und trug sie durch den Garten zur Scheune. Bei jedem Schritt schaukelte sie hin und her. Fast wie auf einem Schiff auf dem Meer. Emma fühlte sich noch benommen von dem Schlag. Den Kopf zu heben, kostete sie unglaublich viel Kraft. Trotzdem tat sie es. Hinter ihr lief der Dämon in aller Seelenruhe, die Arme auf dem Rücken und den Blick zu Boden gerichtet. Als ob er gerade auf einer Beerdigung zum Grab ging.

Ekel und Wut stiegen in ihr bei seinem Anblick auf. Sie wollte sich nicht kampflos wie einen Sack Äpfel forttragen lassen. Als sie die Scheune betraten, mobilisierte sie ihre letzten Kräfte, holte mit den Beinen Schwung und donnerte ihre Knie in die Rippen des Wachmanns. Er ließ sie augenblicklich fallen und sie schlug hart auf der Seite auf dem Boden auf. Schräg über ihr sah sie den Wassertrog.

»Du Miststück!«, stieß der getroffene Wachmann aus. Er zerrte sie hoch und drückte sie gegen das Blech. Emma blickte auf einen kleinen schwarzen runden Fleck auf der Ummantelung des Trogs, der wie Dreck aussah und immer wieder von dem hin und her schwappenden Wasser benetzt wurde. Genau wie sie dem Dämon und den Männern ausgeliefert war, würde der Fleck wohl auch irgendwann vom Wasser abgewaschen werden.

Der Dämon kam nah an Emmas Gesicht. Er packte sie an den Haaren und riss ihren Kopf nach hinten. Sie schrie vor Schmerz durch den Knebel.

»Verstehst du es wirklich nicht, oder willst du es nicht verstehen?«

Er drückte sie ruckartig nach vorn, sodass sie in das Wasser eintauchte. Panisch rüttelte sie an ihren Fesseln, kam gegen die festen Knoten aber nicht an.

Dann holte er sie zurück an die Luft. Emma atmete schwer durch die Nase.

»Hörst du auf, dich zu wehren?«, raunte er ihr ins Ohr.

Sie nuschelte einen Fluch in ihren Knebel, der zu einem undeutlichen Brummen wurde. Daraufhin nahm er ihr den Stoff aus dem Mund. Ihre Kiefermuskulatur entspannte sich und in ihrem Mund mischte sich Blut mit Speichel. Der Dämon hatte sein Ohr vor ihre Lippen geführt. »Was wolltest du sagen?«

Statt etwas zu antworten, spuckte sie ihn an. Leider traf ihn nur die Hälfte, die andere landete auf dem Wassertrog und floss über den schwarzen Punkt ins Wasser. Der Dämon tauchte sie wieder unter. Ein paar Sekunden später war der Druck auf einmal fort. Sie hob den Kopf, rang nach Luft und hustete mehrfach. Tropfen fielen von ihren klatschnassen Haaren auf die Wasseroberfläche und kleine Kreise bildeten sich. Der Fleck war weg. Genau wie ihre Zuversicht, hier jemals lebend wegzukommen.

Als sie sich zu ihren Peinigern umblickte, standen diese im Halbkreis hinter ihr. Einen Moment lang glaubte sie, ein dunkles Monster mit wilder Mähne wie die eines Löwen und stechend gelben Augen neben dem Dämon zu sehen. Im nächsten Augenblick war er hinter Milos Gestalt verschwunden. Hatte sie sich den Kopf so fest angeschlagen, dass sie halluzinierte?

Ehe sie sich noch mehr Fragen stellen konnte, trat ein Wachmann auf sie zu, steckte ihr den Knebel zurück in den Mund und schubste sie zur Bodenluke.

Er zerrte sie an ihren Schultern hinunter in den Weinkeller. Der Dämon kam und bückte sich über sie.

»Hier wird dich niemand hören und du kannst keine Dummheiten anstellen. Zum Beispiel zu viele Fragen stellen. So wie im ›Kleinen Pony‹.« Er grinste sie an und nahm für eine Sekunde die Gestalt des alten Mannes mit den buschigen Augenbrauen an. »Ja, genau. Das war ich.« Er lachte leise. »Auf noch mehr misstrauische Leute habe ich keine Lust.«

Emma versuchte etwas zu erwidern, aber es drang nicht durch den Knebel. Der Dämon wechselte zurück zu Milos Gestalt und packte sie ein weiteres Mal an den Haaren. Er zog sie grob zurück, sodass sie ihn geradewegs anblicken musste.

»Pignos zu töten, war nicht schwer. Nur diese lästigen Stadtwachen, die uns danach auf die Schliche gekommen sind, haben genervt. Erinnerst du dich, als sie unsere Zimmer durchsucht haben? Ich hatte sie draußen von meinem Wachposten aus dem Gebäude gegenüber gesehen. Der fremde Mann an der Theke und die schwangere Frau im Treppenhaus – das war ich.« Er wechselte kurz zu den beiden Gestalten und dann zurück zu Milo. »Irgendwie musste ich ja an meinen Zimmerschlüssel kommen, ohne die Schankstube zu verlassen. Und deinen Milo habe ich sofort bemerkt. Du kannst einfach nicht lügen, Emma. Der kleine muskulöse Typ aus dem Gasthaus, mit dem ich *zusammengestoßen* bin – das war ich auch. Ich habe gewartet, bis Milo aus seinem

Versteck kam. Später dann bin ich mit ihm hier eingebrochen. Leider war Kildar so stur und wollte den Stein nicht hergeben. Ich hatte nicht beabsichtigt, ihn zu töten. Aber es ist eben passiert. Und zu guter Letzt, aber ich glaube, das weißt du bereits, musste ich die Gestalt der Schankmaid annehmen, die uns am Hafen angesprochen hat.« Der Dämon ließ ihren Kopf los und richtete sich auf. »Du wirst hier unten versauern. Ich hole mir jetzt den grünen Stein. Und zwar mit dem echten Milo.« Ein weiteres Mal wechselte er seine Gestalt. Nun hatte Emma sich selbst vor Augen. Sonst war das nur im Spiegel der Fall. Jetzt aber wirkte es wie eine Zwillingsschwester.

Der Dämon machte kehrt, zog die Tür hinter sich zu und legte den Riegel um. Sie war eingesperrt. Wie sollte der echte Milo sie hier finden?

KAPITEL DREISSIG

Erst als der Stadtrand nur noch knapp fünfzig Meter entfernt war, bogen die betrunkenen Männer ab. Milo kannte nun allerlei Lieder, zu denen man hier in Caduco schunkelte. Es erinnerte ihn ein wenig an Karneval. Jetzt genoss er die Stille. Herrlich. Milo setzte erneut an, Emma nach den Namen zu fragen.

»Vorhin im Gasthaus. Da hast du ›Edmund Diggory‹ erwähnt. Als wen hast du dich ausgegeben?«

Zunächst antwortete sie nicht und er wollte es schon etwas lauter wiederholen, da blickte sie über die Schulter.

»Susan.«

»Wieso nicht Lucy?«

»Warum sollte ich?«

»Du bist doch die kleine Schwester«, sagte er neckisch und wollte sie damit aufziehen.

Emma entgegnete nichts.

Milo fühlte sich augenblicklich schlecht. Er hatte die Situation bloß auflockern wollen. Beschämt blickte er zu Boden. »Ich dachte nur, das würde dich aufheitern. Sonst magst du die vier Geschwister doch auch. Susan, Edmund, Lucy und …?«

Emma entgegnete nichts. Was war an seiner Frage falsch gewesen? Auf einmal stoppte Emma so abrupt, dass sich Milo die Leiter gegen das Bein rammte. »Aua.«

»Oh, sorry. Welchen der beiden Trampelpfade müssen wir nehmen?« Sie waren am an der letzten Häuserreihe angelangt. »Je nachdem, wo sich der grüne Stein befindet, oder?«

Milo stellte die Laterne auf den Boden und strich sich über sein schmerzendes Bein. Er nickte Emma zu. Eigentlich war es egal, über welche Seite sie auf das Anwesen kamen. Das letzte Mal war er rechts unterwegs gewesen. »Den rechten Weg. Lass mich aber vorgehen«, sagte er. »Ich habe die Laterne.«

Sie ließ ihm den Vortritt und er steuerte auf den Trampelpfad zu, der ins Gebüsch und Gestrüpp führte. »Und wo ist der grüne Stein nun versteckt?«, fragte Emma.

»Das sage ich dir gleich. Aber erst bist du mir noch eine Antwort schuldig«, sagte er und lachte leise. »Also, wir waren bei den vier Geschwistern stehengeblieben. Susan, Edmund, Lucy und …?«

»Und wer? Sag es mir.«

»Du willst mich doch auf den Arm nehmen. Wenn es jemand weiß, dann du.«

»Ich … Es ist mir wohl gerade entfallen. Vielleicht liegt es an den Schlägen, die mir der Dämon verpasst hat, bevor er mich gefesselt hat.«

Als sie den Einstieg ins Dickicht erreichten, drehte sich Milo zu ihr um. Sie zuckte mit den Schultern, als wollte sie das Gesagte noch einmal unterstreichen. Milo blickte sie für einen Moment schief an, hakte aber nicht weiter nach. Niemals hätte sie das vergessen. »Nicht schlimm. Frank ist der vierte.«

»Ach, stimmt. Frank. Sorry. Klar. Jetzt, wo du es sagst.«

Milos Mund wurde trocken. Das konnte nicht wahr sein. Wieso

hatte sie ihn nicht korrigiert und »Peter« als letzten Bruder genannt?

»Was ist? Willst du nicht weitergehen?«, fragte Emma und zeigte auf den Pfad.

Ohne etwas zu entgegnen, wandte sich Milo um. Sie betraten den Trampelpfad und augenblicklich legten sich die Schatten der Blätter auf sie. Milo war froh, die Laterne dabei zu haben. Er spürte, wie es mit jedem Schritt kühler um sie herum wurde. Fast so, als ob hier im Dickicht eine andere Jahreszeit herrschte. Die Kälte fuhr ihm in die Glieder.

Er wusste nicht, was er machen sollte. Es konnte nur eine Erklärung dafür geben, was gerade passiert war. Der Dämon. Er hatte nicht Emma hinter sich, sondern den Dämon. Oder hatte es wirklich damit zu tun, dass Emmas Gedächtnis durch den Dämon in Mitleidenschaft gezogen worden war? Es gab eine Möglichkeit, dies herauszufinden.

Milo hielt an.

»Was ist?«, fragte Emma von hinten.

»Mein Bein.« Er legte die Leiter auf den Boden und zeigte auf seinen Oberschenkel. »Als du vorhin so plötzlich angehalten hast, habe ich mir die Leiter dagegen gerammt. Ich brauche einen Moment.«

Er massierte sich das Bein und presste dabei die Lippen aufeinander. Dann tat er so, als würde er probieren wollen, ob er es belasten konnte, und machte ein paar Schritte auf Emma zu. In Wahrheit wollte er sehen, wie Emma auf die Laterne reagierte. Immer näher kam er ihr mit dem Licht, bis sie plötzlich aufsprang und einen Satz zur Seite machte. Tatsächlich. Sie mied die Flamme. Deswegen hatte sie vorhin wohl auch darauf bestanden, dass er die Leiter nicht allein trug. Er hatte die ganze Zeit den Dämon bei sich gehabt. Seit er sie – oder ihn – aus dem Zimmer befreit hatte. Er war erneut auf den Dämon hereingefallen!

»Wir sollten weiter«, sagte sie ernst.

Als er sich nicht bewegte, wedelte sie mit der Hand, damit er zurück ging. Milo gehorchte und begab sich nach vorne. Erst danach schnappte sie sich ihr Ende der Leiter.

»Du hast recht.« Er griff entschlossen nach der Laterne und versuchte genauso zu klingen wie zuvor. »Wir müssen uns beeilen. Sonst ist Polyrica bald Geschichte.«

Milo versuchte, sich nichts anmerken zu lassen, sein Puls raste aber. Das durfte nicht sein! Warum sollte ihm der Dämon freiwillig den Granat überlassen, wenn er doch wusste, was für Kräfte ihm dieser verlieh? Die Fackeln. Natürlich. Sonst hätte der Dämon eine Fackel nehmen müssen.

Wo war dann die echte Emma? Vielleicht waren sie bereits in ein neues Gasthaus umgezogen und der Dämon gaukelte ihr weiterhin vor, dass er der unschuldige Mats war, der ebenfalls nur einen Weg aus dieser Welt suchte. Oder sie war schon längst wieder in Aachen, weil der Dämon sie … Milo wollte nicht daran denken. Egal, wie sauer er auf sie gewesen war. Der Dämon war ihr gemeinsamer Feind. Zum Grübeln hatte Milo jetzt jedoch keine Zeit mehr. Er musste den Aventurin finden. Damit würde Saloquim auch Emma zurückholen können.

Zum Glück hatte er dem Dämon noch nicht vom Versteck des Aventurins erzählt. Dies musste er zu seinem Vorteil nutzen. Er würde ihn möglichst weit von der Scheune weg schicken. Aber dafür musste er zunächst herausfinden, welche Geheimverstecke der Dämon bereits mit der echten Emma durchsucht hatte.

Milo räusperte sich. »Du weißt doch, dass Meister Kildar es liebte, geheime Verstecke in sein Anwesen einzubauen, oder?«

»Ja. Ich bin bei meiner Suche mit Mats – also dem Dämon – bereits auf welche gestoßen.«

»Der Aventurin ist in solch einem. Du hast sicherlich schon in allen nachgesehen, nehme ich an?«

»Ich glaube schon. Wenn ich keins vergessen habe.«

»In der Kellertreppe zu den Vorratskammern hast du mit dem Dämon geschaut?«

»Ja, aber wieso fragst du?«

»Und auch in dem Raum, wo man genau vier Felder besetzen muss, damit sich in der Mitte eine Fliese löst?«

»Die auch.« Der Dämon seufzte hörbar ungeduldig. »Milo, warum sagst du nicht einfach, wo der grüne Stein ist? Ich dachte, du wüsstest es?«

Milo wandte sich zu dem Dämon und nickte eifrig. »Tue ich auch. Es ist nur so, dass drei Verstecke in dem Buch genannt wurden, in denen er sein könnte. Wenn es die zwei eben nicht waren, muss sich der Aventurin auf dem Dachboden befinden. Wart ihr schon dort oben?«

»Auf dem Dachboden? Da waren nur Kisten voll Gold und Silber. Mehr nicht.«

Milo atmete erleichtert aus. Wenn der Dämon ihn nicht anlog, wovon er nicht ausging, konnte er ihn zum Bücherregal schicken. »Nur Kisten? Kein Bücherregal?«

»Doch«, murmelte der Dämon. »Aber was hat es mit dem auf sich?«

»Das ist nicht so leicht zu erklären. Am besten zeige ich es dir, sobald wir davorstehen.«

Der Dämon schien nachzudenken. »In Ordnung«, sagte er schließlich.

Milo lächelte zufrieden. Diesmal war es der Dämon, der reingelegt wurde.

Sie liefen schweigend weiter und kamen um einiges langsamer voran, als gedacht. Hauptsächlich deswegen, weil sie die Leiter gemeinsam trugen und immer wieder Baumstämme und Wurzeln umgehen mussten. Aber er konnte weder dem Dämon die Laterne geben noch der falschen Emma zumuten, die Leiter in ihrem Zustand ganz allein zu nehmen.

Dann erreichten sie die Mauer.

»Jetzt brauchen wir die nicht mehr, oder?«, fragte der Dämon und zeigte auf die Laterne.

»Sie könnte noch nützlich sein.«

»Aber die Patrouille würde uns doch sofort entdecken, wenn wir uns mit einer Laterne im Gebüsch verstecken.«

Milo fiel kein Gegenargument ein. Er hatte den Granat. Da konnte er es sich leisten, auf die Laterne zu verzichten. Sie hatte ihren Dienst getan und ihm den Dämon offenbart. Er löschte die Kerze und sie liefen die Mauer entlang zum Anwesen. Immer mit einer Hand an den rauen Steinen der Mauer und in der anderen die Leiter. Hier gab es hier keine Wurzeln mehr, über die sie stolpern, oder Äste, die ihnen ins Gesicht schlagen konnten.

Nach einer kurzen Weile tauchten die Laternen an den Pfählen auf Meister Kildars Anwesen auf, die den Garten erleuchteten. Zum Glück brannten sie noch.

Sie verlangsamten ihre Schritte und legten sich schließlich ins Unterholz.

»Wie bist du eigentlich mit dem Dämon in die Gebäude gekommen?«, fragte Milo. »Sind die Zugänge offen, oder müssen wir sie aufbrechen?«

»Die sind offen. Nur die Pforten im Zaun sind verschlossen. Wir müssen noch die Wache abwarten, die ihren Rundgang macht. Sie kommt in regelmäßigen Abständen. Wenn sie fort ist, sollten wir nicht auf weitere Hindernisse stoßen.«

Wie sich der Dämon da täuscht, dachte Milo. Hoffentlich traf er selbst auf nichts mehr, das ihn aufhalten würde.

KAPITEL EINUNDDREISSIG

Benommen öffnete Emma die Augen. Es war völlig still. Als ob man sie lebendig begraben hätte. Nicht mal Vögel kreischten draußen. Der Boden unter ihr schimmerte rötlich. Zunächst dachte sie, es wäre ihr Blut, dann stieg ihr der Alkoholgeruch in die Nase und ihr fiel ein, dass es Rotwein war.

Bis auf ihren Ellenbogen spürte sie keine weiteren Verletzungen, dafür schmerzten ihre Glieder. Unsichtbare Finger pressten ihre Knöchel zusammen, die Hände waren ihr auf den Rücken gefesselt und ihre Zunge schmeckte durch den Stoff in ihrem Mund nichts mehr.

Sie hob den Kopf und blickte sich um. Mondschein trat durch das Fenster hinein, gepaart mit dem blassen Licht von den Laternen draußen. Gerade so viel, dass sie ihre Umgebung erkennen konnte. Nach wie vor überall Weinfässer. Die meisten auf den Holzgestellen, andere standen davor. Und hinter ihr die zwei leeren, die der Dämon umgestoßen hatte.

Irgendwie musste sie die Fesseln loswerden. Aber diesmal würde niemand kommen und ihr helfen. Für den Anfang würde es schon einmal reichen, wenn sie sich aufrichten konnte. Dann wäre sie in der Lage, den Raum hüpfend nach etwas abzusuchen, das sie weiterbrachte.

Sie schaffte es, sich auf die Knie zu drehen, verlor dabei jedoch das Gleichgewicht und fiel nach vorne. Im letzten Moment drehte sie den Kopf, sodass sie mit dem Ohr voraus auf den Boden prallte. Ein dumpfer Schmerz durchzog ihren Schädel. Sie drückte sich hoch und kniete nun.

Die Fesseln an ihren Knöcheln hatten sich so tief in ihre Haut gegraben, dass sie ihre Beine nur abwechselnd Zentimeter für Zentimeter nach vorne bewegen konnte. Dank des langen Kleids schürfte sie sich nicht die Haut auf dem harten Steinboden auf.

Sie steuerte auf die Weinfässer neben sich zu, die auf alt wirkenden Holzständern ruhten. Ideal, um die Fesseln an ihren Händen zu lösen. Rhythmisch rieb sie das Seil in Sägebewegungen wie eine Holzfällerin. Es war ihr egal, ob sie draußen jemand hören konnte.

Ein paar Minuten später löste sich plötzlich der Druck auf ihre Handgelenke. Emma spürte, wie sie immer mehr Spielraum mit ihren Unterarmen bekam, und kurz darauf hatte sie die Fesseln wie eine lästige Spinne abgeschüttelt. Endlich. Endlich konnte sie auch diesen ekligen Knebel aus dem Mund nehmen. Sie massierte sich den Kiefer. Er knackte leicht, als sie ihn hin und her schob.

Zum Glück gab es hier keinen Spiegel. Wobei – mittlerweile kümmerte es sie nicht mehr, wie sie aussah. Sie sehnte sich nur nach zu Hause. Auch mit dreckigem Gesicht und fettigen Haaren.

Sie zog sich am Fass hoch und stand aufrecht im Raum. Vergeblich versuchte sie, mit ihren zittrigen Fingern die Fesseln an ihren Füßen zu lösen. Es musste eine andere Lösung geben. Sie hielt sich an den Fässern und Holzständern fest, während sie zum Fenster hopste. In der einen Ecke stand nur eine leere, hochkant gestellte Holzkiste, mit der sie nichts anfangen konnte.

Auf der anderen Seite lehnten die zahlreichen Holzlatten, die sie schon beim letzten Mal gesehen hatte. Ob sich dahinter noch etwas

Brauchbares befand? Nacheinander stellte sie die Latten zur Seite. Da kam ein kleines Regal an der Wand zum Vorschein, das aber so weit oben hing, dass sie nicht herankam. Kurzerhand schnappte sie sich die Kiste aus der anderen Ecke und stellte sie unter das Regal. Sie legte die Hände auf die Holzständer der Weinfässer und drückte sich hoch, bis sie sich auf die Kiste schwingen konnte.

Dann tastete sie das Regal ab. Unter ihren Fingern erfühlte sie ein aufgerolltes Seil, etwas Eckiges, wie ein Kästchen, und darauf einen kalten, harten Gegenstand, der länglich geformt war. Sie streckte sich auf die Zehenspitzen, um ihn hervorzuholen. Es war eine Pistole mit einem Griff aus dunklem Holz und einem langen, metallischen Lauf. Ehrfürchtig betrachtete sie sie in ihren Händen. Sie hatte keine Trommel, wie sie es aus Western-Filmen kannte. Vermutlich hatte sie nur einen Schuss. Sie wollte den Hebel nicht ziehen, da sie Angst hatte, ihren Schuss aus Versehen zu vergeuden. Stattdessen musste sie sich darauf verlassen, dass sie geladen war. Auch wenn sie hoffte, sie nicht gebrauchen zu müssen.

Als Nächstes nahm sie das Kästchen herunter und öffnete es vorsichtig. Zwei Messer lagen darin. Eines mit einer glatten Klinge, das andere war geriffelt. Sie legte das Kästchen und die Waffe auf die Kiste und ließ sich zurück auf den Boden sinken. Mit dem geriffelten Messer entfernte sie die Schnüre um ihre Füße und massierte ihre schmerzenden Knöchel. Jetzt konnte sie sich wieder uneingeschränkt bewegen.

Auch wenn sie es besser wusste, lief sie zur Kellertür und rüttelte daran. Verschlossen. Es wäre zu schön gewesen. Sie drückte ihr Gesicht gegen die Gitterstäbe des kleinen Fensters in der Tür und versuchte, etwas zu erkennen. Doch mehr als die Dunkelheit unter der Luke sah sie nicht. Sie klammerte sich an das Gitter, stemmte sich mit den Füßen gegen die Mauer und warf sich zurück. Sie zog, so fest sie konnte, aber die Tür blieb unbeeindruckt und bewegte sich kein Stück.

Erschöpft gab sie auf und begab sich in den anderen Raum. Sie nahm das Fenster ins Visier. Vielleicht erreichte sie es von den Weinfässern aus. Sie kletterte hoch und als sie auf der oberen Reihe angekommen war, richtete sie sich vorsichtig auf, bedacht darauf, das Gleichgewicht nicht zu verlieren. Die Hände gegen die Wand gestützt, stellte sie sich auf Zehenspitzen.

Bei dem Fenster handelte es sich um ein rechteckiges Loch in der Mauer, das hinauf zum Rasen führte. Vom Platz her würde sie hindurch passen, wären da nicht die Gitterstäbe in der Mauer. Emma konnte sie gerade so mit den Fingern erreichen, doch sie wirkten unnachgiebig und starr. Selbst wenn sie es schaffte, sich mit der Kiste einen höheren Stand zu verschaffen, würde sie nicht durch das Gitter kommen.

Sie stieg wieder hinab und suchte die Wände und den Boden in beiden Räumen nach Geheimtüren oder Bodenluken ab. Im ersten Raum fühlte sich die Mauer hinter den Weinfässern unter dem Fenster anders an. Rauer. Als ob dort nachträglich etwas gemacht worden war. Ohne schweres Werkzeug würde sie jedoch nicht erfahren, was sich dahinter befand. Die Messer konnten da auch nichts ausrichten.

Sie saß fest. Der einzige Weg nach draußen war durch die Tür versperrt.

Ihr Blick fiel auf das Regal im zweiten Raum. Vielleicht fand sie dort etwas, womit sie eine explosive Mischung herstellen konnte. Hätte sie besser im Chemie-Unterricht aufgepasst, wüsste sie jetzt, wonach sie suchen müsste. Sie nahm einen Topf aus dem Regal und öffnete ihn. Es duftete nach Nelken. Das brachte sie nicht weiter und sie stellte das Gefäß zurück. Besser, sie fand etwas, das metallisch roch.

Als sie einen Krug aus dem zweiten Regal nahm, blieb sie an einem weißen Topf hängen, der fast heruntergefallen und in tausend Teile zersprungen wäre. Gerade noch rechtzeitig konnte sie ihn festhalten.

Vieles roch nach nichts, anderes konnte sie nicht zuordnen, und manches erkannte sie, zum Beispiel Zimt und Pfeffer. Anscheinend hatte Meister Kildar hier mit Gewürzen hantiert. Entweder für den Wein oder den Vari.

In dem Moment, in dem sie sich die Gefäße aus dem obersten Regal näher anschauen wollte, hörte sie draußen kurz Schritte auf dem Kies. Jemand rannte durch den Garten. Wenn das der Dämon war, musste sie sich verstecken. Emmas Herzschlag beschleunigte sich augenblicklich und sie schluckte die Spucke herunter, die sich vor Aufregung in ihrem Mund gebildet hatte. Jetzt einen klaren Kopf bewahren, sagte sie sich.

Schnell eilte sie in den ersten Raum. Sie war schon auf halbem Weg zur Ecke, da fielen ihr der Knebel und die Seile ein. Sie hastete zurück, hob sie auf und versteckte sich hinter den Weinfässern. Leise nahm sie die Pistole in die Hand und ging hinter den Gestellen in die Hocke. So konnte sie die Tür gut beobachten. Ob ein Schuss den Dämon überhaupt töten würde? Sie wusste es nicht, aber sie würde es herausfinden.

KAPITEL ZWEIUNDDREISSIG

Nachdem der Wachmann an ihrem Versteck vorbeigekommen war, waren sie über die Leiter und die Mauer auf das Anwesen gelangt und über den Kiesweg zum Haupthaus gerannt.

Jetzt standen sie vor einer Tür. Milos Bauch hatte sich mit jedem Schritt zusammengezogen, den er sich vom Aventurin unter der Scheune entfernte. Allmählich war es Zeit, den Dämon auszuschalten.

Als der Dämon an der Türklinke hantierte, holte Milo den Granat hervor. Der Dämon schaute verwundert auf den roten Stein und dann in Milos Augen.

»Falls wir drinnen auf irgendjemanden stoßen sollten«, sagte Milo. »Kennst du den Weg zum Dachboden?«

Der Dämon nickte und öffnete die Tür. Sie war tatsächlich nicht abgeschlossen. Zielgerichtet ging er weiter. Ihn schien es nicht zu stören, dass man kaum die Hände vor dem Gesicht sehen konnte. Erst als sie in einer großen Empfangshalle angelangt waren, strahlte der Mond durch die hohen Fenster. Eine breite Treppe mit poliertem Holzgeländer erstreckte sich links von ihnen, machte vor der Wand einen Knick nach rechts und führte oben schließlich in einen Raum, auf der anderen Seite schloss sich eine Empore vor den Fenstern an. Der Dämon nahm die ersten Stufen.

Milo konnte nicht mehr lange warten. Er würde den gesamten Weg zurückmüssen, um zur Scheune zu gelangen. Zudem bestand die Gefahr, dass die nächsten Räume genauso dunkel waren wie der Flur vorhin. Vor Aufregung atmete er lauter und hob den Arm, bereit zu Schuss, als der Dämon plötzlich über die Schulter zu ihm schaute.

Blitzschnell legte Milo die Hand auf das Geländer und tat so, als würde er sich daran hochziehen.

»Du schnaufst aber ganz schön, Milo«, sagte der Dämon. »Alles in Ordnung?«

»Ist nur die Aufregung.« Das war nicht einmal eine Lüge.

Der Dämon schien nichts bemerkt zu haben, denn er drehte sich wieder nach vorn.

Jetzt oder nie. Auch wenn es sich seltsam anfühlte, auf die Gestalt von Emma zu schießen – es war seine einzige Chance. Er streckte den Arm aus, zielte mit dem Daumen und dachte an den Fesselzauber. *Zack*. Emmas Gestalt fror mitten in der Bewegung ein und kippte langsam nach hinten um. Milo sprang zur Seite und wich der erstarrten Emma aus, die auf dem Treppenabsatz landete. Schnell hüpfte er an ihr vorbei und stolperte die Stufen hinunter, als auf einmal ein roter Lichtblitz neben ihm in der Wand einschlug, der ein verkohltes Loch hinterließ. Oben auf der Empore stand ein Wachmann und schoss aus seinen Händen auf ihn. Milo wehrte sich und jagte ihm Fesselzauber auf den Hals. Da trat eine weitere Wache in sein Sichtfeld. Sie kam aus dem Flur, der zum Garten führte. Sie erwischte ihn am linken Unterarm und Milo spürte an der getroffenen Stelle einen Schmerz, als hätte er sich mit voller Wucht an einem Türrahmen gestoßen. Er visierte den Körper der Wache an und konnte ihn ebenfalls ausschalten. Der

Angreifer oben war inzwischen zur Treppe geeilt und feuerte weiter auf ihn.

Als Milo die letzte Stufe erreicht hatte, schlugen zwei Blitze gleichzeitig auf ihn ein. Den ersten schien der Granat abzufangen, denn er fühlte sich wie ein Treffer beim Völkerball an, der zweite an der Schulter jedoch traf ihn heftig und ließ ihn nach vorne stürzen. Er schlug hart auf den Fliesen auf und ein brennender Schmerz durchzog seinen Ellenbogen. Er tastete seine Schulter ab und spürte eine warme Flüssigkeit. Blut.

Eigentlich wollte er durch den Gang zum Garten verschwinden, aber hinter dem erstarrten Wachmann kamen weitere Gestalten des Dämons auf ihn zu.

Milo blickte sich verzweifelt nach dem nächstbesten Schutz um, um keine offene Zielscheibe mehr zu sein, und entdeckte einen riesigen ausgestopften Bären ein paar Meter von sich entfernt, der an der gegenüberliegenden Wand in einer Aussparung stand. Er hastete vor und zog den Kopf ein, als weitere Zauber an ihm vorbeisausten.

Endlich war Milo in Deckung gegangen. Die Blitze ließen den Körper des Bären hin und her wackeln. Durch die große Eingangstür kamen zwei weitere Wachen, von denen er einen mit einem gezielten Schuss außer Gefecht setzte.

So durfte es nicht weitergehen. Er konnte nicht die ganze Zeit hier hocken und Angreifer abwehren. Irgendwie musste er sie loswerden. Zumal es immer mehr zu werden schienen.

»Ohne mich findest du ihn nie!«, rief er laut.

Die Wachen stellten das Feuer ein. Einen Moment lang wusste er nicht, was vor sich ging, da hörte er, wie eine Tür quietschend geöffnet wurde. Milo spähte hervor und entdeckte die Gestalt von Mats oben auf der Empore vor den Fenstern.

»Du irrst dich. Siehst du all meine Gestalten hier?« Er zeigte auf die Wachen in der Halle. »Ich muss nicht allein suchen. Auch wenn ich mir das lieber erspart hätte. Du erinnerst dich an das Unglück in der Scheune? Hätte dieser Kildar einfach seinem Hausverwalter Muto verraten, wo sich der grüne Stein befindet, hätte er nicht sterben müssen.«

Milo verstand nicht, wollte dem Dämon aber nicht den Gefallen tun, nachzufragen.

»Willst du gar nicht wissen, warum?« Milo schwieg weiter. »Ich erzähle es dir trotzdem. Du weißt ja bereits, dass ich meine Gestalt verändern kann. Und ich hatte gehofft, dass Kildar das Versteck wenigstens seinem Hausverwalter verraten würde. Es war viel leichter als gedacht, die Gestalten der Wachmänner und von Muto anzunehmen. Ich fand den Plan eigentlich gar nicht so schlecht. Ihn glauben zu lassen, er hätte seinen Vertrauten vor sich. Aber dieser sture Hund hat sich einfach geweigert.«

Jetzt verstand Milo, warum der Hausverwalter so hartnäckig gewesen war und Meister Kildar widersprochen hatte.

»Du sagst ja gar nichts, Milo. Eben warst du doch noch so angriffslustig.« Der Dämon zuckte mit den Schultern. »Tja. Dank dir weiß ich, wo ich suchen muss. Und wenn ich den Stein habe, mache ich mich auf zur lieben Emma. Als …« Er hielt inne und änderte seine Gestalt zu Milo. »Als du.«

Milo erschauderte bei dem Anblick und der Vorstellung. So wie er vorhin auf die falsche Emma reingefallen war, würde Emma durch den falschen Milo getäuscht werden. Aber nicht, wenn er es verhinderte.

Der Dämon lachte. »Ich hole mir jetzt den grünen Stein und nehme dir den roten ab. Dann lasse ich mich von Emma nach Polyrica bringen und besiege diesen alten Saloquim. Und danach werde ich den Weg in deine Welt suchen. Ihr Kinder müsst ja auch irgendwie dorthin gelangt sein. Hattest du nicht erwähnt, dass man den Stab dafür benötigt?«

Milo schluckte. Daran wollte er nicht denken. Er würde dem Dämon zuvorkommen und ihn erst gar nicht den Aventurin finden lassen.

Der Dämon wechselte zurück zu Mats. »Mit der Figur fühle ich mich wohler. Es hat mich gefreut, Milo, aber ich habe noch etwas zu erledigen.« Er verschwand durch die Tür hinter der Treppe, gefolgt von drei Wachen. Die übrigen postierten sich gefechtsbereit auf den Stufen.

Der Dämon hatte den Köder mit dem Dachboden tatsächlich geschluckt. Als Nächstes musste Milo es auf die Spitze treiben und so tun, als wollte er die Treppen hinauf. In Wahrheit würde er in den Gang zum Garten stürmen.

Er holte tief Luft, sprang hervor und schoss mehrere Fesselzauber ab. Zunächst lief er im Zickzack auf die Treppe zu, drehte dann aber zum Gang ab. Doch plötzlich stellte sich ihm eine der Gestalten von der Treppe genau in den Weg und wieder wurde er von mindestens zwei Zaubern auf einmal am Oberschenkel getroffen. Er taumelte zur Seite und schrie auf, als ein stechender Schmerz von seinem Bein bis zur Hüfte hochzog.

Er durfte unter keinen Umständen stehen bleiben, sonst würde er ihren Angriffen nicht mehr Stand halten können. Humpelnd suchte er wieder hinter dem Bären Schutz. Aber was sollte er jetzt tun?

Er presste sich mit dem Rücken gegen das Fell des Tieres. Sein Atem ging schwer und er spürte sein Herz laut in seiner Brust klopfen. Der Weg nach draußen war versperrt. Noch so einen Vorstoß würde er vielleicht nicht überleben.

Er brauchte einen anderen Plan. Doch die Zauber der Gestalten prasselten weiter wie Pistolenkugeln auf ihn ein und hinterließen Einschusslöcher in der Wand.

Milo rieb sich weiter über den Oberschenkel. Er wollte schnell um die Ecke blicken, um die Lage besser einschätzen zu können, da entdeckte er plötzlich einen Wachmann, der sich an ihn herangeschlichen hatte und gerade einmal nur noch ein paar Meter von ihm entfernt war. Der Mann feuerte sofort und Milo konnte sich im letzten Augenblick wegdrehen. Er ging in die Hocke, ignorierte die Schmerzen im Bein, lehnte sich blitzschnell hinter der Tatze des Bären hervor und traf den Mann mit einem Fesselzauber. Dessen Blitz sauste über Milos Scheitel hinweg.

Der Wachmann würde sich bald wieder bewegen können. Und vermutlich kamen noch weitere auf ihn zu. Milo musste schnell einen anderen Weg aus dieser Halle finden als durch den Gang zum Garten.

Ein heftiger Blitz schlug mit einem Donnern oben in der Wand über ihm ein. Im nächsten Moment landete etwas vor seinen Füßen. Milo sprang instinktiv zurück und hätte dabei fast den Bären umgestoßen, sein Schutzschild. Vor ihm lag dessen Kopf. Das Maul weit aufgerissen, mit großen glasigen Augen. Das ausgestopfte Tier würde ihn nicht mehr lange beschützen können.

Milo hob den Blick und entdeckte auf einmal die Umrisse eines Vierecks in der Wand. Die Kanten standen leicht hervor. Natürlich. Er erinnerte sich daran. Das war ein geheimer Schalter. Wieso hatte er ihn nicht früher bemerkt?

Er stemmte sich mit all seiner Kraft dagegen und drückte ihn in die Wand. *Klick*. In der Aussparung hatte sich links von ihm eine Art Tür geöffnet. Ohne lang nachzudenken, schlüpfte er hindurch und zog sie hinter sich wieder zu. Mit einem Mal drangen die Blitze des Dämons nur noch gedämpft durch die Wand hinter ihm. Durch die hohen Fenster schien genügend Mondlicht, dass er die zahlreichen Vitrinen bemerkte und zum Glück auch schnell die Tür entdeckte. Er durfte hier nicht lange bleiben. Die Gestalten des Dämons würden ihm folgen.

Er trat auf den Flur und sah sich um. Vor ihm lag ein Zimmer, das zum Garten führte, in dem die Laternen auf den Pfählen leuchteten. Milo wollte schon vorstürmen, da fiel ihm auf, dass es besser war, wenn der Dämon nach wie vor dachte, dass er die Treppe hinaufwollte. Also begab er sich zur Tür rechts von ihm, die zur Empfangshalle führen musste.

Vorsichtig drehte er am Knauf und keine Sekunde später

schlugen die nächsten Blitze in die Tür ein und ließen sie erzittern. Sehr gut. Er hatte wieder die Aufmerksamkeit des Dämons gewonnen.

Zwei oder drei Mal öffnete er sie noch jeweils für eine Millisekunde und gab Schüsse ab, damit sie dachten, er würde sich weiter hinter der Tür verstecken.

In Wahrheit schlich er so leise wie möglich in das Zimmer zum Garten und hoffte, dass draußen keine Wachen warteten. Er zog ein Fenster auf und spähte hinaus. Niemand schien im Garten zu sein. Man würde ihn zwar sehen können, wenn er zur Scheune lief, aber das ließ sich nicht verhindern.

Ein letztes Mal huschte er zur Tür im Flur und feuerte ein paar Schüsse durch den Türspalt, um die Wachen weiter im Glauben zu lassen, dass er sich dort verschanzt hatte. »Ihr könnt mich nicht aufhalten«, rief er und jagte noch zwei Fesselzauber in die Empfangshalle. Dann schloss er die Tür und bewegte sich zurück zum Fenster.

Er schob sich über den Fensterrahmen und landete auf weichem Boden. Geduckt eilte er zur Scheune, achtete darauf, den Fallgruben auszuweichen und schnappte sich auf dem Weg dorthin eine der Laternen gegen die wilden Vari. Er schlüpfte durch das halb offenstehende Tor hinein. Da vom Dach nicht mehr viel übrig war, konnte er das Chaos bestens erkennen, das sich nicht verändert hatte, seitdem er das letzte Mal hier gewesen war.

Er lauschte in die Stille, hörte aber nichts. Schnell weiter. Vorbei am Wassertrog zur Bodenluke, wo zuvor Cunatos angekettet gewesen war. Nicht mehr lange, dann hätte er es geschafft.

KAPITEL DREIUNDDREISSIG

Milo öffnete die Bodenluke und stieg die Stufen hinab. Sein linker Oberschenkel pochte noch immer bei jedem Schritt und er hielt sich die Wunde an seiner Schulter, die mittlerweile das Hemd an der Stelle blutrot getränkt hatte. Er traf auf eine alte Tür, die durch einen Riegel versperrt war. Einen Augenblick lang schaute er durch das Fenster in der Tür. Nur Weinfässer. So wie Meister Kildar gesagt hatte. Hier schien niemand zu sein. Trotzdem hielt er den Granat fest in seiner Hand. Er schob den Riegel zur Seite und betrat den Raum.

Er warf einen schnellen Blick nach rechts auf die Weinfässer an der Wand, visierte aber den zweiten Raum an. Dort schien durch ein Fenster oben in der Mauer zum Garten hin genug Licht des Mondes und der Laternen hinein, dass er sich zurechtfand. Seine Laterne konnte er somit auf eine lange Werkbank vor sich stellen, über der eine Reihe Regale mit allerlei Töpfen und Krügen hing.

Der Dämon dürfte inzwischen bemerkt haben, dass sich Milo nicht mehr hinter der Tür verschanzt hatte. Besser also, er war auf ihn vorbereitet. Mit dem Magnesiumpulver hätte er neben dem

Granat und der Laterne etwas in der Hinterhand, von dem der Dämon nichts wusste. Das musste er zu seinem Vorteil nutzen.

Milo erinnerte sich an die Worte von Meister Kildar. Im Regal stand nur ein weißer Topf. Er ließ den Granat in seinen Beutel gleiten, um beide Hände frei zu haben. Dann schnappte er sich den Topf und hob den Deckel hoch. Es roch nicht sonderlich intensiv, lediglich leicht nach Metall.

Er musste sichergehen, dass er den richtigen Topf erwischt hatte. Deshalb nahm er eine Prise zwischen die Finger, mit der anderen Hand griff er die Laterne und ging in die Ecke neben der Werkbank. Er öffnete die Laterne und warf das Pulver über die Flamme. Das Pulver brannte mit einer hellen weißen Flamme, die ihn daran erinnerte, wie es war, geradewegs in die Sonne zu blicken. Meister Kildar hatte recht gehabt. Milo jubelte innerlich. Damit würde er sich den Dämon vom Leib halten können, wenn er hier auftauchte. Kurzerhand schnappte er sich einen anderen Topf, dessen Inhalt nach Zimt duftete, leerte ihn unter der Werkbank aus und stülpte ihn über die brennenden Pulverreste.

Mit dem Magnesiumpulver eilte Milo in die Mitte des Raumes und schüttete es auf den Boden. Dabei achtete er darauf, einen Kreis zu bilden, der keine Lücke aufwies. Ein paar Augenblicke später schaute er zufrieden auf sein Werk.

Jetzt wieder zum Aventurin. Meister Kildar hatte gemeint, er wäre in einem Fass vor dem Fenster. Er lief hin und wollte gerade das erste untersuchen, da hörte er auf einmal ein Knacken hinter sich. Schnell holte er den Granat hervor. Wenn da ein Wachmann war, würde er ihn fesseln.

»Heb deine Hände hoch«, befahl plötzlich eine vertraute Stimme. Emma? War es die echte oder wieder nur ein Trick des Dämons?

Er drehte sich um und sah sich dem Lauf einer Pistole gegenüber. Sie umklammerte den Griff der Waffe so fest, dass ihre Fingerknöchel beinahe schon weiß hervorstachen. Würde eine Gestalt des

Dämons eine Pistole verwenden? Gerade eben noch hatten sie nur Blitze auf ihn geschossen. Wieso dann jetzt nicht mehr?

»Hände hoch!«

Er war zu unentschlossen und überrascht, als dass er anders reagieren konnte, als augenblicklich zu gehorchen und die Fäuste in die Luft zu strecken. »Emma, ich bin es. Milo!«

»Guter Versuch.«

Er glaubte, zugleich Unsicherheit und Hoffnung in ihren Augen zu sehen. »Ich bin es wirklich.«

»Das hast du vorhin auch gesagt. Diesen Fehler mache ich nicht wieder. Du hast mich schon einmal getäuscht, ein zweites Mal wird das nicht passieren.«

»Nein, du verstehst nicht.«

Doch sie verzog ihre Lippen nur zu einem schiefen Grinsen. Sie wirkte unentschlossen. Als ob sie nicht wusste, was sie als Nächstes machen sollte.

»Dann sag mir: Es fühlt sich ein bisschen wie in dem Film an, den wir letztens gesehen haben, oder?«

Milo stutzte. Von was für einem Film redete sie da? Er dachte fieberhaft nach, ob sie einen im Unterricht geguckt hatten, ihm fiel aber keiner ein. »Welcher Film?«

»Ach, komm. Das weißt du doch.«

Er zuckte mit den Schultern und hob die Augenbrauen an. »Wo denn? In der Schule?«

Emma antwortete nichts, sondern biss sich auf die Lippe.

»Mir fällt wirklich keiner ein.«

»Vergiss, was ich gesagt habe. Das war vielleicht die falsche Frage. Vorhin in der Hütte hast du schon erwähnt, dass dir der Gruselfilm seltsam vorgekommen ist.«

»Was für ein Gruselfilm? Und welche Hütte? Emma, ich bin nicht der Dämon.«

»Lassen wir das mit dem Gruselfilm.« Sie schüttelte einmal

kurz den Kopf, so als würde sie eine lästige Fliege fortscheuchen wollen. »Beweise mir, dass du der echte Milo bist.«

Er wollte ihr von seinem Abstecher nach Coholmia erzählen. »Ich war bei Meister Kildar und habe –«

»Meister Kildar ist tot.« Sie hielt die Pistole wieder etwas höher und zielte genau auf Milos Kopf.

»Ja. Nein. Hier in dieser Buchwelt schon, aber nicht in anderen. Ich bin von Polyrica aus in eine andere Geschichte eingetaucht, in der er noch am Leben war. Und dort habe ich erfahren, wo der Aventurin sein müsste.«

Emmas Augen weiteten sich. Dann verengten sie sich wieder zu Schlitzen. »Du könntest dennoch der Dämon sein und mir eine Lügengeschichte auftischen.«

»Bitte glaub mir, ich bin es wirklich. Wir müssen uns beeilen. Jede Sekunde zählt! Der Dämon ist im Haupthaus. Ich habe ihm …« Er brach ab. Die Gefahr bestand noch, dass er in Wahrheit gerade ebenfalls eine Gestalt des Dämons vor sich hatte. Fast hätte er erwähnt, dass er ihn hereingelegt hatte. Aber sie wirkte wie die echte Emma. Oder bildete er sich dies nur ein? Vorhin hatte er sich auch geirrt.

»Was hast du?«, fragte sie ungeduldig.

»Ich habe deine Nachricht von Umin erhalten. Deswegen bin ich zu dir zum ›Roten Fuchs‹ gelaufen. Ich musste den Burschen am Empfang bestechen, damit ich auf das Dach konnte und bin trotz meiner Höhenangst zu deinem Balkon balanciert. Aber der Dämon hat sich als du ausgegeben.«

»Das reicht nicht. Jeder hätte an den Zettel kommen können. Und die Höhenangst habe ich vorhin dir gegenüber erwähnt.«

»Mir gegenüber?«

»Dem Dämon.«

»Wäre ich der Dämon, wären doch schon längst weitere Gestalten aufgetaucht und hätten dich von hinten überrascht.«

Emma zögerte. Sie warf einen kurzen Blick über die Schulter. »Ich traue dir alles zu.«

»Aber ich habe doch gerade gesagt, dass ich nicht der Dämon bin. Glaub mir doch endlich.« Vor Verzweiflung wollte er ihr seine Handflächen zeigen, als ob sie darin die Wahrheit lesen könnte. In letzter Sekunde fiel ihm ein, dass er nur die linke Faust öffnen konnte.

»Was hast du da in der anderen Hand?«

Mist! Wie konnte er nur so dumm gewesen sein. »Das … Das ist nur –«

»Halte es zwischen Daumen und Zeigefinger! Ich warne dich. Machst du eine falsche Bewegung, schieße ich. Ganz langsam. Geh zum Tisch und leg es drauf.« Sie umklammerte die Waffe so fest, dass der Finger am Abzug zitterte. »Und danach zu den Fässern unter dem Fenster mit dir.«

Einen Moment lang dachte er darüber nach, einen Fesselzauber auf sie abzufeuern, aber das Risiko war zu groß, dass sie wirklich schoss und sie sich gegenseitig ausschalteten. Also hörte er widerwillig auf sie und platzierte den Granat auf der Werkbank.

»Zurück zum Fenster, habe ich gesagt. Weiter!«

Er hob die Hände und ging langsam rückwärts. Jetzt war er unbewaffnet und ihr vollends ausgeliefert.

»Der rote Stein«, sagte Emma und schob sich zur Werkbank, ohne ihn aus den Augen zu verlieren. Sie ließ den Granat in die Seitentasche ihres Kleids gleiten. »Der war doch im Besitz des Dämons. Wie ist der dann zu dir gekommen?«

»Als sich der Dämon als du ausgegeben hat, hat er ihn aus seinem Zimmer geholt. Er hat mir vorgegaukelt, dass der echte Dämon weg sei. So bin ich an ihn gelangt.«

Emma legte den Kopf schräg. Er sah in ihren Augen, dass sie ihm das nicht abnahm.

»Bitte, Emma. Du musst mir glauben.« Er schaute hoch zur Decke, atmete laut aus und senkte das Kinn.

»Halt den Kopf gerade, damit ich deine Augen sehen kann. Wenn du dich noch mal bewegst, schieße ich. Ich meine es ernst!«

Er suchte nach einem Beweis, dass er der echte Milo war. Die Uhr in seinem Kopf tickte erbarmungslos. Das Nächstbeste, das ihm einfiel, war ihr erstes Treffen, bei dem er sie vor dem Dämon gewarnt hat. »Weißt du noch, als wir uns das erste Mal hier gesehen haben? Da haben wir das geheime Erkennungszeichen ausgemacht. Und ... Und du hast mich gefragt, warum ich so anders sei. Ja, genau! Du hast nach dem Leseabend gefragt.«

»Spar dir das. Als du mich vorhin getäuscht hast, hast du auch den kleinen Finger gezeigt. Und ich habe dir gegenüber den Leseabend erwähnt. Wenn du wirklich Milo bist, kannst du mir doch sagen, wie ich aus dieser Welt hier wegkomme, oder?«

Milo dachte nach. Dem Dämon hatte er dies schon einmal verraten. Würde der das dann erneut fragen? Wohl kaum. Das würde bedeuten, er hätte die echte Emma vor sich. Die Idee war gar nicht so schlecht. Wieso war er nicht vorher darauf gekommen?

Er konnte es ihr verraten. Dann würde sie mit dem Granat nach Polyrica gelangen, er sich schnell den Aventurin schnappen und sich ebenfalls aus dieser Welt fortschicken. Somit wären beide Steine wieder zurück in Polyrica.

»Du musst die drei Worte sprechen und –«

»Hör auf zu lügen. Das funktioniert nicht. Sag die Wahrheit!«

»Doch, die drei Worte und –«

»Nein! Meine Geduld ist am Ende. Du hast noch einen Versuch, zu beweisen, dass du der echte Milo bist. Dann schieße ich.«

Milos Gedanken rasten. Ein weiteres Mal zu versuchen, die Geste zu nennen, mit der sie nach Polyrica kam, würde nichts bringen. Sie glaubte ihm einfach nicht.

Er brauchte etwas, das nur Emma verstand und das nur von ihm kommen konnte, dem echten Milo. Es durfte nichts mit dem Dämon, diesem Abenteuer hier oder Polyrica zu tun haben. Stattdessen musste es aus der echten Welt stammen. Aber nichts Offensichtliches, da Emma dem Dämon bereits so viel über sich erzählt hatte.

Milo ging den letzten Tag durch, dachte an den Leseabend, bei dem er kaum zugehört hatte, weil Emma … Ja, das war es! Weil Emma etwas über ihn gesagt hatte, das ihn bitterlich verletzt hatte. Allein daran zu denken, bereitete ihm Magenschmerzen. Eigentlich hatte er es verdrängen wollen, aber er musste es noch ein einziges Mal aussprechen. Er holte tief Luft.

»Kurz bevor der Leseabend begonnen hat.« Er räusperte sich, um sich zu sammeln.

»Was denn nun schon wieder mit dem Leseabend?«

»Da hast du auf dem Gang mit deiner nervigen Freundin geredet. Und du hast etwas gesagt.«

Emmas Gesichtsausdruck veränderte sich schlagartig. Ihr Mund stand offen und sie starrte ihn mit weit aufgerissenen Augen an. Offenbar hatte er ins Schwarze getroffen.

»Du hast gesagt, dass du … Dass du mich natürlich nicht magst.« Er presste die Lippen aufeinander und spürte, wie sich Tränen in seinen Augen bildeten. Den Satz auszusprechen, war etwas ganz anderes, als ihn nur in Gedanken zu sagen.

Emma ließ die Arme langsam sinken und blickte gedankenverloren auf den Boden. »Dann warst du das …«, flüsterte sie. »Du hast die Tür zufallen lassen.«

»Ja! Und die CARMA Girls sind gar nicht deine Freundinnen. Bevor du Teil ihrer Clique wurdest, haben sie sich auch über dich lustig gemacht. Haben sich Nachrichten mit dem Titel ›Die kleine Tante‹ geschrieben und dabei … gelästert über dich ...«

Emma hob den Kopf und schaute ihm in die Augen. »Ist das … Ist das wahr?« Ihre Stimme zitterte.

Milo nickte.

»Woher weißt du das?«

Er biss sich auf die Lippen. »Sagen wir, ich habe ein bisschen … recherchiert.«

»Etwas in mir wusste aus irgendeinem Grund, dass sie das getan haben. Aber ich wollte es wohl nicht wahrhaben.« Sie legte die Waffe auf die Werkbank und kam zu ihm. Mit glasigen Augen schlang sie die Arme um ihn und drückte ihr Gesicht auf seine Schulter.

Er war so perplex, dass er einen Moment brauchte, ehe er realisierte, was geschah. Ihm fiel ein riesiger Stein vom Herzen. Er legte die Arme um Emma und streichelte ihr sanft über den Rücken.

»Ich bin so froh, dass du da bist«, flüsterte sie.

»Und ich bin froh, dass du nicht auf mich geschossen hast.«

»Entschuldige bitte. Verzeihst du mir? Ich … Ich wollte das da gar nicht über dich sagen. Die anderen, weißt du … Sie sind …«

»Natürlich. Ist ja gut.« Er strich ihr über den Hinterkopf. Gleichzeitig wurde ihm bewusst, dass sie keine Zeit verlieren durften. Der Dämon konnte jederzeit zur Tür hereinkommen. »Mach dir keine Sorgen.«

»Ich … Ich war so dumm. Ich muss mich bei dir, bei meiner Familie und vor allem bei meinen eigentlichen Freundinnen entschuldigen. Maja und Nele. Ich war so gemein zu ihnen.«

»Darüber können wir später reden. Aber jetzt holen wir uns erst einmal den Aventurin und dann geht es zurück nach Polyrica.«

Sie lösten sich voneinander und Emma kratzte sich am Kopf. »Wie genau kommen wir denn zurück? Ich habe die drei Worte schon einmal ausgesprochen, es ist aber nichts passiert.«

Milo machte die Geste vor. »Du musst die Finger hierhin legen dabei, nur dann funktioniert es. Nun zum Aventurin. Hör zu, er ist hier in einem der Fässer. Bevor wir ihn suchen, noch eine Sache.« Er zeigte auf den Boden. »Der Dämon fürchtet sich vor Feuer und Flammen. Ich weiß, das klingt seltsam. Deswegen habe ich einen Kreis aus Magnesiumpulver gelegt. Das ist leicht entzündlich. Dafür auch die Laterne. Ich hoffe aber, wir werden das nicht brauchen.«

»Der Stein ist in einem der Fässer? Ich dachte, da wäre nur Wein drin.«

»Laut Meister Kildar nicht. Er meinte, er müsste in einem der unteren Fässer beim Fenster sein.«

Sie liefen hin und Emma blickte skeptisch hoch ins Freie. »Was macht der Dämon gerade?«

»Ich habe ihn glauben lassen, der Stein wäre auf dem Dachboden. Aber bald wird er die Lüge bemerken.«

»Raffiniert. Warte, ich weiß, wie wir die Fässer aufbekommen.«

Sie verschwand im Nachbarraum und kam nach ein paar Sekunden mit einer Art Kelle zurück. Mit einem kräftigen Ruck entfernte sie den Stopfen des ersten Fasses, führte die Kelle hinein und stemmte sich vergeblich dagegen.

»Hier, mach du. Du müsstest stärker sein.«

Milo setzte mit dem Werkzeug an und stützte sich mit seinem ganzen Körpergewicht darauf. Ein ploppendes Geräusch ertönte und im nächsten Augenblick hing der Deckel auf der Kelle. Emma setzte an, das Fass umzuwerfen, da hielt er sie zurück.

»Warte. Nicht dass du den Pulverkreis zerstörst.« Mit vereinten Kräften schoben sie das Fass in die Ecke und kippten es so schräg, dass zwar etwas Wein an der Wand hinabfloss, sie aber auf den Fassboden blicken konnten. Keine Spur vom Aventurin.

War er vielleicht doch gar nicht hier? Immerhin konnten sie sich nicht sicher sein. Es war lediglich eine Vermutung des Meister Kildar aus Coholmia, falls er einen Stein wie den Aventurin bekommen hätte. Der Meister Kildar aus Caduco, also Emmas Buchwelt, hätte auch anders handeln können.

»Was hat der Dämon überhaupt mit dem grünen Stein vor?«, fragte Emma.

»Ich glaube, er will damit in die Welt der Menschen gelangen.«

»Warum?«

»Vermutlich, um dort sein Unwesen zu treiben.«

»Das wäre …«, begann Emma und brach ab. »Das wäre grauenvoll.«

»Genau. Er weiß, dass er nur über uns die Buchwelt verlassen und wieder nach Polyrica kommen konnte. Deshalb hat er uns wohl auch am Leben gelassen.«

Sie wiederholten das Spiel beim nächsten Fass. Da war zwar kein Wein drin, sonst aber auch nichts. Es kam also nur noch ein weiteres Fass infrage.

»Ja«, sagte Emma. »Er brauchte uns, weil wir uns auf Meister Kildars Anwesen auskannten. Die Geheimverstecke und so. Hätte der Dämon es denn schaffen können? Ich meine, in unsere Welt. Wenn er Saloquim besiegt hätte?«

Milo blickte sie an und nickte nur. Emma machte große Augen, atmete einmal tief aus und zeigte dann auf das letzte Fass. »Hoffentlich ist der Aventurin dann dort drin.«

Mit einem Ruck öffnete Milo es und lugte hinein. Es beinhaltete ebenfalls keinen Wein.

»Huch?« Er lehnte sich vor und tastete den Boden ab.

»Hast du ihn?«

»Ich glaube schon.« Seine Finger umschlossen etwas Hartes. Er zog sie heraus und hielt einen grünen Stein in der Hand, der die gleiche Form wie der Granat hatte.

»Ist er das wirklich?«, fragte er.

Sie beugte sich vor. »Ja, das ist er.«

Sie hatten es geschafft. Er konnte es kaum fassen. Freudentränen bildeten sich in seinen Augen. Gleich würden sie wieder in Polyrica sein. Bei Saloquim und den anderen. Polyrica wäre endlich gerettet. Endlich keine Angst mehr vor dem Dämon haben und nach Hause zurückkehren.

Emma strich sich erleichtert die Haare aus dem Gesicht, da wurde sie mit einem Mal zur Seite geschleudert und Milo verlor ebenfalls den Halt unter den Füßen. Als hätte er auf einem Teppich gestanden, der mit einem Ruck weggezogen worden war. Der

Aventurin entglitt ihm und er spürte Tritte und Schläge überall auf seinem Körper. Etwas stürzte sich auf ihn und warf ihn durch die Luft, bis er gegen die Werkbank knallte. Seine Schulterblätter taten fürchterlich weh und der Schmerz schien sich den ganzen Rücken hinunterzuziehen. Bei jedem Atemzug brannte seine Lunge. Er fühlte sich wie in einem Boxkampf, der längst vorbei sein müsste, aber nicht beendet wurde. Sein Schädel dröhnte, als wolle er platzen, und in seinem Mund breitete sich der Geschmack von Blut aus.

Mühsam zog er sich an der Kante der Werkbank hoch. Sein lädiertes Bein wollte ihm kaum mehr gehorchen. Die Pistole tauchte in seinem Blickfeld auf und er wollte nach ihr greifen, doch sein Angreifer kam ihm zuvor. Er fegte die Waffe weg, sodass sie mit einem dumpfen Geräusch in der Ecke aufprallte. Dann packte er Milo am Kragen und schleuderte ihn gegen die Mauer.

Seine Schulter pochte so sehr, dass er Angst hatte, gleich in Ohnmacht zu fallen. Panisch hob Milo den gesunden Arm schützend vors Gesicht, und durch seine Finger sah er den Dämon in der Gestalt von sich selbst. Von Milo. Er stürzte wieder auf ihn. Milo versuchte sich mit seinen Füßen zu wehren, schaffte es aber nicht. Seine Tritte verfehlten ihr Ziel. Stattdessen zog der Dämon ihn hervor und setzt sich auf seine Brust.

Milo war ihm hoffnungslos unterlegen. Weitere Schläge prasselten auf ihn ein, einer rutschte durch seine Deckung und erwischte ihn hart an der Schläfe, sodass sein Kopf zur Seite fiel und er nur noch verschwommen sah. So mussten sich Boxer fühlen, wenn sie kurz vor dem Knock-out waren. Er hatte ein Piepsen im Ohr und nicht mehr die Kraft, sich zu verteidigen. Seine Arme lagen schlaff auf dem Boden. Das Blut aus der Wunde an seiner Schulter hatte mittlerweile den halben Ärmel tiefrot getränkt. Gleich würde ihm der Dämon den finalen Hieb versetzen und ihn bewusstlos schlagen.

Milo akzeptierte sein Schicksal und schloss die Augen, um es über sich ergehen zu lassen. Da verschwand der Druck von seinem Bauch plötzlich und er schöpfte wieder Hoffnung. Hatte Emma den Dämon ablenken können? Doch dann traf ihn ein Tritt in der Rippengegend und er rollte sich vor Schmerz schreiend unter die Werkbank.

»Los, Emma, schnell. Ich bin es. Milo«, hörte er seine eigene Stimme vom anderen Ende des Raumes.

Er musste es verhindern. Emma durfte nicht mit dem Dämon zurück. Jetzt hatte er beide Steine. Saloquim hätte keine Chance. Polyrica wäre verloren.

»Emma«, presste Milo hervor. »Tue es nicht. Ich bin Milo.«

KAPITEL VIERUNDDREISSIG

Emma zog sich mühsam an einem Weinfass hoch. Ihr Hinterkopf dröhnte. Es war fast geschafft gewesen. Ein heftiger Schlag hatte sie gegen die Gestelle knallen lassen, und aus dem Augenwinkel hatte sie mitbekommen, wie sich der Dämon und Milo auf dem Boden gewälzt hatten.

Jetzt sah sie sich zwei Milos gegenüber. Einer krümmte sich unterhalb des Tischs, auf dem nur noch die Laterne stand. Die Waffe war weg. Der andere Milo kniete auf einem Bein vor ihr und hielt sich schmerzverzerrt den rechten Arm, der ihm schlaff herunterhing und seltsam verdreht wirkte. Er atmete schwer und schluckte laut. Beide Milos sahen komplett gleich aus. Wie eineiige Zwillinge. Emma konnte nichts ausmachen, was sie unterschied.

Gedankenverloren holte sie den roten Stein aus ihrer Tasche und betrachtete ihn.

»Bitte, Emma, schnell«, presste der Milo vor ihr flehend zwischen seinen Zähnen hindurch und blickte hoch. Angst lag in seinen dunkelblauen Augen. »Ich kann die Geste nicht …« Er machte Anstalten, den gesunden Arm nach oben zu bewegen. Doch bereits auf Brusthöhe schrie er auf und hielt sich wieder den lädierten Arm. »Ich kann … sie nicht machen.« Dann zeigte er ihr den Aventurin in seiner Hand. »Siehst du? Ich habe ihn während des Kampfes nicht losgelassen. Wir haben beide Steine und können Polyrica retten. Der Stein hat mir die Kraft gegeben, die Angriffe des Dämons abzuwehren. Und nicht nur das.« Er nickte hinüber zum Tisch. »Ich konnte ihn so zurichten, dass er außer Gefecht ist. Los, schick uns nach Polyrica. Du musst es tun und mich dabei berühren. Schnell!« Er blickte unsicher zum anderen Milo. »Bevor der Dämon wieder zu sich kommt.«

Dieser hustete laut und wälzte sich auf dem Rücken liegend hin und her. Wie ein Käfer, der es nicht aus eigener Kraft schaffte, sich umzudrehen.

»Emma, nein«, sagte er mit einem langen Stöhnen. »Ich … Milo … Emma nicht.«

Sie war überfordert. Hektisch blickte sie abwechselnd von einem leidenden Milo zum anderen und fuhr sich durch die zerzausten Haare. Sie spürte den Schweiß auf ihrer Stirn und in ihrem Nacken. Ein kurzer Schauer lief ihr den Rücken hinunter und ließ sie sich schütteln.

Sie schaute auf den roten Stein, als ob er ihr sagen konnte, welcher der richtige Milo war.

»Wenn wir uns nicht beeilen, ist Polyrica verloren«, stöhnte der Milo vor ihr. »Wir haben gerade den verdammten grünen Stein gefunden, der uns hier rausbringt. Saloquim wartet sehnsüchtig auf uns. Wir dürfen keine Zeit verlieren.«

Emma biss sich auf die Lippe. Unschlüssig blickte sie zum Tisch. Der Milo dort hatte sich mittlerweile in ihre Richtung gedreht, gab aber nur Worte von sich, die sie nicht verstehen konnte. Sein Kopf lag auf dem Boden, seine Augen waren nur halb geöffnet und eine schmale Spur Blut führte aus seinem Mund den Kiefer herab. Er versuchte vergeblich, sich aufzurichten. Den einen Arm bewegte er gar nicht, mit dem anderen schien er keinen Halt zu finden.

»Emma! Bitte!«, schrie der kniende Milo.

»Aber ich ...« Sie atmete mehrere Male tief ein und aus, um sich zu sammeln. Ihre Gedanken fuhren wieder Achterbahn und sie konnte sich nicht konzentrieren. »Worüber haben wir gerade gesprochen?«

Er blickte verwirrt zu ihr hoch. »Was?« Erneut hob er seinen Arm, obwohl es gerade eben schon nicht funktioniert hatte, und ließ ihn bereits kurz darauf unter grausamen Schmerzensschreien sinken. »Dein ... Dein Ernst?« Er keuchte und hustete mehrere Male.

»Warum machst du das auch? Lass deinen Arm unten!«

Er kauerte vor ihr und atmete heftig stoßweise. Es ging ihm deutlich schlechter als zuvor. Nicht, dass er bald ohnmächtig wurde.

»Trotzdem. Worüber haben wir geredet, bevor der Dämon kam?«

Statt zu antworten, wankte er hin und her. Er nuschelte etwas Unverständliches. Sie glaubte aber, »reden« und »später« verstanden zu haben.

»Bitte, Milo. Versuch es. Schau mich an. Los, komm. Kopf hoch.«

Sein Kopf kippte zur Seite, das eine Auge geschlossen, mit dem anderen ließ er seinen Blick immer wieder über ihr Gesicht streifen. Er gab weiter Laute von sich, die keinen Sinn ergaben.

Sie musste ihm auf die Sprünge helfen. »Ich habe dir gesagt, mit wem ich in Aachen als Erstes reden will. Wer war das?«

»Fa...« Er machte einen weiteren Anlauf. »...lie.«

»Familie? Ja, die auch. Aber mit wem vor allem?«

Jetzt schwankte sein Kopf bedrohlich, als ob er keine Kontrolle mehr über ihn hatte. Immerhin hielt er sich noch auf den Knien und fiel nicht um.

»Freun ... nen.«

»Freundinnen?«

Er nickte.

»Und wie heißen die?«

»...a ...a.«

Mehr als den einen Buchstaben hatte sie nicht heraushören können. Gehörte das zu »Maja«?

»Noch einmal, Milo. Sag es noch einmal. Bitte!«

»... ama ...«, stöhnte er.

Sie verstand ihn einfach nicht. Vielleicht meinte er Maja, aber weil sie wie ihre pingelige Französisch-Lehrerin darauf bestand, dass er eine Vokabel richtig betonte, ließ sie unnötig viel Zeit verstreichen.

Unschlüssig drehte sie sich zum anderen Milo. Er war noch immer damit beschäftigt, sich aufzurappeln. Oder ... tat er das gar nicht? Als sie genauer hinsah, glaubte sie zu erkennen, dass er mit dem Zeigefinger einen Kreis zeichnete. Wieder und wieder. Zwischendurch wies er in die Mitte des Raumes. Der Pulverkreis. Emma schlug sich in Gedanken vor die Stirn. Nur der echte Milo würde vom Pulverkreis wissen.

Aber sollte sie allein aufgrund einer Handbewegung entscheiden? Was, wenn der Dämon ihre Vorbereitungen heimlich durch das Fenster beobachtet hatte und sie reinlegte? Sie kam nicht umhin, dem Milo vor ihr auf die Sprünge zu helfen.

»Ama?«, wiederholte sie. »Was meintest du?«

Er bewegte den Kopf auf und ab und holte erneut tief Luft. »... arma ... erls.«

»CARMA Girls? Hast du das gemeint?«

Er nickte deutlicher. Deutlich genug, um ihr endgültig die Augen zu öffnen. Jetzt hatte Emma Gewissheit. Der echte Milo kauerte in Wirklichkeit ein paar Meter entfernt vor dem Tisch. Der vor ihr tat nur so.

Sie musste dem echten ein Zeichen geben. Aber sie durfte es sich nicht anmerken lassen. Sie konnte nicht einfach zum Tisch hinüber gehen. Vor allem hatte der Dämon den grünen Stein in seiner Hand.

Emma biss sich auf die Lippen. Wie schaffte sie es, den Dämon in den Pulverkreis zu locken? Er durfte keinen Ausweg haben. *Denk nach,* Emma. *Denk nach.* So wie der Dämon sie getäuscht hatte, mehrere Male schon, war sie nun an der Reihe. Sie würde ihn in die Irre führen. Diesmal gewann sie.

Sie machte einen Schritt auf den Dämon zu und beugte sich zu ihm herunter. »Du bist es wirklich«, flüsterte sie, um ihn in Sicherheit zu wägen.

»Ja.« Er hustete heftig.

»Alles klar, ich habe verstanden«, sagte sie laut, damit es der echte Milo mitbekam. Dieser stützte sich mittlerweile auf die Knie, den Kopf nach unten gebeugt und eine Hand am Tisch, gleich vor der Laterne.

Emma trat noch einen Schritt auf den Dämon zu. Ihre Finger zitterten. Dann streckte sie die linke Hand aus und legte sie auf seine Schulter. Der Stoff seines Hemdes war nass vor Schweiß und Blut. Der Dämon hob behäbig den Kopf und guckte erwartungsvoll zu ihr hoch. Sie glaubte, einen Hauch Überraschung in seinen Augen zu erkennen.

»Bereit?«, fragte sie laut. »Gleich ist es so weit.«

Der Dämon nickte.

Langsam führte Emma die Hand mit dem Granat zu ihrem Gesicht. Sie streckte Zeigefinger und Daumen aus und holte tief Luft. »Bring mich zurück.«

KAPITEL FÜNFUNDDREISSIG

Alles war verloren. Drei Worte hatten gereicht, um seine ganze Mission scheitern zu lassen. Dabei war er sich doch sicher gewesen, dass Emma seine versteckten Zeichen verstanden hatte. Sie hatte zu ihm geschaut und war mit ihren Augen den kreisrunden Bewegungen seiner Hand gefolgt. Aber jetzt hatte sie die drei Worte gesagt und war mit dem Dämon fort.

Er kniete vornüber gebeugt und verlor die Anspannung in seinem Körper. Seine Hand glitt von der Tischkante. Er ballte die Fäuste, schlug mehrere Male auf den Boden, ignorierte dabei den Schmerz, der seine Arme hochzog, und ließ die Tränen einfach laufen. Er hatte versagt. Er hatte Polyrica nicht retten können. Jede Sekunde musste es so weit sein, dass Saloquim auf den Dämon traf, merkte, dass dieser beide Steine hatte, und dann Polyrica abschaltete. Milo erwartete, gleich in seinem Bett in Aachen aufzuwachen

Doch es passierte nichts. Er hockte noch immer auf dem kalten Boden des Weinkellers und sein Schädel brummte. Hatte der Dämon Saloquim etwa überlisten können? Hatte er ihn daran gehindert, Polyrica abzuschalten, und war in die echte Welt gelangt? Alles nur, weil Milo den Aventurin nicht schnell genug gefunden hatte. Weil er es nicht geschafft hatte, den Dämon aufzuhalten? Schreckliche Bilder kamen ihm in den Kopf. Der Dämon war sicherlich in der Lage, ganze Städte zu verwüsten. Ein zerstörtes Aachen tauchte vor Milos innerem Auge auf. Der Dom in Schutt und Asche, das Rathaus in seine Einzelteile zerlegt und auf dem Marktplatz verteilt. Und auch wenn der Dämon Feuer fürchtete, schloss dies nicht aus, dass er die Stadt in Flammen aufgehen ließ. Gefolgt von anderen Städten, bis hin zu ganzen Ländern. Milo dachte an Bilder von entsetzlich schreienden Menschen, alt und jung, die im Feuer eingeschlossen waren. Bilder vom Dämon, der in seiner echten Gestalt in der Luft schwebte, die Vernichtung der Menschheit genüsslich mit ansah und dabei gehässig lauthals lachte.

»Was? Wieso klappt es nicht?«, hörte er plötzlich seine Stimme sagen.

Bildete sich Milo das nur ein? War das gerade aus seinem Mund gekommen? Oder waren es nur seine Gedanken?

»Ich … Ich weiß auch nicht.« Emma! Das war Emmas Stimme. Milo drehte den Kopf. Er hätte vor Freude aufspringen können, wenn da nicht seine lädierten Knochen gewesen wären. Emma und der Dämon waren noch da. Sie waren gar nicht weg. Hoffnung keimte in ihm auf. Mit einem Mal veränderten sich die Bilder in seinem Kopf zum normalen Aachen. Heil und unberührt, mit Wasser speienden Springbrunnen in der Innenstadt und lachenden Kindern.

Aber er hatte die drei Worte auf jeden Fall gehört. Ganz sicher. War Polyrica schon abgeschaltet? Hatte Saloquim wegen zu vieler roter Felder den Stecker gezogen? Und jetzt hingen sie hier fest in Caduco und kamen nicht mehr zurück? Nie wieder? Waren eingesperrt mit dem Dämon in dieser Buchwelt? Milo bekam Gänsehaut am ganzen Körper. Er spürte, wie sich seine Kehle zuzog. Mühsam schluckte er. Wie bei einer Erkältung brannte es in seinem Hals.

Und ihm wurde heiß. Genau wie in Situationen, in denen sich seine Höhenangst meldete. Schweiß brach ihm auf der Stirn und unter den Achseln aus. Er wollte hier nicht gefangen sein. Er wollte nach Hause!

»Vielleicht müssen wir mehr ins Licht«, sagte Emma. »Immerhin ist Polyrica ein weißer Raum. Los, lass es uns noch einmal probieren, bevor der Dämon zu sich kommt.«

Milo schielte zu ihnen und sah, wie Emma ein paar Schritte in die Mitte des Raumes machte. Sie winkte den Dämon mit der linken Hand zu sich. In der rechten hielt sie den Granat.

Sie führte ihn in den Pulverkreis. Das musste es sein! Wahrscheinlich hatte sie wieder nur die Worte gesprochen, ohne dabei die Geste auszuführen. Aber der Dämon wusste, dass man die Finger an die Nasenwurzel halten musste. Irgendwie hatte Emma es dennoch hinbekommen.

Milos Zuversicht kam zurück. Er tastete nach der Laterne auf der Werkbank, bereit, sie im richtigen Moment einzusetzen. Mit der anderen Hand fuhr er sich durch die Haare und wippte leicht hin und her, damit der Dämon keinen Verdacht schöpfte.

Er hörte, wie sich der Dämon langsam in Bewegung setzte. Immer abwechselnd trat er mit dem Fuß auf und zog das Knie hinterher. Milo hoffte, dass er nicht eine Lücke in den Pulverkreis schnitt und ihn damit zerstörte.

Mit jeder Sekunde, die verstrich, schlug Milos Herz schneller und lauter in seiner Brust. Er schielte wieder hinüber. Gleich hatte der Dämon den Kreis betreten. Aber Emma stand zu nah am Pulver. Wenn Milo die Laterne auf den Boden warf, würde es sie auch erwischen. Was sollte er bloß tun? Wenn er ihr ein Zeichen gab, zurückzuweichen, konnte es der Dämon mitkriegen und die Falle bemerken. Dann hätten sie versagt.

Milo fuhr sich mit der Hand über das Gesicht. Er musste die Menschheit vor dem Dämon bewahren. Und er dachte an all die Kinder, die in ihren Geschichten gefangen waren, und an diejenigen, die nach Polyrica gekommen waren, aber nicht in ihre Bücher eintauchen durften. Seine Mission war es, den Dämon fern von Polyrica und vor allem der echten Welt zu halten und den Aventurin zurückzubringen. Auch wenn dies bedeutete, dass Emma dem Magnesiumfeuer zum Opfer fiel und sich an nichts erinnern würde. Nicht an das Gespräch vorhin, als sie ihm ihre wahren Gefühle offenbart hatte. Schweren Herzens fällte Milo eine Entscheidung.

Er wartete auf ihr Zeichen. Quälend langsam kamen die Geräusche des Dämons näher, bis sie mit einem Mal verstummten. Milo drehte den Kopf. Der Dämon befand sich mitten im Pulverkreis.

»Perfekt«, sagte Emma. »Jetzt.«

Milo rappelte sich mühevoll auf und warf die Laterne mit voller Wucht auf den Boden neben sich. Sie zersprang und augenblicklich schossen weiße Flammen in die Höhe, die mit ihrer plötzlichen Helligkeit alles andere in samtene Dunkelheit tauchten. Sie zwangen ihn, sich die Hände vor die Augen zu halten.

Der Dämon war viel zu überrascht gewesen, als dass er hätte fliehen können. Er war gefangen. Die Hitze ließ Milo den Schweiß die Schläfen herunterlaufen. Bei jedem Luftholen durch die Nase brannte es. Er schob sich auf dem Bauch liegend weiter unter die Werkbank.

Plötzlich spürte er etwas auf sich. Ein drückender Schmerz durchfuhr seine Schulter und ließ ihn die Zähne zusammenpressen. Er fuhr herum und drehte dem Feuerring den Rücken zu, bereit sich zu verteidigen – da blickte er in Emmas Gesicht. Sie war am Leben! Unbeholfen drückte sie ihm den Granat in die Hand und kletterte hinter ihn. Natürlich. Der Granat musste sie vor dem Feuer geschützt haben. Erleichterung machte sich in ihm breit.

Milo drehte sich wieder zum Dämon und spähte durch einen Spalt zwischen seinen Fingern. Er konnte durch die Flammen sehen, wie der Dämon verzweifelt nach einem Ausgang suchte, aber keinen fand. Genau wie beim Brand in der Scheune lief er unkontrolliert umher und schrie aus voller Kehle vor Zorn.

»Verräter! Ihr verdammten Kinder!« Seine Worte hallten von den Mauern wider. »Das werde ich euch heimzahlen!«

Milo rückte weiter Richtung Mauer und spürte Emma hinter sich kauern und wie sie die Arme um ihn schlang.

Gleich würde es passieren. Er hatte schon einen weißen Punkt auf der Brust des Dämons entdeckt. Von Sekunde zu Sekunde wurde dieser größer.

Auf einmal schwang die Kellertür vor der Treppe auf und Wachmänner kamen hereingestürzt. Milo drehte sich blitzschnell auf den Bauch, zielte auf sie und schoss Fesselzauber ab. Er erwischte einen nach dem anderen und sie fielen übereinander zu Boden.

Der weiße Punkt war mittlerweile so groß, dass er den ganzen Raum zusammen mit den Flammen in helles Licht tauchte. Das Feuer knisterte immer lauter. Von jetzt auf gleich hörte der Dämon auf, sich zu bewegen, und stand regungslos in der Mitte des Feuers, die Arme zu beiden Seiten ausgestreckt und den Kopf in den Nacken gelegt. Fast so, als würde er gleich in den Himmel aufsteigen. Doch er würde explodieren. Wie in der Scheune.

Der Granat schützte Milo. Aber was war mit Emma? Reichte die Kraft das Steins für sie beide? Er konnte sich nicht darauf verlassen.

»Schnell. Raus hier«, stieß Milo hervor. Er legte den Arm um Emma und sie schleppten sich durch die Tür. Geduckt steuerten sie auf die Ecke an der gegenüberliegenden Wand zu, als auf halbem Weg ein Lichtblitz durch das Fenster schoss und Milo am Bauch erwischte. Er brach kurz zusammen und seine Bauchmuskeln brannten. Emma hatte ebenfalls angehalten.

»Lauf weiter in die Ecke«, rief er ihr zu. Sie gehorchte und er rappelte sich zähneknirschend wieder auf. Sofort feuerte er mehrmals durch das Fenster zurück und folgte Emma in die Ecke, wo sie in Sicherheit waren. Vorerst zumindest.

Sie kauerten sich nah aneinander und Milo spürte Emmas Herzschlag.

»Gleich ist es vorbei«, flüsterte er und strich ihr mit zitternden Fingern über den Kopf. »Gleich haben wir es hinter uns.«

Kurz darauf schienen aus dem zweiten Raum weiße Strahlen durch die Tür, wurden immer greller, sodass Milo den Blick abwenden musste und den Kopf gegen die Mauer presste, als sie mit einem Mal fort waren. Einen Moment lang war es tiefschwarz um sie, dann erzitterten die Mauern und mehrere Weinfässer stürzten aus ihren Holzgestellen zu Boden. Manche brachen entzwei und hinterließen überall auf dem Boden die tiefrote Flüssigkeit. Sand rieselte aus den Mauern über ihren Köpfen auf sie hinab und etwas Längliches wie eine Schlange rutschte seinen Rücken herunter. Er sprang zur Seite und blickte zu Boden, den Granat angriffsbereit in der Hand. Nur ein Seil. Er atmete tief aus.

Dann war es still.

»Bist du verletzt?«, flüsterte er. Er drehte sich zu Emma.

»Nein, ich denke nicht.«

»Komm.« Milo griff nach ihrer Hand und sie eilten zum anderen Raum. Dabei schoss er weitere Zauber durch das Fenster und auch zur Treppe. Nichts kam zurück. Die Tür hatte es aus den Angeln geworfen, weshalb sie im Türrahmen stehen blieben. Es zeigte sich ihnen ein Bild der Verwüstung. Die Werkbank war in unendlich viele Teile zersprungen, die Regale waren leer und hingen schief. Überall lagen Töpfe und Krüge, Holzsplitter, so weit das Auge reichte. Der Wein stand mehrere Zentimeter hoch im Raum und floss in den Abfluss und an ihren Füßen hinaus. Dort, wo sich der Dämon befunden hatte, schwebte ein weißer Punkt über dem Aventurin inmitten des Rotweins.

Milo machte vorsichtig ein paar Schritte auf den Aventurin zu, hielt aber überrascht inne, als sich der weiße Punkt langsam nach oben bewegte, bis er auf Höhe von Milos Kopf verharrte. Einen Augenblick lang passierte nichts, dann jagte der Punkt in solch einer irrsinnigen Geschwindigkeit auf Milo zu, dass er keine Zeit zum Reagieren hatte. Er wurde mitten auf der Brust getroffen, nach hinten geschleudert und landete unsanft inmitten des Rotweins, der beim Aufprall platschte. Den Granat hatte er zum Glück so fest in seiner Hand gehalten, dass er ihn noch immer zwischen seinen Fingern fühlte.

»Milo!« Emma stürzte zu ihm. »Nein, bitte nicht!« Schluchzend suchte sie seine Arme und Beine offenbar nach Verletzungen ab. »Sag doch etwas. Geht es dir gut?«

»Ich … Ich glaube, ich lebe noch.« Er hob den Kopf und schaute an sich hinunter.

»Tut dir irgendetwas weh?«

Er tastete vorsichtig seine Brust ab. Aber er spürte keine Wunde, sondern nur sein Amulett. Er nahm es in die Finger und hielt es hoch. Da war ein kleiner, kreisrunder Brandfleck. Schwarz wie die Dunkelheit. Milo stützte sich auf die Ellenbogen und lachte stoßweise.

»Das … Das Amulett hat mich gerettet.« Er zeigte es Emma.

»Was für ein Glück. Ich dachte schon, du wärest tot.« Sie hatte Tränen in den Augen. Vermutlich aus Sorge, aber auch aus Erleichterung. Sie schlang die Arme um ihn und drückte ihren Kopf fest auf seine Brust. »Bin ich froh.«

Ob es nur das Amulett gewesen war, das ihn geschützt hatte, oder auch der Granat, wusste er nicht. Aber er wusste, dass sie es geschafft hatten. Fast.

»Der Aventurin!«

Sie half ihm hoch und gemeinsam humpelten sie zu zum Aventurin. Milo fischte ihn aus dem Wein und hielt ihn vor seine Augen.

Es war Zeit, heimzukehren. Er reichte ihn Emma und ergriff ihre Hand, sodass sich Granat und Aventurin beinahe berührten. Mit der anderen setzte er Zeigefinger und Daumen auf seine Nasenwurzel.

»Bring mich zurück.«

KAPITEL SECHSUNDDREISSIG

Wieder helles Licht. Milo blinzelte. Alles um ihn war weiß. Polyrica! Er drehte den Kopf zur anderen Seite. Da lag Emma. Sie waren zurück.

Er zog sich am Bett neben sich hoch. Seine Schmerzen und Verletzungen aus Caduco waren wie fortgewischt.

»Milo?«, fragte Saloquim hinter ihm. Erleichtert blickte Milo über die Schulter. Doch Saloquim stand mit grimmiger Miene vor ihm und richtete seinen Stab mit dem weißen und schwarzen Stein auf ihn. Automatisch hob Milo die Hände. »Bist du der echte Milo?«

»Ja.« Er kramte den Granat aus seiner Tasche und hielt ihm ihn hin. »Emma hat den Aventurin.«

Saloquim schnellte hervor, schnappte sich den Granat und drückte ihn an seinen alten Platz im Stab.

»Es ist die echte Emma, keine Sorge.«

Aber Saloquim beachtete ihn nicht. Er eilte zur noch immer auf dem Boden liegenden Emma und stupste sie mit dem Stab an. Sie gab etwas Unverständliches von sich, bis sie Saloquim entdeckte und zurückschreckte.

»Gib mir den Aventurin!«

Emma wirkte verwirrt und streckte unsicher den Arm aus. Saloquim fischte den Stein aus ihrer Hand, komplettierte seinen Stab und verschwand im nächsten Augenblick in der Nebelwand.

»Was war …?«, stammelte Emma und blickte Milo verdutzt an.

Milo war selbst überrascht über Saloquims schroffes Verhalten. »Tja, das war Saloquim.« Er reichte ihr die Hand und half ihr hoch. Emma drehte sich im Kreis, den Mund offen vor Staunen und schaute sich im Raum um.

Als ihr Blick auf den Sessel traf, schrak sie zusammen. »Ich dachte …«

»Das ist auch Saloquim. Oder besser gesagt: seine Projektion.« Milo trat auf das alte Männchen zu. »Bringst du uns hoch?«

Saloquim verließ den Sessel und stellte sich vor der Nebelwand auf. Milo folgte ihm und berührte dessen ausgestreckte Hand. »Keine Angst, Emma. Du kannst nachher noch deinen Raum bestaunen«, sagte er mit einem Zwinkern.

Kurz darauf standen sie am Rand der Kommandozentrale und wurden Zeugen, wie die Felder auf dem Boden nach und nach ihre Farbe änderten. Der Flickenteppich aus weißen, grauen, gelben und orangefarbenen Feldern wurde mehr und mehr grau. Mit jeder Fliese, die ihre Farbe wechselte, stieg Milos Zuversicht. Nur noch wenige Felder waren gelb, Sekunden später keines mehr.

Er blickte zu Emma, die damit beschäftigt war, den Boden und die Wände zu bewundern. Gerade hatte sie den Kopf in den Nacken gelegt, da schien sie seinen Blick zu bemerken. Ihre Pupillen bewegten sich in seine Richtung und allmählich zogen sich ihre Mundwinkel nach oben. Das Lächeln passte nicht zu den schweißnassen Strähnen, die ihr kreuz und quer im Gesicht klebten und dem Staub und Dreck, der auf ihren Wangen und ihrem Kleid lag. Trotzdem steckte sie ihn an und er erwiderte ihr Lächeln.

Er sah, wie sich Saloquim von der Tischkante zurück in seinen

Sessel fallen ließ. »So, jetzt wachen all die Kinder, die schon viel zu lange von zu Hause fern waren, in der echten Welt auf. Dank dir, Milo. Und dank dir, Emma.«

Milo ging los und sah beim Blick über die Schulter, dass Emma ihm folgte, jedoch nur Augen für ihre Umgebung hatte. Als Mats neben Saloquims Sessel hervortrat, riss Emma Milo am Arm zurück und versteckte sich hinter seinem Rücken.

»Der Dämon!«, schrie sie und zeigte auf Mats.

»Beruhige dich, Emma.« Er drehte den Kopf zu ihr. »Das ist nicht der Dämon. Das ist Mats. Er hat nur aus Versehen den Dämon mit nach Polyrica gebracht. Und leider hat sich der Dämon seiner Gestalt bedient.«

»Wirklich?« Sie blickte unsicher zwischen ihnen hin und her.

Mats hob die Hände und lächelte leicht. »Es tut mir leid, dass meinetwegen dieses Chaos ausgebrochen ist. Aber ich kann euch versichern, dass ich der echte Mats bin.«

»Er hat recht«, sagte Saloquim und hüpfte von seinem Sessel herunter. »Du bist jetzt in Sicherheit, Emma. Die Umstände, wie wir uns kennengelernt haben, waren leider ein wenig … ungünstig.« Er kam auf sie zu und breitete die Arme aus, als würde er alte Freunde empfangen wollen. »Entschuldigt bitte mein Verhalten eben. Die Zeit hat gedrängt und ich wollte so schnell wie möglich die beiden Steine haben. Und – wie ihr seht –« Er zeigte auf den Boden. »Es hat geklappt. Wir haben es geschafft. Ihr habt es geschafft. Ihr habt Polyrica gerettet!«

Milo spürte, wie er errötete. Es war ihm unangenehm, im Mittelpunkt zu stehen, und er senkte beschämt den Kopf.

Saloquim stützte sich auf seinen Stab, in dem nun wieder alle vier Farben vertreten waren. »Erzählt uns, was ihr in der Geschichte erlebt habt.«

Sie berichteten von Caduco, von Meister Kildar und vom Dämon, der sie mehr als einmal getäuscht hatte.

»Und dann ist er am Ende einfach explodiert?«, fragte Mats gespannt.

»Ja, genau. Er hat sich in weißes Licht aufgelöst«, sagte Milo. »Und hat noch einen letzten Angriff unternommen.« Er holte das Amulett hervor und zeigte ihnen den schwarzen Punkt darauf.

Saloquim räusperte sich. »Das war wahrlich eine ausgeklügelte Idee, Milo, in eine andere Geschichte zu reisen, in der Meister Kildar noch am Leben war.«

»Danke.« Statt den Blick zu senken, lächelte er dem alten Männchen zufrieden zu.

»Ihr habt sicherlich viel über euch gelernt. Über eure Stärken, aber auch über eure Schwächen. Und dass es vielleicht die ein oder andere Sache gibt, die ihr in eurem Leben ändern wollt.« Ehe Milo fragen konnte, was er mit dem letzten Satz gemeint hat, fuhr Saloquim fort: »Ich für meinen Teil habe auch daraus gelernt. Von nun an soll es nicht mehr möglich sein, dass ein Kind in einen Raum gelangt, in dem sich ein Dämon oder anderer Bösewicht befindet. Somit können meine Projektionen jegliche Form von Fremdartigem isolieren und fortschleudern.«

»Fortschleudern?«, wiederholte Milo.

»Zum Beispiel zurück in die Buchwelt, wo sie hergekommen sind.«

Milo fragte sich, was noch möglich war. Außer der Filmwand führte aus den weißen Räumen kein Weg hinaus. Durch die Nebelwand ging es hoch in die Kommandozentrale, über das Bett zurück in die echte Welt. Er wusste nicht, ob es noch etwas anderes gab, aber wie er Saloquim kannte, würde er ihnen auch nicht mehr verraten.

Milo war nur froh, dass er seinen Beitrag dazu leisten konnte, den Dämon zu besiegen und Polyrica vor der Abschaltung zu bewahren. Er dachte an Aachen und Glücksgefühle stiegen in ihm auf. Er hatte Heimweh und freute sich auf seine gewohnte Umgebung. Aber er würde wieder der alte Milo sein. Solange er nichts daran änderte.

Er blickte zu Emma. Wenn sie in Aachen aufwachte, würde sie sich an alles Erlebte nur als einen Traum erinnern. Wie es bei seinen Abenteuern nach Polyrica in der Vergangenheit der Fall gewesen war. Er schluckte. Er wollte nicht, dass es so weiter ging wie zuvor. Eben im Weinkeller hatte er die wahre Emma gesehen. Da hatte sie ihm ihre echten Gefühle, Gedanken und Ängste mitgeteilt. Das sollte keine Momentaufnahme bleiben, an die er sich nur wie an einen Traum erinnerte.

Er spürte, wie seine Beine zitterten und sich sein Magen zusammenzog. Aber wenn er es jetzt nicht tat, wäre die Chance für immer dahin. Er drehte sich zu ihr.

»Können wir kurz reden?«, fragte er leise.

»Klar.«

»Wir … ähm«, begann er und wandte sich zu Saloquim. Doch als dieser wissend lächelte und ihm mit einer Handbewegung signalisierte, dass sie sich entfernen konnten, nickte Milo ihm zu und ging mit Emma zur Filmwand.

Der riesige Bildschirm zeigte Caduco von oben. Als wäre nichts gewesen, lag es friedlich am Hafen. Sie schwiegen und als sie noch wenige Meter von der Wand trennten, setzte Milo sich auf den Boden und schlang die Arme um die angewinkelten Beine. Emma nahm im Schneidersitz neben ihm Platz.

Er wusste nicht, wo er anfangen sollte. Gestern noch hatte er Wut und tiefe Enttäuschung über die Worte verspürt, die sie hinter seinem Rücken gesagt hatte. Jetzt war alles anders. Er hatte ihre Beweggründe verstanden und das seltsame Gefühl, sie aus ihrem Dilemma befreien zu müssen. Am liebsten wollte er ihr sagen, dass die CARMA Girls nicht gut für sie waren und sie keine Zeit mehr mit ihnen verbringen sollte. Aber er glaubte, dass sie das selbst wusste.

Emma drehte sich zu ihm. »Also?«

»Ich … Ich möchte nicht, dass unsere Zeit hier nur ein Traum sein wird.«

»Ein Traum?«

»Wenn man zurück in die echte Welt kommt, fühlt sich das Abenteuer wie ein Traum an. Erst wenn du das nächste Mal in Polyrica bist, erinnerst du dich an deine Zeit und deine Abenteuer hier.«

»Verstehe.«

Momente der Stille vergingen. Milo holte Luft, stockte dann aber.

Emma lehnte sich in sein Blickfeld. »Ja?«

»Das, was du vorhin gemeint hast … dass die Dinge, die du vor den CARMA Girls über mich gesagt hast –«

»Oh ja. Es tut mir so leid.« Sie presste die Handflächen aneinander, hielt sie vor ihr Gesicht und senkte für einen Moment den Kopf. »Ich dachte, ich könnte dazugehören, weißt du? Zu den Coolen. Zu den Beliebten.« Sie ließ die Arme sinken und blickte gedankenverloren auf einen Punkt am Boden. Zitternd fuhr sie sich mit den Fingern der einen Hand über ihre Fingernägel der anderen. »Ich habe es bei meiner Schwester gesehen. Sie … Sie ist beliebt und … und all das. Verstehst du? Ich dachte, ich würde mich bei den CARMA Girls besser fühlen. Und ich meine, es macht teilweise auch Spaß, Zeit mit ihnen zu verbringen. Wir lachen viel, machen uns über … Teilnehmer in Fernsehserien lustig und so weiter. Aber …«

»Aber?«

»Aber da sind auch andere Sachen, viel mehr sogar, die mir nicht gefallen. Vor denen ich mich bisher noch erfolgreich gedrückt habe. Lena bietet mir zum Beispiel andauernd Zigaretten an. Und seitdem es wärmer und länger hell ist, treffen sie sich mit den Jungs aus den Stufen über uns, trinken Alkohol und spielen komische Spiele. Das ist irgendwie … Ich weiß nicht …«

»Das ist nicht das, was du willst.«

»Nein. Ja, genau. Aber wie du schon sagst, ist halt nicht alles so cool, wie es den Anschein macht.«

»Wenn man sich in der Schule ständig über andere lustig macht – kein Wunder.«

»Hey, das ist gemein. Ich habe doch gerade erklärt, dass ich das nicht so gemeint habe, was ich über dich gesagt habe.«

»Das hatte ich gar nicht im Sinn. Sondern das, was Lena, Claire und Scarlett über andere sagen und schreiben.«

Emma rutschte auf einmal näher an Milo heran und verengte ihre Augen zu Schlitzen. Was war denn nun plötzlich los? Hatte er etwas Falsches gesagt?

»Sag mal. Vorhin im Weinkeller, als ich auf dich gezielt habe – da hast du von Nachrichten gesprochen mit dem Betreff ›Die kleine Tante‹. Richtig?«

Er zögerte. Tief in seinem Inneren wusste er, was auf ihn zukam. Er schluckte. »Ja. Wieso?«

»Was meintest du mit ›recherchieren‹?« Sie stemmte die Hände in die Hüften.

»Ich … ähm … ich habe es aufgeschnappt.«

»Aufgeschnappt?« Sie verdrehte die Augen. »Ich habe dir gerade auch erzählt, was in meinem Kopf vorgeht. Jetzt bist du dran.«

Milo holte tief Luft. »Also, als sie sich eines Tages mal wieder so richtig über mich lustig gemacht hatten, habe ich eben beschlossen, ein bisschen zu … recherchieren. Claire benutzt nun einmal das voreingestellte Passwort vom Mail-Programm der Schule auch für ihr privates Postfach. Das war nicht schwer.«

»Recherchieren? Spionieren meinst du wohl eher.« Mittlerweile hatte sie die Arme vor der Brust verschränkt.

»Wie du meinst. Jedenfalls hat sie da diese Nachrichten mit Lena geschrieben. Und die waren alles andere als nett. Das war noch zu der Zeit, als du nicht Teil der CARMA Girls warst.«

»Was heißt ›alles andere als nett‹?«

»Ich weiß es nicht mehr genau, es ist ja schon einige Zeit her.«

»Milo!«, sagte sie drohend und riss die Augen auf.

»Ist ja gut. Sie haben über deine Figur hergezogen. Dass du dick wärst. Was ich übrigens überhaupt nicht nachvollziehen kann. Nur weil die alle so mager sind, heißt das nicht, dass du zu dick bist. Für mich … also ich meine, ich finde, du bist genau richtig.«

Emma blickte in ihren Schoß und spielte mit dem Stoff des Kleids. Er glaubte, ein Lächeln über ihre Lippen huschen gesehen zu haben. »Noch etwas?«

»Nur, dass sie nicht verstehen können, wie du mit Maja und Nele rumhängen kannst. Das wären solche ›Brillenschlangen‹. Dass du mit deinem Gesicht viel schönere Freundinnen haben könntest.«

»Glaubst du das auch?«

»Was?«

»Nichts, schon gut.« Sie schwieg einen Moment und hob den Kopf. »Hast du die Accounts der anderen ebenfalls gehackt?«

»Nur den von Claire.«

»Und von welchen aus der Klasse?«

»Ein paar.«

»Und zwar?«

»Ben zum Beispiel.«

»Meinen auch?«

»Nein!«, sagte er entschieden, fast schon ein bisschen zu laut. »Entschuldige, ich wollte dich nicht erschrecken. Aber das verspreche ich dir hoch und heilig. Ich habe niemals versucht, dein Passwort zu erraten. Und ich habe auch keine deiner Nachrichten in den Posteingängen der anderen gelesen.«

»Schwörst du?« Sie hatte einen Mundwinkel nach oben gezogen und hob den kleinen Finger. »Schwörst du auf den Klenkes?«

»Ich schwöre auf den Klenkes.«

Sie guckte ihn wieder ernst an, ohne etwas zu sagen oder eine Miene zu verziehen. Als wollte sie in seinen Augen lesen, ob er die

Wahrheit sprach. Er hielt ihrem Blick stand. Dann lächelte sie und er musste es auch.

Milo dachte zurück an den Weinkeller. »Wie hast du es vorhin überhaupt geschafft, den Dämon glauben zu lassen, dass nur die drei Worte genügen? Er wusste eigentlich, dass man die Geste dazu machen muss.«

»Ich habe die Geste auch gemacht.«

»Hast du?« Erstaunt legte er den Kopf schief. »Aber wieso –?«

»Nicht ganz. Ich habe so getan.« Sie führte Daumen und Zeigefinger zur Nase und drehte sich zur Seite, sodass er sehen konnte, dass die Fingerspitzen in der Luft hingen.

»Clever!«

»Ich weiß.« Sie ließ die Augenbrauen kurz nach oben schnellen, legte ein überlegenes Lächeln auf und rückte noch näher an ihn heran. Dann holte sie tief Luft. »Ich möchte auch nicht, dass es nur ein Traum bleibt.« Ihre Stimme war jetzt ganz leise. »Ich möchte mit dir wieder über Bücher reden. Nicht mehr E-Mails schreiben, sondern mich von Angesicht zu Angesicht mit dir unterhalten. Ich vermisse deine … teils seltsamen Ansichten. Beinahe so seltsam wie die von Nele manchmal. Ihr würdet euch gut verstehen.« Sie musste lachen. »Ich vermisse unsere Diskussionen. Ich vermisse unsere gemeinsame Zeit.«

»Ich auch.«

»Versprich mir, dass du mir, wenn du es kannst, in der echten Welt die Augen öffnest, wenn ich es nicht selbst schaffe.«

»Ich verspreche es. Und wirst du mich an unser Abenteuer erinnern, falls ich es vergessen sollte?«

»Das werde ich. Obwohl es unvergesslich war.« Sie blickte über Milos Kopf. »Ich glaube …«

Er drehte sich um und sah Saloquim langsam auf sie zukommen. »Ich störe nur ungern, aber es wird auch für euch Zeit. Verabschiedet euch ruhig noch von Mats. Er wartet an der Nebelwand.«

Milo spürte eine Euphorie und Zuversicht in sich, wie schon

lange nicht mehr. Er hatte das Gefühl, dass mit Emma endlich alles wieder gut war.

Als sie an der Nebelwand ankamen, schwang trotzdem Traurigkeit in ihm. Es fühlte sich ein wenig wie eine Klassenfahrt an. Mehrere Tage, oder wie hier nur wenige Stunden in Polyrica, hatten sie gemeinsam verbracht und auch wenn sie einen schwierigen Start hatten, verband sie doch etwas mit Mats: Dass sie alle nach Polyrica gekommen waren.

Sie tauschten zwar ihre Benutzernamen in den sozialen Medien aus, aber Milo wusste, dass sie sich in der echten Welt nicht mehr daran erinnern würden. Trotzdem machten sie es. In der Hoffnung, dass sie es doch taten, wenn sie über den seltsamen Traum nachdachten, als der sich ihr Abenteuer anfühlen würde. Das hier war eine einmalige Zeit gewesen. Wie Saloquim schon gesagt hatte: Polyrica sollte nie wieder solch einer Gefahr ausgesetzt werden. Also auch kein Grund, sich noch einmal hier oben zu treffen. Vielleicht schafften sie es aber, in der echten Welt zusammenzufinden.

Milo schüttelte Mats' Hand und wandte sich zu Saloquim. Dieser winkte zum Abschied. Als erstes verschwand Mats in den Nebelschlieren. Milo wollte ihm folgen, da fiel ihm noch etwas ein. Er stockte, drehte sich zu Saloquim um und hielt das Amulett hoch. »Darf ich es wirklich mitnehmen? In meine Welt?«

Das kleine Männchen lächelte durch seinen dichten Bart und zwinkerte ihm verschwörerisch zu. »Das ist das Mindeste, was ich für den Retter von Polyrica tun kann. Aber … behalte es für dich.« Er nickte Emma zu, die noch auf ihn wartete.

»Danke, Saloquim. Hoffentlich komme ich bald wieder.«

Gemeinsam traten sie durch die Nebelwand, ehe Milo in seinem weißen Raum herauskam. Emma war nicht mehr neben ihm. Er fühlte sich leer. Wie ein unbeschriebenes Blatt Papier. Als ob jemand wieder alle Wörter gelöscht hatte. Er zwang sich zu einem Lächeln, aber es war nicht echt.

Behutsam ging er an den Regalen vorbei Richtung Bett. Er

machte einen Abstecher zu dem Holzzylinder in der Mitte, auf dem das Buch lag, in das er gar nicht eingetaucht war. Beim nächsten Mal dann, sagte er sich, und blickte zum Sessel.

Die Projektion hatte das gleiche Lächeln wie der Kopf oben aufgesetzt und beobachtete ihn. Milo ließ das Amulett unter sein Hemd gleiten, ging zur Bettkante und zog sich die Stiefel aus. Er krabbelte auf die Matratze, schlüpfte unter die Decke und zog sie bis zum Kinn. Er würde wiederkommen.

Mit einem Mal wurde er unglaublich müde. Er blickte hoch in das Weiß der endlosen Decke, gähnte lang und herzhaft und betete, dass dies nicht nur ein Traum blieb.

Dann schloss er die Augen.

KAPITEL SIEBENUNDDREISSIG

Emma wachte auf. Die weiche Matratze, die schweren Kissen und die kuschelige Bettdecke fühlten sich angenehm vertraut an. Der Radiowecker auf dem Nachttisch zeigte in penetrant grüner Farbe 06:30. Sie drehte sich auf den Rücken und schaute zur Decke. Was für einen abenteuerlichen Traum sie eben gehabt hatte!

Sie war in einer fremden Welt gewesen. Mit einem Jungen, dessen Gesicht sie nicht kannte. Gemeinsam hatten sie gegen einen Bösewicht gekämpft, der seine Gestalt geändert hatte, kurz bevor sie aufgewacht war.

Sie zog die Decke noch ein Stück höher bis zur Nase. Irgendwer hatte im Traum versucht, ihr die Augen für ihre Probleme zu öffnen. War das das alte Männchen gewesen, das ihr jetzt einfiel? Wie kam ihr Unterbewusstsein nur auf solch seltsame Sachen?

Nein, es war der Junge gewesen. Obwohl sie ihn nicht kannte, hatte sie ihm von ihren Sorgen erzählt. Dass sie eigentlich nicht mehr Teil der CARMA Girls sein wollte. Es machte zwar Spaß mit ihnen – teilweise zumindest –, aber da waren auch die Dinge, für die sie sich verbiegen musste. Sie würden nicht jedes Mal eine

Ausrede akzeptieren, wenn sie abends nicht mit in Parks oder auf Partys kam. Spätestens dann würden sie sich bestimmt ein neues Mitglied suchen und sie rauswerfen.

Unter der Decke tastete Emma nach dem Freundschaftsbändchen. Es lag eng um ihr Handgelenk. Vielleicht war es zu eng. Sie drehte den Kopf und blickte auf die beiden Bären von Maja und Nele, die bis zum Hals in der Lücke zwischen Bett und Wand steckten. Mister und Misses Floki. Sie grinsten sie mit ihrem eingefrorenen Lächeln an. Emma befreite sie aus ihrer misslichen Lage und stellte sie auf die Bettdecke.

Eine kleine Weile starrten sie sich an. Sie merkte, wie ihr die gemeinsame Zeit mit Maja und Nele fehlte. Mit ihnen konnte sie sie selbst sein und musste sich nicht verstellen. Die normale Emma, ohne Markenklamotten und übermäßig Make-up. Die Emma, die sich nicht über Klatsch und Tratsch aus der Welt der Reichen und Schönen unterhalten wollte, sondern über den neuen Spitzentitel auf den Bestsellerlisten. Sie hatte den beiden unrecht getan. Hatte sie fallen gelassen, damit sie zu den Coolen und Beliebten gehören konnte. Aber wollte sie das überhaupt?

Es klopfte an der Tür. »Schatz, bist du schon wach?«

Emma schreckte zusammen und versteckte die Bären schnell unter der Decke. »Ich komme gleich.«

Als sie auf dem Fahrradparkplatz ankam, schloss sie ihr Hollandrad an dem Metallgitter an. Statt auf das Schulgelände zu gehen, stützte sie sich auf ihren Sattel. Sie war völlig aus der Puste, da sie so schnell wie noch nie gefahren war. Ihr Magen grummelte und es machte sich bemerkbar, dass sie nur eine Banane gegessen – oder eher – verschlungen hatte. Ihrer Mutter war vor Entsetzen fast die Kaffeetasse aus der Hand gefallen. Aber Emma hatte sich beeilen müssen, um vor den anderen da zu sein.

Sie lief alle Fahrradständer ab und konnte nirgends die beiden Räder von Maja und Nele entdecken. Hoffentlich kamen sie heute wieder wie sonst auch mit dem Rad. Gespannt lehnte sich Emma an den Zaun und spielte mit dem Freundschaftsbändchen. Der Frühlingswind ließ ihren langen, weißen Rock wehen und sie war froh, die Sandalen zu Hause gelassen und stattdessen ihre bequemen Sneakers angezogen zu haben. Sie konnte sich nicht erinnern, wann sie sie zum letzten Mal getragen hatte. Und dank ihres Dutts, den sie sich auf die Schnelle gemacht hatte, wehten ihr auch nur ein paar Strähnen ins Gesicht.

Dann kamen Maja und Nele um die Ecke. Als sie Emma entdeckten, hielten sie abrupt an, als wollten sie einem Schlägertrupp entkommen. Sie drehten ihre Räder, schoben sie zur Wand und tuschelten dabei.

Emma trat langsam an sie heran, bis sie nur noch wenige Meter entfernt war. Sie würdigten sie keines Blickes, sondern verbrachten erstaunlich viel Zeit damit, die Fahrräder anzuschließen.

Emma räusperte sich. Erst jetzt blickte Nele mit einem gleichgültigen Gesichtsausdruck hoch.

»Ich wollte mit euch reden.«

»Mit uns?«, gab Maja zurück und drehte sich auch zu ihr. Sie straffte die Schultern und blickte sie herausfordernd an. Maja war schon immer die taffe von den beiden gewesen.

»Ja, mit euch.«

»Wo sind denn deine Freundinnen? Hinter den Büschen? Bist du nur das Ablenkungsmanöver und gleich springen sie hervor?« Der gehässige Ton in Majas Stimme tat Emma weh und hinterließ einen fahlen Geschmack auf ihrer Zunge.

Sie blickte zu Boden und schüttelte den Kopf. »Nein, Maja. Ich bin allein hier.«

»In ihrem Auftrag?«

»Auch das nicht.«

»Warum dann?«

»Ich … Ich …« Es war viel schwieriger, ihre Gefühle vor den beiden auszusprechen als vorhin noch im Bett, wo sie es in Gedanken gesagt hatte. Sie schürzte die Lippen und guckte wieder hoch. Dass sie sie erwartungsvoll anschauten, machte sie nervös.

Maja trat zur Seite. »Komm, Nele. Die Stunde geht gleich los.«

Sie schritt an Emma vorbei, ohne sie anzublicken, und auch Nele setzte sich zögernd in Bewegung.

»Wartet! Bitte!«

Ihre beiden ehemaligen besten Freundinnen hielten inne.

»Das hier«, sagte Emma und streifte das Freundschaftsbändchen ab, »ist nicht das, was ich will.« Sie machte eine Pause und sah, wie Nele überrascht die Augenbrauen nach oben zog, Maja aber noch regungslos dastand.

»Ich … Ich vermisse es, mit euch über Bücher zu sprechen. Ich vermisse unsere Lesenächte mit Chips und Popcorn.«

»Heißt das, du gehörst nicht mehr zu ihrer Clique?«, fragte Nele.

»Nein. Doch. Ich meine, mir ist das erst heute Nacht so richtig klar geworden.«

»Na, das hat ja lange gedauert«, nuschelte Maja gerade noch laut genug, damit Emma es hören konnte. Sie reagierte aber nicht darauf.

»Ich weiß, dass ich mich in den letzten Wochen wirklich mies benommen habe. Dass ich einfach von jetzt auf gleich nichts mehr mit euch machen wollte. Oder durfte. Aber ich möchte, dass es zwischen uns wieder wie früher ist.«

Sie hatte den Eindruck, dass Nele auf sie zugehen wollte, es jedoch bleiben ließ, als Maja einen Seufzer ausstieß.

»Du weißt schon, wie du uns behandelt hast, oder?«

»Ja, ich weiß.«

»Wie du mit ihnen an uns vorbei stolziert bist und uns gar nicht beachtet hast?«

»Ja …«

»Wie du nichts dagegen gemacht hast, als sie sich über uns lustig gemacht haben.«

Emma nickte betreten. »Dafür möchte ich mich entschuldigen. Es tut mir leid.«

»Solange du noch dieses blöde Bändchen da trägst, kann ich dir nicht glauben, was du eben gesagt hast. Erst wenn du nicht mehr Teil der ach so tollen CARMA Girls bist, können wir noch mal reden. Komm Nele, wir sind wegen Emma schon fast zu spät.«

Die beiden schritten fort und sie brauchte einen Moment, um sich zu sammeln. Ein Teil von ihr war stolz auf sie. Unglaublich stolz auf das, was sie gesagt hatte. Ein anderer Teil machte ihr Angst, denn wenn sie es wirklich durchziehen wollte, musste sie mit den CARMA Girls sprechen. Sie blies die Backen auf und atmete aus. Da musste sie nun durch. Der Schulgong riss sie aus ihren Gedanken und ließ sie zum Unterricht sprinten.

Eine Doppelstunde Mathe stand auf dem Programm und Herr Mendum strafte Emma mit einem bösen Blick, als sie Sekunden zu spät hereinkam. Sie gab ein knappes »Entschuldigung« von sich und eilte auf ihren Tisch zu, ohne sich groß umzusehen. Erst als sie Platz genommen hatte, schielte sie hinüber zu Claire und Scarlett. Sie lächelten ihr zu, kauten dabei Kaugummi mit offenem Mund und winkten mit den Fingern. Emma zwang sich zu einem kurzen Grinsen und widmete sich den Aufgaben im Buch, die Herr Mendum ausrief.

Heute konnte sie sich aber nicht auf den Unterrichtsstoff konzentrieren. Ihre Gedanken kreisten viel zu sehr um Maja und Nele sowie die CARMA Girls. Sie hatte das Gefühl, ihr Kopf würde explodieren. Aus jeder Richtung zerrte etwas an ihrer Aufmerksamkeit und dann lagen plötzlich alle Augenpaare auf ihr. Hatte sie aus Versehen etwas gesagt?

»Emma? Bist du anwesend?«, fragte Herr Mendum mit lauter Stimme.

Blitzschnell setzte sie sich aufrecht hin, strich sich eine Strähne aus dem Gesicht und drehte sich zur Tafel. »Ja, bitte?«

»Aufgabe 4d.«

»Ähm … ich …« Unbeholfen suchte sie in ihrem Buch nach der Aufgabe, fand sie aber nicht. Erst als Lilly neben ihr flüsterte, dass sie auf der falschen Seite war, blätterte sie hastig um. Sie las die Textaufgabe durch, hatte jedoch keinen blassen Schimmer.

»Ich weiß es nicht.«

»Schade.« Herr Mendum belegte sie mit einem enttäuschten Blick. Als ob er ihr sagen wollte: »Schade, du warst mal eine ausgezeichnete Schülerin, aber jetzt bist du keine mehr.«

»Danke«, murmelte sie zu Lilly und zwang sich, dem Unterricht zu folgen. Den Rest der Stunde nutzte sie, um aufzuholen. So langsam verstand sie, was es mit zweistufigen Zufallsexperimenten und Baumdiagrammen auf sich hatte.

Als der Gong zur Fünf-Minuten-Pause schlug, lehnte sie sich erschöpft im Stuhl zurück. Irgendetwas musste sie nun in Angriff nehmen. Aber um mit den CARMA Girls zu sprechen, war die Pause zu kurz. Außerdem war das Klassenzimmer nicht der passende Ort dafür.

Ehe sie noch länger darüber nachdenken konnte, hörte sie ihren Namen. Herr Mendum winkte sie zu sich. Auf eine Standpauke hatte sie eigentlich keine Lust. Sie gehorchte und trabte nach vorne zum Pult. Er hatte die Arme auf dem Tisch abgelegt.

»Hör zu, Emma.« Er sprach so leise, dass es die anderen nicht mitbekamen. »Ich weiß nicht, was da bei dir los ist. Und du brauchst es mir auch nicht zu sagen. Aber ich mache mir ein bisschen Sorgen um dich. Du warst so gut letztes Jahr und auch noch im ersten Halbjahr.« Er machte eine kurze Pause und holte tief Luft. »Und dann lässt du nach, bist unaufmerksam, meldest dich nur noch selten, wenn wir die Hausaufgaben besprechen, und auch sonst. Zum jetzigen Zeitpunkt mag dir das egal sein, aber deine mündliche Note hat sich drastisch verschlechtert.« Er lehnte sich weiter nach vorne und flüsterte. »Du weißt sicherlich, dass wir hier auch Vertrauenslehrer haben. Solltest du jemanden brauchen, mit dem du reden kannst –«

»Keine Sorge, Herr Mendum. Das ist nicht nötig. Ich … Ich habe gerade nur eine schwierige Zeit. In den nächsten Wochen wird sich das bessern.«

Er zog eine Augenbraue hoch. »In Ordnung. Wie gesagt: Du kannst jederzeit nach Hilfe und Rat fragen. Das war alles. Jetzt kannst du zu deinen Freundinnen gehen.« Er stand auf und wischte die Tafel sauber.

Emma dachte über seine Worte nach. Vor allem den letzten Satz wiederholte sie in Gedanken. Sie blickte über die Schulter und sah dem Treiben im Klassenzimmer zu. Maja und Nele hatten die Köpfe zusammengesteckt und schauten sich etwas auf dem Handy an.

In der letzten Reihe entdeckte Emma die CARMA Girls. Claire saß auf dem Tisch und lehnte sich nach vorne, sodass man ihren braun gebrannten unteren Rücken sah. Lena und Scarlett hockten jeweils falsch herum auf den Stühlen und hatten die Arme auf die Lehnen gelegt. Sie lachten und zogen Grimassen und etwas in Emma wollte zu ihnen gehen und mitlachen. Sie sah, wie Ben und seine Jungs tuschelten und immer wieder auf die nackte Haut von Claire schielten.

Zwei Reihen davor saß Milo und wirkte nachdenklich. Er starrte ins Leere. Mit der einen Hand tippte er die ganze Zeit leicht auf den Tisch, mit der anderen fuhr er sich auf Brusthöhe über sein dunkelblaues T-Shirt. Die Umrisse von irgendetwas Kleinem drückten durch den Stoff und als sie das dünne Band um seinen Hals bemerkte, wurde ihr klar, dass es sich um einen Anhänger handeln musste. Seltsam. Der war ihr bisher noch nie aufgefallen. Er war wohl neu. Sie dachte an gestern Abend, als sie nicht zum Leseabend gekommen war. Sie musste sich bei ihm entschuldigen.

Wieder war es der Gong, der sie zusammenzucken ließ. Die

Grüppchen lösten sich auf und alle schlurften zu ihren Plätzen. So auch Emma. Sie nahm sich vor, die große Pause nachher sowie die Freistunde im Anschluss zu nutzen, um den CARMA Girls mitzuteilen, dass sie nicht länger zur Clique gehören wollte, und um mit Milo zu sprechen.

Bis dahin hörte sie auf Herrn Mendum und arbeitete aktiv mit.

Als der Unterricht vorbei war, stieg ihr Puls ins Unermessliche. Sie hörte ihr Herz in der Brust schlagen und ihre Hände wurden schwitzig. Aus dem Augenwinkel sah sie, dass Milo wie nach jeder Stunde seinen Rucksack ganz gemütlich packte. Damit er nicht von Ben auf dem Weg nach draußen geschubst wurde oder er von jemand anderem einen fiesen Spruch ins Ohr gezischt bekam. Das hatte er ihr zumindest damals verraten, als sie noch neben ihm gesessen hatte.

Lena lehnte sich auf Emmas Tisch und zeigte mit einem breiten Grinsen ihre makellosen Zähne. »Ey, du hast echt was verpasst, Emma. Gestern Abend ist es voll wild geworden. Wir müssen dir alles erzählen. Fertig?«

»Ja, aber geht doch schon mal vor. Ich muss noch …«, sagte sie und zeigte in Richtung Tafel.

»Zum Mendum?«

Sie nickte schnell.

»Na gut. Aber beeil dich. Du weißt ja, wo du uns findest.« Sie streckte Zeigefinger und Mittelfinger aus, als ob sie eine Zigarette halten würde.

Emma packte weiter ihre Sachen ein, stand langsam auf und schielte zu Milo. Doch sein Platz war leer. Sie blickte sich um, aber außer Herrn Mendum und zwei anderen Jungs war niemand mehr hier.

Sie eilte zur Tür, stieß dabei fast mit einem der beiden Jungs zusammen, ignorierte aber sein Gemecker. Stattdessen hastete sie weiter, bog um die Ecke und entdeckte Milo am anderen Ende des Flures, wie er gerade ins Freie trat. Sie rannte ihm hinterher, schlängelte sich zwischen den Oberstufenschülern hindurch und holte ihn schließlich auf dem Weg in das Nachbargebäude ein.

Völlig außer Atem tippte sie ihm auf die Schulter. Er schreckte kurz zusammen, aber als er sie erkannte, entspannten sich seine Züge.

»Emma? Was ist?«

»Hast du …«, begann sie und atmete tief durch. »Hast du kurz Zeit?«

»Eigentlich nicht.«

»Nicht?« Wahrscheinlich war er noch zu enttäuscht, dass sie nicht zum Leseabend gekommen war. Und hatte deswegen keine Lust mehr, mit ihr zu reden?

»Ich habe Spanisch.« Er zeigte auf den Eingang des Gebäudes und blickte auf seine Uhr.

Erleichterung breitete sich in ihr aus und wischte ihre Zweifel fort. Ihr fiel ein, dass nicht alle aus ihrer Klasse Freistunde hatten, und schlug sich vor die Stirn. »Stimmt. Das habe ich vergessen. Aber nachher in der großen Pause?«

»Meinetwegen. Wo?«

»Wo du willst.«

»Vor der Bibliothek?«

»Abgemacht.« Emma schenkte ihm ein Lächeln zum Abschied, ein echtes Lächeln wie früher, und sah ihm hinterher, wie er im Gebäude verschwand.

Sie stellte sich aufrecht hin, schloss die Augen und holte tief Luft. Dann ließ sie sie in einem Zug frei und setzte sich in Bewegung. Schnurstracks lief sie zur Turnhalle und bahnte sich den Weg durch das Gestrüpp zum Versteck. Wie erwartet hatten es sich die anderen auf den Baumstämmen gemütlich gemacht. Claire unterhielt sich mit Lena, die eine Zigarette zwischen den Fingern hielt, während Scarlett auf dem Rücken lag, die Arme nach oben streckte und in den Himmel guckte. Emma zog unsicher an ihrem Freundschaftsbändchen.

Claire winkte sie her. »Da bist du ja. Komm.« Sie tippte mit der flachen Hand neben sich auf das Holz. Emma trat näher, wollte sich jedoch nicht setzen.

Lena starrte auf ihr Handy. »Du wirst nicht glauben, was Scarlett gestern geschluckt hat«, sagte sie, ohne den Kopf zu heben. »Kein Wunder, dass sie sich hinlegen musste.«

»Sei ruhig«, maulte Scarlett.

»Und was hast du gestern Abend gemacht?«, fragte Claire an Emma gewandt.

Emma wollte gerade »Gelesen« sagen, zögerte aber. Aus Reflex. Die alte Emma hätte jetzt gelogen und gesagt, sie hätte sich noch weiter Serien angeguckt. Aber sie war nicht mehr die alte Emma.

»Hat es dir die Sprache verschlagen?« Claire zeigte auf den Platz neben sich. »Und setz dich endlich hin. Das macht mich total nervös, wenn du da die ganze Zeit stehst.«

Emma zählte gedanklich langsam von drei herunter. Als sie bei null angekommen war, nahm sie ihren Mut zusammen. »Ich habe gelesen.«

»Gelesen?«, wiederholte Scarlett ungläubig und hob den Kopf, senkte ihn aber schnell wieder. »Oh nein, mir ist total schwindelig.«

»Die Magazine, die ich dir ausgeliehen habe?«, hakte Claire nach.

Emma schüttelte den Kopf. »Nein. Ich habe ein Buch gelesen.«

»Ernsthaft?« Sie veränderte ihre Sitzhaltung und saß nun breitbeinig auf dem Baumstamm.

»Ja.«

»Dir ist aber schon klar, dass das voll langweilig ist, oder? Wenn wir uns das nächste Mal mit Dennis und seinen Jungs treffen, erwähnst du das besser nicht.«

Lena lachte verächtlich auf. »Dennis steht nicht auf Leseratten. Der steht auf etwas anderes. Wir sollten heute Abend gucken, wie viel du verträgst. Nicht, dass du dich wie die da gestern fast übergibst.«

»Du weißt genau, dass ich mehr als du vertrage. Gestern war nur ein Ausrutscher.« Scarlett schlug spielerisch nach Lena und zog sie am Arm, woraufhin diese beinahe hintenüberfiel.

Emma hatte keine Lust mehr auf all das. Das war ihr jetzt klarer als je zuvor. »Ich will das nicht«, murmelte sie.

Scarlett und Lena schienen sie nicht gehört zu haben, denn sie alberten weiter herum. Erst als Claire einen kleinen Stock nach ihnen warf und mit ernster Miene zu Emma nickte, hörten sie auf.

»Was hast du gesagt?« Claires Stimme klang scharf.

»Ich will das nicht.«

»Was meinst du damit?«

»Ich will mich nicht betrinken. Und es ist mir auch egal, ob Dennis oder sonst wer auf mich steht. Er kennt mich doch gar nicht. Und ich will weiter lesen, ohne es verschweigen zu müssen. Es macht mir Spaß. Es ist mein Hobby. Ich tue es gerne.«

Sie machte eine Pause. Als stünde der Teufel persönlich vor ihnen, blickten die drei sie mit weit aufgerissenen Augen und fassungslosen Gesichtern an.

»Und ich will mich nicht mehr über andere lustig machen. Das ist gemein und fies und einfach nur armselig. Nur weil sie anders sind als ihr, heißt das nicht, dass ihr über sie lachen dürft.«

Einen Moment lang passierte nichts, dann stand Claire auf und kam langsam auf Emma zu. Statt zurückzuweichen, blieb Emma stehen. Claire stoppte einen Meter vor ihr. Sie verschränkte die Arme und guckte sie nur an. Ohne jegliche Regung im Gesicht. Vor ein paar Tagen hätte Emma in so einer Situation noch beschämt zu Boden geblickt, jetzt hielt sie Claires funkelnden Augen stand.

»Denkst du wirklich so?« Der Vorwurf in Claires Frage war nicht zu überhören.

»Ja, das tue ich.«

Lena stand auf, warf den Zigarettenstummel auf den Boden und auch Scarlett richtete sich auf. Claire drehte sich zu den beiden um und als hätte sie ihnen in Gedanken eine geheime Botschaft geschickt, nickten sie.

Emma spannte instinktiv ihre Muskeln. Würden sie gleich zu dritt auf sie losgehen und sie verprügeln? Noch gab es eine Fluchtmöglichkeit. Erst wenn sich Scarlett oder Lena hinter sie stellen sollten, hätte sie ein Problem.

Claire streckte ihre Hand aus. »Wenn du wieder zu den Losern, Uncoolen und Unbeliebten gehören willst, dann gib mir das Bändchen. So redet kein CARMA Girl.« Sie verlieh ihrer Forderung mit einer Handbewegung Nachdruck.

Emma schaute ihr weiter in die Augen, während sie das Anwärter-Bändchen von ihrem Handgelenk streifte und es in Claires Hand fallen ließ.

»Schade, aus dir hätte echt etwas werden können. Wenn du noch ein bisschen abgenommen hättest.«

Emma zuckte mit den Schultern. »Jetzt bin ich wohl wieder ›Tante Emma‹.« Sie machte kehrt und ging den Weg zurück auf den Schulhof, ohne sich umzudrehen.

Sie fühlte sich frei. Frei wie lange nicht mehr. Als hätte sie die letzten Wochen eine Fußfessel mit sich herumgetragen, die sie magnetisch zu den CARMA Girls gezogen hatte. Jetzt war sie sie los. Sie brauchte sich nicht mehr Ausreden einfallen zu lassen, konnte ohne schlechtes Gewissen Bücher lesen und vor allem – sie musste sich nicht mehr verstellen. Als Erstes holte sie ihr Handy aus der Tasche und stellte die automatischen Benachrichtigungen aus. Ein Blick in ihre Messenger-App zeigte ihr an, dass sie bereits aus der Chat-Gruppe der CARMA Girls entfernt worden war. Emma lächelte.

Sie lief um die Ecke und fand Maja und Nele auf einer Bank. Die beiden lehnten Rücken an Rücken und wirkten so vertieft in ihre Bücher, dass sie wohl kaum etwas um sich herum wahrnahmen. Die Sonne schien auf sie herab, sodass sich Nele die Hand vor die Augen hielt, um nicht geblendet zu werden. Erst als sie umblättern musste, entdeckte sie Emma und lächelte. Sie stupste Maja an. Emma trat näher, hob ihr blankes Handgelenk und hoffte, dass die beiden ihr verzeihen würden. »Es tut mir leid.«

Maja rückte ein Stück zur Seite und machte Emma Platz.

Ohne das Zeichen der CARMA Girls an ihrem Arm konnte sie tun, was sie wollte, ohne darüber nachdenken zu müssen, ob sie dies nun durfte oder nicht. Und sie konnte mit Maja, Nele und Milo Zeit verbringen, ohne dies leugnen zu müssen. Und sie konnte Spaß haben, ohne sich verbiegen zu müssen.

KAPITEL ACHTUNDDREISSIG

Milo hörte nicht richtig zu. Er bekam zwar mit, dass sein Lehrer etwas erzählte, seine Ohren waren jedoch zu. Unempfänglich für alles von außen. Wie eine Maschine übertrug er die Vokabeln von der Tafel in sein Heft, bemühte sich allerdings nicht, sie verstehen zu wollen. In seinem Kopf war nur die große Pause. Wenn er Emma treffen würde.

Er war heute früh mit einem seltsam realen Traum aufgewacht. Wenn es überhaupt einer gewesen war. Normalerweise erinnerte er sich morgens noch an viele Details aus Träumen, aber über den Tag hinweg bröckelte es, bis abends nur noch Ruinen übrig blieben, die erahnen ließen, um was es gegangen war.

Heute war es anders. Schon den ganzen Vormittag fühlte er immer wieder über die Ränder des Amuletts, das um seinen Hals hing. Es war plötzlich da gewesen. Und es hielt die Erinnerungen an sein nächtliches Abenteuer aufrecht. Polyrica. Caduco. Coholmia. All das wirkte echt. Er hatte die Luft von La'Dentrya geatmet, den Wind auf seiner Haut gespürt, den Geruch des Meeres in der Nase gehabt und den Leuten auf der Straße zugesehen. Ganz sicher. Daher auch das Amulett. Wie war es sonst an seinen Hals gekommen?

Seiner Mutter hatte er am Frühstückstisch erzählt, dass er es auf der Suche nach Socken in einer Schublade im Schrank gefunden hatte. Für einen Moment hatte sie skeptisch geschaut, es dann aber nicht weiter beachtet.

Bei jeder Berührung des Amuletts blitzten Bilder in seinem Kopf auf. Bilder eines Mädchens. Kara. Sie lächelte ihm zu. Dabei bildeten sich Grübchen über ihren Mundwinkeln. Er hatte sie in einem anderen Abenteuer kennengelernt und sich mit ihr angefreundet. Letztes Jahr bereits. Irgendwo weit hinten in seinem Gedächtnis spulte ein Film ab, wie er sie das erste Mal auf einem Markt gesehen und daraufhin wieder und wieder oberhalb der Stadt getroffen hatte. Er spürte die Verbindung zwischen ihr und dem Amulett und war sich sicher, dass er es von ihr erhalten hatte.

Milo strich über den schwarzen Fleck auf dem Amulett. Immer wenn er dies tat, tauchte sofort Emmas Gesicht in seinem Kopf auf. Und die Umrisse eines Jungen. Mats hieß er. Er kannte sogar seinen Benutzernamen in den sozialen Medien. Mats war auch mit ihm und Emma in Caduco gewesen, aber nicht als er selbst. Er hatte etwas Böses verkörpert, ohne dass er es gewollt hatte. Ein Dämon war in seine Gestalt geschlüpft.

Milo hatte in diesem Abenteuer viel Zeit mit Emma verbracht. Den ganzen Morgen hatte er sich gefragt, ob sie sich auch daran erinnerte. Oder ob es sich nur in seinem Kopf abgespielt hatte. Nachdem sie ihn gestern enttäuscht und diese Worte über ihn gesagt hatte, hatte er heute nicht von sich aus auf sie zugehen wollen. Sie hatte ihn verletzt, nicht er sie.

Und tatsächlich. Sie war vorhin an ihn herangetreten und hatte gefragt, ob sie reden konnten. Er hatte Mühe gehabt, seine Freude nicht herauszuposaunen. In seinem Inneren feierten seine Gefühle nach wie vor Karneval und konnten die große Pause kaum abwarten. Er hatte seit Langem endlich wieder ein gutes Gefühl.

Er dachte an Caduco. Und an Coholmia. An Emma und an Kara. An Tidor, Nevis und Rete. Sie alle tauchten in seinem Kopf auf. Je länger er darüber nachdachte, desto klarer wurden die Bilder. Die Abenteuer hatten ihn gelehrt, dass er nur glücklich sein und echte Freunde finden konnte, wenn er der Milo blieb, der er war. Dafür brauchte er sich nicht zu verbiegen. Musste nicht Sachen tun, obwohl er es eigentlich nicht wollte. Oder irgendwo Mitglied sein.

Ganz anders als Emma. Sie war Mitglied der CARMA Girls. Umgeben von Leuten, durch die sie cooler wirkte. Doch was sie dabei vergessen hatte, war die Tatsache, dass sie sich auch wohlfühlen musste. Ansonsten war man nur ein Schatten seiner selbst, nur eine leere Hülle, eine ferngesteuerte Gestalt, die nichts mit der wahren Persönlichkeit zu tun hatte.

Er erinnerte sich an die Worte, die Emma zu ihm in Polyrica vor der Filmwand gesagt hatte und hoffte, dass sie hier in der echten Welt auch so empfand und es ändern wollte.

Vor der großen Pause hatte er noch eine Freistunde. Er ging geradewegs in die Bibliothek, trug sich in die Liste ein und setzte sich an einen der Computer. Es gab etwas, das er erledigen musste.

Milo klickte auf das schulinterne Mail-Programm und öffnete den Entwurf der Nachricht für Herrn Jacker. Als er die Zeilen durchlas, kam er nicht umhin, über sich selbst zu lächeln. Oder eher: über einen früheren Milo. Wie seltsam sich das anhörte. Schließlich hatte er erst gestern noch hier gesessen und überlegt, die Mail abzuschicken. Jetzt, keine vierundzwanzig Stunden später, sah alles ganz anders aus. Dank des Abenteuers in Polyrica, das dort mehrere Tage lang gegangen war, in der echten Welt hier aber nur einen Augenblick.

Er klickte auf Löschen. Um diesen Irrglauben, dass ihn die

Basketball-Arbeitsgemeinschaft cooler wirken ließ, endgültig zu begraben, leerte er den Papierkorb. Sein Entwurf war fort und verschwand irgendwo in den Tiefen des Internets.

Zufrieden lehnte er sich zurück, verschränkte die Arme hinter dem Kopf und schaute aus dem Fenster. Keine einzige Wolke war am Himmel. Er erinnerte ihn an eine Leinwand, die bereit war für den ersten Pinselstrich.

Er stellte sich vor, wie er mit der neuen Emma, derjenigen aus Polyrica, nachmittags nach Hause lief, auch wenn dies für ihn einen Umweg bedeutete. Aber das war es ihm wert. Und vielleicht gingen sie auch einmal in seine Richtung zum Café von Rici und lernten dort gemeinsam auf der Terrasse oder nutzten die Ruhe und Abgeschiedenheit, um etwas zu lesen.

Er war so in Gedanken, dass der Schulgong ihn beinahe vom Stuhl fallen ließ. Hastig schaltete er den Computer aus und verließ die Bibliothek. Er stellte sich vor den Eingang und zupfte nervös am Saum seines T-Shirts. Selbst hier draußen konnte er noch den Geruch der vielen Bücher wahrnehmen. Durch die Schüler, die aus den Klassen ins Freie strömten, füllte sich der Flur mit Stimmen. Besonders viele Fünftklässler hatten in diesem Teil der Schule Unterricht und entsprechend chaotisch ging es zu.

Er brauchte nicht lange zu warten, da kam Emma. Sie wirkte gelöster und entspannter als vorhin noch. Fast ein bisschen wie die Emma, mit der er das Abenteuer bestritten hatte. Ihr Lächeln steckte ihn an und noch etwas fiel ihm auf: Sie trug nicht mehr das Armband der CARMA Girls. Auch nicht am anderen Arm. War das vielleicht der Grund für ihre gute Laune?

»Da bin ich«, sagte sie fröhlich.

Er hielt ihr die Tür auf. Mit genervtem Blick rollte die Bibliothekarin zu ihnen und knallte Emma das Klemmbrett mit dem Stift hin. Mit einem ansteckenden Lächeln auf den Lippen trug sie sich ein, die Bibliothekarin schien jedoch immun gegen Emmas gute Laune zu sein. Kopfschüttelnd widmete sie sich wieder ihrem PC und blickte noch einmal irritiert auf. Er konnte es ihr nicht verdenken. Alle anderen waren wohl draußen in der Pause.

Sie suchten sich in der hinteren Ecke zwei Sessel. Niemand sonst war hier.

»Also, was gibt es?«, fragte er.

»Ich habe nachgedacht. Über gestern. Dass ich nicht zum Leseabend erschienen bin, obwohl ich es dir gegenüber gesagt hatte. Das tut mir leid.«

Er dachte an ihre Unterhaltung vor der Filmwand in Polyrica. »Das hast du mir –«

»Nein. Lass mich das bitte kurz zu Ende führen. Wie gesagt, dafür möchte ich mich entschuldigen und …« Sie schluckte, blickte einen Moment zu Boden, ehe sie ihm wieder in die Augen schaute. »Und ich habe etwas über dich geäußert, was nicht wahr ist, und irgendetwas in mir lässt mich vermuten, dass du es mitbekommen hast. Ich … Ich habe gesagt, dass ich –« Sie brach ab und wischte sich eine Träne von der Wange.

»Dass du mich natürlich nicht magst.« Er kramte nach einem Taschentuch und reichte es ihr.

Überrascht hob sie den Kopf. Ihr Mund stand genauso weit offen, wie sie ihre Augen aufgerissen hatte. Ein paar Sekunden vergingen, in denen sie nachzudenken schien.

»Woher?«, murmelte sie.

Milo legte ein verständnisvolles Lächeln auf und zuckte mit den Schultern.

»Dann warst du das wirklich. Die Tür, die ins Schloss gefallen ist.« Sie schnäuzte sich. »Weißt du, ich habe das nur von mir gegeben, weil ich gedacht habe, es sagen zu müssen. Ich war so blind die letzten Wochen. Geblendet vom Glauben, dass ich zu den CARMA Girls passen würde. Dabei tue ich das nicht. Und ich will es auch gar nicht mehr. Ich will mich nicht verbiegen müssen.«

Milo rutschte ein Stück nach vorne.

Sie fuhr fort. »Ich habe es gar nicht verdient, dass du noch mit mir redest. Ich würde mich freuen, wenn wir uns wieder mehr über Bücher austauschen. Mit Maja und Nele habe ich zwar schon Frieden geschlossen, glaube ich zumindest, aber die beiden lesen ja keine Fantasy-Bücher. Ganz anders als du. Vielleicht können wir uns mal irgendwo treffen, statt nur E-Mails zu schreiben.«

Von der Mitte seines Körpers breitete sich eine Wärme wie Sonnenstrahlen aus und trotzdem bekam er eine Gänsehaut. »Ich kenne da ein kleines Café, das eine wunderschöne Terrasse hat. Und es gibt auch Bücher dort.« Er grinste sie an und war froh, dass sie keine Tränen mehr vergoss.

»Klingt gut.« Sie tupfte sich die Augen trocken und blickte dabei auf Milos Brust. »Ist das eigentlich neu?«

Er zog das Amulett über den Kopf und hielt es ihr hin. Emma zögerte. Sie nahm es nicht an sich, sondern legte die Stirn in Falten und setzte an, etwas zu sagen, aber es kamen keine Worte aus ihrem Mund. Stattdessen starrte sie den flachen Stein nur an. Sie blinzelte mehrmals schnell hintereinander, ehe sie hoch zu Milo schaute. Er wusste nicht, ob er ihren Gesichtsausdruck als Überraschung oder Entsetzen deuten sollte. Doch was von den beiden es auch war, das Amulett schien ihr nicht fremd zu sein.

»Es ist …«, stammelte sie.

»Ja?«

»Es ist merkwürdig. Ich habe das Gefühl, es zu kennen.« Sie starrte wieder auf das Amulett.

Milos Körper kribbelte. Jedoch nicht, weil sein ausgestreckter Arm müde wurde. Vielmehr verspürte er Freude und vor allem Hoffnung, dass die echte Emma heute Nacht auch in Polyrica gewesen war. Nicht nur eine, die es in seinen Gedanken gegeben hatte.

Er musste innerlich lachen, als ihm klar wurde, dass sie erst solch einen Zufall gebraucht hatten, um wieder normal sprechen zu können. In der echten Welt hatten sie sich immer mehr voneinander entfernt. Erst waren sie keine Tischnachbarn mehr gewesen, danach hatten sie kaum noch miteinander geredet, sondern nur E-Mails geschrieben, bis es fast vollständig eingeschlafen war.

Als hätte das Schicksal seine Finger im Spiel gehabt und sie beide nach Polyrica geschickt, wo sie wieder zueinander finden konnten. Er wünschte es sich so sehr, dass sie sich daran erinnern konnte. An ein Abenteuer, das sie enger verband als alles zuvor.

Emma streckte die Hand aus und nahm das Band des Amuletts in die Finger. Sie hob es hoch, bis der Stein in der Luft baumelte. Ehrfürchtig blickte sie ihn an, als hätte sie eine bedeutende Reliquie gefunden. Mit der anderen Hand strich sie über das Material und drehte es, sodass sie auch die Rückseite betrachten konnte. Dort, wo sich der schwarze Punkt befand. Ganz vorsichtig fuhr sie mit dem Finger darüber und blickte Milo mit großen Augen an.

Sie flüsterte etwas so leise, dass Milo es nicht verstand. Er lehnte sich nach vorne und hielt sein Ohr an ihren Mund. Sie wiederholte es. »Caduco.«

DANKSAGUNG

Das war Milos zweites Abenteuer. Ich hoffe, es hat dir gefallen und du konntest genauso tief in die Geschichte eintauchen wie Milo und Emma in die Buchwelt von La'Dentrya.

Mir hat es jedenfalls unheimlich viel Spaß gemacht, mich gedanklich wieder nach Polyrica zu begeben. Ob ich im echten Leben schon einmal auf Saloquim getroffen bin, bleibt aber mein kleines Geheimnis. Ich wünsche dir jedoch aus vollem Herzen, dass du auch eines Tages in Polyrica aufwachst.

Milo erneut nach Polyrica zu schicken, stand für mich bereits beim Schreiben des ersten Teils außer Frage. Die Welt der Bücher bietet dankenswerterweise unzählige Möglichkeiten, Abenteuer zu erleben und Herausforderungen zu meistern.

Bei Milo bin ich zuversichtlich, dass er in Zukunft nicht mehr aus dem Grund nach Polyrica kommt, weil er sich einsam und verlassen fühlt und sich bloß weit, weit weg wünscht. Mit Emma hat er eine Gleichgesinnte gefunden, die seine Leidenschaft teilt. Und das ist doch das Schöne: zu wissen, dass dort jemand ist, der die gleichen Interessen hat und mit dem man sich darüber austauschen kann.

Ich drücke den beiden die Daumen, dass sie dies noch über viele Jahre tun werden und – wenn sie es sich erträumen – erneut nach Polyrica gelangen.

An dieser Stelle möchte ich all denjenigen danken, die an der Entstehung dieses Buches beteiligt gewesen sind.

Claudia, du hast nicht nur dafür gesorgt, dass Milos Abenteuer spannend wurde, sondern noch so viel mehr gemacht. Zahlreiche Telefonate fallen mir da ein, in denen wir bei Hundegebell über Milo und alles, was dazu gehört, philosophiert haben.

Marie, du hast mal wieder ein grandioses Cover geschaffen. Es drückt in meinen Augen genau den Kern (oder die Seele) der Geschichte aus. Ich bin sehr froh, dass wir den Weg weiter zusammen gegangen sind.

Berit, dein Rotstift hat dem Text den letzten Schliff gegeben. Dir danke ich dafür, dass du mit wachen und vor allem wachsamen Augen durch die Zeilen geflogen bist und alles begradigt hast, was schief gestanden hat.

Auch Lutz möchte ich danken. Du hast mir schon früh wertvolle Rückmeldungen gegeben. Damals verlief die Geschichte noch ein wenig anders – aber ich bin mir sicher, dass du mir zustimmst, dass sie jetzt noch besser ist.

Zu guter Letzt geht mein Dank an alle, die darüber hinaus in jeglicher Weise einen Einfluss auf die Entstehung des Buches genommen haben. Das kann von aufmunternden Worten, über Tipps und Tricks hin zu gemeinsamen motivierenden Schreibsessions reichen. Es ist wundervoll, meiner Leidenschaft in diesem Umfeld nachgehen zu können.

Es wird also deutlich, wie viel Arbeit neben dem eigentlichen Schreiben in einem Buch steckt. Allein hätte ich nicht solch ein (meiner Meinung nach) tolles Werk veröffentlichen können.

Wenn dich die Geschichte vom Schlafen abgehalten, zum Nachdenken angeregt hat oder du dich einfach nur gut unterhalten gefühlt hast – so würde ich dich bitten, den oben genannten Personen und mir eine entsprechende Wertschätzung entgegenzubringen. Das geht am einfachsten über eine Bewertung (Rezension) auf den einschlägigen Plattformen.

Auch über persönliche Nachrichten freue ich mich jedes Mal sehr und versuche, so schnell wie möglich zu antworten. Falls du in Kontakt mit mir treten möchtest, sei es, um eine Frage zu stellen oder einfach nur deine Gedanken mit mir zu teilen, dann kannst du dies gerne über die folgenden Wege tun:

Per E-Mail: kontakt@nicolas-mueller.com
Per Instagram: www.instagram.com/nicolasmueller_autor
Per Facebook: www.facebook.com/nicolasmuellerautor

Übrigens: Kennst du schon meinen Newsletter? Ich halte meine Follower regelmäßig auf dem Laufenden und versorge sie mit den wichtigsten Neuigkeiten. Es würde mich freuen, wenn du bald auch dazu gehörst.
www.nicolas-mueller.com/newsletter

Alles Weitere findest du auf meiner Website:
www.nicolas-mueller.com

Bleibt mir nur noch eines zu sagen: Verliere nicht die Freude daran, Bücher zu lesen. Viel zu leicht bekommt man in der heutigen Zeit das Gefühl, keine Zeit mehr dafür zu haben, es sich auf dem Sofa oder im Bett bequem zu machen und sich voll und ganz in eine Erzählung zu vertiefen. Dabei ist es doch so etwas Magisches, nur durch geschriebene Worte in eine andere Welt eintauchen zu können.

Ich jedenfalls tue mein Bestes, damit du schon bald wieder ein Werk in den Händen halten kannst, auf dem mein Name steht.

Danke, dass du mein Buch gelesen hast!
Dein Nicolas